MR VERTIGO

Paru dans Le Livre de Poche :

PAUL AUSTER

Mr Vertigo

ROMAN TRADUIT DE L'AMÉRICAIN PAR CHRISTINE LE BŒUF

BABEL

Titre original :

MR VERTIGO
Faber & Faber, London

AVERTISSEMENT DU TRADUCTEUR

Les habitués de Paul Auster savent que son goût du hasard s'étend aux coïncidences verbales. Certaines sont impossibles à transposer et je voudrais signaler ici celles qui ont échappé à la traduction. Le nom du narrateur, Walter Claireborne Rawley, fait allusion à son héros préféré, Sir Walter Raleigh. Le nom que Walt prête erronément à maman Sioux au début de son séjour à Cibola est Sue, *un prénom dont la prononciation est presque identique à celle du mot "Sioux" ; quant au surnom de* Dizzy Dean, *le joueur de baseball qui apparaît à la fin de la troisième partie, il signifie "pris de vertige", c'est pourquoi Walt est frappé par sa similitude avec le sien (Mr Vertigo). D'autre part, la transposition des unités de mesure en termes de système métrique entraînerait un appauvrissement de la couleur locale et j'ai préféré conserver les unités américaines. Pour mémoire, un* mile *correspond à peu près à un kilomètre et demi ; un* yard *à un mètre ; un pied à trente centimètres et demi ; un pouce à deux centimètres et demi ; et un arpent à quatre mille mètres carrés (la propriété de maître Yehudi à Cibola fait donc une quinzaine d'hectares).*

Enfin, le cardinal *qui prête son nom à l'équipe de base-ball de Saint Louis n'est pas un dignitaire de l'Eglise mais un bel oiseau rouge ; l'albatros auquel le maître compare le pendentif qui hante sa conscience vient de la* Ballade du vieux marin, *de S. T. Coleridge ;* Boola, boola *est le cri de ralliement des étudiants de l'université de Yale, dont l'animal fétiche est le boule-dogue ; la fête de* Thanksgiving *est célébrée aux Etats-Unis le quatrième jeudi de novembre ; et le* Loop *est un quartier de Chicago.*

C. L. B.

Mes remerciements vont à Marc Chénetier pour ses conseils.

I

J'avais douze ans la première fois que j'ai marché sur l'eau. L'homme aux habits noirs m'avait appris à le faire, et je ne prétendrai pas avoir pigé ce truc du jour au lendemain. Quand maître Yehudi m'avait découvert, petit orphelin mendiant dans les rues de Saint Louis, je n'avais que neuf ans, et avant de me laisser m'exhiber en public, il avait travaillé avec moi sans relâche pendant trois ans. C'était en 1927, l'année de Babe Ruth et de Charles Lindbergh, l'année même où la nuit a commencé à envahir le monde pour toujours. J'ai continué jusqu'à la veille de la Grande Crise, et ce que j'ai accompli est plus grand que tout ce dont auraient pu rêver ces deux cracks. J'ai fait ce qu'aucun Américain n'avait fait avant moi, ce que personne n'a fait depuis.

Maître Yehudi m'avait choisi parce que j'étais très petit, très sale, tout à fait abject. "Tu ne vaux pas mieux qu'un animal, m'avait-il dit, tu n'es qu'un bout de néant humain." Telle fut la première phrase qu'il m'adressa, et bien que soixante-huit années se soient écoulées depuis ce soir-là, il me semble entendre encore ces mots dans la bouche du maître : Tu ne vaux pas mieux qu'un animal. Si tu restes où tu es, tu seras mort avant la fin de l'hiver. Si tu viens avec moi, je t'apprendrai à voler.

— Personne peut voler, m'sieu, répliquai-je. Y a que les oiseaux qui volent, et j'suis pas un oiseau, c'est sûr !

— Tu ne sais rien, fit maître Yehudi. Tu ne sais rien parce que tu n'es rien. Si je ne t'ai pas appris à voler pour ton treizième anniversaire, tu pourras me couper la tête à la hache. Je te mettrai ça par écrit, si tu veux. Si je manque à ma promesse, mon sort sera entre tes mains.

C'était un samedi soir, au début de novembre, et nous nous trouvions devant le *Paradise Cafe*, un bar rupin du centre-ville avec orchestre de jazz nègre et vendeuses de cigarettes en robe transparente. J'avais l'habitude de traîner là en fin de semaine pour taper un peu les milords, faire leurs commissions et leur trouver des taxis. Je pris d'abord maître Yehudi pour un ivrogne de plus, un riche alcoolo titubant dans la nuit en smoke noir et chapeau buse. Il avait un accent étrange et j'en déduisis qu'il n'était pas de la ville, mais sans chercher plus loin. Les ivrognes disent des bêtises, et cette histoire d'apprendre à voler n'était pas plus bête qu'une autre.

— Montez pas trop haut, dis-je, pourriez vous casser le cou à la descente.

— Nous parlerons technique plus tard, répondit-il. Ce n'est pas un talent facile à acquérir, mais si tu es attentif et si tu m'obéis, nous finirons tous deux millionnaires.

— Z'êtes déjà millionnaire, protestai-je. Pourquoi vous avez besoin de moi ?

— Parce que, misérable petite brute, je n'ai pas deux sous en poche. Je te fais peut-être l'effet d'un baron de la finance, mais ce n'est que parce que tu as de la sciure en guise de cervelle. Ecoute-moi bien. Je t'offre la chance de ta vie, et cette chance, tu ne l'auras pas deux fois. J'ai une place réservée dans le *Blue Bird Special* à six heures trente, et si tu ne hisses pas ta carcasse dans ce train, tu ne me reverras jamais.

— Z'avez toujours pas expliqué pourquoi vous avez besoin de moi, dis-je.

— Parce que tu es la réponse à mes prières, fiston. C'est pour ça que je te veux. Parce que tu as le don.

— Le don ? J'ai pas de don, moi. Et si j'en avais, qu'est-ce que vous en sauriez, vous, monsieur le Bien-Sapé ? Z'avez commencé à me parler y a juste une minute.

— Tu te trompes à nouveau, fit maître Yehudi. Il y a une semaine que je t'observe. Et si tu crois que ton oncle et ta tante regretteraient de te voir partir, tu ne sais pas avec qui tu as vécu ces quatre dernières années.

— Mon oncle et ma tante ? répétai-je, comprenant soudain que ce bonhomme n'était pas un ivrogne du samedi soir. Il était quelque chose de bien pis : un de ces types chargés de ramasser les enfants qui font l'école buissonnière, ou un flic, et aussi sûr que je me trouvais là, je baignais dans la merde jusqu'aux genoux.

— Ton oncle Slim est un spécimen, poursuivit le maître, en prenant son temps puisqu'il me voyait attentif. Je n'aurais jamais cru qu'un citoyen américain pouvait être aussi bête. Non seulement il sent mauvais, en plus il est méchant et laid. Pas étonnant que tu sois devenu un si affreux petit rat d'égout. Nous avons eu une longue conversation ce matin, ton oncle et moi, et il est d'accord de te laisser partir sans qu'un sou change de main. Rends-toi compte, mon garçon. Je n'ai même pas dû payer pour t'avoir. Et cette truie pâteuse qu'il appelle sa femme est restée assise sans un mot pour te défendre. Si ces deux-là sont toute la famille que tu peux t'offrir, tu as de la chance d'en être débarrassé. C'est à toi de décider ; cependant, même si tu repousses mon offre, il vaudrait sans doute mieux ne pas retourner chez eux. Ils seraient plutôt déçus de te revoir, je peux te l'affirmer. A peu près assommés de chagrin, si tu vois ce que je veux dire.

Je n'étais peut-être qu'un animal, mais l'animal le plus vil a sa sensibilité et quand le maître m'assena

9

ce discours, cela me fit l'effet d'un coup de poing. Oncle Slim et tante Peg n'étaient pas une affaire, certes ; c'était pourtant chez eux que je vivais et je me sentis pétrifié d'apprendre qu'ils ne voulaient plus de moi. Je n'avais que neuf ans, après tout. J'avais beau être dur pour mon âge, je ne l'étais pas à moitié autant que je voulais le paraître et, sans le maître qui me tenait à ce moment sous le feu de ses yeux sombres, je me serais sans doute mis à brailler en pleine rue.

Quand je repense aujourd'hui à ce soir-là, je n'ai toujours pas la certitude qu'il me disait la vérité. Peut-être avait-il parlé à mon oncle et à ma tante, peut-être aussi avait-il tout inventé. Je crois qu'il avait dû les voir — la description collait trop bien — mais, connaissant mon oncle Slim, il me paraît quasi impossible qu'il ait accepté de me laisser partir sans monnayer son accord. Je ne prétends pas que maître Yehudi l'a truandé, mais compte tenu de ce qui s'est passé plus tard, on ne peut nier que ce salaud de Slim s'est senti floué, que la justice se trouvât ou non de son côté. Je ne vais pas perdre mon temps à m'interroger là-dessus. Ce qui compte, c'est que j'ai cru ce que le maître me disait, et finalement c'est la seule chose qui mérite d'être racontée. Il m'avait convaincu que je ne pouvais pas rentrer chez moi, et du moment que j'acceptais ça, je me foutais pas mal de mon sort. Ce devait être ainsi qu'il voulait que je me sente : tout démantibulé, complètement perdu. Si on ne voit pas de raison de continuer à vivre, on n'a guère à se soucier de ce qui risque d'arriver. On se dit qu'on aimerait être mort, et du coup on s'aperçoit qu'on est prêt à n'importe quoi — même à une chose aussi cinglée que de disparaître dans la nuit avec un inconnu.

— D'accord, m'sieu, déclarai-je en baissant ma voix de deux octaves et en le fixant de mon air le plus patibulaire, marché conclu. Mais si vous faites pas pour moi ce que vous avez dit, pouvez dire adieu à votre tête. Je suis peut-être petit, mais je laisse jamais personne oublier ses promesses.

Il faisait encore nuit quand nous sommes montés à bord du train. Nous sommes partis vers l'ouest dans la lumière naissante et avons traversé l'Etat du Missouri tandis que l'aube pâle de novembre s'efforçait de percer les nuages. Je n'avais pas quitté Saint Louis depuis le jour où on avait enterré ma mère, et le monde que je découvrais ce matin-là me parut triste : gris et désolé, avec de tous côtés d'interminables étendues de tiges de maïs flétries. Le train entra en gare de Kansas City peu après midi, et durant toutes ces heures passées ensemble, je ne crois pas que maître Yehudi m'ait adressé plus de trois ou quatre paroles. Il avait dormi la plupart du temps, dodelinant de la tête, le chapeau sur les yeux, mais j'avais trop peur pour faire autre chose que regarder par la fenêtre le paysage qui défilait devant moi tout en essayant d'évaluer la panade où je m'étais fourré. Mes copains de Saint Louis m'avaient mis en garde contre des personnages tels que maître Yehudi, solitaires sans attaches, pleins de noirs desseins, pervers en quête de jeunes garçons pour satisfaire leurs caprices. C'était assez dégoûtant de l'imaginer en train de me déshabiller et de me toucher là où je n'avais pas envie qu'on me touche, mais ce n'était rien en comparaison de certaines des autres peurs qui se bousculaient sous mon crâne. J'avais entendu parler d'un garçon qui était parti avec un inconnu et dont on n'avait plus eu de nouvelles. Plus tard, l'homme avait reconnu avoir découpé l'enfant en petits morceaux et l'avoir fait cuire pour son dîner. Un autre gamin avait été enchaîné à un mur au fond d'une cave obscure sans rien à manger que du pain et de l'eau pendant six mois. Un autre avait été écorché jusqu'à l'os. J'avais tout le temps de réfléchir à ce que j'avais fait, et je me voyais promis, moi aussi, au même genre de traitement. Je m'étais laissé prendre aux griffes d'un monstre, et s'il était à moitié aussi sinistre qu'il en avait l'air, je risquais fort de ne jamais revoir le jour se lever.

On est descendus du train et on a commencé à se frayer un chemin à travers la foule qui encombrait le quai.

— J'ai faim, dis-je en tirant sur la veste de maître Yehudi. Si vous ne me donnez pas à manger tout de suite, je vous dénonce au premier bourre que j'aperçois.

— Et la pomme que je t'ai donnée ? demanda-t-il.

— Je l'ai balancée par la fenêtre du train.

— Ah, on n'aime pas trop les pommes ! Et le sandwich au jambon ? Sans parler de la cuisse de poulet rôti et du sachet de beignets ?

— Je les ai balancés. Vous pensez tout de même pas que je vais manger la bouffe que vous me donnez !

— Et pourquoi pas, bonhomme ? Si tu ne manges pas, tu vas te ratatiner et mourir. Tout le monde sait cela.

— Au moins, comme ça, on meurt lentement. Si on mord dans un truc empoisonné, on claque sur le coup.

Pour la première fois depuis notre rencontre, maître Yehudi eut un large sourire. Si je ne me trompe, je crois même qu'il alla jusqu'à rire.

— Tu veux dire que tu n'as pas confiance en moi, c'est ça ?

— Tout juste. J'ai pas confiance. Autant parier sur une mule crevée.

— Rassure-toi, morveux, dit le maître en me tapotant l'épaule d'un geste affectueux. Tu oublies que tu es mon ticket-repas ? Je ne toucherais pas à un seul de tes cheveux.

En ce qui me concernait, ce n'étaient là que des mots, et je n'étais pas bête au point d'avaler des sucreries de ce genre. Mais alors maître Yehudi enfonça la main dans la poche, en sortit un billet d'un dollar craquant neuf et me le claqua dans la paume.

— Tu vois ce restaurant, là-bas ? me demanda-t-il en désignant un comptoir au centre de la gare. Vas-y, et commande-toi le plus gros repas que tu pourras t'enfourner dans l'estomac. Je t'attendrai ici.

— Et vous ? Vous mangez pas ? Z'êtes contre ?

— Ne te soucie pas de moi, répliqua maître Yehudi. Mon estomac peut se débrouiller. Puis, au moment où je me détournais, il ajouta : Un conseil, freluquet. Si tu as l'intention de t'enfuir, c'est le moment ou jamais. Et ne t'en fais pas pour le dollar. Tu peux le garder pour ta peine.

J'entrai seul dans le restaurant, un peu apaisé par ces dernières paroles. S'il avait eu de mauvaises intentions, pourquoi m'aurait-il offert une possibilité de filer ? Je m'installai au comptoir et commandai le plat du jour et une bouteille de *sarsaparilla*. En un clin d'œil, le garçon posa devant moi une montagne de bœuf salé aux choux. C'était le repas le plus copieux que j'avais jamais vu, un repas aussi énorme que le Sportsman's Park à Saint Louis, et je le dévorai jusqu'à la dernière bouchée, accompagné de deux tranches de pain et d'une seconde bouteille de *sarsaparilla*. Rien ne peut se comparer à la sensation de bien-être qui m'envahit devant ce comptoir sordide. Le ventre plein, je me sentis invincible, comme si plus rien ne pouvait m'atteindre. L'instant suprême fut celui où je sortis de ma poche le billet d'un dollar afin de régler l'addition. Tout cela faisait juste quarante-cinq cents, et même après que j'eus ajouté cinq cents comme pourboire au garçon, il me restait un demi-dollar de monnaie. Aujourd'hui, cela ne paraît pas grand-chose mais à l'époque, pour moi, cinquante cents représentaient une fortune. Voilà ma chance de me tirer, me dis-je en jetant un regard autour de moi tout en descendant de mon tabouret. Je pourrais filer par la porte de derrière, et l'homme en noir ne saurait jamais ce qui s'est passé. Mais je ne filai pas, et de ce choix découle toute l'histoire de ma vie. Je retournai à l'endroit où le maître m'attendait, parce qu'il avait promis de faire de moi un millionnaire. Sur la foi de ces cinquante cents, je pensai que ça valait sans doute la peine de voir si cette fanfaronnade était fondée.

On a pris un autre train, après cela, et puis un troisième, en fin de voyage, qui nous a amenés à sept heures du soir dans le bourg de Cibola. Maître Yehudi, si taciturne tout le matin, avait parlé presque sans arrêt pendant le reste de la journée. J'apprenais déjà à ne pas présumer de ce qu'il allait faire ou ne pas faire. Au moment précis où vous pensiez l'avoir deviné, il changeait de direction et se comportait de façon exactement opposée à votre attente.

— Tu peux m'appeler maître Yehudi, m'annonça-t-il, m'informant pour la première fois de son nom. Si tu veux, tu peux m'appeler simplement maître. Mais jamais, en aucun cas, tu ne dois m'appeler Yehudi. C'est clair ?

— C'est votre vrai nom ? demandai-je. Ou vous vous êtes choisi ce blason vous-même ?

— Tu n'as pas besoin de connaître mon vrai nom. Maître Yehudi suffira.

— Eh bien, moi, c'est Walter. Walter Claireborne Rawley. Mais vous pouvez m'appeler Walt.

— Je t'appellerai comme je voudrai. Si j'ai envie de t'appeler ver, je t'appellerai ver. Si j'ai envie de t'appeler porc, je t'appellerai porc. Compris ?

— Merde, m'sieu, j'comprends rien à ce que vous racontez.

— Et je ne tolérerai ni mensonge ni duplicité. Pas d'excuses, pas de récriminations, pas de discussion. Une fois que tu auras pris le pli, tu seras le plus heureux des gamins.

— Ouais. Et si un cul-de-jatte avait des jambes, il pourrait pisser debout !

— Je connais ton histoire, fiston. Inutile de m'inventer des fariboles. Je sais que ton père a été

14

gazé en Belgique, en dix-sept, et j'en sais aussi sur ta mère, qui se faisait culbuter à un sou la passe dans les quartiers est de Saint Louis, et je sais ce qui lui est arrivé voici quatre ans et demi, quand ce flic dingue lui a fait exploser la tête d'un coup de revolver. Ne va pas croire que je n'ai pas pitié de toi, mon garçon, mais tu n'arriveras jamais à rien avec moi si tu as peur de la vérité.

— Bon, bon, monsieur le Bien-Culotté. Puisque vous connaissez toutes les réponses, pourquoi vous gaspillez votre salive à me causer de trucs que vous savez déjà ?

— Parce que tu ne crois toujours pas un mot de ce que je t'ai dit. Quand je te parle de voler, tu penses que c'est de la frime. Tu vas travailler dur, Walt, plus dur que tu ne l'as jamais fait, et tu auras presque tous les jours envie de me plaquer, mais si tu t'accroches et si tu te fies à mes conseils, au bout de quelques années tu pourras voler, je te le jure. Tu seras capable de t'élever au-dessus du sol et de te mouvoir en l'air comme un oiseau.

— Je suis du Missouri, vous savez ? C'est pas pour rien qu'on dit que c'est l'Etat des "fais-donc-voir".

— Eh bien, nous ne sommes plus dans le Missouri, mon petit ami. Nous sommes dans le Kansas. Et de toute ta vie tu n'as connu d'endroit plus plat ni plus désolé. Quand Coronado et sa troupe sont passés par ici en 1540 à la recherche des Cités de l'Or, ils se sont si bien perdus qu'un homme sur deux est devenu fou. Il n'y a rien qui permette de se repérer. Pas de montagnes, pas d'arbres, pas de bosses sur la route. C'est plat comme la mort par ici, et quand tu y auras vécu quelque temps, tu comprendras qu'il n'y a nulle part où aller que vers le haut — que le ciel est ton seul ami.

Il faisait noir quand le train entra en gare, et il me fut donc impossible de vérifier la description que m'avait faite le maître de mon nouveau pays. Pour autant que je pus en juger, rien ne distinguait Cibola de l'idée qu'on se fait d'un petit bled. Il y faisait un peu plus froid, sans doute, et nettement plus sombre que dans les lieux auxquels j'étais habitué, mais étant donné que je ne m'étais encore jamais trouvé dans un tel patelin, je n'avais aucune idée de ce que j'en attendais. Tout était nouveau pour moi : les odeurs me semblaient étranges et je ne reconnaissais pas les étoiles dans le ciel. Si on m'avait annoncé que je venais de pénétrer au Pays d'Oz, je pense que je n'en aurais pas été autrement surpris.

Après avoir traversé le bâtiment de la gare, on est restés un moment debout sur le seuil à observer le bourg obscur. Il n'était que sept heures du soir, mais tout paraissait fermé et, à part quelques lampes allumées dans les maisons de l'autre côté de la place, on ne voyait aucun signe de vie.

— Ne t'en fais pas, fit maître Yehudi, notre carrosse va arriver d'une minute à l'autre. Il tendit la main et voulut prendre la mienne, mais je dégageai mon bras avant qu'il ait pu la saisir.

— Bas les pattes, monsieur le maître, dis-je. Si vous croyez que je suis à vous, eh bien, des clous !

Neuf secondes environ après avoir dit ces mots, je vis apparaître au bout de la rue un grand cheval gris tirant une charrette en planches. Ça paraissait sorti des aventures de Tom Mix, un western que j'avais vu l'été précédent au *Picture Palace*, mais on était en 1924, bon Dieu, et quand j'aperçus cet antique véhicule qui approchait en cahotant, je crus qu'il s'agissait d'une apparition. Pourtant, surprise ! En le voyant arriver, maître Yehudi fit un signe de la main, et ce vieux cheval gris s'immobilisa juste devant nous, au bord du trottoir, en soufflant par les narines des nuages de vapeur. Son conducteur était un personnage rond et trapu, enroulé dans des couvertures et coiffé d'un chapeau à large bord, et au premier abord je n'aurais pu dire si c'était un homme, une femme ou un ours.

— Bonsoir, maman Sue, dit le maître. Regardez ce que j'ai trouvé.

Pendant quelques secondes, la femme braqua sur moi des yeux froids et inexpressifs et puis, tout à coup, elle m'adressa l'un des sourires les plus chaleureux et les plus amicaux qu'on m'ait jamais offerts. Deux ou trois dents tout au plus pointaient de ses gencives, et de l'éclat de ses yeux noirs je conclus que c'était une Gypsy. C'était maman Sue, la Reine des Gypsies, et maître Yehudi était son fils, le Prince des Ténèbres. Ils allaient m'emmener au Château-d'où-l'on-ne-revient-pas, et s'ils ne me mangeaient pas le soir même pour leur dîner, ils feraient de moi leur esclave, un eunuque servile à l'oreille percée d'un anneau, la tête entourée d'un mouchoir de soie.

— Grimpe, bonhomme, dit maman Sue. Sa voix me parut si grave et si masculine que je serais mort de peur si je n'avais su qu'elle pouvait sourire. Tu verras des couvertures là, derrière. Si tu as une idée de ce qui est bon pour toi, tu t'en couvriras. On a une longue route à faire dans le froid, et faudrait pas que tu arrives avec les fesses gelées.

— Il s'appelle Walt, fit le maître en montant à côté d'elle. De la graine de galopin à la cervelle puante qui traînait dans le ruisseau. Si mon flair est bon, c'est lui que je cherchais depuis tant d'années. Puis, se tournant vers moi, il ajouta brusquement : Voilà maman Sue, gamin. Conduis-toi bien avec elle et en échange, elle ne te fera que du bien. Contrarie-la, et tu regretteras d'être né. Elle a beau être grosse et édentée, elle est tout de même ce que tu auras de plus proche d'une mère.

Je ne sais pas combien de temps il nous fallut pour atteindre la maison. Elle se trouvait quelque part dans la campagne, à seize ou dix-sept miles du bourg, mais je n'appris cela que plus tard car à peine enfoui sous les couvertures, dès que la charrette se mit en route, je m'endormis profondément. Quand j'ouvris les yeux, nous étions arrivés, et si le maître ne m'avait réveillé d'une gifle, j'aurais sans doute dormi jusqu'au matin.

Il me précéda dans la maison tandis que maman Sue dételait le canasson, et la première pièce où nous entrâmes était la cuisine : un espace nu, mal éclairé, avec un poêle à bois dans un coin et une lampe au kérosène qui vacillait dans un autre. Un garçon noir d'une quinzaine d'années était assis à une table, plongé dans un livre. Il n'était pas brun comme la plupart des gens de couleur que j'avais rencontrés chez nous, il était d'un noir d'encre, si noir qu'il semblait presque bleu. Un authentique Éthiopien, un négrillon sorti des jungles les plus ténébreuses de l'Afrique, et mon cœur manqua s'arrêter de battre quand je l'aperçus. Il était frêle et osseux, avec des yeux protubérants et des lèvres énormes, et lorsqu'il se leva pour nous accueillir, je remarquai qu'il se tenait tout tordu et de travers, que son corps bossu et anguleux était celui d'un infirme.

— Je te présente Ésope, me dit le maître, le meilleur gars qui fut jamais. Dis-lui bonjour et serre-lui la main, Walt. Il sera ton nouveau frère.

— J'serre pas la main d'un nègre, protestai-je. Z'êtes cinglé si vous imaginez que je ferais une chose pareille.

Maître Yehudi poussa un long et fort soupir. Cela ressemblait à une expression de chagrin plutôt que de dégoût, à un frisson monumental venu des profondeurs de l'âme. Et puis, d'un geste extrêmement calme et décidé, il courba l'index de sa main droite comme pour me faire signe d'approcher, l'immobilisa et plaça le bout de ce crochet juste sous mon menton, à l'endroit précis où la chair et l'os se rencontrent. Ensuite il se mit à appuyer, et tout d'un coup une douleur terrible envahit ma nuque et monta dans mon crâne. Jamais je n'avais eu aussi mal. Je voulus crier, mais mon gosier était bloqué et je ne parvins à en sortir qu'un faible son nauséeux. Le maître continuait à enfoncer son doigt, et soudain je sentis que mes pieds quittaient le sol. Je montais, je m'élevais dans les airs telle une plume, et le maître paraissait accomplir cela sans le moindre effort, comme si je ne pesais pas plus lourd pour lui qu'une bête à bon Dieu. Il me souleva jusqu'à ce que mon visage se trouve au niveau du sien et que je le regarde droit dans les yeux.

— On ne parle pas comme ça ici, gamin, dit-il. Tous les hommes sont frères, et dans cette famille tout le monde est traité avec respect. C'est la loi. Si elle ne te plaît pas, tu devras t'y faire. La loi est la loi, et quiconque y contrevient sera transformé en limace et passera le restant de ses jours à ramper dans la boue.

J'étais nourri et vêtu, j'avais ma chambre à moi. Je n'étais ni fessé ni battu, ne recevais ni coups de pied ni coups de poing, ni taloches sur les oreilles, et pourtant, si tolérable que fût ma situation, je ne m'étais jamais senti plus déprimé, plus rempli d'amertume et de fureur contenue. Pendant les six premiers mois, je ne pensai qu'à m'enfuir. J'étais un enfant des villes, né avec le jazz dans le sang, un gamin des rues, l'œil attentif à l'aubaine, et j'aimais le brouhaha des foules, les grincements des trolleybus, la pulsation des néons, la puanteur du whisky de contrebande suintant dans les rigoles. J'étais un loustic au pied léger, un *scatman* miniature à la langue bien pendue, aux multiples facettes, et je me retrouvais planté au milieu de nulle part, sous des cieux qui ne jouaient que sur le temps — presque toujours mauvais.

La propriété de maître Yehudi consistait en trente-sept arpents de poussière, une maison à un étage, un poulailler, une porcherie et une grange. Il y avait une douzaine de poules dans le poulailler, deux vaches et le cheval gris dans la grange, et six ou sept cochons dans la porcherie. Il n'y avait ni électricité, ni eau courante, ni téléphone, ni radio, ni phonographe, rien. L'unique source de distraction était le piano du salon, mais seul Esope était capable d'en jouer, et il bousillait si bien jusqu'aux airs les plus simples que je sortais toujours de la pièce dès l'instant où il posait les doigts sur le clavier. Cet endroit n'était qu'un trou merdique et au bout d'une journée j'en avais déjà plein le cul. Ils ne connaissaient même rien au base-ball, dans cette baraque, et je n'avais personne à qui parler de mes chers *Cardinals*, qui, à cette époque, étaient à peu près mon seul centre d'intérêt. Il me semblait être tombé dans une faille du temps pour atterrir à l'âge de la pierre, en une contrée où les dinosaures erraient encore sur la terre. A en croire maman Sue, maître Yehudi avait gagné la ferme à la suite d'un pari avec quelqu'un à Chicago, il y avait de cela sept ans environ. Un sacré pari, moi je disais. C'était le perdant qui avait gagné, et le gagnant se retrouvait comme une andouille avec un avenir pourri à Chienville, USA.

Je n'étais qu'un petit râleur ignare en ce temps-là, je l'admets, mais je ne vais pas m'en excuser. J'étais ce que j'étais, le produit des gens et des lieux que j'avais connus, et m'apitoyer là-dessus maintenant n'aurait aucun sens. Ce qui me frappe le plus au souvenir de ces premiers mois, c'est la patience dont tous faisaient preuve, la compréhension et la tolérance avec lesquelles ils accueillaient mes frasques. Je me suis enfui quatre fois au cours de cet hiver — dont une jusqu'à Wichita — et à chaque fois ils m'ont repris sans me poser de questions. Je ne valais guère mieux que rien, à peine un poil, une ou deux molécules au-dessus du minimum de ce qui constitue un être humain, et puisque le maître ne tenait pas mon âme en plus grande estime que celle d'un animal, c'est là qu'il me fit débuter : dans la grange, avec les animaux.

Je détestais m'occuper de ces poules et de ces cochons, mais je préférais leur compagnie à celle des humains. J'avais de la peine à décider qui je haïssais le plus, et je modifiais chaque jour l'ordre de mes antipathies. Maman Sue et Esope étaient les cibles d'une bonne part de mon acrimonie rentrée, mais au bout du compte c'était le maître qui provoquait ma colère et ma rancune les plus fortes. C'était lui, le scélérat qui m'avait attiré là par ses mensonges, et s'il fallait reprocher à quelqu'un la mouise où je me trouvais, je voyais en lui le principal coupable. Le plus exaspérant, c'étaient ses sarcasmes, les moqueries et les insultes dont il ne cessait de m'accabler, sa façon de me persécuter, de s'acharner sur moi sans autre raison que de démontrer ma nullité. Avec les deux autres, il se montrait toujours poli, un modèle de savoir-vivre, mais il ne ratait pas une occasion de dire un mot désagréable à mon propos. Cela commença dès le premier matin, et ensuite il ne me laissa aucun répit. Je me rendis bientôt compte qu'il ne valait guère mieux que l'oncle Slim. Le maître ne me brutalisait pas à la manière de Slim, mais ses paroles avaient le pouvoir de faire aussi mal que n'importe quel coup sur la tête.

— Eh bien, mon bel oiseau, me dit-il ce premier matin, voyons un peu ce qu'on t'a inculqué.

— Inculqué ? répliquai-je, cherchant à jouer au plus fin. Inculqué, connais pas. Si vous parlez de mon cul...

— Je te parle de l'école, petit crétin. As-tu jamais mis le pied dans une classe, et si oui, qu'y as-tu appris ?

— Pas besoin d'école pour apprendre. J'ai mieux à faire de mon temps.

— Bravo. Voilà qui est parler en sage. Mais sois plus précis. Qu'en est-il de l'alphabet ? Sais-tu, ou non, les lettres de l'alphabet ?

— Quelques-unes. Celles qui me servent. Les autres comptent pas. Elles me font juste suer, alors je les connais pas.

— Et quelles sont celles qui te servent ?

— Eh bien, voyons... D'abord A, celle-là, je l'aime bien, et W. Et puis, comment déjà, L, et puis E, et R, et celle qui ressemble à une croix. T. Comme dans *T-bone steak*. Ces lettres-là, c'est mes potes, et les autres peuvent aller au diable, je m'en fous.

— Donc tu sais écrire ton nom.

— C'est ce que je vous explique, patron. Je sais écrire mon nom, et je sais compter jusqu'à perpète, et je sais que le soleil est une étoile du ciel. Je sais aussi que les livres c'est pour les filles et les mauviettes, et si vous avez l'intention de m'enseigner des trucs dans des livres, on peut annuler notre accord tout de suite.

— Ne t'inquiète pas, gamin. Ce que tu viens de me dire sonne à mes oreilles comme la plus douce des musiques. Plus tu es bête, mieux ça vaut pour nous deux. Il y aura moins à défaire ainsi, et ça nous fera gagner beaucoup de temps.

— Il s'agissait d'apprendre à voler. Quand est-ce qu'on commence ?

— Nous avons commencé. Dès maintenant, tout ce que nous faisons est lié à ton entraînement. Ça ne te paraîtra pas toujours évident, alors efforce-toi de t'en souvenir. Si tu n'oublies pas, tu seras capable de tenir bon même dans les passages pénibles. Nous partons pour un long voyage, fils, et ma première tâche consiste à te casser le moral. Je regrette qu'il ne puisse en être autrement, mais on ne peut l'éviter. Compte tenu de la fange d'où tu sors, ce ne devrait pas être trop difficile.

Je passai donc mes journées à pelleter le fumier dans la grange en me gelant jusqu'aux sourcils pendant que les autres restaient au chaud, bien à l'abri dans la maison. Maman Sue s'occupait de la cuisine et du ménage, Esope lisait des livres, vautré sur le canapé, et maître Yehudi ne faisait rien du tout. Il semblait avoir pour principale occupation de regarder par la fenêtre du matin au soir, assis sur une chaise de bois à haut dossier. A part ses conversations avec Esope, c'est la seule activité que je lui vis jusqu'au printemps. Lorsque ces deux-là parlaient ensemble, je les écoutais parfois, mais je ne comprenais rien à ce qu'ils disaient. Ils employaient tant de mots compliqués que c'était comme s'ils avaient communiqué dans un charabia secret. Plus tard, quand je commençai à saisir un peu mieux l'ordre des choses, j'appris qu'ils étudiaient. Maître Yehudi s'était mis en tête de donner à Esope une éducation libérale, et les livres qu'ils lisaient traitaient de toutes sortes de sujets : histoire, science, littérature, mathématiques, latin, français, et ainsi de suite. En plus de son projet de m'apprendre à voler, il avait aussi celui de faire d'Esope un savant et, pour autant que je pouvais en juger, ce second projet comptait bien davantage à ses yeux que celui qui me concernait. Un matin, peu après mon arrivée, le maître m'en avait parlé en ces termes : "Il était encore en plus piteux état que toi, avorton. Quand je l'ai trouvé, il y a douze ans, il rampait au milieu d'un champ de coton, en Géorgie. Il était vêtu de loques et n'avait rien mangé depuis deux jours, et sa maman, qui n'était guère qu'une gamine, gisait dans leur cabane, morte de tuberculose, à quatorze miles de là. C'est la distance qu'il avait parcourue. Il délirait de faim, et si le hasard ne me l'avait fait découvrir à ce moment-là, qui sait ce qui serait arrivé ? Son corps est déformé de façon tragique, certes, mais son cerveau est un instrument prodigieux et il m'a surpassé déjà dans bien des domaines. J'ai l'intention de l'envoyer à l'université dans trois ans. Il pourra y poursuivre ses études, et lorsqu'il sera diplômé et se lancera dans la vie, il deviendra un guide pour les siens, un exemple lumineux pour tous les Noirs méprisés dans ce pays violent et hypocrite." Je ne trouvais ni queue ni tête à ce que racontait le maître, et pourtant l'amour ardent que je sentais dans sa voix m'impressionna. Si stupide que je fusse, j'étais néanmoins capable de comprendre cela. Il aimait Esope comme un fils, et moi je n'étais qu'un bâtard, un chien trouvé, tout juste bon à se faire cracher dessus et à rester dehors sous la pluie.

Maman Sue partageait mon ignorance, nous étions les deux illettrés, les demeurés ; cela aurait pu créer un lien entre nous, mais il n'en était rien. Elle ne me manifestait aucune hostilité, et cependant elle me donnait la chair de poule et je pense qu'il me fallut plus longtemps pour me faire à ses bizarreries que pour m'habituer aux deux autres — que l'on n'aurait guère pu qualifier de normaux. En la voyant sans ses couvertures et sans chapeau sur la tête, j'avais encore de la peine à distinguer à quel sexe elle appartenait. Je trouvais cette incertitude angoissante, et même après l'avoir épiée, nue, par le trou de sa serrure, et avoir constaté de mes yeux qu'elle possédait une paire de tétons et qu'aucun membre ne pendait de sa touffe, je ne me sentis pas tout à fait convaincu. Elle avait des mains aussi rudes que celles d'un homme, des épaules larges et des avant-bras aux muscles saillants et, sauf quand l'un de ses rares et beaux sourires l'illuminait, son visage semblait aussi distant et fermé qu'un bloc de bois. C'est sans doute cela, surtout, qui me troublait : son silence, l'air qu'elle avait de regarder à travers moi comme si je n'avais pas été là. Sur l'échelle sociale de la maisonnée, je me situais juste au-dessous d'elle, ce qui signifie que c'est à maman Sue que j'avais le plus souvent affaire. C'était elle qui m'assignait mes corvées et qui me surveillait, elle qui s'assurait que je me lavais la figure et me brossais les dents avant d'aller au lit, et pourtant, malgré les heures passées en sa compagnie, je me sentais plus solitaire auprès d'elle que si j'avais été vraiment seul. Une impression de vide à l'estomac m'envahissait dès qu'elle était dans les parages, comme si, du fait d'être près d'elle, je m'étais mis à rétrécir. Ma conduite importait peu. Je pouvais trépigner ou me tenir tranquille, je pouvais hurler à tue-tête ou rester coi, le résultat ne variait jamais. Maman Sue était un mur, et chaque fois que j'approchais de ce mur je me retrouvais transformé en fumée, en un petit nuage de cendres que le vent éparpillait.

Seul Esope me manifestait une véritable gentillesse, mais je l'avais pris en grippe dès le premier instant et rien de ce qu'il pouvait dire ou faire n'allait modifier ça. C'était plus fort que moi. Le mépris que je ressentais envers lui, je l'avais dans le sang, et compte tenu qu'il était le plus laid des spécimens de sa race que la malchance m'eût donné de rencontrer, je trouvais totalement inadmissible que nous vivions sous le même toit. Cela me paraissait contraire aux lois de la nature, une transgression de tout ce qui était sacré et convenable, et je ne me laisserais pas aller à l'accepter. S'ajoutaient à cela le fait qu'Esope parlait comme aucun autre garçon de couleur sur la face de la terre — plus comme un lord anglais que comme un Américain —, et puis le fait supplémentaire qu'il était le préféré du maître, et je ne pouvais penser à lui sans piquer une crise de nerfs. Ce qui n'arrangeait rien, c'est que j'étais obligé de la fermer en sa présence. Quelques réflexions bien choisies m'auraient déchargé d'un peu de ma fureur, me semble-t-il, mais je me souvenais du doigt du maître fiché sous mon menton et ne me sentais pas prêt à me soumettre de nouveau à cette torture.

Le pire, c'était qu'Esope semblait indifférent à mon mépris. J'avais mis au point à son intention tout un répertoire de moues et de grimaces, mais chaque fois que je lui lançais un de mes regards noirs, il se contentait de hocher la tête en souriant pour lui-même. Je me sentais idiot. J'avais beau m'efforcer de le blesser, il ne se laissait jamais atteindre, ne m'accordait jamais la satisfaction de marquer un point contre lui. Il ne gagnait pas seulement la guerre entre nous, il en gagnait chaque fichue bataille, et j'en conclus que si je ne pouvais même pas l'emporter sur un diable noir dans un simple échange d'insultes, toute la prairie du Kansas devait être ensorcelée. Je m'étais laissé endormir et entraîner dans un pays de cauchemar, et plus je luttais pour me réveiller, plus le rêve devenait terrifiant.

— Tu en fais trop, me déclara Esope un beau jour.

Tu es si furieusement convaincu d'avoir raison que ça te rend aveugle à ce qui t'entoure. Et si tu n'aperçois pas ce qui se trouve devant le bout de ton nez, tu ne seras jamais capable de te regarder pour savoir qui tu es.

— Je sais qui je suis, répliquai-je. Ça c'est quelque chose que personne peut me prendre.

— Le maître ne veut rien te prendre. Il veut te faire don de la grandeur.

— Ecoute, tu me fais une fleur ? Cause pas de ce vautour devant moi. Y me donne la chair de poule, ton cher maître, et moins je pense à lui, mieux je me sens.

— Il t'aime, Walt. Il croit en toi de toute son âme.

— Il croit en moi, mon cul ! Ce faux jeton ne croit à rien du tout. Il est le Roi des Gypsies, voilà ce qu'il est, et si jamais il a une âme — je ne dis pas qu'il en a une — elle est mauvaise d'un bout à l'autre.

— Le Roi des Gypsies ? D'étonnement, Esope écarquilla les yeux. C'est ça que tu imagines ?

L'idée devait l'avoir touché à un point sensible, car une seconde plus tard il se pliait en deux, secoué par des convulsions de rire.

— Eh bien, toi, tu en as de bonnes, hoqueta-t-il en frottant ses yeux pleins de larmes. Qu'est-ce qui a pu te fourrer dans la tête une idée pareille ?

— Euh, fis-je, conscient que mes joues devenaient écarlates, si c'est pas un Gypsy, c'est quoi, alors ?

— Il est hongrois.

— Quoi ? bégayai-je. C'était la première fois que j'entendais prononcer ce mot, et je m'en sentais si épaté que j'avais momentanément perdu ma langue.

— Hongrois. Il est né à Budapest, et il est arrivé en Amérique quand il était petit. Il a été élevé à Brooklyn, New York, et son père et son grand-père étaient tous deux rabbins.

— Et c'est quoi, ça, une sous-espèce de rongeurs ?

— C'est un sage juif. Un peu comme un pasteur ou un prêtre, mais pour les juifs.

— Eh ben, voilà ! m'exclamai-je. Ça explique tout, non ? L'est encore pis qu'un Gypsy, ce vieux docteur Sourcils Noirs — c'est un youtre ! Y a rien de pis que ça sur toute notre misérable planète.

— Je ne te conseille pas de parler comme ça devant lui, fit Esope.

— Je connais mes droits, dis-je. Et c'est pas un juif qui va me bousculer, j'te promets.

— Du calme, Walt. Tu vas t'attirer des ennuis.

— Et l'autre sorcière, maman Sue ? Elle aussi c'est une youpine ?

Esope secoua la tête et contempla le sol à ses pieds. Ma voix frémissait d'une telle colère qu'il n'osait pas me regarder dans les yeux.

— Non, dit-il. Elle, c'est une Sioux, de la tribu des Oglala. Son grand-père était le frère de Sitting Bull, et quand elle était jeune elle était la star des écuyères qui montaient à cru dans le grand *Wild West Show* de Buffalo Bill.

— Tu te fous de moi.

— Cette idée ne m'effleurerait pas. Ce que je te raconte est la vérité pure et simple. Tu vis dans la même maison qu'un juif, un Noir et une Indienne, et plus vite tu accepteras cette idée, plus vite ton existence s'améliorera.

J'avais tenu bon pendant trois semaines, mais après cette conversation avec Esope, je me rendis compte que je n'en pouvais plus. Le soir même, je me tirais de là : j'attendis que tout le monde fût endormi, me glissai hors des bannes, descendis l'escalier en douce et sortis sur la pointe des pieds dans l'obscurité glaciale de décembre. Il n'y avait pas de lune, pas la moindre étoile pour m'éclairer et, dès l'instant où je franchis le seuil, je me heurtai à un vent si violent qu'il me plaqua aussitôt contre le mur de la maison. Mes os ne pesaient pas plus que du coton dans cette tourmente. La nuit retentissait de ses clameurs, l'air roulait et bondissait comme s'il avait véhiculé la voix de Dieu, clamant sa colère contre toute créature assez folle pour se dresser devant elle. Je devins ce fou, et à plusieurs reprises je me ramassai sur le sol, luttant pour avancer au cœur du maelström, tourbillonnant comme un toton à chaque centimètre gagné dans la traversée de la cour. Après dix ou douze tentatives, j'étais exténué, mon corps semblait une carcasse éreintée, brisée. J'avais réussi à atteindre la porcherie, et juste au moment où j'allais une fois de plus me redresser sur les genoux, mes yeux se fermèrent et je perdis conscience. Des heures passèrent. Je m'éveillai aux premières lueurs de l'aube pour me retrouver entouré de quatre cochons assoupis. Si je n'avais abouti au milieu de ces porcs, il est plus que probable que je serais mort de froid pendant la nuit. Quand j'y repense maintenant, cela me paraît miraculeux, mais ce matin-là, quand j'ouvris les yeux et vis où j'étais, ma première réaction fut de sauter sur mes pieds et de cracher en maudissant ma malchance.

Maître Yehudi était responsable de ce qui était arrivé, cela ne faisait aucun doute pour moi. Durant cette première période de notre histoire, je lui attribuais toutes sortes de pouvoirs surnaturels, et j'avais la ferme conviction qu'il avait suscité ce vent féroce à seule fin de m'empêcher de m'enfuir. Après cela, pendant plusieurs semaines, les théories et les spéculations les plus folles m'envahirent le crâne. La plus effrayante concernait Esope — et ma certitude croissante qu'il était né blanc. La chose était terrible à envisager, mais tous les indices semblaient confirmer ma conclusion. Il parlait comme un Blanc, n'est-ce pas ? Il se comportait comme un Blanc, pensait comme un Blanc, jouait du piano comme un Blanc ; parce que sa peau était noire, devais-je en croire mes yeux alors que mes tripes m'affirmaient le contraire ? Il était né blanc, c'était la seule explication. Il y avait des années de cela, le maître avait fait de lui son premier élève dans l'art de voler. Il avait ordonné à Esope de sauter du toit de la grange, et

Esope avait sauté — et au lieu d'être emporté par les courants et de s'élever sur l'aile du vent, il était tombé au sol et s'était brisé tous les os. Cela rendait compte de sa pitoyable carcasse déglinguée mais, en outre, maître Yehudi l'avait puni pour son échec. Invoquant le pouvoir de cent démons juifs, il avait pointé un doigt sur son disciple et l'avait transformé en un nègre hideux. La vie d'Esope était gâchée, et je ne doutais pas que le même sort me fût réservé. Non seulement j'allais finir mes jours avec un corps infirme sous une peau noire, mais je serais aussi contraint de les passer à étudier dans des livres.

Je décampai une deuxième fois au beau milieu de l'après-midi. La nuit m'avait opposé ses maléfices, je ripostai donc avec une nouvelle stratégie et filai en plein jour, imaginant que si je voyais où j'allais, nul démon ne menacerait ma fuite. Pendant une heure ou deux, tout se déroula comme prévu. Je me faufilai par la porte de la grange à l'heure du déjeuner et pris la route de Cibola, décidé à marcher d'un bon pas afin d'atteindre le bourg avant la nuit. Une fois là, je comptais bien trouver un train de marchandises pour m'acheminer vers l'est. Sauf pépin, au bout de quelque vingt-quatre heures je me baladerais sur les boulevards de ce cher vieux Saint Louis.

Me voilà donc en train de cavaler sur cette route plate et poussiéreuse, en compagnie des mulots et des corbeaux, et de me sentir à chaque pas un peu plus sûr de moi, lorsque levant soudain les yeux j'aperçus une charrette qui s'amenait en face de moi. Elle ressemblait étrangement à la charrette de maître Yehudi, mais comme je venais de voir celle-ci dans la grange au moment de mon départ, je traitai la coïncidence d'un haussement d'épaules. Lorsque j'en fus à une quinzaine de mètres, je regardai de nouveau. Ma langue resta collée à mon palais ; mes yeux dégringolèrent de leurs orbites pour s'écraser à mes pieds. C'était bel et bien la charrette de maître Yehudi avec, assis sur le siège, nul autre que le maître en personne, qui me contemplait en souriant. Il immobilisa la carriole et m'adressa un petit coup de chapeau amical et désinvolte.

— Salut, fils. Un peu frisquet pour se promener, cet après-midi, tu ne trouves pas ?

— Ce temps me convient, répliquai-je. Au moins, on respire au grand air. Si on reste trop longtemps au même endroit, on finit par s'étouffer dans ses propres odeurs.

— Bien sûr, je sais ce que c'est. Tous les garçons éprouvent le besoin de se dégourdir les jambes. Mais l'excursion est terminée, maintenant, il est temps de rentrer. Grimpe à bord, Walt, et on va voir si on peut arriver à la maison avant que les autres s'aperçoivent de notre absence.

Je n'avais guère le choix, et je montai donc m'asseoir à côté de lui tandis que, d'un claquement de rênes, il faisait repartir le cheval. Au moins, il ne me traitait pas avec sa grossièreté habituelle, et même si je me sentais ulcéré de l'échec de mon évasion, je ne risquais pas de lui avouer ce qu'avaient été mes intentions. Il les avait sûrement devinées, de toute façon, mais plutôt que de manifester ma déception, j'entrai dans son jeu, prétendant n'être parti que me balader.

— C'est pas bon pour un garçon d'être trop enfermé, dis-je. Ça le rend triste et grincheux, alors il a pas le cœur à bosser. Un gars qu'on laisse prendre l'air de temps en temps, il se remet plus volontiers au boulot.

— J'entends ce que tu dis, camarade, fit le maître, et j'en comprends toute la portée.

— Eh bien, qu'est-ce que ce sera, alors, capitaine ? Je sais que Cibola, c'est pas la grande ville, mais je parierais qu'ils ont un ciné. Ce serait agréable d'y aller un de ces soirs. Vous savez, une petite sortie pour rompre la monotonie. Ou bien y a sans doute un club sportif dans les environs, une de ces équipes de petite ligue. Quand le printemps sera là, pourquoi on n'irait pas voir un match ou deux ? Ça n'a pas besoin d'être du grand jeu comme les *Cards*. Je veux dire que la classe D, ça me va. Du moment qu'ils jouent avec des battes et des balles, vous n'entendrez pas un mot de réclamation dans ce coin-ci. On sait jamais, m'sieu. Si vous y donniez une petite chance, peut-être bien que vous y prendriez goût.

— Je n'en doute pas. Cependant, nous avons encore une montagne de travail à accomplir, et en attendant la famille doit garder profil bas. Plus nous nous rendrons invisibles, plus nous serons en sécurité. Je ne souhaite pas t'effrayer, mais les choses ne sont pas aussi calmes qu'on pourrait le croire, dans ces parages. Nous avons des ennemis puissants par ici, et ils ne sont pas trop ravis de notre présence dans leur pays. Nombre d'entre eux ne verraient aucun inconvénient à ce que nous cessions tout à coup de respirer, et il ne faut pas que nous les provoquions en exhibant ce panaché qui compose notre famille.

— Du moment qu'on s'occupe que de nos affaires, on s'en fout de ce que les gens pensent, non ?

— Justement, non. Il y a des gens qui croient que nos affaires sont les leurs, et je tiens à rester à l'écart de ces mêle-tout. Tu me suis, Walt ?

Je répondis que oui, mais en vérité je ne le suivais pas du tout. La seule chose que je comprenais, c'était qu'il y avait des gens qui avaient envie de me tuer et que je n'aurais pas la permission d'assister à des matches. Même le ton de sympathie sur lequel le maître me disait ça ne pouvait me le faire admettre, et pendant tout le trajet jusqu'à la maison je ne cessai de me répéter qu'il fallait être fort, ne pas m'avouer vaincu. Tôt ou tard, je trouverais un moyen de me tirer de là, tôt ou tard je laisserais à sa poussière ce personnage de vaudou.

Ma troisième tentative échoua tout aussi misérablement que les deux premières. J'étais parti dès le matin, cette fois, et bien que je fusse parvenu jusqu'aux faubourgs de Cibola, maître Yehudi m'y attendait de nouveau, perché sur sa carriole, avec le même sourire satisfait épanoui sur son visage. Je sortis de cet épisode complètement étourdi. Je ne pouvais plus cette fois, ainsi que la précédente, interpréter sa présence comme un simple fait du hasard. Il semblait avoir su avant moi que j'allais m'enfuir. Ce salaud nichait dans mon crâne, il me pompait la cervelle et mes pensées les plus intimes ne pouvaient lui rester cachées.

Je ne renonçai pas pour autant. Il allait falloir, simplement, que je procède de manière plus intelligente, plus méthodique. Après mûre réflexion, j'arrivai à la conclusion que la cause première de mes ennuis était la ferme elle-même. Je ne réussissais pas à me tirer de cet endroit parce qu'il était trop bien organisé, trop autonome. Les vaches nous donnaient du beurre et du lait, les poules, des œufs, les cochons, de la viande, nous avions des légumes dans la cave et d'abondantes réserves de farine, de sel, de sucre et d'étoffes, et personne n'avait besoin d'aller en ville chercher des provisions. Mais que se passerait-il, pensai-je, si nous étions pris de court, s'il venait à manquer quelque chose de vital dont nous ne puissions nous passer ? Le maître serait obligé d'y aller, n'est-ce pas ? Et sitôt qu'il serait parti, je me tirerais de là pour de bon.

Cela me paraissait si simple que je faillis m'étouffer de joie lorsque j'eus cette idée. On devait être alors en février, et pendant plus d'un mois je ne pensai quasi plus qu'au sabotage. Mon cerveau tramait les scénarios d'innombrables machinations, inventait des gestes inédits de terreur et de dévastation. Je comptais commencer petit — en déchirant un ou deux sacs de farine, peut-être en pissant dans le baril de sucre — et si le résultat de ces méfaits ne répondait pas à mes espoirs, je ne me sentais pas opposé à des formes plus grandioses de vandalisme : lâcher les poules du poulailler, par exemple, ou égorger les cochons. Je me sentais prêt à accomplir n'importe quoi pour m'en aller de là, et s'il fallait en venir au pire, j'envisageais même de mettre le feu à la paille afin d'incendier la grange.

Rien de tout cela ne se passa comme je l'avais imaginé. Les occasions ne me manquèrent pas mais, chaque fois que j'allais mettre mes projets à exécution, les nerfs me lâchaient, mystérieusement. La peur enflait dans mes poumons, mon cœur se mettait à palpiter, et à l'instant où ma main se tendait pour passer à l'acte, une force invisible me dépouillait de mon énergie. Rien de pareil ne m'était arrivé auparavant. J'avais toujours été un authentique chenapan, seul maître de mes impulsions et de mes désirs. Si je voulais faire quelque chose, je le faisais, carrément, avec la témérité d'un malfaiteur-né. Et voilà que je me trouvais coincé, bloqué par une étrange paralysie de la volonté, et je me méprisais de me comporter avec tant de lâcheté, ne pouvant comprendre comment un truand de mon envergure pouvait être tombé si bas. Maître Yehudi m'avait une fois de plus mis au tapis. Il avait fait de moi un pantin, et plus je me débattais pour lui échapper, plus il resserrait les ficelles.

Je vécus un mois d'enfer avant de trouver le courage de risquer une dernière tentative. Cette fois, la chance parut me sourire. Moins de dix minutes après que j'eus pris la route, un automobiliste qui passait par là me ramassa et m'emmena jusqu'à Wichita. C'était un des types les plus gentils que j'aie jamais rencontrés, un étudiant qui s'en allait voir sa fiancée, et nous nous entendîmes dès le premier abord, nous régalant mutuellement de nos histoires pendant les deux heures et demie que dura le trajet. Je regrette de ne pas me rappeler son nom. C'était un grand dadais aux cheveux blonds et au nez couvert de taches de rousseur, coiffé d'une coquette casquette de cuir. Je ne sais pourquoi je me souviens que sa petite amie s'appelait Francine, sans doute parce qu'il parlait d'elle sans trêve, s'étendant longuement sur les bouts roses de ses seins et sur les volants de dentelle qui garnissaient ses sous-vêtements. Casquette de Cuir roulait en Ford torpédo flambant neuve et fonçait à toute berzingue sur les routes désertes. Je me sentais si libre, si heureux que ça me donnait le fou rire, et plus nous jacassions de choses et d'autres, plus je me sentais libre et heureux. J'ai vraiment réussi, cette fois-ci, me disais-je. Je me suis vraiment taillé de là-bas, à partir de maintenant plus rien ne m'arrêtera.

Je ne peux pas décrire exactement l'idée que je me faisais de Wichita, mais ça n'avait rien à voir avec la minable bourgade de vachers que je découvris en cet après-midi de 1925. C'était Plouckville, cet endroit, une pustule d'ennui sur une fesse nue et blanche. Où étaient les saloons, les cinglés du revolver et les joueurs de cartes professionnels ? Où était passé Wyatt Earp ? Quoi que Wichita eût été dans le passé, son incarnation actuelle était un ramassis sobre et sans joie de boutiques et de maisons, une ville construite tellement à ras du sol que si vous vous arrêtiez pour vous gratter le crâne, vous heurtiez le ciel du coude. J'avais compté me monter l'une ou l'autre combine, passer là quelques jours à me constituer un petit magot et puis regagner Saint Louis en grande pompe. Un rapide tour dans les rues me convainquit de rempocher cette idée et, une demi-heure après y être arrivé, je cherchais déjà un train pour me sortir de là.

Je me sentais si morose et si déprimé que je ne remarquai même pas qu'il avait commencé à neiger. Mars était dans ce pays la saison des pires tempêtes, mais le début de la journée avait été si clair, si lumineux qu'il ne m'était pas venu à l'esprit que le temps pouvait changer. Ce ne fut d'abord qu'une petite averse, un éparpillement de blancheur filtrant des nuages et puis, tandis que je continuais à marcher dans la ville à la recherche du dépôt ferroviaire, les flocons devinrent plus épais et plus denses, et au bout de cinq à dix minutes, lorsque je m'arrêtai pour me repérer, j'en avais déjà jusqu'aux chevilles. La neige tombait à seaux. Avant que j'aie pu dire le mot "blizzard", le vent se leva et se mit à la faire tourbillonner dans tous les sens. Incroyable, la rapidité avec laquelle cela se passa. J'étais en train de marcher dans les rues du centre de Wichita et puis, l'instant d'après, je titubais à l'aveuglette, perdu au cœur d'une tempête blanche. Je n'avais plus aucune idée de l'endroit où je me trouvais. Je grelottais dans mes vêtements mouillés, le vent devenait frénétique, et moi, au milieu de tout ça, je tournais en rond.

Je ne sais pas au juste pendant combien de temps j'ai trébuché dans cette purée. Pas moins de trois heures, me semble-t-il, peut-être cinq ou six. J'étais arrivé en ville vers midi et à la tombée de la nuit j'étais encore sur mes pieds, en train de me frayer un passage à travers des congères grosses comme des montagnes où je m'enfonçais jusqu'aux genoux, jusqu'à la taille, puis jusqu'au cou, désespérant de trouver un abri avant que la neige avale mon corps entier. Il fallait que je continue à avancer. La plus petite pause m'aurait enseveli et, le temps de me battre pour me dégager, je serais mort de froid ou de suffocation. Je persévérais donc obstinément, malgré la conviction que c'était sans espoir, malgré la certitude que chaque pas me rapprochait de ma fin. Où sont les lumières ? me demandais-je sans cesse. Je m'éloignais de plus en plus de la ville, m'égarant vers la campagne où personne n'habitait, et pourtant chaque fois que je changeais de direction, je me retrouvais dans la même obscurité, entouré par une nuit et un froid sans faille.

Au bout de quelque temps, plus rien ne me parut réel. Mon cerveau s'était mis en panne, et si mon corps me halait encore de l'avant, ce n'était que faute de réfléchir. Quand j'aperçus au loin une faible lueur, je m'en rendis à peine compte. Je me traînai vers elle, pas plus conscient de ce que je faisais qu'un papillon de nuit attiré par une chandelle. Je la prenais, au mieux, pour un rêve, une illusion projetée devant moi par l'ombre de la mort, et tout en la gardant sans cesse devant moi, je sentais qu'elle aurait disparu avant que je ne l'atteigne.

Je ne me souviens pas d'avoir gravi en rampant les marches du perron ni de m'être redressé au seuil de la maison, mais je revois ma main tendue vers le bouton de porcelaine de la porte et je me souviens de mon étonnement quand je sentis ce bouton tourner et le pêne céder. J'entrai dans le vestibule, et là tout me parut si éblouissant, si intolérablement radieux, que je fus forcé de fermer les yeux. Lorsque je les rouvris, une femme se tenait devant moi — une belle dame aux cheveux roux. Elle était vêtue d'une longue robe blanche et ses yeux bleus me regardaient avec tant de surprise, une telle expression d'effroi, que je faillis fondre en larmes. Pendant une seconde ou deux, l'idée me passa par la tête qu'elle était ma mère et puis, me rappelant que ma mère était morte, je compris que je devais être mort, moi aussi, et que je venais de passer les portes du paradis.

— Voyez-moi ça ! s'exclama-t-elle. Pauvre garçon ! Voyez-moi ça !

— Scusez l'intrusion, m'dame, fis-je. Je m'appelle Walter Rawley et j'ai neuf ans. Je sais que ça peut paraître bizarre, mais j'apprécierais que vous me disiez où je suis. J'ai l'impression que c'est le paradis, ici, et ça me paraît pas juste. Après toutes les cochonneries que j'ai faites, j'ai toujours pensé que je finirais en enfer.

— Oh, mon Dieu, dit la femme. Voyez-moi ça ! Tu es à moitié mort de froid. Viens au salon, viens te réchauffer près du feu.

Sans me laisser le temps de répéter ma question, elle me prit par la main et me fit contourner l'escalier pour entrer dans son salon. Au moment où elle ouvrait la porte, je l'entendis dire : Mon chéri, déshabillez cet enfant et installez-le près du feu. Je monte chercher des couvertures.

C'est donc seul que je passai le seuil et pénétrai dans la chaleur du salon où les paquets de neige qui se détachaient de moi se mirent à fondre à mes pieds. Un homme était assis dans un coin devant une petite table, en train de boire du café dans une tasse de fine porcelaine. Il était vêtu d'un élégant complet gris perle et ses cheveux peignés vers l'arrière, sans raie, luisaient de brillantine sous la lumière jaune de la lampe. J'allais lui parler quand il leva la tête et sourit, et je compris aussitôt que j'étais mort et arrivé droit en enfer. De tous les chocs que j'ai subis au cours de ma longue carrière, aucun ne fut plus violent que cette électrocution.

— Maintenant, tu sais, me dit le maître. Où que tu te tournes, tu me trouveras. Si loin que tu t'en ailles, je t'attendrai toujours à l'autre bout. Maître Yehudi est partout, Walt, et il est impossible de lui échapper.

— Espèce de foutu salaud, criai-je. Espèce de faux jeton puant. Saleté d'ordure de merde.

— Surveille ton langage, gamin. Cette maison est celle de Mrs Witherspoon, et la grossièreté n'y est pas tolérée. Si tu ne veux pas être renvoyé dans cette tempête, ôte tes vêtements et tiens-toi convenablement.

— Essayez seulement, fumier de juif ! répliquai-je. Essayez seulement de me forcer !

Mais le maître n'eut rien à tenter. Une seconde après lui avoir craché ces paroles, je sentis ruisseler sur mes joues un flot de larmes brûlantes et salées. J'inspirai profondément, emmagasinant dans mes poumons tout l'air que je pouvais, et puis je lâchai un grand cri, un hurlement de pure détresse débridée. Avant qu'il me fût à moitié sorti du gosier, je m'enrouai, je m'étranglai, ma tête se mit à tourner. Je me tus pour reprendre mon souffle et alors, sans savoir ce qui m'arrivait, je perdis connaissance et m'effondrai sur le sol.

Je fus longtemps malade après cela. Mon corps avait pris feu, la fièvre brûlait en moi et il semblait de plus en plus probable que ma prochaine adresse postale serait une boîte en sapin. Les premiers jours, je les passai tout languissant dans la chambre d'ami de Mrs Witherspoon, à l'étage de sa maison, et je n'en garde aucun souvenir. Pas plus que je ne me souviens d'avoir été ramené chez nous, ni de rien d'autre, d'ailleurs, avant plusieurs semaines. A ce qu'on m'a raconté, mon compte eût été bon sans maman Sue — maman Sioux, ainsi que je finis par entendre son nom. Assise nuit et jour à mon chevet, elle me changeait mes compresses, me versait dans le gosier des cuillerées de liquide et, trois fois par jour, se levait de sa chaise pour exécuter une danse autour de mon lit en frappant des rythmes spéciaux sur son tambour oglala et en psalmodiant des prières au Grand Esprit, l'implorant de poser sur moi un regard compatissant et de me remettre sur pied. J'imagine que ça ne pouvait pas faire de mal, car aucun médecin professionnel ne fut appelé à m'examiner, et puisque je m'en tirai et me rétablis complètement, il est possible que ce fût grâce à cette magie.

Personne ne donna jamais à ma maladie un nom médical. Je pensais quant à moi qu'elle avait été provoquée par les heures passées dans la tempête, mais le maître rejetait cette explication comme inadéquate. Selon lui, il s'agissait du Mal-d'Etre, et je devais tôt ou tard en être frappé. Il fallait que je sois purgé de mes poisons avant de pouvoir accéder au degré suivant de mon entraînement, et à ce qui aurait pu s'éterniser pendant six ou neuf mois (non sans d'innombrables escarmouches), notre rencontre fortuite à Wichita avait mis un terme. La secousse m'avait fait basculer dans la soumission, disait-il, je m'étais senti écrasé par la certitude que je ne triompherais jamais contre lui, et ce choc psychologique était l'étincelle qui avait déclenché la maladie. Après cela, j'avais été lavé de toute rancœur, et lorsque je m'étais éveillé de ce cauchemar de mort, la haine qui couvait en moi s'était transformée en amour.

Sans vouloir contredire l'opinion du maître, il me semble que mon revirement se produisit beaucoup plus simplement. Cela pourrait avoir commencé lorsque ma fièvre venait de tomber et que, revenant à moi, j'aperçus maman Sioux assise à mon côté, le visage éclairé d'un sourire radieux, enchanteur. Qui voilà ? s'exclama-t-elle. Mon petit bout qui revient au pays des vivants ! Sa voix exprimait une telle joie, un si évident souci de mon bien-être que quelque chose en moi se mit à fondre. Faites pas de bile, frangine, murmurai-je, à peine conscient de ce que je disais, je piquais juste un petit somme, c'est tout. Je fermai aussitôt les yeux et sombrai à nouveau dans ma torpeur, mais à l'instant où je basculais, je sentis nettement la caresse des lèvres de maman Sioux contre ma joue. C'était la première fois que quelqu'un me donnait un baiser depuis la mort de ma mère, et cela fit naître en moi une sensation si douce et si chaleureuse, si bienvenue que je me rendis compte que ça m'était bien égal d'où elle provenait. Si cette grosse petite squaw avait envie de me faire des câlins, eh bien, bon Dieu, qu'elle m'en fasse, je n'allais pas l'en empêcher.

Tel fut, me semble-t-il, le premier pas, mais il y eut aussi d'autres incidents, dont le moindre ne fut pas celui qui se produisit quelques jours plus tard, à un moment où la fièvre m'avait repris. Je m'étais éveillé en début d'après-midi et avais trouvé la chambre vide. Je voulus m'extraire du lit pour utiliser le pot de chambre mais, au moment où je dégageais ma tête de l'oreiller, j'entendis qu'on chuchotait devant ma porte. Maître Yehudi et Esope se tenaient dans le couloir, plongés dans une discussion à voix basse et, même si je ne comprenais pas tout ce qu'ils disaient, j'en saisissais assez pour deviner l'essentiel. Esope enguirlandait le maître — il affrontait ce grand type, lui reprochait de se montrer trop dur avec moi. Je n'en croyais pas mes oreilles. Après toutes mes sima-grées, toutes les misères que je lui avais faites, je me sentais mortellement honteux de découvrir qu'Esope avait pris mon parti. Vous avez broyé son âme, chuchotait-il, et le voilà maintenant sur son lit de mort. Ce n'est pas juste, maître. Je sais que c'est un rebelle et un chenapan, mais il n'y a pas que de la révolte dans son cœur. Je l'ai senti, je l'ai vu de mes yeux. Et même si je me trompe, il ne mérite pas le genre de traitement que vous lui infligez. Personne ne le mériterait.

Ça me fit une impression extraordinaire que quelqu'un parlât ainsi pour moi, mais le plus extra-ordinaire, c'est que la harangue d'Esope ne tomba pas dans l'oreille d'un sourd. Le soir même, tandis que je me tournais et me retournais dans l'obscurité, maître Yehudi en personne se glissa dans ma cham-bre, s'assit sur le lit trempé de sueur et me prit la main dans les siennes. Je gardai les yeux fermés, ne laissai pas échapper un murmure et fis semblant de dormir pendant tout le temps qu'il resta là. Ne meurs pas, Walt, ne me fais pas ça, murmura-t-il d'une voix douce, comme pour lui-même. Tu es un petit dur, et l'heure n'est pas encore venue pour toi de rendre l'âme. De grandes choses nous attendent, des choses merveilleuses que tu ne peux même pas imaginer. Tu crois sans doute que je suis contre toi, mais ce n'est pas vrai. Simplement, je sais qui tu es, et je sais que tu peux tenir le coup. Tu as le don, fils, et je vais t'emmener très loin, là où personne encore n'est allé. Tu m'entends, Walt ? Je te dis de ne pas mourir. Je te dis que j'ai besoin de toi et que tu ne peux pas me quitter maintenant.

Je l'entendais, oh oui ! Je le recevais cinq sur cinq mais, bien que tenté de lui répondre, je dominai cette impulsion et tins ma langue. Un long silence s'installa. Assis là, dans le noir, maître Yehudi me caressait la main et après un moment, si je ne m'abuse pas, si je n'ai pas cédé au sommeil et rêvé ce qui suit, j'entendis, ou du moins je crus entendre une série de sanglots étouffés, un grondement sourd, presque imperceptible, qui jaillissait de la poitrine de ce grand bonhomme et perçait le silence de la chambre — une fois, deux fois, une douzaine de fois.

Prétendre que je renonçai d'un coup à mes soupçons serait exagérer, mais il ne fait aucun doute que mon attitude commença à changer. J'avais appris qu'il était vain de m'enfuir et, puisque je me voyais coincé là, que ça me plût ou non, je décidai de tirer le meilleur parti possible de mon lot. Avoir frôlé la mort y était sans doute pour quelque chose, je ne sais pas, mais lorsque je quittai mon lit de malade et me retrouvai sur pied, mon exaspération s'était dissipée. J'étais si content de me sentir rétabli que ça ne me dérangeait plus de partager l'existence de ces exclus de l'univers. Leur trio me paraissait bizarre et déplaisant mais, en dépit de mes incessantes rouspétances et de mes mauvaises manières, chacun d'entre eux semblait éprouver pour moi une certaine affection, et j'aurais été un galapiat de ne pas le reconnaître. Tout cela se réduit peut-être au fait que je m'habituais enfin à eux. Si on regarde quelqu'un en face pendant assez longtemps, on finit par avoir l'impression de se regarder soi-même.

Cela dit, je ne voudrais pas suggérer que ma vie devint plus facile. Dans l'immédiat, elle se fit même plus dure qu'avant et, si j'avais mis une sourdine à ma résistance, je n'en restais pas moins le "je-sais-tout", le petit vaurien contestataire que j'avais toujours été. Le printemps arrivait et une semaine après ma guérison je me retrouvai dans les champs, occupé à labourer la terre et à planter des semences en me cassant le dos comme un plouc crasseux à la cervelle d'oiseau. Je haïssais le travail manuel, pour lequel je n'avais aucune disposition, et ces journées me faisaient l'effet d'un châtiment, d'une épreuve interminable assortie d'ampoules, de doigts ensanglantés et d'orteils écrasés. Mais, au moins, je ne souffrais pas seul. Pendant un mois environ, nous peinâmes tous les quatre ensemble, laissant en suspens nos autres activités tandis que nous nous efforcions de planter à temps nos récoltes (maïs, froment, luzerne, avoine) et préparions en hâte le sol du jardin potager de maman Sioux, grâce auquel nous aurions tout l'été le ventre plein. Le travail était trop dur pour prendre le temps de bavarder, mais je disposais désormais d'un public pour mes rouspétances, et chaque fois que je lançais un de mes sarcasmes, je réussissais toujours à faire rire quelqu'un. Ce fut la grande différence entre avant et après ma maladie. Bien que ma langue fût toujours aussi bien pendue, tels commentaires qui, auparavant, étaient perçus comme traits de méchanceté et d'ingratitude étaient à présent considérés comme des blagues, le tapage turbulent d'un petit clown malin.

Maître Yehudi trimait autant qu'un bœuf, aussi acharné à la besogne que s'il avait été cul-terreux de naissance, et il ne manquait jamais d'en accomplir plus que nous trois réunis. Régulière, diligente et silencieuse, maman Sioux avançait sans jamais se redresser, pointant vers le ciel son ample postérieur. Elle descendait d'une race de chasseurs et de guerriers, et l'agriculture lui était aussi peu naturelle qu'à moi. Cependant, si maladroit que je fusse, Esope l'était encore davantage, et je trouvais consolant de savoir qu'il n'éprouvait pas plus que moi le moindre enthousiasme à perdre son temps en de telles corvées. Il aurait voulu rester dans la maison à lire ses livres, à rêver ses rêves et à brasser ses idées et, tout en ne se plaignant jamais au maître, il se montrait particulièrement sensible à mes saillies et interrompait mes balivernes en pouffant spontanément, et chaque fois qu'il riait c'était comme s'il avait proféré un *amen* sonore, m'assurant que j'avais tapé dans le mille. J'avais toujours considéré Esope comme un béni-oui-oui, un rabat-joie inoffensif qui ne transgressait pas les règles, mais en entendant son rire là, dans les champs, je commençai à me faire une autre idée de lui. Contrairement à ce que j'avais imaginé, cette carcasse tordue ne manquait pas de sel, et malgré son sérieux et ses grands airs, Esope se montrait aussi avide de s'amuser qu'on peut l'être à quinze ans. Ce que je lui apportais, c'était une détente comique. Ma verve l'émoustillait, mon culot et mon cran lui remontaient le moral, et avec le temps je compris qu'il ne représentait plus une gêne ni un rival. Il était un ami — mon premier ami.

Je ne veux pas sombrer dans le sentimentalisme, mais c'est de mon enfance qu'il s'agit, de la mosaïque de mes premiers souvenirs et, vu la rareté des attachements que je devais connaître par la suite, mon amitié avec Esope mérite d'être notée. Tout autant que maître Yehudi, il m'a marqué d'une façon qui a transformé ma personnalité, qui a modifié le cours et la substance de ma vie. Je ne fais pas seulement allusion à mes préjugés, ce vieux sortilège qui empêche de voir les gens plus loin que leur peau, mais au fait même de l'amitié, au lien qui naquit entre nous. Esope devint mon camarade, mon ancre dans une mer aux cieux indifférenciés, et sans lui pour me soutenir je n'aurais jamais trouvé le courage de supporter les tourments qui m'engloutirent au long des douze ou quatorze mois suivants. Le maître, qui avait pleuré dans l'obscurité de ma chambre, s'était dès ma guérison mué en esclavagiste, m'infligeant des souffrances qu'aucun être vivant ne devrait avoir à endurer. Quand je revois maintenant cette époque, je m'étonne de n'être pas mort, d'être effectivement encore ici pour en parler.

Lorsque la saison des semailles fut passée et notre nourriture plantée dans la terre, le vrai travail commença. Ce fut juste après mon dixième anniversaire, par une belle matinée de la fin de mai. Le maître me prit à part après le déjeuner et me murmura à l'oreille : Haut les cœurs, bonhomme. C'est maintenant qu'on va rire.

— Vous prétendez qu'on n'a pas ri jusqu'ici ? demandai-je. Corrigez-moi si je me trompe, je pensais que jouer les bouseux c'était la plus grande rigolade que j'aie connue depuis ma dernière partie de solitaire.

— Travailler la terre est une chose, une corvée fastidieuse mais nécessaire. Maintenant, nous allons tourner nos pensées vers le ciel.

— Comme ces oiseaux dont vous m'avez parlé ?

— C'est ça, Walt, comme ces oiseaux.

— C'est-à-dire que vous pensez toujours sérieusement à votre projet ?

— On ne peut plus sérieusement. Nous allons arriver au treizième degré. Si tu fais ce que je te dis, tu voleras dans un an à compter de Noël.

— Le treizième degré. Ça signifie que j'en ai déjà passé douze ?

— C'est ça, douze. Et tu les as tous passés haut la main.

— Eh bien, qu'on me rase les amygdales ! Et moi qui me doutais de rien. Vous me dites pas tout, patron !

— Je t'informe de ce que tu as besoin de savoir. Le reste, c'est mon souci.

— Douze degrés, hein ? Et combien il en reste ?

— Il y en a trente-trois en tout.

— Si je me sors des douze prochains aussi vite que des premiers, je serai déjà sur la ligne droite.

— Ce ne sera pas le cas, je te le promets. Quoi que tu penses avoir souffert jusqu'ici, ce n'est rien en comparaison de ce qui t'attend.

— Les oiseaux ne souffrent pas. Ils ouvrent leurs ailes, c'est tout, et ils s'envolent. Si j'ai le don, comme vous dites, je vois pas pourquoi ça peut pas se faire en douceur.

— Parce que, petit ballot, tu n'es pas un oiseau — tu es un homme. Pour arriver à te faire quitter le sol, nous devons fendre le ciel en deux. Nous devons mettre l'univers entier sens dessus dessous.

Cette fois encore, je ne comprenais pas le dixième de ce que disait le maître, mais je hochai la tête quand il me qualifia d'homme, sentant dans ce terme un ton nouveau d'estime, une reconnaissance de la valeur que j'avais acquise à ses yeux. Il posa légèrement la main sur mon épaule et m'entraîna dans ce matin de mai. Je ne ressentais envers lui que de la confiance, à cet instant, et bien qu'il eût le visage crispé en une expression sévère et introspective, l'idée ne m'effleura pas qu'il pourrait faire quelque chose pour briser cette confiance. C'est sans doute ce qu'éprouvait Isaac tandis qu'Abraham lui faisait gravir cette montagne, dans la Genèse, au chapitre vingt-deux. Si un homme vous dit qu'il est votre père, même si vous savez que ce n'est pas vrai, vous abaissez votre garde et devenez tout bête à l'intérieur. Vous n'imaginez pas qu'il conspire contre vous avec Dieu, le Seigneur des armées. Un cerveau d'enfant ne va pas aussi vite ; il n'est pas assez subtil pour envisager d'aussi vertigineuses spéculations. Tout ce que vous savez, c'est que ce grand type vous a mis la main sur l'épaule et l'a serrée affectueusement. Il vous dit : Viens avec moi, et vous vous tournez dans cette direction et le suivez, où qu'il aille.

Passant devant la grange, nous gagnâmes la cabane à outils, une petite construction branlante au toit avachi et aux murs faits de planches nues, usées par les intempéries. Maître Yehudi ouvrit la porte et resta un long moment immobile et silencieux, en contemplation devant l'obscur fouillis d'objets métalliques à l'intérieur. Finalement, il y entra et en sortit une bêche, un gros machin rouillé qui devait peser quinze ou vingt livres. Il me la mit entre les mains, et je me sentis fier de la porter pour lui quand nous repartîmes. Nous marchions en bordure du champ de blé le plus proche, c'était un matin splendide, je m'en souviens, plein de rouges-gorges et de mésanges voletant en tous sens, et ma peau picotait, me faisant éprouver une curieuse sensation d'éveil, la caresse chaude du soleil qui s'épandait sur moi. Nous arrivâmes bientôt à un terrain en friche, une zone nue entre deux champs, et le maître se tourna vers moi et dit : C'est ici que nous creuserons le trou. Veux-tu t'en charger, ou préfères-tu m'en laisser le soin ?

Je fis de mon mieux, mais mes bras n'étaient pas de taille. J'étais trop petit pour manipuler une bêche aussi lourde, et quand le maître vit les efforts que je déployais rien que pour entamer le sol, sans parler d'y enfoncer la lame, il me dit de m'asseoir et de me reposer, et déclara qu'il terminerait lui-même l'ouvrage. Pendant deux heures, je le regardai transformer ce bout de terrain en une immense cavité, un trou aussi large et aussi profond que la tombe d'un géant. Il travaillait si vite que j'avais l'impression que la terre l'avalait, et au bout de quelque temps il s'était si bien enfoncé que je ne voyais plus sa tête. J'entendais ses grognements, les halètements de locomotive qui accompagnaient chaque coup de bêche, et puis une volée de terre meuble surgissait, planait, restait une seconde en suspens, puis retombait sur le tas qui s'élevait autour du trou. Il s'activait comme dix, comme une armée de sapeurs décidés à fouiller jusqu'en Australie, et quand il s'arrêta enfin et se hissa hors du trou, il était si barbouillé de saleté et de transpiration qu'il ressemblait à un bonhomme de charbon, à un comique hagard, près de mourir sous son grimage noir. Je n'avais jamais vu quelqu'un haleter aussi fort, jamais vu un corps à ce point hors d'haleine, et quand il se jeta sur le sol et y demeura sans bouger pendant dix minutes, je me sentis certain que son cœur allait le lâcher.

J'étais trop consterné pour parler. Je fixais la cage thoracique du maître, guettant des signes de débâcle, oscillant entre la joie et le chagrin tandis que sa poitrine montait et descendait, en haut, en bas, se gonflait et se dégonflait devant le vaste horizon bleu. A la moitié de ma veille, un nuage passa devant le soleil et le ciel devint d'une obscurité menaçante. Je pensai que c'était l'ange de la mort qui volait au-dessus de nous, mais les poumons de maître Yehudi continuaient à pomper, l'atmosphère retrouva lentement sa clarté et, quelques instants plus tard, il s'assit et sourit en se frottant le visage avec énergie.

— Eh bien, fit-il, que penses-tu de notre trou ?

— C'est un trou formidable, dis-je, le plus profond et le plus beau des trous.

— Je suis heureux qu'il te plaise, parce que ce trou et toi, vous allez vivre une grande intimité pendant les prochaines vingt-quatre heures.

— Ça me dérange pas. M'a l'air d'un endroit intéressant. Du moment qu'il ne pleut pas, ça pourrait être marrant de passer un moment assis là-dedans.

— Pas besoin de te soucier de la pluie, Walt.

— Vous prédisez le temps, ou quoi ? Vous avez peut-être pas remarqué, mais la situation change à peu près tous les quarts d'heure, par ici. Pour ce qui est de la météo, on fait pas plus capricieux que ce coin du Kansas.

— Très juste. On ne peut pas compter sur le ciel, dans cette région. Mais je ne dis pas qu'il ne pleuvra pas. Seulement que, s'il pleut, tu n'as pas à t'en soucier.

— Sûr, donnez-moi un toit, un de ces machin-trucs en toile — une bâche. C'est une bonne idée. On ne peut pas se tromper si on prévoit le pire.

— Je ne t'installe pas là-dedans pour rire et gambader. Tu auras un trou d'air, bien entendu, un long tube que tu garderas en bouche afin de respirer, mais à part ça, ce sera plutôt humide et inconfortable. Un inconfort du genre renfermé, grouillant de vers, pardonne-moi de te le dire. Je doute que, de toute ta vie, tu oublies cette expérience.

— Je sais que je suis bête, mais si vous continuez à parler en devinettes, on va rester ici toute la journée avant que je pige où vous voulez en venir.

— Je vais t'enterrer, fiston.

— Quoi ?

— Je vais t'installer dans ce trou et te couvrir de terre ; t'enterrer vivant.

— Et vous croyez que je vais être d'accord ?

— Tu n'as pas le choix. Ou tu descends là-dedans de ton plein gré, ou je t'étrangle de mes deux mains nues. D'un côté, tu vivras une vie longue et prospère ; de l'autre, ton existence s'achève dans trente secondes.

Je le laissai donc m'enterrer vif — une expérience que je ne recommanderais à personne. Si déplaisante qu'en paraisse l'idée, la réalité de l'incarcération est bien pire et lorsque vous avez passé quelque temps dans les entrailles des profondeurs ainsi que je le fis ce jour-là, le monde ne peut plus jamais vous sembler pareil. Il devient indiciblement plus beau, et cependant sa beauté est baignée d'une lumière si éphémère, si irréelle, qu'il ne possède pas la moindre substance et que, même si vous pouvez le voir et le toucher comme auparavant, une partie de vous comprend que ce n'est qu'un mirage. Sentir la terre sur soi, c'est une chose, la pression et le froid, la panique mortelle, et l'immobilité, mais la véritable terreur ne commence qu'après, lorsqu'on vous a déterré, et que vous pouvez à nouveau vous tenir debout et marcher. A partir de ce moment, tout ce qui vous arrive à la surface est relié à ces heures souterraines. Une petite graine de folie a été plantée dans votre tête, et même si vous avez remporté ce combat pour la survie, presque tout le reste est perdu. La mort vit en vous, rongeant votre innocence et vos espoirs, et à la fin ne demeurent pour vous que la terre, la densité de la terre, le pouvoir et le triomphe éternels de la terre.

Ainsi débuta mon initiation. Au cours des semaines et des mois qui suivirent, je vécus d'autres expériences comparables, une incessante avalanche de sévices. Chaque épreuve me paraissait plus terrible que la précédente, et si je réussis à ne pas reculer, ce ne fut que par pure obstination reptilienne, une passivité végétative tapie quelque part au plus profond de mon âme. Cela n'avait rien à voir avec la volonté, la détermination ou le courage. Je ne possédais aucune de ces qualités et plus loin je me laissais pousser, moins je ressentais de fierté devant ce que j'accomplissais. Je fus fouetté avec une mèche de bouvier ; je fus jeté à bas d'un cheval au galop ; je fus attaché sur le toit de la grange pendant deux jours sans rien à manger ni à boire ; la peau enduite de miel, je me tins immobile et nu dans la chaleur du mois d'août tandis qu'un millier de mouches et de guêpes s'agglutinaient autour de moi ; je restai une nuit entière assis dans un cercle de feu où mon corps écorché se couvrit d'ampoules ; pendant six heures d'affilée, je fus plongé et replongé dans une baignoire remplie de vinaigre ; je fus frappé par la foudre ; je bus de la pisse de vache et mangeai du crottin de cheval ; je pris un couteau et me coupai la dernière phalange du petit doigt gauche ; je pendouillai pendant trois jours et trois nuits dans un cocon de cordes accroché aux poutres du grenier. Je fis tout cela parce que maître Yehudi me disait de le faire, et si je ne parvenais pas à l'aimer, je ne le détestais pas non plus pour toutes les souffrances que j'endurais. Il n'avait plus besoin de me menacer. J'obéissais à ses ordres avec une docilité aveugle, sans jamais prendre la peine de me demander quels pouvaient être ses buts. Il me disait de sauter, je sautais. Il me disait d'arrêter de respirer, et j'arrêtais de respirer. Cet homme était celui qui m'avait promis de m'apprendre à voler et, sans jamais le croire, je le laissais me traiter comme si je l'avais cru. Nous avions conclu un accord, après tout, notre pacte de ce premier soir, à Saint Louis, et je ne l'oubliai jamais. S'il ne tenait pas parole pour mon treizième anniversaire, je lui ferais sauter la tête à la hache. Il n'y avait rien de personnel dans cet arrangement — c'était simple affaire de justice. Si ce fils de pute me lâchait, je le tuerais, et il le savait aussi bien que moi.

Tant que durèrent ces épreuves, Esope et maman Sioux restèrent à mes côtés comme si j'étais leur chair et leur sang, le chéri de leurs cœurs. Il y avait des accalmies entre les différentes étapes de mon développement, des trêves de quelques jours parfois, ou parfois de quelques semaines, et le plus souvent maître Yehudi disparaissait complètement de la ferme tandis que mes plaies se refermaient et que je récupérais la force d'affronter une nouvelle et stupéfiante agression contre ma personne. Je ne savais pas du tout où il allait pendant ces intermèdes, et je ne m'en informais pas auprès des autres car je me sentais toujours soulagé en son absence. Je me sentais non seulement à l'abri des prochaines épreuves, mais aussi libéré du fardeau de la présence du maître — ses silences lourds et ses airs tourmentés, l'énormité de l'espace qu'il occupait — et cela seul me rassurait, me donnait l'occasion de respirer à nouveau. Sans lui, la maison était plus heureuse, et à trois nous vivions ensemble dans une harmonie remarquable. La grosse maman Sioux et ses deux gringalets. C'est de ces jours-là que date notre amitié, à Esope et moi, et si pénible qu'ait été pour moi la majeure partie de cette période, elle compte aussi quelques bons souvenirs, peut-être les meilleurs de ma vie. C'était un fameux conteur, Esope, et je n'aimais rien mieux que de l'écouter me débiter de sa voix douce les histoires folles dont il avait la tête pleine. Il en connaissait des centaines et chaque fois que je le lui demandais, lorsque, couché sur mon lit, je me remettais des plaies et bosses de mon dernier tabassage, il restait assis près de moi pendant des heures à me réciter un conte après l'autre. Jack le Tueur de géants, Sindbad le Marin, Ulysse le Voyageur, Billy the Kid, Lancelot et le roi Arthur, Paul Bunyan — je les découvris tous. Mais les meilleures histoires, celles qu'il gardait en réserve pour mes jours de grand cafard, concernaient mon homonyme, Sir Walter Raleigh. Je me souviens du choc que j'éprouvai lorsque Esope m'apprit que j'avais un nom fameux, le nom d'un aventurier, d'un héros bien réel. Pour preuve qu'il n'inventait rien, il alla prendre sur l'étagère un gros volume qui contenait un portrait de Sir Walter. Jamais je n'avais vu un visage aussi élégant, et je pris bientôt l'habitude de le contempler chaque jour pendant dix à quinze minutes. J'adorais la barbe en pointe et les yeux perçants comme des lames, la perle fixée au lobe de l'oreille gauche. C'était le visage d'un pirate, d'un authentique chevalier, d'un bretteur, et à compter de ce jour je portai Sir Walter en moi comme un second moimême, un frère invisible, mon allié contre vents et marées. Esope me raconta l'histoire du manteau et de la flaque, la quête de l'Eldorado, la colonie perdue de Roanoke, les treize ans dans la tour de Londres, les paroles courageuses que prononça Sir Walter au moment d'être décapité. Il était le plus grand poète de son temps ; il était lettré, savant et libre penseur ; en amour, il était numéro un pour toutes les dames d'Angleterre. Imagine toi et moi combinés, disait Esope, et tu commenceras à te faire une idée de ce qu'il était. Un type avec mon intelligence et ton cran, et, en plus, grand et beau — voilà Sir Walter Raleigh, l'homme le plus parfait qui ait jamais vécu.

Chaque soir, maman Sioux venait dans ma chambre me border, et elle restait assise sur mon lit tout le temps qu'il me fallait pour m'endormir. Je devins dépendant de ce rituel et, bien que je grandisse vite et fort dans tous les domaines, pour elle je restais un bébé. Jamais je ne me laissais aller à pleurer devant maître Yehudi ou Esope, mais avec maman Sioux, lâchant la bonde à mes larmes, je sanglotais bien souvent dans ses bras comme un pitoyable enfant gâté. Une fois, je m'en souviens, j'allai même jusqu'à évoquer la possibilité de voler, et ce qu'elle m'en dit me parut si inattendu, si serein, si assuré que cela apaisa pour des semaines le tourbillon qui m'habitait — non parce que j'étais convaincu, mais parce qu'elle y croyait, et qu'elle était la personne au monde en qui j'avais le plus confiance.

— Cet homme est méchant, affirmai-je à propos du maître, et quand il en aura fini avec moi, je serai aussi bossu et infirme qu'Esope.

— Non, mon petit, ce n'est pas vrai. Tu danseras dans le ciel avec les nuages.

— Avec une harpe entre les mains et des ailes dans le dos.

— Dans ta propre peau. En chair et en os.

— C'est du bluff, maman Sioux, c'est un tas de menteries dégueulasses. S'il veut m'apprendre ce qu'il dit, pourquoi il s'y met pas un bon coup ? Pendant un an, j'ai subi toutes les indignités qu'un homme peut connaître. J'ai été enterré, j'ai été brûlé, j'ai été mutilé, et je reste aussi collé à la terre que jamais.

— Ce sont les degrés. Ça doit se faire comme ça. Mais le pire est presque passé.

— Alors il vous a bourré le mou, à vous aussi !

— Personne ne bourre le mou à maman Sioux. Je suis trop vieille et trop grosse pour avaler tout ce que disent les gens. Les mensonges, c'est comme les os de poulet. Ils se coincent dans mon gosier, et je les recrache.

— Les hommes ne volent pas. C'est aussi simple que ça. Les hommes ne volent pas parce que ce n'est pas ce que Dieu veut.

— On peut le faire.

— Dans un autre monde, peut-être. Pas dans celui-ci.

— Je l'ai vu faire. Quand j'étais petite. Je l'ai vu, de mes yeux vu. Et si c'est arrivé autrefois, ça peut arriver de nouveau.

— Vous avez rêvé. Vous croyez avoir vu ça, mais c'était en dormant.

— Mon propre père, Walt. Mon père et mon frère. Je les ai vus se déplacer dans les airs comme des esprits. Ils ne volaient pas ainsi que tu l'imagines. Pas comme des oiseaux, ni des papillons, ni rien de ce genre. Mais ils étaient en l'air, et ils se déplaçaient. C'était très lent, très étrange. Ils semblaient nager. Ils cheminaient dans l'air avec des gestes de nageurs, on aurait dit des esprits marchant au fond d'un lac.

— Pourquoi vous m'avez jamais raconté ça ?

— Parce que, plus tôt, tu ne m'aurais pas crue. C'est pour ça que je te le raconte maintenant. Parce que le temps est proche. Si tu écoutes bien ce que te dit le maître, il est plus proche que tu ne crois.

Quand le printemps déferla pour la deuxième fois, les travaux de la ferme me firent l'effet de vacances, et je m'y lançai avec une bonne humeur frénétique, ravi de cette occasion de mener à nouveau une existence normale. Au lieu de traîner derrière les autres en ronchonnant sur mes maux et mes peines, je fonçais à toute vitesse en me mettant au défi de tenir le coup, en exultant de mes efforts. J'étais encore chétif pour mon âge, mais j'avais vieilli, j'étais plus costaud et, bien que ce fût impossible, je m'efforçais de mon mieux d'en faire autant que maître Yehudi lui-même. J'avais quelque chose à démontrer, j'imagine, je voulais l'étonner, obtenir son respect, me faire remarquer. C'était une nouvelle façon de riposter, et chaque fois que le maître me disait de ralentir, de souffler un peu et de ne pas y aller trop fort (ce n'est pas un sport olympique, me disait-il, on n'est pas en train de se disputer des médailles, bonhomme), j'avais l'impression d'avoir remporté une victoire, de reprendre peu à peu possession de mon âme.

L'articulation de mon petit doigt avait guéri. Ce qui avait été un gâchis sanglant de tissus et d'os s'était mué en un curieux moignon sans ongle. J'aimais bien le regarder et caresser la cicatrice avec mon pouce, toucher ce morceau de moi qui était parti pour toujours. Je devais faire ça cinquante ou cent fois par jour et, chaque fois, je prononçais dans ma tête les mots *Saint Louis*. Je luttais pour retenir mon passé, mais à cette époque ces mots n'étaient plus que de simples mots, un exercice spirituel de réminiscence. Ils ne suscitaient aucune image, ne m'emmenaient plus en voyage vers les lieux d'où je venais. Après un an et demi à Cibola, Saint Louis était devenu pour moi une ville fantôme dont, chaque jour, quelque bribe disparaissait.

Un après-midi de ce printemps, il se mit à faire anormalement chaud, une température de plein été. Nous étions tous les quatre au travail dans les champs, et quand le maître ôta sa chemise pour se mettre à l'aise, je m'aperçus qu'il portait quelque chose autour du cou : un lacet de cuir auquel une petite sphère transparente était suspendue comme un bijou ou un ornement. Lorsque je m'approchai de lui pour mieux la regarder — sans autre motif qu'une simple curiosité —, je vis que c'était ma phalange manquante, sertie à l'intérieur de la sphère dans un liquide clair. Le maître dut remarquer ma surprise, car il baissa les yeux vers sa poitrine d'un air inquiet, comme s'il avait pensé qu'un insecte s'y baladait. En voyant de quoi il s'agissait, il saisit le pendentif entre ses doigts et me le montra, avec un sourire de satisfaction.

— Jolie petite breloque, hein, Walter ? fit-il.

— Jolie, je sais pas, répondis-je, mais ça me rappelle furieusement quelque chose.

— Normal. Ça t'a appartenu. Pendant les dix premières années de ta vie, ça a fait partie de toi.

— C'est toujours à moi. C'est pas parce que c'est séparé de mon corps que ça m'appartient moins qu'avant.

— Il marine dans le formol. En conserve, comme un fœtus dans son bocal. Il n'est plus à toi, maintenant, il appartient à la science.

— Ouais ? Alors qu'est-ce qu'il fait à votre cou ? S'il appartient à la science, pourquoi vous le donnez pas au musée de cire ?

— Parce qu'il signifie pour moi quelque chose de particulier, petit malin. Je le porte pour me rappeler la dette que j'ai envers toi. Comme la corde d'un pendu. Cet objet hante ma conscience, tel l'albatros, et je ne puis lui permettre de tomber entre les mains d'un inconnu.

— Et les miennes, de mains, alors ? Juste, c'est juste, je veux récupérer ma phalange. Si quelqu'un a le droit de porter ce collier, c'est moi.

— Je te propose un marché. Laisse-le-moi encore quelque temps, et je le considérerai comme tien. C'est une promesse. Il est marqué à ton nom, et dès que tu décolleras du sol, je te le rendrai.

— Pour toujours ?

— Pour toujours. Bien sûr, pour toujours.

— Et combien ça va durer, ce "quelque temps" ?

— Ce ne sera pas long. Tu arrives au bout.

— J'arrive au bout de mes forces, oui. Et si je suis perdu, vous l'êtes avec moi. Pas vrai, maître ?

— Tu comprends vite, bonhomme. L'union fait la force. Toi pour moi et moi pour toi, et nul ne sait où nous nous arrêterons.

C'était la deuxième fois que j'entendais parler de mes progrès en termes encourageants. D'abord par maman Sioux, et à présent par le maître en personne. Je ne nierai pas que je m'en sentais flatté mais, en dépit de toute leur confiance en mes capacités, je ne me voyais pas un poil plus près de la réussite. Après cet étouffant après-midi de mai, nous traversâmes une période de chaleur épique, l'été le plus chaud qui fut de mémoire d'homme. Le sol était un chaudron et, lorsqu'on marchait dessus, on avait l'impression que les semelles allaient fondre et se décoller des chaussures. Nous implorions la pluie chaque soir au dîner, et pendant trois mois pas une goutte ne tomba du ciel. L'air était si torride, si délirant de sécheresse qu'on pouvait suivre à cent mètres de distance le bourdonnement d'une mouche bleue. Tout semblait exaspéré, râpeux, tels des chardons raclant des barbelés, et la puanteur des chiottes était si forte qu'elle nous cautérisait les poils du nez. Le maïs s'étiolait, s'affaissait et mourait ; dans le jardin, les salades montées à des hauteurs grotesques, gargantuesques, évoquaient d'étranges tours mutantes. A la mi-août, on pouvait laisser tomber un caillou dans le puits et compter jusqu'à six avant d'entendre un *plouf*. Pas de haricots verts, pas d'épis de maïs, pas de succulentes tomates comme l'été précédent. Nous vivions d'œufs, de bouillies et de jambon fumé et, s'il y en avait assez pour assurer notre subsistance durant l'été, la baisse de nos réserves augurait mal des mois suivants. Serrez-vous la ceinture, mes enfants, nous disait le maître au dîner, serrez-vous la ceinture et mastiquez jusqu'à ce que vous ne sentiez plus aucun goût. Si nous ne faisons pas durer ce que nous avons, l'hiver sera long pour nos ventres affamés.

En dépit de tous les maux qui nous affligèrent pendant la sécheresse, j'étais heureux, plus heureux qu'il n'eût paru possible. J'avais survécu aux étapes les plus macabres de mon initiation et celles qu'il me restait à franchir consistaient en un combat mental, une confrontation entre moi et moi. Maître Yehudi ne représentait plus un obstacle. Il me donnait ses ordres puis disparaissait de mon esprit après m'avoir poussé vers des lieux d'une telle intériorité que je ne me rappelais plus qui j'étais. Les degrés physiques avaient été une guerre, un défi à l'abasourdissante cruauté du maître, et sans jamais se retirer de ma vue, il était resté près de moi à étudier mes réactions, à guetter sur mon visage les plus microscopiques frémissements de douleur. Tout cela était terminé. Il s'était mué en un guide plein de douceur et de munificence, et me parlait de la voix douce d'un séducteur afin de me persuader d'accepter une tâche bizarre après l'autre. Il me fit aller dans la grange compter un par un les brins de paille dans le box du cheval. Il me fit rester debout sur une jambe pendant une nuit entière, et puis debout sur l'autre jambe toute la nuit suivante. Il me lia à un poteau en plein midi et m'ordonna de répéter son nom dix mille fois. Il m'imposa un vœu de silence, et pendant vingt-quatre heures je ne parlai à personne, ne prononçai pas un son même lorsque j'étais seul. Il me fit traverser la cour en roulant sur moi-même, il me fit sauter à cloche-pied, il me fit sauter à travers des cerceaux. Il m'apprit à pleurer sur commande, et puis il m'apprit à rire et à pleurer en même temps. Il me fit apprendre à jongler, et dès que je fus capable de jongler avec trois cailloux, il me fit jongler avec quatre. Il me banda les yeux pendant une semaine, puis il me boucha les oreilles pendant une semaine, puis il me lia bras et jambes pendant une semaine et m'obligea à ramper sur le ventre comme un ver.

Le temps changea au début de septembre. Averses, éclairs et tonnerre, vents violents, une tornade qui manqua de peu emporter la maison. Le niveau de l'eau remonta, mais à part cela nous n'étions pas mieux lotis qu'avant. Les récoltes étaient fichues, nous n'avions rien à ajouter à nos réserves à long terme et nos perspectives d'avenir étaient sombres, pour le moins incertaines. Le maître racontait que tous les fermiers de la région avaient subi de semblables désastres et qu'en ville les gens devenaient mauvais. Quand les porte-monnaie sont vides, disait-il, les cerveaux se remplissent de colère et de boue. Ces croquants peuvent crever, en ce qui me concerne, poursuivait-il, mais après quelque temps ils vont se mettre à chercher un coupable à qui reprocher leurs ennuis et quand ils en seront là, nous aurons intérêt à nous planquer, nous quatre.

Tout au long de cet étrange automne d'orages et de pluies diluviennes, maître Yehudi parut dévoré d'inquiétude, comme s'il s'était attendu à quelque innommable catastrophe, un événement si sinistre qu'il n'osait l'évoquer à voix haute. Après m'avoir durant tout l'été cajolé et encouragé à surmonter les rigueurs de mes exercices spirituels, il paraissait soudain avoir perdu tout intérêt pour moi. Ses absences devinrent plus fréquentes et, une ou deux fois, il rentra titubant avec, dans l'haleine, comme une odeur d'alcool ; il avait quasi abandonné ses séances d'études avec Esope. Une tristesse nouvelle avait envahi son regard, une expression mélancolique, lourde de pressentiments. Pour une bonne part, tout ça me paraît confus aujourd'hui, mais je me souviens que pendant les brefs instants où il m'accordait sa compagnie, il se montrait étonnamment chaleureux. Un incident se détache du flou : un soir, au début d'octobre, il entra dans la maison, un journal sous le bras, avec un large sourire. J'ai de bonnes nouvelles pour toi, m'annonça-t-il en s'asseyant et en étalant le journal sur la table de la cuisine. Ton équipe a gagné. J'espère que ça te fait plaisir, car ils disent ici que ça fait trente-huit ans qu'ils n'ont plus été les premiers.

— Mon équipe ?

— Les *Cardinals* de Saint Louis. C'est bien ton équipe, non ?

— Et comment que c'est mon équipe ! Je suis avec ces oiseaux rouges jusqu'à la fin des temps.

— Eh bien, ils viennent de gagner les championnats. D'après ce qui est écrit ici, la septième manche a été le combat le plus échevelé, le plus passionnant qui fut jamais livré.

C'est ainsi que j'appris que mes gars étaient devenus les champions de 1926. Le maître me lut le récit de cette septième manche spectaculaire, au cours de laquelle Grover Cleveland Alexander retira Tony Lazzeri alors que toutes les bases étaient occupées. D'abord, pendant quelques minutes, je crus qu'il inventait. Aux dernières nouvelles, Alexander était la star de l'équipe de Philly, et le nom de Lazzeri ne me disait rien. Ça me faisait l'effet d'une platée de nouilles étrangères noyées dans la sauce à l'ail, mais le maître m'expliqua que Tony était un bleu et que

Grover avait été cédé aux *Cards* à la mi-saison. Juste le jour d'avant, il avait remporté neuf manches, ramenant ainsi les *Yanks* à trois partout dans les finales, et voilà que Rogers Horsby était allé le chercher sur le banc pour qu'il stoppe leur avance en plein élan. Et ce vieux mec s'était ramené, soûl comme un Polonais après la bordée de la veille, et avait ratissé le jeune crack new-yorkais. A quelques centimètres près, c'eût été une autre affaire. Son lancer précédant le troisième strike avait été catapulté par Lazzeri vers les tribunes, mais à la dernière seconde sa trajectoire avait dévié vers le territoire des fausses balles. De quoi piquer une crise d'apoplexie. Alexander était resté en place pendant la huitième et la neuvième afin de confirmer la victoire et — un comble ! — le championnat s'était achevé lorsque Babe Ruth, le seul et unique Sultan de la Batte, avait été éliminé pour avoir essayé de voler la deuxième base. Ce match avait été le plus fou, le plus infernal de toute l'histoire, et mes oiseaux rouges étaient les champions, la meilleure équipe du monde.

Ce fut pour moi un moment clé, un événement charnière dans ma jeune existence, mais à part cela cet automne fut une période sombre, un long intervalle d'ennui et d'immobilité. Après quelque temps, je me sentis si rempli de fourmis que je demandai à Esope s'il voulait bien m'apprendre à lire. Il y était tout disposé, mais il lui fallait d'abord obtenir l'autorisation de maître Yehudi, et quand le maître exprima son approbation, j'avoue que j'en fus un peu blessé. Il avait toujours dit souhaiter que je reste bête — un avantage du point de vue de mon entraînement, selon lui — et voilà qu'il changeait d'avis allégrement, sans explication. Je crus que ça signifiait qu'il avait renoncé à rien tirer de moi et la déception m'empoisonna le cœur, m'accablant d'une tristesse de chien battu devant mes beaux rêves brisés et tombés en poussière. Qu'avais-je fait de mal, me demandais-je, et pourquoi m'avait-il abandonné quand j'avais le plus besoin de lui ?

J'appris donc les lettres et les chiffres avec l'aide d'Esope et, une fois lancé, j'y arrivai si vite que je me demandai ce qui justifiait tant d'embarras. Si je ne devais pas voler, je pouvais au moins convaincre le maître que je n'étais pas un cancre, mais il me fallait si peu d'efforts que la victoire bientôt me parut vaine. En novembre, le moral remonta pour quelque temps dans la maison quand la menace de disette fut soudain écartée. Sans dire à personne où il avait trouvé l'argent pour faire une chose pareille, le maître avait combiné en secret une livraison de conserves alimentaires. Quand elle arriva, elle nous parut tomber du ciel, tel un miracle absolu. Un camion s'arrêta devant notre porte un beau matin, et deux gros costauds se mirent à en décharger des cartons. Il y en avait des centaines, et chacun contenait deux douzaines de boîtes de conserve : toutes sortes de légumes, de la viande et des soupes, des entremets, des abricots et des pêches au jus, un flot d'abondance inimaginable. Les hommes mirent une heure à transporter la cargaison dans la maison, et pendant tout ce temps le maître resta planté là, les bras croisés sur la poitrine, avec un sourire de vieux hibou roublard. Esope et moi, nous étions bouche bée, tous les deux, et au bout d'un moment il nous appela près de lui et nous posa à chacun une main sur l'épaule. Ça ne vaudra pas la cuisine de maman Sioux, mais ce sera fameusement mieux que des panades, hein, les garçons ? Quand ça va mal, rappelez-vous sur qui vous pouvez compter. On peut avoir les pires ennuis, je trouverai toujours un moyen de nous en tirer.

Quelle que soit la façon dont il s'était débrouillé, la crise était passée. Notre garde-manger était rempli, nous ne nous levions plus de table affamés et ne nous plaignions plus des gargouillis de nos estomacs. On pourrait penser qu'un tel retournement aurait suscité notre gratitude éternelle, mais en réalité nous en vînmes bientôt à le considérer comme tout naturel. Après dix jours, nous trouvions tout à fait normal d'être bien nourris, et à la fin du mois nous nous souvenions à peine du temps où nous ne l'étions pas. C'est comme ça, quand on est dans le besoin. Tant qu'une chose manque, on ne cesse de la désirer. Si je pouvais seulement avoir cette chose-là, se dit-on, tous mes problèmes seraient résolus. Mais lorsqu'on l'obtient, lorsque l'objet de nos désirs nous est mis entre les mains, il commence à perdre son charme. D'autres besoins se manifestent, d'autres désirs se font sentir, et on s'aperçoit peu à peu qu'on est revenu au point de départ. Ainsi en fut-il de mes leçons de lecture ; ainsi en fut-il de l'abondance inouïe stockée dans les armoires de la cuisine. J'avais imaginé que ces choses-là changeraient tout, mais à la fin ce n'étaient que des ombres, des objets de substitution pour la seule chose dont j'avais réellement envie — celle, précisément, que je ne pouvais avoir. J'avais besoin que le maître m'aime de nouveau. A cela se réduit l'histoire de ces quelques mois. C'est de l'affection du maître que j'avais faim, et aucune masse de nourriture n'aurait pu me rassasier. En deux ans, j'avais appris que tout ce que j'étais découlait directement de lui. Il m'avait fait à son image, et maintenant il n'était plus là pour moi. Pour des raisons que je n'arrivais pas à comprendre, j'avais le sentiment de l'avoir perdu pour toujours.

Il ne me passa jamais par la tête de penser à Mrs Witherspoon. Même quand maman Sioux laissa échapper un soir une allusion à la "belle veuve" du maître, je ne fis pas le rapprochement. J'étais un ballot en cette matière, un je-sais-tout de onze ans qui ne comprenait rien à ce qui se passait entre hommes et femmes. Je pensais que tout ça n'était que charnel, spasmes intermittents d'appétits capricieux, et quand Esope me parlait de plonger sa trique dans un con bien doux et tiède (il venait d'avoir dix-sept ans), j'imaginais aussitôt les putes que j'avais connues à Saint Louis, ces nanas au verbe salé qui se pavanaient au long des ruelles à deux heures du matin, offrant leur corps pour de la picaille. J'étais d'une ignorance crasse en ce qui concerne l'amour adulte, le mariage, ou n'importe quel prétendu "grand" sentiment. Le seul couple marié que j'avais connu, c'était l'oncle Slim et la tante Peg, et ils formaient une combinaison si brutale, dans une telle frénésie de crachats, d'injures et de cris, que mon ignorance était sans doute logique. Lorsque le maître s'absentait, je supposais qu'il allait jouer au poker quelque part ou s'envoyer une bouteille de tord-boyaux dans un bar clandestin de Cibola. Je ne devinais pas qu'il se trouvait à Wichita, en train de faire sa cour à une dame de la classe de Mrs Witherspoon — ni que ça lui brisait le cœur. En vérité, je l'avais vue de mes yeux, mais à un moment où j'étais si malade et si fiévreux que je m'en souvenais à peine. Elle était une hallucination, une invention née des angoisses de la mort, et même lorsque, de temps à autre, son visage m'apparaissait fugitivement, je ne la croyais pas réelle. Tout au plus pensais-je qu'il s'agissait de ma mère — et alors, consterné de ne pas reconnaître le fantôme de ma mère, je prenais peur.

Il fallut deux quasi-catastrophes pour m'ouvrir les yeux. Au début de décembre, Esope se coupa le doigt en ouvrant une boîte de pêches. Cela parut d'abord sans gravité, une simple écorchure qui serait vite guérie, mais au lieu de se cicatriser normalement, la plaie s'enfla en une effrayante boursouflure purulente et enflammée, et le troisième jour ce pauvre Esope gisait dans son lit, accablé par une forte fièvre. Heureusement, maître Yehudi était à la maison : en plus de ses autres talents, il possédait en effet d'assez bonnes notions de médecine, et quand il monta dans la chambre d'Esope le lendemain matin pour voir comment se portait le malade, il en sortit deux minutes plus tard en hochant la tête et en luttant pour contenir ses larmes.

— Nous n'avons pas de temps à perdre, me dit-il. Il a la gangrène, et si nous ne le débarrassons pas tout de suite de ce doigt, elle risque de gagner sa main et son bras. Va dehors, cours dire à maman Sioux de laisser tomber ce qu'elle est en train de faire et de mettre deux casseroles d'eau à bouillir. Je descends à la cuisine pour aiguiser les couteaux. Il faut opérer dans l'heure.

Je fis ce qu'on me disait et, dès que j'eus ramené maman Sioux de la basse-cour, je rentrai précipitamment, montai à l'étage et m'installai près de mon ami. Esope avait une mine affreuse. Le noir lustré de sa peau avait tourné au gris, un gris crayeux, marbré, et j'entendais le raclement des mucosités dans sa trachée tandis que sa tête s'agitait sur l'oreiller.

— Tiens le coup, mon petit vieux, dis-je. Ce ne sera plus long. Le maître va arranger ça, et avant de t'en apercevoir tu te retrouveras en bas en train de taquiner l'ivoire et de nous jouer un de tes rags loufoques.

— Walt ? murmura-t-il. C'est toi, Walt ? Ouvrant des yeux injectés de sang, il regarda dans ma direction, mais il avait les pupilles si vitreuses que je n'étais pas certain qu'il me voyait.

— Bien sûr que c'est moi, répondis-je. Qui tu crois qui viendrait s'asseoir près de toi à un moment pareil ?

— Il va me couper le doigt, Walt. Je serai déformé pour la vie, aucune fille ne voudra jamais de moi.

— Tu es déjà déformé pour la vie, ça t'a jamais empêché de rêver de baise, hein ? C'est pas ton zob qu'il va couper, vieux. Juste un doigt, et un doigt de ta main gauche, encore. Du moment que ta quéquette reste en place, tu pourras trousser les filles jusqu'à la fin des temps.

— Je ne veux pas perdre mon doigt, gémit-il. Si je

perds mon doigt, ça veut dire qu'il n'y a pas de justice. Ça veut dire que Dieu m'a tourné le dos.

— Moi aussi, j'ai que neuf doigts et demi, et ça me dérange presque pas. Quand t'auras perdu le tien, on sera pareils que des jumeaux. Membres à vie du club des Neuf Doigts, frères jusqu'au jour où on claque — comme le maître l'a toujours dit.

Je m'efforçais de mon mieux de le rassurer, mais lorsque l'opération commença je fus repoussé à l'écart et oublié. Je restai debout sur le seuil, les mains devant la figure, jetant de temps à autre un coup d'œil entre mes doigts tandis que le maître et maman Sioux faisaient leur travail. Il n'y avait ni éther ni anesthésique, et Esope hurla, vociféra, poussa sans trêve, du début à la fin, des cris horribles qui nous retournaient les sangs. Malgré la pitié que j'éprouvais pour lui, j'avais du mal à supporter ces hurlements. Ils étaient inhumains et exprimaient une terreur si intime, si prolongée que je parvenais tout juste à m'empêcher de gueuler, moi aussi. Maître Yehudi se concentrait sur sa tâche avec le calme d'un médecin chevronné, mais les cris affectaient maman Sioux aussi douloureusement que moi. C'était la dernière chose que j'attendais de sa part. J'avais toujours cru que les Indiens dominaient leurs sentiments, qu'ils étaient plus courageux et plus stoïques que les Blancs, mais en réalité maman Sioux avait perdu la tête et, tandis que le sang continuait de jaillir de la plaie et que la souffrance d'Esope continuait de croître, elle hoquetait et gémissait comme si le couteau avait taillé dans sa propre chair. Maître Yehudi la pria de se ressaisir. Elle s'excusa, mais quinze secondes après elle recommençait à sangloter. C'était une piètre infirmière et au bout d'un moment ses interruptions larmoyantes gênaient tellement le maître qu'il dut la renvoyer de la chambre. Il nous faut un autre seau d'eau bouillante, lui dit-il. Allez-y vite. Au trot.

Ce n'était qu'une excuse pour se débarrasser d'elle,

et au moment où elle se précipitait dans le couloir en passant près de moi, elle se cacha le visage dans les mains et courut en aveugle vers le haut de l'escalier. Je vis clairement tout ce qui se passa ensuite : comment son pied heurta la première marche, comment son genou céda tandis qu'elle tentait de retrouver son équilibre, et puis sa chute, tête la première, dans l'escalier — son énorme masse qui tournoyait et rebondissait jusqu'en bas. Elle atterrit dans un choc qui secoua toute la maison. Un instant plus tard, elle poussa un gémissement aigu et puis, empoignant sa jambe gauche, elle se mit à se tordre sur le sol. Vieille idiote, se lança-t-elle. Espèce de vieille pouffe idiote, regarde ce que t'as fait ! T'es tombée dans l'escalier et t'as cassé ta saleté de jambe.

Pendant les deux ou trois semaines qui suivirent, la maison fut aussi lugubre qu'un hôpital. Il y avait deux malades à soigner, et nous passions nos journées, le maître et moi, à monter et descendre l'escalier, à leur servir leurs repas, à vider leurs pots de chambre, c'est tout juste si nous ne torchions pas leurs culs alités. Esope avait sombré dans la déprime et l'apitoiement sur son sort, maman Sioux faisait pleuvoir des malédictions sur elle-même du matin au soir, et avec les animaux dans la grange dont il fallait s'occuper, avec les chambres à nettoyer et les lits à faire, la vaisselle à laver et le poêle à charger, pas une minute ne nous restait, au maître et à moi, pour nous mettre à notre travail. Noël approchait, le moment où j'étais censé me détacher du sol, et je demeurais aussi soumis aux lois de la pesanteur que je l'avais toujours été. Ce fut, d'une année et davantage, ma période la plus sombre. J'étais devenu un citoyen ordinaire qui accomplissait ses tâches et savait lire et écrire, et si ça devait durer encore un peu, je finirais sans doute par prendre des leçons de diction et m'enrôler chez les boy-scouts.

Un matin, je m'éveillai un peu plus tôt que d'habitude. Jetant un coup d'œil chez Esope et chez maman Sioux, je constatai que tous deux dormaient encore et descendis l'escalier sur la pointe des pieds avec l'intention de surprendre le maître par ce lever plus que matinal. Normalement, il aurait dû se trouver dans la cuisine à cette heure-là, en train de fricoter notre déjeuner et de se préparer à commencer la journée. Mais aucune odeur de café ne montait du fourneau, je n'entendais pas le bacon crépiter dans la poêle et, en effet, lorsque je pénétrai dans la pièce je m'aperçus qu'elle était vide. Il est allé dans la grange ramasser des œufs ou traire une des vaches, pensai-je, mais je me rendis compte alors que le fourneau n'était pas allumé. Allumer le feu était la première des tâches à accomplir les matins d'hiver, et il régnait en bas une température glaciale, si froide qu'à chaque respiration j'exhalais un petit nuage de vapeur. Bien, pensai-je encore, sans doute que le vieux était crevé et qu'il avait du sommeil à rattraper. Voilà qui serait nouveau ! Que ce soit moi qui le sorte du lit au lieu du contraire. Je remontai donc à l'étage, frappai à la porte de sa chambre et puis, ne recevant pas de réponse après plusieurs tentatives, j'ouvris la porte et en franchis timidement le seuil. Maître Yehudi n'était pas là. Non seulement il ne se trouvait pas dans son lit, mais ce lit impeccable n'avait manifestement pas été utilisé de la nuit. Il nous a abandonnés, me dis-je. Il s'est tiré, il a mis les voiles, et nous ne le reverrons plus jamais !

Pendant une heure, mon cerveau fut une empoignade de pensées désespérées. Je tournoyais de la tristesse à la colère, de la belligérance au rire, du chagrin hargneux à l'autodérision la plus vile. L'univers était parti en fumée et il ne me restait qu'à demeurer parmi les cendres, seul pour l'éternité au milieu des ruines fumantes de la trahison.

Maman Sioux et Esope dormaient toujours dans leurs lits, inconscients de ma rage et de mes larmes. D'une manière ou d'une autre (je ne me rappelle pas comment j'y étais arrivé), je me retrouvai dans la cuisine, couché sur le ventre, le visage pressé contre le sol, le nez contre les planches de bois crasseuses. On n'aurait plus pu m'arracher une larme — rien qu'un halètement sec et étouffé, un arrière-faix de hoquets et de soupirs brûlants, sans air. Bientôt, je me sentis plus calme, presque apaisé, et petit à petit une impression de sérénité m'envahit, irradiant mes muscles et se propageant jusqu'au bout de mes doigts et de mes orteils. Il n'y avait plus de pensées dans ma tête, plus de sentiments dans mon cœur. A l'intérieur de mon corps, je ne pesais plus rien et flottais sur une vague de néant placide, dans un détachement total et une parfaite indifférence au monde qui m'entourait. Et c'est alors que je l'ai fait pour la première fois — sans avertissement, sans le moindre soupçon de ce qui allait se produire. Très lentement, j'ai senti mon corps s'élever au-dessus du sol. C'était un mouvement tout naturel, d'une douceur exquise, et je ne compris pas avant d'avoir ouvert les yeux que mes membres ne touchaient plus que de l'air. Je n'étais pas monté bien haut — pas plus d'un ou deux pouces — mais je flottais là sans effort, telle la lune dans le ciel nocturne, immobile et suspendu, conscient seulement du souffle qui palpitait en entrant et sortant de mes poumons. Je ne pourrais pas dire combien de temps je demeurai ainsi ; à un moment donné, avec la même lenteur, la même douceur qu'avant, je redescendis sur le sol. A ce moment, je me sentais complètement vidé, et j'avais déjà les yeux fermés. Sans accorder une pensée à ce qui venait de se passer, je tombai dans un sommeil profond et sans rêves, sombrant comme une pierre au fond de l'univers.

Je m'éveillai en entendant des voix, des frottements de chaussures sur le plancher de bois nu. Quand j'ouvris les yeux, j'aperçus juste devant moi, toute noire, la jambe gauche du pantalon de maître Yehudi.

— Salut, gamin, lança-t-il, en me faisant du pied

une légère bourrade. Un petit roupillon sur le sol froid de la cuisine ? Ce n'est pas l'endroit idéal pour piquer ta sieste, si tu as envie de rester en bonne santé.

J'essayai de m'asseoir, mais mon corps me parut si lourd et si enflé qu'il me fallut toute ma force pour me dresser sur un coude. Ma tête n'était qu'une masse tremblante de toiles d'araignée, et j'avais beau cligner des yeux et me les frotter, je n'arrivais pas à ajuster ma vision.

— Qu'est-ce qui t'arrive, Walt ? poursuivit le maître. Tu as fait une crise de somnambulisme ?

— Non, m'sieu. Pas du tout.

— Alors pourquoi cet air malheureux ? On dirait que tu reviens d'un enterrement.

Une tristesse immense déferla sur moi quand il dit cela, et je me sentis soudain au bord des larmes.

— Oh, maître, fis-je en entourant sa jambe de mes deux bras et en appuyant ma joue contre son tibia. Oh, maître, j'ai cru que vous m'aviez abandonné et que vous ne reviendriez jamais !

A l'instant même où ces mots quittaient mes lèvres, je compris que je me trompais. Ce n'était pas le maître qui avait provoqué cette impression de vulnérabilité et de désespoir, c'était ce que j'avais vécu juste avant de tomber endormi. Tout cela me revenait d'un coup, écœurant de clarté : ces instants passés suspendu au-dessus du sol, la certitude d'avoir fait ce qu'assurément je ne pouvais avoir fait. Au lieu de me plonger dans l'extase ou le bonheur, cette découverte me remplissait de crainte. Je ne me connaissais plus. J'étais habité par quelque chose qui n'était pas moi, et cette chose me semblait si terrible, si étrangère dans sa nouveauté que j'étais incapable d'en parler. Alors je laissai aller mes larmes. Je les laissai s'écouler de moi, et du moment que j'avais cédé, je n'étais pas sûr de pouvoir jamais m'arrêter.

— Mon bonhomme, dit le maître, mon cher, gentil bonhomme.

Il s'accroupit par terre et me prit dans ses bras, me caressant le dos et me serrant contre lui tandis que je continuais à pleurer. Et puis, après un silence, je l'entendis parler à nouveau — mais ce n'était plus à moi qu'il s'adressait. Pour la première fois depuis que j'avais repris conscience, je me rendis compte qu'il y avait quelqu'un d'autre dans la pièce.

— C'est le gaillard le plus courageux qui fut jamais, déclara le maître. Il a travaillé si dur, il est épuisé. Il y a des limites à ce qu'un individu peut supporter, et ce pauvre gamin est éreinté, j'en ai peur.

C'est alors que je finis par lever les yeux. Ecartant la tête du giron de maître Yehudi, je regardai autour de moi, et j'aperçus Mrs Witherspoon, debout sur le seuil lumineux. Elle portait un manteau pourpre et une toque de fourrure noire, je m'en souviens, et ses joues étaient encore rougies par le froid hivernal. A l'instant où nos regards se croisèrent, elle se mit à sourire.

— Bonjour, Walt, dit-elle.

— Et bonjour à vous, m'dame, répliquai-je en ravalant mes dernières larmes.

— Je te présente ta bonne fée, dit le maître. Mrs Witherspoon arrive à la rescousse, elle restera chez nous un petit moment. Jusqu'à ce que les choses soient redevenues normales.

— Vous êtes la dame de Wichita, n'est-ce pas ? demandai-je, comprenant soudain pourquoi son visage me paraissait familier.

— C'est ça, répondit-elle. Et toi, tu es le petit garçon qui s'était perdu dans la neige.

— Il y a longtemps de ça, fis-je en me dégageant des bras du maître pour me mettre enfin debout. Je peux pas dire que je me rappelle grand-chose.

— Non, dit-elle. Sans doute, non. Mais moi bien.

— Mrs Witherspoon n'est pas seulement une amie

de la famille, intervint le maître, elle est notre champion et notre associée numéro un. Ainsi, tu connais les données, Walt. Je veux que tu t'en souviennes pendant qu'elle sera ici avec nous. Les aliments qui te nourrissent, les vêtements qui t'habillent, le feu qui te chauffe — tout cela est dû à la générosité de Mrs Witherspoon, et ce serait un triste jour que celui où tu l'oublierais.

— Vous tracassez pas, fis-je, sentant soudain mon âme retrouver quelque ressort. J'suis pas un goujat. Quand une belle dame entre chez moi, je sais comment doit se comporter un gentleman.

Dans la foulée, je me tournai vers Mrs Witherspoon et, avec toute l'assurance et toute la classe dont je pouvais faire montre, je lui décochai le clin d'œil le plus sexy, le plus flamboyant que femme vit jamais. Il faut mettre au crédit de Mrs Witherspoon qu'elle ne rougit ni ne bafouilla. Répliquant dans la même veine, elle eut un bref éclat de rire puis, aussi calme et sûre d'elle qu'une vieille entremetteuse, elle m'adressa un clin d'œil malicieux. Ce fut un instant que je chéris encore, et dès qu'il se produisit, je sus que nous serions amis.

Je n'avais aucune idée de ce dont le maître et elle étaient convenus, et au moment même je ne m'en souciai guère. Ce qui comptait pour moi, c'était que Mrs Witherspoon était là et que sa présence me libérait de mon emploi d'infirmier et de vide-pots. Elle prit les choses en main dès ce premier matin et, pendant trois semaines, le ménage fonctionna aussi en douceur qu'une paire neuve de patins à roulettes. Pour être honnête, je ne l'en aurais pas crue capable, du moins à la voir avec son manteau chic et ses gants coûteux. Elle avait l'air d'une femme habituée à être servie par des domestiques, et bien qu'elle fût jolie, d'une beauté un peu fragile, elle avait la peau trop pâle pour mon goût et trop peu de chair sur les os. Il me fallut quelque temps pour m'habituer à elle, car elle ne correspondait à aucune des catégories féminines que je connaissais. Ni cocotte ni garce, ni brave ménagère, ni bas-bleu ni walkyrie — elle était, d'une certaine manière, un peu toutes à la fois, ce qui signifie qu'on ne pouvait jamais vraiment se faire d'elle une idée précise ni prévoir ses réactions. Ma seule certitude, c'était que le maître était amoureux d'elle. Dès qu'elle entrait dans la pièce, il s'immobilisait, sa voix s'adoucissait, et je le surpris plus d'une fois en contemplation devant elle, avec dans les yeux une expression lointaine, lorsqu'elle ne regardait pas de son côté. Puisqu'ils dormaient chaque nuit dans le même lit et que j'entendais le matelas grincer et rebondir avec une certaine régularité, je tenais pour acquis qu'elle éprouvait le même sentiment envers lui. Ce que j'ignorais, c'est qu'elle avait déjà trois fois refusé de l'épouser — mais si je l'avais su, cela n'aurait sans doute guère fait de différence. J'avais d'autres choses en tête à ce moment-là, des choses fichtrement plus importantes que les hauts et les bas des amours du maître.

Pendant ces quelques semaines, je restai seul le plus possible afin d'explorer, dans le secret de ma chambre, les mystères et les terreurs de mon nouveau talent. Je fis tout ce que je pouvais pour l'apprivoiser, pour composer avec lui, pour en étudier les dimensions exactes et pour l'accepter comme une part fondamentale de moi-même. Mes efforts ne visaient pas seulement à le maîtriser, mais aussi à en absorber les implications cauchemardesques et étourdissantes, à plonger dans la gueule du monstre. Ce don était la marque d'une destinée particulière, il me séparait des autres pour le restant de ma vie. Imaginez qu'un matin au réveil vous vous découvriez un nouveau visage, et puis imaginez les heures qu'il vous faudrait passer devant le miroir avant de vous y accoutumer, avant de pouvoir à nouveau vous sentir à l'aise avec vous-même. Jour après jour, je m'enfermais dans ma chambre, m'allongeais par terre et appliquais ma volonté à faire monter mon corps en l'air. Je m'entraînais tellement que je pus bientôt léviter sur commande, m'élever au-dessus du sol en quelques petites secondes. Au bout de deux semaines environ, je découvris qu'il ne m'était pas nécessaire de me coucher par terre. Si j'entrais dans la transe adéquate, j'étais capable de le faire debout, de flotter à six bons pouces du sol, à partir d'une position verticale. Trois jours plus tard, j'appris que je pouvais commencer l'ascension les yeux ouverts. Je pouvais bel et bien regarder vers le bas et voir mes pieds quitter le sol, et cela sans rompre le charme.

Pendant ce temps, la vie des autres tourbillonnait autour de moi. Esope avait été débarrassé de ses pansements, maman Sioux, équipée d'une canne, s'était remise à circuler en boitillant et, chaque nuit, le maître et Mrs Witherspoon faisaient grincer les ressorts du lit, emplissant la maison de leurs gémissements. Face à tant de brouhaha, je ne trouvais pas toujours facile d'inventer une excuse pour m'enfermer dans ma chambre. Plusieurs fois, j'eus la certitude que le maître voyait clair en moi, qu'il savait ma duplicité et ne se montrait indulgent que parce qu'il ne voulait pas m'avoir sur le dos. En tout autre temps, j'aurais été dévoré de jalousie à me sentir ainsi écarté, à constater qu'il préférait la compagnie d'une femme à ma présence authentique et inimitable. Depuis que je volais, pourtant, maître Yehudi commençait à perdre à mes yeux son caractère divin, et je n'avais plus l'impression de vivre sous l'empire de son influence. Je reconnaissais en lui un homme, un homme ni pire ni meilleur qu'un autre, et s'il avait envie de passer son temps en galipettes avec une maigriotte de Wichita, c'était son affaire. Il avait ses affaires comme j'avais les miennes, et il en serait ainsi à l'avenir. J'avais appris tout seul à voler, après tout, ou du moins quelque chose qui ressemblait à voler, et j'en déduisais que j'étais désormais responsable de moi-même, que je ne devais de comptes à personne. Je devais m'apercevoir que je n'avais fait qu'avancer au degré suivant de mon développement. Aussi oblique et rusé que jamais, le maître gardait une forte avance sur moi, et j'avais encore une longue route à parcourir avant de devenir le crack que je croyais être.

Avec ses neuf doigts, Esope se languissait, ombre apathique de lui-même, et tout en lui tenant compagnie le plus souvent que je pouvais, j'étais trop occupé à mes expériences pour lui consacrer le genre d'attention dont il avait besoin. Il me demandait sans cesse pourquoi je passais tant d'heures seul dans ma chambre et, un beau matin (ce devait être le 15 ou le 16 décembre), je lâchai un petit mensonge afin de calmer ses doutes à mon propos. Je ne voulais pas qu'il pense que je ne l'aimais plus et, vu les circonstances, un mensonge me paraissait préférable au silence.

— C'est un genre de surprise, lui dis-je. Si tu promets de ne pas souffler mot, je t'en donne une petite idée.

Esope me dévisagea d'un air soupçonneux.

— Encore une de tes blagues, hein ?

— C'est pas une blague, je te jure. Ce que je te raconte est réglo. Croix de bois, croix de fer.

— Pas besoin de tourner autour du pot. Si tu as quelque chose à me dire, vas-y, dis-le-moi.

— D'accord. Mais d'abord, tu dois promettre.

— T'as intérêt à ce que ce soit valable. Je n'aime pas donner ma parole sans raison, tu sais.

— Oh, c'est valable, ça oui, tu peux me faire confiance.

— Bon, fit-il, commençant à perdre patience. Qu'est-ce que tu veux, petit frère ?

— Lève la main droite et jure que tu ne diras rien. Jure sur la tombe de ta mère. Jure sur le blanc de tes yeux. Jure sur la chatte de toutes les putains de Nègreville.

Esope soupira, empoigna ses couilles de la main

gauche — c'est ainsi que nous prononcions nos serments solennels — et leva la main droite.

— Je le jure, dit-il, et il répéta tout ce que je lui avais énuméré.

— Eh bien, voilà, commençai-je, improvisant au fur et à mesure. La semaine prochaine, ce sera Noël, et avec Mrs Witherspoon à la maison et tout ça, j'ai entendu parler d'une célébration pour le 25. De la dinde, un pudding, des cadeaux, sans doute même un sapin garni de boules et de pop-corn. Si on fait cette fiesta, comme je le pense, je ne veux pas être surpris le cul à l'air. Tu sais ce que c'est. Pas marrant de recevoir un cadeau si on n'a rien à donner en échange. C'est pour ça que je reste dans ma chambre tous ces derniers temps. Je prépare un cadeau, je suis en train de concocter la plus grosse et la plus belle surprise que mon pauvre petit cerveau puisse imaginer. Je te dévoilerai ça dans quelques jours à peine, vieux frère, et j'espère bien que tu ne seras pas déçu.

Tout ce que j'avais dit de la fête de Noël était vrai. J'avais entendu le maître et sa dame en parler, une nuit, à travers le mur, mais jusqu'alors l'idée ne m'était pas venue d'offrir un cadeau à quelqu'un. Dès que je me la fus plantée en tête, je vis là une chance en or, l'occasion que j'attendais depuis toujours. S'il y avait un repas de Noël (et le maître annonça le soir même qu'il y en aurait un), j'en profiterais pour démontrer mon nouveau talent. C'était ça, le cadeau que j'allais leur offrir. Je me mettrais debout et je léviterais sous leurs yeux, et mon secret serait enfin révélé au monde.

Pendant une dizaine de jours, j'en eus des sueurs froides. C'était très joli d'accomplir mes tours en privé, mais comment pouvais-je être sûr de ne pas me casser la figure lorsque je m'exhiberais devant les autres ? Si je ne réussissais pas, je serais ridicule, je deviendrais pour vingt-sept ans au moins la cible des pires quolibets. Ainsi commença la journée la plus longue et la plus tourmentée de ma vie. De tous les points de vue, le raout de Noël fut un triomphe, une véritable orgie de rires et de gaieté, mais je ne m'amusai pas un instant. La crainte de m'étouffer m'empêcha presque de mâcher la dinde, et je trouvai à la purée de navets un goût de colle à papier mêlée de boue. Quand enfin nous passâmes au salon pour chanter et échanger nos cadeaux, je me sentais prêt à rendre l'âme. Pour commencer, Mrs Witherspoon m'offrit un pull-over bleu orné d'un renne rouge brodé sur le devant. Maman Sioux suivit avec une paire de chaussettes à losanges tricotées à la main, et puis le maître avec une balle blanche de base-ball flambant neuve. Pour finir, Esope me donna le portrait de Sir Walter Raleigh, qu'il avait découpé du livre et monté dans un fin cadre d'ébène. C'étaient des cadeaux généreux et pourtant, chaque fois que j'en déballais un, je ne parvenais qu'à marmonner un merci terne et inaudible. L'un après l'autre, ils me rappelaient que la minute de vérité approchait et me sapaient un peu plus le moral. Je me tassais sur mon siège, et lorsque enfin j'eus ouvert le dernier paquet, j'étais pratiquement résolu à annuler la démonstration. Je ne suis pas prêt, me disais-je, j'ai encore besoin de m'entraîner, et dès que j'eus admis de tels arguments, je n'eus aucun mal à me persuader de renoncer. Et alors, juste au moment où j'étais arrivé à me coller le cul à la chaise pour toujours, Esope glissa son grain de sel et le plafond me tomba sur la tête.

— Maintenant c'est le tour de Walt, fit-il en toute innocence, me prenant pour un homme de parole. Il nous a préparé une surprise, et je suis impatient qu'il nous la révèle.

— C'est juste, dit le maître en tournant vers moi un de ses regards pénétrants et sagaces. On n'a pas encore entendu le jeune Mr Rawley.

J'étais cuit. Je n'avais rien d'autre à offrir, et si je tardais davantage, ils me reconnaîtraient pour l'égoïste ingrat que j'étais. Alors je me mis debout, mes rotules s'entrechoquant, et j'annonçai d'une voix aussi faible que celle d'une petite souris :

— On y va, mesdames et messieurs. Si ça ne marche pas, on ne pourra pas dire que c'est faute d'avoir essayé.

Ils me dévisageaient tous les quatre avec une telle curiosité, une attention si ravie et si intriguée que je fermai les yeux pour ne plus les voir. Je pris une profonde inspiration, expirai, étendis les bras de la façon molle et détendue que j'avais passé tant d'heures à mettre au point, et entrai en transe. Je commençai presque aussitôt à m'élever, quittant le sol en une ascension douce et régulière, et quand j'atteignis une hauteur de six ou sept pouces — le maximum dont j'étais capable en ces premiers temps — j'ouvris les yeux et regardai mon public. Esope et les deux femmes étaient bouche bée, leurs lèvres formaient trois petits *o* identiques. Le maître, lui, souriait, il souriait et ses joues étaient inondées de larmes, et tandis que je flottais devant lui, je vis qu'il saisissait déjà le lacet de cuir dans sa nuque. Le temps que je redescende, il avait passé le collier au-dessus de sa tête et me le présentait sur sa paume étendue. Personne ne disait rien. Je me mis à marcher vers lui à travers la pièce, les yeux fixés sur les siens, n'osant regarder nulle part ailleurs. Lorsque j'arrivai à l'endroit où maître Yehudi était assis, je pris ma phalange et tombai à genoux, le visage enfoui dans son giron. Je demeurai ainsi près d'une minute, et quand je trouvai enfin le courage de me relever, je sortis de la pièce et me précipitai dans la cuisine et puis dehors dans la nuit froide — assoiffé d'air, assoiffé de vie sous l'immensité glacée des étoiles.

Trois jours plus tard, nous disions au revoir à Mrs Witherspoon, la saluant à grands gestes du seuil de la cuisine tandis qu'elle s'éloignait dans sa Chrysler vert émeraude. Et puis ce fut 1927 et, pendant les six premiers mois de cette année, je travaillai avec une concentration sauvage à me pousser chaque semaine un peu plus loin. Maître Yehudi m'avait fait comprendre que la lévitation n'était qu'un début. C'était une jolie prouesse, bien sûr, mais il n'y avait pas de quoi mettre le feu au monde. Des tas de gens possédaient la capacité de s'élever au-dessus du sol, et même si l'on décomptait les fakirs indiens, les moines tibétains et les sorciers congolais, on trouvait encore de nombreux cas dans les nations dites civilisées, les populations blanches d'Europe et d'Amérique du Nord. Rien qu'en Hongrie, disait le maître, cinq personnes avaient pratiqué la lévitation au début de ce siècle, dont trois à Budapest, sa ville natale. C'était un talent merveilleux, mais le public s'en fatiguait vite et si l'on ne pouvait faire mieux que brandiller à quelques pouces du sol, on n'avait aucune chance d'en faire une carrière profitable. L'art de la lévitation avait été terni par les tricheurs et les charlatans, les jeteurs de poudre aux yeux, les gars avides d'argent facile, et le plus nul, le plus toc des magiciens de music-hall possédait le truc de la femme flottante : la créature de rêve en tenue minimum et pailletée qui reste suspendue dans les airs tandis qu'un cerceau est passé autour d'elle (Regardez : pas de ficelles, pas de câbles) et déplacé sur toute la longueur de son corps étendu. C'était là, désormais, un tour standard, un élément établi du répertoire, et la véritable lévitation en avait perdu son public. Tout le monde savait qu'il y avait un truc, et l'artifice était si répandu que même confrontés à un authentique cas de lévitation, les spectateurs s'obstinaient à y voir une fraude.

— Il n'existe que deux moyens de forcer leur attention, m'expliqua le maître. Chacun d'eux nous vaudrait la belle vie, mais si tu réussis à combiner les deux en un seul numéro, qui sait jusqu'où ça nous mènera ? Pas une banque au monde ne pourra contenir tout l'argent que nous gagnerons.

— Deux moyens, dis-je. Est-ce qu'ils font partie des trente-trois degrés, ou on a dépassé ça maintenant ?

— Nous l'avons dépassé. Tu es arrivé au point que j'ai atteint lorsque j'avais ton âge, et au-delà de ce point nous entrons dans des territoires vierges, dans des continents encore inexplorés. Je peux t'aider de mes conseils et de mon enseignement, je peux te remettre sur la voie si tu t'égares, mais l'essentiel, tu devras le découvrir par toi-même. Nous voici à la croisée des chemins et, à partir de maintenant, tout dépend de toi.

— Parlez-moi des deux façons. Rencardez-moi sur tout le bataclan, et on verra bien ce que j'ai dans le ventre.

— Envol et locomotion — voilà les deux moyens. Par envol, j'entends ton élévation au-dessus du sol. Pas seulement quelques pouces, mais trois pieds, six pieds, vingt pieds. Plus tu iras haut, plus le résultat sera spectaculaire. Trois pieds, c'est bien, mais ce n'est pas assez pour frapper les foules d'étonnement. Ça te place à peine au-dessus du niveau des yeux de la plupart des adultes, et ils ne s'en contenteraient pas longtemps. A six pieds, tu flottes au-dessus de leurs têtes, et du moment que tu les obliges à regarder en l'air, tu produis le genre d'impression que nous souhaitons. A dix pieds, l'effet devient sensationnel. A vingt pieds, tu seras là-haut parmi les anges, Walt, un émerveillement, une apparition lumineuse et belle qui fera resplendir la joie dans le cœur de tous ceux, hommes, femmes et enfants, qui lèveront les yeux vers toi.

— Vous me donnez la chair de poule. Quand vous parlez comme ça, vous me flanquez la tremblote.

— L'envol, ce n'est que la moitié, fiston. Avant de t'emballer, considère la locomotion. Je veux dire par là tes déplacements en l'air. En avant ou en arrière, selon les cas, les deux de préférence. La vitesse importe peu, mais la durée est capitale, elle est la clé de tout succès. Imagine le spectacle, si tu évolues là-haut pendant dix secondes. Les gens seront bouche bée. Ils te montreront du doigt, incrédules, mais avant qu'ils puissent absorber la réalité de ce dont ils sont témoins, le miracle aura cessé. Maintenant, prolonge ta performance de trente secondes ou d'une minute. C'est mieux, non ? L'âme commence à se dilater, le sang coule plus librement dans les veines. Maintenant fais-la durer cinq minutes, dix minutes, et imagine que tu exécutes des figures en huit et des pirouettes dansantes tout en flottant, infatigable et libre, avec cinq mille paires d'yeux fixés sur toi, au-dessus de la pelouse des Polo Grounds, à New York. Essaie de te figurer ça, Walt, et tu verras ce que je vois depuis tant de mois, tant d'années.

— Seigneur Dieu, maître Yehudi, je crois pas que je pourrais supporter ça.

— Mais attends, Walt, attends encore une seconde. Imagine seulement, pure supposition, imagine que quelque énorme coup de chance te donne la capacité de maîtriser ces deux choses et de les exécuter ensemble.

— Envol et locomotion en même temps ?

— C'est ça, Walt. Envol et locomotion en même temps. Alors ?

— Je volerais, alors ? Je volerais dans les airs comme un oiseau ?

— Pas comme un oiseau, petit homme. Comme un dieu. Tu serais la merveille des merveilles, Walt, le saint des saints. Aussi longtemps qu'ils marcheront sur la terre, les hommes t'adoreraient comme le plus grand d'entre eux.

Je passai presque tout l'hiver à travailler seul dans la grange. Il y avait bien les animaux, mais ils ne faisaient pas attention à moi et considéraient avec une indifférence placide mes exploits antigravitationnels. De temps à autre, le maître venait voir où j'en étais mais, à part quelques mots d'encouragement, il n'avait pas grand-chose à me dire. Le mois de janvier fut le plus dur, et je ne fis aucun progrès. Si la lévitation m'était alors devenue aussi aisée que la respiration, je restais néanmoins bloqué à la piètre hauteur de six pouces, et l'idée de me déplacer en l'air me paraissait hors de question. Mon problème était moins l'impossibilité de trouver le moyen d'accomplir ces choses que mon incapacité à les concevoir, et j'avais beau m'efforcer d'obtenir de mon corps qu'il les exprime, je ne savais par où commencer. Et le maître n'était pas en mesure de m'aider. Qui cherche trouve, me disait-il. Qui cherche trouve, tout se résume à cela. Tu en es maintenant au plus difficile, et tu ne peux pas espérer atteindre le ciel en un jour.

Au début de février, Esope et maître Yehudi quittèrent la ferme pour entreprendre une tournée des collèges et universités de la côte Est. Ils voulaient choisir l'endroit où Esope s'inscrirait en septembre, et leur absence devait durer un mois entier. Inutile de dire que je les suppliai de m'emmener. Ils allaient visiter des villes comme Boston et New York, des métropoles géantes avec des clubs de ligue majeure, des trolleybus et des machines à sous, et l'idée de rester planté au fond de la cambrousse me semblait dure à avaler. Si encore j'avais fait quelques progrès en envol et en locomotion, j'aurais trouvé moins terrible d'être abandonné, mais je n'arrivais à rien, et j'expliquai au maître qu'un changement de décor était exactement ce qu'il me fallait pour relancer mes énergies. Il rit de cet air condescendant qu'il affectait et me répondit : Ton heure viendra, bonhomme, mais maintenant c'est le tour d'Esope. Il y a sept ans que le pauvre garçon n'a plus aperçu un trottoir ni un feu de circulation, et mon devoir de père m'impose de lui faire un peu voir le monde. Les livres ont leurs limites, après tout. Un moment vient où il faut vivre les expériences dans sa chair.

— A propos de chair, fis-je en ravalant mon désappointement, n'oubliez pas de vous occuper de l'engin d'Esope. S'il y a une expérience qui lui a manqué, c'est bien l'occasion de le mettre ailleurs que dans sa main.

— Ne crains rien, Walt. Ça figure sur notre agenda. Mrs Witherspoon m'a donné un peu d'argent en plus dans cette intention expresse.

— C'est bien aimable à elle. Peut-être qu'elle en ferait autant pour moi, un jour.

— Elle le ferait volontiers, j'en suis sûr, mais je doute que tu aies besoin de son aide.

— On verra ça. De toute façon, actuellement, je suis pas intéressé.

— Raison de plus pour demeurer ici dans le Kansas, et travailler. Si tu t'appliques, je pourrais avoir une ou deux bonnes surprises à mon retour.

Je passai donc le mois de février, seul avec maman Sioux, à regarder tomber la neige en écoutant le vent souffler sur la prairie. Pendant les premières semaines, il fit si froid que je n'avais pas le courage d'aller dans la grange. La plupart du temps, je traînaillais dans la maison, trop déprimé pour penser à mes exercices. Bien que nous ne fussions qu'à nous deux, maman Sioux avait ses tâches à accomplir et, à cause des efforts supplémentaires que lui imposait sa mauvaise jambe, elle se fatiguait plus facilement qu'avant. Je la harcelais pourtant à la rendre folle dans l'espoir qu'elle me parle tout en travaillant. Depuis plus de deux ans, je n'avais guère pensé qu'à moi-même et j'avais accepté les gens qui m'entouraient à peu près tels qu'ils m'apparaissaient en surface. Je ne m'étais jamais soucié d'explorer leur passé, ne m'étais jamais vraiment demandé qui ils étaient avant que j'entre dans leurs vies. A présent, je me sentais soudain saisi d'un besoin irrépressible d'apprendre tout ce que je pourrais sur chacun d'eux. Je pense que ce fut d'abord parce qu'ils me manquaient tellement — le maître et Esope surtout, mais aussi Mrs Witherspoon. J'avais apprécié sa présence dans la maison, et celle-ci semblait beaucoup plus triste depuis son départ. Poser des questions était un moyen de les faire revenir, et plus maman Sioux me parlait d'eux, moins je me sentais seul.

J'avais beau insister, l'asticoter, je n'obtenais pas grand-chose d'elle pendant la journée. Quelques anecdotes parfois, goutte à goutte, quelques allusions suggestives. Les soirées l'incitaient davantage à parler et, en dépit de la pression que j'exerçais sur elle, elle se mettait rarement en train avant que nous nous attablions pour le dîner. Maman Sioux était une taiseuse, peu encline aux propos futiles et aux longs papotages, mais une fois que son humeur l'y portait, elle n'était pas qu'à moitié bonne pour ce qui est de raconter des histoires. Son débit restait plat, elle ne faisait guère intervenir de détails colorés, mais elle avait une façon à elle de s'arrêter régulièrement au beau milieu d'une phrase ou d'une idée, et ces petites pauses dans le récit produisaient des effets surprenants. Elles vous donnaient l'occasion de réfléchir, de poursuivre l'histoire vous-même, et lorsqu'elle reprenait, vous vous aperceviez que vous aviez la tête pleine de toutes sortes d'images éclatantes qui ne s'y trouvaient pas auparavant.

Un soir, je ne sais pour quelle raison, elle m'emmena dans sa chambre, à l'étage. Elle me fit asseoir sur le lit et, dès que je me fus installé confortablement, elle souleva le couvercle d'une vieille malle fatiguée qui se trouvait dans un coin. J'avais toujours pensé qu'elle y rangeait ses draps et ses couvertures, mais je découvris qu'elle y avait entassé des objets de son passé : photographies et colliers, mocassins et robes de peau, pointes de flèches, coupures de journaux et fleurs séchées. L'un après l'autre, elle posa sur le lit ces souvenirs, puis elle s'assit à côté de moi et m'expliqua ce qu'ils représentaient. C'était vrai qu'elle avait travaillé pour Buffalo Bill, et ce qui me renversa, quand je regardai ses vieilles photos, c'est de voir combien elle avait été jolie à cette époque — radieuse et mince, avec de superbes dents blanches et deux belles longues tresses. Une vraie princesse indienne, une squaw de rêve, comme au cinéma, et il me paraissait difficile d'assimiler ce joli petit morceau à la massive éclopée qui tenait notre ménage, d'accepter le fait qu'il s'agissait d'une seule et même personne. Tout ça remontait à ses seize ans, me raconta-t-elle, au plus fort de la fièvre de la *Ghost Dance*, qui avait balayé les territoires indiens à la fin des années 1880. C'était une époque maudite, des années de fin du monde, et les peuples rouges croyaient la magie seule capable de les sauver de l'extinction. La cavalerie les entourait de toutes parts, les expulsant de la prairie vers des réserves exiguës, et les Tuniques Bleues étaient trop nombreux pour qu'une contre-attaque parût possible. Danser la *Ghost Dance*, c'était l'ultime résistance : s'agiter et trépigner jus-qu'à la frénésie, bondir et rebondir, tels les *holy rollers* ou ces cinglés qui se croient habités par la parole divine. On pouvait alors s'envoler de son corps, et les balles de l'homme blanc devenaient impuissantes à toucher, à tuer, à vider les veines de leur sang. La danse s'était propagée partout, et finalement Sitting Bull en personne s'y était joint. L'armée des Etats-Unis avait pris peur, craignant une révolte à la clé, et avait ordonné au grand-oncle de maman Sioux de mettre fin à tout ça. Mais le vieux avait répliqué qu'ils aillent se faire voir, il avait le droit de gambiller dans son tipi s'il en avait envie, qui étaient-ils donc pour se mêler de sa vie privée ? Donc le général des Tuniques Bleues (je crois qu'il s'appelait Miles, ou Niles) avait chargé Buffalo Bill d'aller parlementer avec le chef. C'étaient de vieux copains, du temps où Sitting Bull avait participé au *Wild West Show*, et Cody était à peu près le seul Visage Pâle en qui Sitting Bull eût confiance. Bill était donc parti pour la réserve, comme un bon soldat, mais une fois qu'il y était arrivé, le général avait changé d'avis et lui avait interdit de rencontrer Sitting Bull. Bill avait râlé, on le comprend. Au moment précis où il allait repartir en tempête, il avait aperçu la jeune maman Sioux (qui à cette époque s'appelait Celle-qui-sourit-comme-le-soleil) et l'avait enrôlée dans sa troupe. Au moins, l'expédition n'aurait pas été tout à fait vaine. Pour maman Sioux, cela avait sans doute représenté la différence entre la vie et la mort. Quelques jours après son envol vers le monde du spectacle, Sitting Bull avait été assassiné au cours d'une empoignade avec quelques-uns des soldats qui le gardaient prisonnier et, un peu plus tard, trois cents femmes, enfants et vieillards avaient été fauchés par un régiment de cavalerie à la prétendue bataille de Wounded Knee, qui fut moins une bataille qu'un tir aux pigeons, un massacre en gros des innocents.

Maman Sioux avait les yeux pleins de larmes en évoquant tout cela.

— La vengeance de Custer, murmura-t-elle. J'avais deux ans quand Crazy Horse lui a rempli le corps de flèches, et à l'époque de mes seize ans, il ne nous restait rien.

— Esope m'a parlé de ça un jour, fis-je. C'est un peu embrouillé maintenant, mais je me souviens qu'il m'a expliqué qu'on n'aurait pas fait venir d'Afrique les esclaves noirs si les Blancs avaient eu les coudées franches avec les Indiens. Il racontait que les Blancs auraient bien voulu obliger les Peaux-Rouges à devenir leurs esclaves, mais que le grand patron catholique, dans le vieux pays, avait dit pas question. Alors les pirates sont allés en Afrique, où ils ont raflé plein de Noirs, et ils les ont ramenés dans les chaînes. C'est ça qu'Esope m'a raconté, et à ce que je sais, il ne ment jamais. Les Indiens devaient être bien traités. Dans le style "vivre et laisser vivre", comme nous le serine toujours le maître.

— Devaient être, répliqua maman Sioux. Mais *devaient être*, ce n'est pas *étaient*.

— C'est bien vrai, ça, Ma. Tant que les sous et les principes ne marchent pas ensemble, on peut promettre tout ce qu'on veut, ça vaut des clopinettes.

Elle me montra ensuite d'autres photos, et puis des programmes de théâtre, des affiches et des coupures de journaux. Maman Sioux avait été à peu près partout, non seulement en Amérique et au Canada, mais aussi de l'autre côté de l'Océan. Elle s'était produite devant le roi et la reine d'Angleterre, elle avait donné son autographe au tsar de Russie, elle avait sablé le champagne avec Sarah Bernhardt. Après cinq ou six ans de tournées avec Buffalo Bill, elle avait épousé un Irlandais du nom de Ted, un petit jockey qui courait les steeple-chases d'un bout à l'autre des îles Britanniques. Ils avaient eu une fille appelée Daffodil et habitaient une maisonnette en pierre avec un jardin plein de liserons bleus et de rosiers roses grimpants, et pendant sept années son bonheur n'avait pas connu de bornes. Et puis ç'avait été la catastrophe. Ted et Daffodil étaient morts dans un accident de chemin de fer, et maman Sioux, le cœur brisé, était rentrée en Amérique. Elle avait épousé un plombier qui s'appelait également Ted, mais à la différence de Ted I, Ted II était un ivrogne et une canaille, et peu à peu maman Sioux s'était mise à boire, elle aussi, tant elle était malheureuse quand elle comparait sa nouvelle vie à l'ancienne. A la fin, ils habitaient ensemble une cabane en carton bitumé dans les faubourgs de Memphis, Tennessee, et si maître Yehudi n'était soudain et par le plus grand des hasards apparu sur leur route un beau matin de l'été 1912, maman Sioux serait devenue un cadavre avant son heure. Il marchait en portant dans ses bras le petit Esope (c'était juste deux jours après qu'il l'avait ramassé dans le champ de coton), quand il entendit des cris et des hurlements provenant de la hutte déglinguée que maman Sioux appelait sa maison. Ted II venait de se mettre à la tabasser de ses poings velus, ses premiers coups lui avaient fait sauter six ou sept dents, et maître Yehudi, qui ne fut jamais homme à fuir les ennuis, entra dans la cahute, posa doucement sur le sol son enfant infirme et mit fin au casse-pipes en se glissant derrière Ted II dont il serra la nuque entre le pouce et le majeur avec assez de force pour envoyer le misérable au pays des rêves. Le maître lava alors les gencives et les lèvres ensanglantées de maman Sioux, l'aida à se remettre debout, et jeta un coup d'œil sur le galetas sordide. Il ne lui fallut guère plus de quelques secondes pour se décider. J'ai une proposition à vous faire, dit-il à la pauvre femme. Laissez ce salaud là, par terre, et venez avec moi. J'ai un gamin rachitique qui a besoin d'une mère, et si vous acceptez de vous occuper de lui, je m'engage à m'occuper de vous. Je ne reste jamais longtemps nulle part, vous devrez donc acquérir le goût des voyages, mais je vous promets, sur l'âme de mon père, que je ne vous laisserai jamais avoir faim, ni vous, ni l'enfant.

Le maître avait vingt-neuf ans à cette époque, c'était un brillant spécimen de l'humanité, qui arborait une moustache en crocs et un impeccable nœud de cravate. Maman Sioux s'attacha à lui, ce matin-là, et pendant quinze ans ne cessa de l'épauler d'un tournant à l'autre de sa carrière, tout en élevant

Esope comme son propre fils. Je ne me souviens pas de tous les endroits dont elle me parla, mais les histoires que je préférais semblaient toujours centrées sur Chicago, une ville où ils se rendaient souvent. C'était là qu'apparaissait Mrs Witherspoon, et quand maman Sioux aborda ce sujet, la tête se mit à me tourner. Elle ne m'en donna que les grandes lignes, mais les simples faits me semblaient si curieux, si étrangement théâtraux, qu'il ne me fallut pas longtemps pour les enjoliver et en faire un drame accompli. Marion Witherspoon avait épousé feu son mari à l'âge de vingt ou vingt et un ans. C'était un jeune homme du Kansas, fils d'une famille riche de Wichita, qu'il avait quittée pour la grande ville dès l'instant où il avait touché son héritage. Maman Sioux le décrivait comme un beau flambeur avide de s'amuser, un de ces charmeurs au verbe suave capables de se faire admettre sous la jupe d'une femme en moins de temps qu'il n'en fallait à Jim Thorpe pour nouer sa chaussure. Le jeune couple avait mené grand train pendant trois ou quatre ans, mais Mr Witherspoon avait un faible pour les chevaux, sans parler d'un penchant pour les parties de cartes amicales auquel il se laissait aller quelque quinze ou vingt soirs par mois, et comme il faisait preuve, dans ses vices de prédilection, de plus d'enthousiasme que d'habileté, sa fortune jadis énorme s'était réduite à une misère. Vers la fin, la situation était devenue si désespérée qu'il semblait que lui et sa femme allaient être obligés de réintégrer la maison familiale à Wichita et que lui, Charlie Witherspoon, le joueur de polo, le coureur, le bel esprit du North Side, allait bel et bien devoir se chercher un emploi de neuf à cinq dans quelque morne compagnie d'assurances de la plaine céréalière. Et c'était là que maître Yehudi entrait en scène — dans l'arrière-salle d'un club de billard de Rush Street à quatre heures du matin avec ledit Mr Witherspoon et deux ou trois anonymes, tous assis, cartes en main, autour d'une table tendue de feutre vert. Comme on dit dans les feuilletons, ce n'était pas le jour de Charlie, et il se trouvait pratiquement sur le flanc avec trois valets et une paire de rois mais pas un radis à mettre en jeu. Il ne restait en face de lui que maître Yehudi, et puisqu'il s'agissait manifestement de sa dernière chance, Charlie décida de jouer son va-tout. Il engagea d'abord sa propriété de Cibola, dans le Kansas (qui avait un jour été la ferme de ses grands-parents), en signant sur un bout de papier la cession de la maison et des terres, et puis, comme maître Yehudi restait en jeu et l'obligeait à renchérir, ce monsieur signa un second bout de papier sur lequel il déclarait renoncer à tout droit sur sa femme. Maître Yehudi avait quatre sept, et quatre n'importe quoi l'emportant toujours sur un full, quel que soit le nombre des têtes couronnées qui composent celui-ci, il gagna la ferme et la femme, et le pauvre Charlie Witherspoon, défait, enfin au bout de son rouleau, tituba jusque chez lui dans l'aube naissante, entra dans sa chambre où sa femme était endormie, prit un revolver dans le tiroir de la table de nuit et se brûla la cervelle, comme ça, sur le lit.

C'est ainsi que maître Yehudi en était arrivé à planter sa tente dans le Kansas. Après des années d'errance, il possédait enfin un endroit à lui et, même si ce n'était pas nécessairement l'endroit de ses rêves, il n'allait pas bouder ce que ces quatre sept lui avaient donné. Ce qui m'intriguait, c'était la place qu'occupait Mrs Witherspoon dans le tableau. Si son mari était mort ruiné, d'où venait qu'elle eût les moyens de vivre si confortablement dans sa maison de Wichita, de s'offrir de belles fringues et des voitures vert émeraude et d'en avoir assez de reste pour financer les projets de maître Yehudi ? Là, maman Sioux avait une réponse toute prête. Parce qu'elle était maligne. Dès qu'elle s'était avisée des façons prodigues de son mari, Mrs Witherspoon avait commencé à s'occuper des livres, à distraire de leur revenu mensuel de petites sommes qu'elle investissait en placements à haut rendement, titres, emprunts d'Etat et autres opérations financières. Au moment où elle s'était retrouvée veuve, ces tours de passe-passe avaient produit de solides profits, quadruplant son apport initial, et avec cette belle petite fortune à l'abri dans sa bourse, elle possédait largement de quoi manger, boire et s'amuser. Et maître Yehudi ? demandai-je. Il l'avait bel et bien gagnée à cette partie de poker, et si Mrs Witherspoon lui appartenait, pourquoi n'étaient-ils pas mariés ? Pourquoi n'était-elle pas ici avec nous, à repriser ses chaussettes, à préparer ses repas et à porter ses enfants dans son ventre ?

Maman Sioux hocha lentement la tête. Nous vivons dans un monde nouveau, répondit-elle. Plus personne n'appartient à personne. Une femme, c'est pas du bétail que les hommes peuvent vendre et acheter, surtout pas une de ces femmes modernes comme la dame du maître. Ils s'aiment et ils se haïssent, ils s'empoignent et ils se soupirent après, ils veulent et ne veulent plus, et avec le temps chacun a l'autre un peu plus profond dans la peau. C'est un vrai cirque, mon petit chou, ça vaut toutes les revues et tous les numéros, et je parierais des dollars contre des pets-de-nonne que ça durera jusqu'au jour de leur mort.

Ces histoires me donnaient beaucoup à digérer pendant les heures que je passais seul, mais plus je méditais sur ce que maman Sioux m'avait raconté, plus ça me paraissait tordu et embrouillé. Je me cassais la tête à essayer de démêler les piles et les faces de comportements aussi complexes et, à un moment donné, j'y renonçai tout net en me disant que j'allais me court-circuiter la cervelle si je continuais à cogiter ainsi. Les grandes personnes étaient des créatures impénétrables, et si j'en devenais jamais une moi-même, je me promettais d'écrire une lettre à mon ancien moi afin de m'expliquer comment ça se faisait — mais pour l'instant j'en avais assez. Je me sentis soulagé d'avoir ainsi renoncé, mais dès que j'eus abandonné ces réflexions, je sombrai dans un ennui si profond, si pesant dans son uniformité suave et moelleuse, que je finis par me remettre au travail. Ce n'était pas que j'en avais envie, mais, simplement, je ne trouvais aucune autre façon d'occuper mon temps.

Je m'enfermai de nouveau dans ma chambre et, après trois jours de tentatives infructueuses, je découvris ce que j'avais fait de travers. Tout venait de ma façon d'aborder le problème. Je m'étais fourré dans la tête qu'envol et locomotion ne pouvaient être réalisés que dans un processus en deux temps. D'abord monter aussi haut que je pouvais, ensuite me propulser de l'avant. Je m'étais entraîné à faire la première de ces choses, et je croyais pouvoir accomplir la seconde à partir de la première. Mais en réalité, la seconde annulait ce qui la précédait. J'avais beau monter et remonter en l'air par la méthode éprouvée, aussitôt que je pensais à me déplacer, je redescendais me poser sur le sol et me retrouvais sur mes pieds avant d'avoir eu l'occasion de commencer. J'échouai plutôt mille fois qu'une, et au bout de quelque temps je me sentais si écœuré, tellement exaspéré de mon incompétence que je me mis à piquer des crises et à tambouriner des poings sur le sol. Finalement, en plein emportement de fureur et de défaite, je me relevai et me lançai contre le mur avec l'espoir que le choc me rendrait inconscient. Je m'élançai et, pendant une fraction de seconde, juste avant que mon épaule cogne le plâtre, je sentis que je flottais — en même temps que je me précipitais en avant, j'avais perdu le contact avec la pesanteur, je m'élevais, porté par l'essor familier tandis que je plongeais dans l'air. Avant que j'aie pu comprendre ce qui m'arrivait, j'avais rebondi sur le mur et me ramassais douloureusement sur le sol. Tout mon côté gauche résonnait du choc, mais peu m'importait. Je sautai sur mes pieds et me mis à danser autour de la chambre en riant comme un fou pendant vingt minutes. J'avais percé le secret. J'avais compris. Oublie les angles droits, me disais-je. Pense arcs, pense trajectoire. Il ne s'agissait pas d'aller d'abord vers le haut et puis vers l'avant, mais d'aller vers le haut et l'avant en même temps, de me lancer, en un seul geste harmonieux et ininterrompu, dans les bras du grand vide ambiant.

Je travaillai comme une bête pendant dix-huit à vingt jours et m'entraînai si bien à cette nouvelle technique qu'elle s'inscrivit dans mes muscles et dans mes os, devenant un réflexe qui n'exigeait plus le moindre délai de réflexion. La locomotion était un art perfectible, une façon de marcher en l'air, comme en rêve, guère différente de la marche sur le sol, et tel un bébé qui vacille et tombe lorsqu'il accomplit ses premiers pas, je connus moi aussi une bonne dose de chutes et de dérapages quand je commençai à ouvrir mes ailes. La durée restait mon objectif, la question du temps et de la distance que je pourrais tenir. Au début, mes résultats furent erratiques, n'importe quoi de trois à quinze secondes, et comme mon allure était d'une pénible lenteur, j'arrivais tout au plus à parcourir sept ou huit pieds, pas même la distance séparant les murs de ma chambre. Ce n'était pas une allure vigoureuse et décidée, c'était la démarche traînante d'un fantôme, ou celle d'un funambule. Je persévérais néanmoins avec confiance et ne me sentais plus comme avant sujet à des crises de découragement. Pas à pas, je progressais désormais, et rien ne m'arrêterait plus. Même si je ne montais pas plus haut que mes six ou sept pouces habituels, je pensais qu'il valait mieux me concentrer quelque temps sur la locomotion. Dès que j'aurais acquis une certaine maîtrise en ce domaine, je reviendrais à l'envol et m'attaquerais également à ce problème. Cela paraissait raisonnable, et quitte à devoir tout recommencer, je ne dévierais pas de cette ligne. Comment aurais-je pu savoir que le temps m'était déjà compté, qu'il nous restait moins de jours qu'aucun de nous ne l'aurait imaginé ?

Après le retour de maître Yehudi et d'Esope, la bonne humeur régna comme jamais dans la maison. C'était la fin d'une époque, et nous nous tournions tous vers l'avenir dans la perspective des vies nouvelles qui nous attendaient au-delà des limites de la ferme. Esope serait le premier à partir — il irait à Yale en septembre — et si tout se déroulait comme prévu, notre tour viendrait à la nouvelle année. A présent que j'étais passé à l'étape suivante de mon entraînement, le maître comptait qu'en neuf mois environ je serais prêt à me produire en public. Cela semblait encore bien long à quelqu'un de mon âge, mais il en parlait désormais comme d'une réalité et l'usage qu'il faisait de mots tels que *réservations*, *sites* et *box-office* me mettait dans un état d'excitation permanente. Je n'étais plus Walt Rawley, le petit Blanc misérable sans un pot pour pisser, j'étais Walt le Prodige, le minuscule casse-cou qui défiait les lois de la pesanteur, le seul et unique as des airs. Dès que nous prendrions la route pour montrer au monde ce dont j'étais capable, je ferais sensation, je deviendrais la personnalité la plus célèbre de l'Amérique.

Quant à Esope, sa tournée dans l'Est avait été un succès sans mélange. On lui avait fait passer des examens spéciaux, on l'avait interviewé, on avait testé le contenu de son crâne laineux et, à entendre les récits du maître, tous en étaient restés baba. Aucune université ne l'avait refusé, mais Yale offrait une bourse de quatre ans — comprenant la nourriture, le logement et un petit pécule — et cela avait fait pencher la balance en leur faveur. "*Boola, boola*, bouledogues du monde entier, unissez-vous." Quand j'y repense aujourd'hui, je me rends compte de la réussite que représentait pour un jeune Noir autodidacte le fait d'avoir franchi les remparts de ces institutions peu charitables. Je ne connaissais rien aux livres et ne disposais d'aucun critère pour comparer à celles des autres les capacités de mon ami, mais j'avais une confiance aveugle en son génie et l'idée qu'un tas de pisse-vinaigre et de cols-blancs de Yale souhaitaient l'avoir pour étudiant me paraissait tout à fait naturelle, la chose la plus normale au monde.

Si j'étais trop bête pour comprendre ce que signifiait le triomphe d'Esope, j'étais plus qu'épaté par les habits neufs qu'il rapportait de son voyage. Il était arrivé en pelisse de raton laveur, une gapette bleu et blanc sur le crâne, et je l'avais trouvé si étrange dans cette tenue que je n'avais pu m'empêcher d'éclater de rire quand il avait passé la porte. Le maître lui avait fait faire sur mesure à Boston, deux complets de tweed brun et, depuis son retour, il avait pris l'habitude de les porter à la maison au lieu de ses vieilles frusques de paysan, avec la tenue complète : chemise blanche, col dur, cravate, et une étincelante paire de chaussures de cuir fauve. C'était très impressionnant de voir l'allure qu'il avait dans ces fringues — comme si elles l'avaient rendu plus droit, plus digne, plus conscient de son importance. Bien qu'il n'en eût guère besoin, il se mit à se raser chaque matin, et pendant qu'il s'enduisait la tronche de mousse et trempait son rasoir dans le seau d'eau glacée, je lui tenais compagnie dans la cuisine en lui présentant un petit miroir, et il me racontait ce qu'il avait vu dans les grandes villes de la côte atlantique. Le maître ne s'était pas borné à le faire admettre au collège, il lui avait aussi fait passer les plus beaux jours de sa vie et Esope s'en rappelait chaque détail : les temps forts, les temps faibles, et tous les temps intermédiaires. Il me parlait des gratte-ciel, des musées, des spectacles de music-hall, des restaurants, des bibliothèques, des trottoirs où se bousculaient des foules de gens de toutes sortes et de toutes couleurs.

— Le Kansas est une illusion, déclara-t-il un

matin tout en raclant sa barbe invisible, ce n'est qu'une étape sur le chemin de la réalité.

— C'est rien de le dire, répliquai-je. Ce trou est si demeuré qu'on a été interdits de boisson avant même que les autres Etats aient entendu parler de la prohibition.

— J'ai bu une bière à New York, Walt.

— Ah, bon, je pensais aussi.

— Dans un *speakeasy*. Un établissement illégal de McDougal Street, en plein cœur de Greenwich Village. Je regrette que tu n'aies pas été là avec moi.

— Je supporte pas le goût de cette mousse, Esope. Donne-moi un bourbon bien raide, par contre, et je tiens tête à n'importe quel buveur.

— Je ne dis pas que c'était bon. Mais c'était excitant de me trouver là avec tous ces gens, et de siroter mon verre dans un endroit aussi bondé.

— C'est pas la seule chose excitante que t'as faite, je parie.

— Ah, ça, non, loin de là. Juste une parmi les autres.

— Et ton zob, il a pu s'en donner, lui aussi. C'est qu'une supposition, bien sûr, alors corrige-moi si je me trompe.

Esope s'immobilisa, le rasoir en suspens, parut songeur, et puis se mit à sourire dans le miroir.

— Disons qu'il n'a pas été négligé, frérot, et on en restera là.

— Tu peux me dire son nom ? Je veux pas être indiscret, mais je suis curieux de savoir qui était la veinarde.

— Eh bien, si tu veux le savoir, elle s'appelait Mabel.

— Mabel. Pas mal, si on y pense. On dirait une poupée bien enveloppée. Elle était jeune ou vieille ?

— Elle n'était pas vieille, et elle n'était pas jeune. Mais tu as raison, elle était bien enveloppée. Mabel était la plus grosse mamma et la plus noire que tu puisses rêver de te mettre sous la dent. Elle était si énorme que je ne savais pas où elle commençait ni où elle finissait. J'avais l'impression de lutter avec un hippopotame, Walter. Mais une fois que tu as saisi le coup, l'anatomie prend soin d'elle-même. Quand tu te glisses dans son lit, tu es un gamin, et une demi-heure plus tard, en sortant, tu es un homme.

Puisqu'il avait accédé au titre d'homme, Esope décida que le moment était venu de se mettre à rédiger son autobiographie. C'était à cela qu'il projetait de consacrer les derniers mois avant son départ de la maison — au récit de sa vie jusqu'à ce jour, de sa naissance dans une bicoque rurale en Géorgie à son dépucelage dans un bordel de Harlem, enveloppé dans les bras joufflus de Mabel la pute. Les mots lui venaient en abondance, mais le titre le tracassait, et je me souviens de ses incessantes hésitations. Un jour il voulait appeler son livre *Les Confessions d'un négrillon perdu* ; le lendemain, il optait pour *Les Aventures d'Esope : histoire véridique et opinions sans fard d'un enfant trouvé* ; le lendemain, ça devenait *Le Chemin de Yale : vie d'un lettré noir de son humble origine à nos jours.* Il y en eut beaucoup d'autres, et pendant tout le temps où il travailla à ce livre, il ne cessa d'en essayer de nouveaux, changeant et rechangeant d'avis au point que la liasse des pages de titre devenait aussi épaisse que le manuscrit proprement dit. Il devait peiner huit à dix heures par jour sur son opus, et je me souviens de l'avoir observé de la porte, assis le dos voûté devant son bureau, en m'étonnant que quelqu'un pût rester si longtemps immobile à ne rien faire d'autre que promener le bout de sa plume sur une grande feuille de papier blanc. C'était la première fois que j'étais témoin de la naissance d'un livre, et même quand Esope m'appelait dans sa chambre pour me lire à haute voix des passages choisis de son œuvre, je ne voyais pas bien le rapport entre tout ce silence, toute cette concentration et les histoires qui déboulaient de ses lèvres. Nous nous trouvions tous dans le livre

— maître Yehudi, maman Sioux, moi — et à mes oreilles novices et inexpérimentées, il faisait l'effet d'un chef-d'œuvre assuré. Je riais à certains passages, je pleurais à d'autres, et que peut-on attendre de mieux d'un livre que d'y sentir ainsi l'aiguillon de la joie et du chagrin ? A présent qu'à mon tour, j'en écris un, il ne se passe pas un jour où je ne pense à Esope, là-haut, dans sa chambre. Il y a soixante-cinq printemps de cela, et je le vois encore assis à sa table, en train de rédiger ses Mémoires juvéniles tandis que la lumière tombant par la fenêtre éclaire les grains de poussière qui dansent autour de lui. Si je me concentre assez fort, j'entends encore son souffle entrer et sortir de ses poumons, j'entends encore le grattement de sa plume courant sur le papier.

Tandis qu'Esope travaillait dans la maison, maître Yehudi et moi passions nos journées aux champs, à bosser sans compter les heures sur mon numéro. Dans un élan d'optimisme, peu après son retour, il nous avait annoncé au dîner qu'il n'y aurait pas de plantations cette année-là. Au diable la récolte, avait-il dit. Nous avons assez de provisions pour tout l'hiver, et quand le printemps reviendra nous serons partis depuis longtemps. A mon avis, ce serait un péché de faire pousser des choses dont nous n'aurons jamais besoin. Cette nouvelle politique suscita la joie générale et, pour une fois, le printemps commença sans corvées ni labours, sans ces semaines interminables où on se cassait le dos à trimer dans la boue. Ma découverte de la locomotion avait changé le cours du temps, et maître Yehudi se sentait désormais si confiant qu'il était prêt à laisser la ferme aller à rien. C'était la seule décision raisonnable qu'on pût prendre. Nous avions tous accompli notre peine, et pourquoi se faire suer alors que, bientôt, nous compterions notre or ?

Ça ne veut pas dire que nous nous la coulions douce, là, dehors — moi en particulier — mais ce travail me plaisait et le maître pouvait me demander tout ce qu'il voulait, je n'en étais jamais las. Lorsqu'il se mit à faire chaud, nous prîmes l'habitude de continuer le soir venu, nous acharnant au bout du pré à la lumière de torches tandis que la lune montait dans le ciel. J'étais infatigable, un bonheur ardent m'animait, me poussant à relever un défi après l'autre. Le l[er] mai, marcher dix à douze yards m'était devenu de la routine. Le 5 mai, j'arrivais à vingt yards, et moins d'une semaine plus tard, j'avais atteint quarante : une centaine de pas de locomotion aérienne, près de dix minutes ininterrompues de magie pure. C'est alors que le maître eut l'idée de me faire m'entraîner au-dessus de l'eau. Il y avait, dans l'angle nord-est de la propriété, un étang qui, dès ce moment, devint notre lieu de travail et chaque matin après le déjeuner nous y partions dans la carriole ; de là, on ne voyait plus la maison — nous étions seuls tous les deux dans les champs silencieux, échangeant à peine une parole pendant des heures d'affilée. Au début, l'eau m'intimidait : je ne savais pas nager, et mettre mes talents à l'épreuve au-dessus de cet élément n'avait rien de drôle. L'étang devait mesurer pas loin d'une soixantaine de pieds d'un bord à l'autre, et sur la moitié de cette distance l'eau me venait plus haut que la tête. Je tombai dedans seize ou vingt fois le premier jour, et quatre fois le maître dut plonger pour me repêcher. Après cela, nous arrivâmes équipés de serviettes et de plusieurs tenues de rechange, mais à la fin de la semaine elles n'étaient plus nécessaires. J'avais dominé ma peur de l'eau en ignorant sa présence. J'avais découvert que si je ne baissais pas les yeux, je réussissais à propulser mon corps d'un côté à l'autre de la surface sans me mouiller. C'était aussi simple que ça, et dans les derniers jours de mai 1927, je marchais sur l'eau avec autant d'aisance que Jésus en personne.

Vers le milieu de cette période, Lindbergh accomplit son vol solitaire à travers l'Atlantique, de New

York à Paris en trente-deux heures sans escale. La nouvelle nous parvint grâce à Mrs Witherspoon, qui arriva un beau jour de Wichita avec une pile de journaux sur le siège arrière de sa voiture. La ferme était coupée du monde, et même des événements aussi considérables que celui-là y passaient inaperçus. Si Mrs Witherspoon n'avait pas voulu faire toute cette route, nous n'en aurions jamais su le premier mot. J'ai toujours trouvé étrange que la prouesse de Lindbergh ait coïncidé si exactement avec mes propres succès, de penser qu'au moment précis où il franchissait l'Océan, j'étais en train de traverser mon petit étang dans le Kansas — en l'air ensemble, tous les deux, chacun accomplissant son exploit au même moment. Le ciel semblait s'être soudain ouvert à l'homme, et nous y étions les pionniers, le Colomb et le Magellan de la conquête de l'air. Je ne connaissais l'Aigle Solitaire ni d'Eve ni d'Adam, mais après cela je me sentis lié à lui comme si nous unissait quelque obscure ressemblance fraternelle. Ce ne pouvait être une coïncidence que l'avion s'appelât le *Spirit of Saint Louis*. Saint Louis était ma ville, à moi aussi, la ville des champions et des héros du XXe siècle et, sans même le savoir, Lindbergh avait nommé son avion en mon honneur.

Mrs Witherspoon demeura quelques jours avec nous. Après son départ, nous nous remîmes au travail, le maître et moi, en concentrant notre attention sur l'envol et non plus sur la locomotion. J'avais fait ce que je pouvais faire en matière de déplacement horizontal ; il était temps désormais de m'attaquer au vertical. Lindbergh m'était une inspiration, je l'avoue volontiers, mais je voulais marquer un point : réussir avec mon corps ce qu'il avait réalisé avec une machine. Ce serait à plus petite échelle, sans doute, mais infiniment plus prodigieux et, du jour au lendemain, sa renommée s'en trouverait diminuée. Pourtant, en dépit de tous mes efforts, je n'arrivais pas à gagner un pouce. Pendant une semaine et demie, nous nous acharnâmes près de l'étang, le maître et moi, également effarés par la tâche que nous nous étions fixée, et à la fin de cette période je ne montais pas plus haut qu'auparavant. Et puis, le soir du 15 juin, maître Yehudi fit une suggestion qui commença à retourner la situation.

— Ceci n'est que spéculation, me dit-il, mais je me demande si ton collier n'y est pas pour quelque chose. Il ne peut guère peser qu'une once ou deux mais, dans les mathématiques de ce que tu cherches à accomplir, c'est peut-être assez. Pour chaque millimètre que tu gagnes en hauteur, le poids de cet objet augmente en proportion géométrique — ce qui signifie qu'à six pouces du sol, tu portes l'équivalent de quarante livres. Ça représente la moitié de ton poids. Si mes calculs sont exacts, ce n'est pas étonnant que ça te donne tant de mal.

— Je porte ce truc depuis Noël, protestai-je. C'est mon porte-bonheur, je peux rien faire sans.

— Mais si, tu peux, Walt. La première fois que tu as décollé du sol, il se trouvait autour de mon cou, tu te souviens ? Je ne prétends pas que tu n'y es pas attaché sentimentalement, mais nous abordons ici un domaine profondément spirituel, et il est possible que tu ne puisses accomplir, si tu es entier, ce que tu tentes d'accomplir, que pour atteindre à la plénitude de ton talent, tu doives abandonner une partie de toi-même.

— Tout ça, c'est du baratin. Je porte des habits, non ? Je porte des souliers et des chaussettes. Si ce collier m'alourdit, alors ces trucs-là aussi, et il est pas question que j'aille me balader à poil en public.

— On ne risque rien à essayer. Il n'y a rien à perdre, Walt, et tout à gagner. Si je me trompe, tant pis. Sinon, ce serait vraiment dommage que nous n'ayons jamais l'occasion de nous en rendre compte.

Il me tenait. A contrecœur et avec beaucoup de

scepticisme, j'ôtai mon porte-bonheur et le posai dans la main du maître.

— D'accord, fis-je, on va faire un essai. Mais si ça ne se passe pas comme vous dites, on n'en parlera plus jamais.

Dans l'heure qui suivit, je doublai mes records précédents, parvenant à des hauteurs de douze à quatorze pouces. Quand le soir tomba, j'étais monté à plus de deux pieds et demi, démontrant la justesse de l'intuition de maître Yehudi, son instinct prophétique des tenants et aboutissants de l'art de la lévitation. C'était une émotion spectaculaire que de me sentir flotter à une telle distance du sol — littéralement sur le point de voler — mais, au-dessus de deux pieds, j'avais de la peine à maintenir une position verticale sans me mettre à trébucher et attraper le vertige. Tout me semblait si nouveau, là-haut, que je ne parvenais pas à trouver mon équilibre naturel. Je me sentais long, comme si j'avais été composé de segments et non fait d'une pièce, et ma tête et mes épaules réagissaient dans un sens tandis que mes jambes et mes chevilles partaient dans l'autre. Afin de ne pas basculer, je m'aperçus que j'avais tendance à m'allonger sur le ventre quand j'arrivais à une certaine hauteur, sachant d'instinct que je me sentirais plus rassuré et plus à l'aise avec mon corps entier étalé au-dessus du sol qu'avec seulement mes plantes de pied. Je restais trop nerveux pour penser à me déplacer dans cette position mais à la nuit, juste avant que nous nous arrêtions pour aller dormir, je rentrai la tête sous moi et réussis à faire une lente culbute en l'air, décrivant un cercle complet et ininterrompu sans une seule fois effleurer la terre.

En revenant à la maison ce soir-là, le maître et moi, nous nous sentions ivres de joie. Tout nous semblait désormais possible : la conquête simultanée de l'envol et de la locomotion, le vol véritable, le rêve des rêves. Je pense que ce fut notre meilleur moment ensemble, le moment où tout notre avenir se mit en place. Et pourtant, le 6 juin, un jour à peine après que nous eûmes atteint ce sommet, mon entraînement fut stoppé de façon abrupte et irrévocable. Ce que maître Yehudi craignait depuis si longtemps finit par se produire, et quand cela arriva, ce fut avec une telle violence, cela provoqua dans nos cœurs de tels ravages, un tel bouleversement que nous ne fûmes plus jamais les mêmes.

J'avais bien travaillé tout le jour et, selon notre habitude au long de ce printemps miraculeux, nous avions décidé de poursuivre, le soir venu. A sept heures et demie, nous avions dîné de sandwiches préparés pour nous ce matin-là par maman Sioux, puis repris nos exercices tandis que l'obscurité gagnait les champs autour de nous. Il devait être près de dix heures quand nous entendîmes les chevaux. Ce ne fut d'abord qu'un grondement vague, un frémissement du sol qui me fit penser à un tonnerre lointain, comme si un orage couvait quelque part dans le comté voisin. Je venais d'accomplir un double saut périlleux au bord de l'étang et j'attendais les commentaires du maître, mais au lieu de parler normalement, d'une voix calme, il me saisit le bras en un geste soudain de panique.

— Ecoute, me dit-il. Et puis il répéta : Ecoute ça. Ils arrivent. Les salauds, ils arrivent. Je tendis l'oreille et, en effet, le bruit devenait plus fort. Quelques secondes passèrent, et je compris alors que c'étaient des chevaux, un fracas de sabots chargeant au galop dans notre direction.

— Ne bouge pas, fit le maître. Reste où tu es et ne bouge pas un muscle avant que je ne revienne.

Et puis, sans un mot d'explication, il partit en courant vers la maison, fonçant à travers champs comme un sprinter. Ignorant son ordre, je me lançai derrière lui à toute la vitesse de mes jambes. La maison se trouvait au moins à quatre cents yards mais avant d'en avoir parcouru cent nous apercevions déjà les flammes, une éruption de lueurs rouge et jaune dansant sur le ciel noir. Nous entendîmes des cris, des youyous guerriers, une rafale de coups de feu, et puis nous entendîmes sans doute possible des hurlements humains. Le maître courait toujours, augmentant régulièrement la distance entre nous, mais lorsqu'il arriva au bosquet de chênes qui se dressait derrière la grange, il s'arrêta. Je parvins à mon tour à la lisière des arbres, bien décidé à continuer jusqu'à la maison, mais le maître m'aperçut du coin de l'œil et me plaqua au sol avant que je fasse un pas de plus.

— C'est trop tard, me dit-il. Si on y va maintenant, on se fera tuer, c'est tout. Ils sont douze et nous sommes deux, et ils ont des carabines et des revolvers. Prie Dieu qu'ils ne nous trouvent pas, Walt. Nous ne pouvons rien pour les autres.

Et nous restâmes là, impuissants, derrière les arbres, à regarder le Ku Klux Klan dans ses œuvres. Une douzaine d'hommes sur une douzaine de chevaux caracolaient dans la cour, une meute d'assassins glapissants avec des draps blancs sur la tête, et nous étions incapables de nous opposer à eux. Ils traînèrent Esope et maman Sioux hors de la maison embrasée, leur mirent des cordes autour du cou et les pendirent à l'orme au bord du chemin, chacun à une branche différente. Esope hurla, maman Sioux ne dit rien, et en quelques secondes ils étaient morts tous les deux. Mes deux meilleurs amis avaient été assassinés sous mes yeux et je n'avais rien pu faire que regarder en luttant contre mes larmes, avec la main de maître Yehudi cramponnée sur ma bouche. La tuerie terminée, l'un des hommes ficha dans le sol une croix de bois, l'inonda d'essence et y mit le feu. La croix brûla comme brûlait la maison, les hommes poussèrent encore quelques cris de guerre en tirant en l'air des charges de chevrotine, puis tous remontèrent sur leurs chevaux et repartirent en direction de Cibola. La maison était incandescente, une boule de feu, une fournaise de poutres rugissantes, et lorsque le dernier des hommes disparut, le toit avait déjà cédé et s'écroulait sur le sol dans une pluie d'étincelles et de météores. J'avais l'impression d'avoir vu le soleil exploser. J'avais l'impression d'avoir été témoin de la fin du monde.

II

Nous les avons enterrés la nuit même dans la propriété, confiant leurs corps à deux tombes anonymes, près de la grange. Nous aurions dû prononcer quelques prières, mais nous avions la poitrine trop pleine de sanglots et nous nous bornâmes à les couvrir de terre sans rien dire, travaillant en silence, les joues inondées d'eau salée. Ensuite, sans retourner à la maison calcinée, sans même prendre la peine d'aller voir si l'une ou l'autre de nos possessions était encore intacte, nous attelâmes la jument à la charrette et partîmes dans les ténèbres, abandonnant Cibola pour toujours.

Il nous fallut toute la nuit et la moitié de la matinée pour arriver chez Mrs Witherspoon à Wichita, et pendant tout le reste de cet été le chagrin du maître fut si fort que je le crus en danger de mort, lui aussi. Il ne sortait presque pas de son lit, il ne mangeait presque pas, il ne parlait presque pas. Sans les larmes qui coulaient de ses yeux toutes les trois ou quatre heures, on n'aurait pu dire si on regardait un homme ou un bloc de pierre. Le grand bonhomme était complètement défait, ravagé par la tristesse et par les reproches qu'il s'adressait, et j'avais beau souhaiter qu'il se secoue, il allait de mal en pis, semaine après semaine. Je le voyais venir, marmonnait-il parfois. Je le voyais venir, et je n'ai pas levé le petit doigt pour l'empêcher. C'est de ma faute. C'est de ma faute s'ils sont morts. Je n'aurais pas fait mieux si je les avais tués de mes propres mains, et un homme qui tue ne mérite aucun pardon. Il ne mérite pas de vivre.

Je frissonnais à le voir ainsi, inerte et stérile, et à la longue ça me faisait aussi peur que ce qui était arrivé à Esope et à maman Sioux — peut-être même plus. Je ne voudrais pas paraître sans cœur, mais la vie appartient aux vivants, et malgré le choc qu'avait été pour moi le massacre de mes amis, je n'étais encore qu'un gosse, un petit pois sauteur avec des fourmis dans les jambes et des articulations en caoutchouc, et il n'était pas dans mon caractère de me traîner tout gémissant ni de porter le deuil longtemps. Je versai mes larmes, je maudis Dieu, je me frappai la tête par terre et puis, après quelques jours de tels débordements, je me sentis prêt à tirer un trait et à aller de l'avant. Je me doute que ça ne parle guère en ma faveur en tant qu'individu, mais à quoi bon prétendre avoir éprouvé ce que je n'éprouvais pas ? Esope et maman Sioux me manquaient, je souffrais cruellement d'être privé d'eux — ils avaient disparu, néanmoins, et aucune supplication n'allait les faire revenir. En ce qui me concernait, il était temps de remuer les orteils et de me remettre en train. J'avais encore la tête bourrée des rêves de ma nouvelle carrière, et même si ces rêves peuvent sembler égoïstes, je me sentais impatient de commencer, de conquérir le firmament et d'éblouir le monde par ma grandeur.

Imaginez donc ma déception de voir que juillet succédait à juin et que le maître languissait toujours ; imaginez mon découragement lorsque août suivit juillet sans que le moindre signe permît de penser qu'il se remettait de la tragédie. Non seulement mes projets restaient en panne, mais je me sentais largué, paumé, le bec dans l'eau. Un défaut essentiel m'était révélé dans le caractère du maître, et je lui en voulais pour son manque de solidité intérieure, pour son refus d'affronter l'existence dans ce qu'elle a de merdique. Je dépendais de lui depuis tant d'années, j'avais tiré une telle force de sa force, et voilà qu'il se comportait comme n'importe quel optimiste béat, n'importe lequel de ces pauvres types qui accueillent le bon quand il se présente mais ne peuvent accepter le mauvais. Ça me levait le cœur de le voir ainsi se laisser aller, et devant ce chagrin qui s'éternisait je ne pouvais m'empêcher de perdre en partie ma foi en lui. Sans Mrs Witherspoon, peut-être bien que j'aurais jeté l'éponge, que je me serais tiré. Ton maître a une forte personnalité, me dit-elle un matin, et à forte personnalité, sentiments forts. Les gens comme lui réagissent plus que les autres — ils ont de plus grandes joies, de plus grandes colères, de plus grands chagrins. Il souffre maintenant, et ça durera plus longtemps pour lui que ça ne durerait pour un autre. Ne te laisse pas effrayer, Walt. Il finira par s'en sortir. Tu dois être patient, c'est tout.

C'est ce qu'elle affirmait, mais au fond je ne suis pas certain qu'elle y croyait elle-même. Le temps passait, je la sentais désormais tout aussi écœurée que moi devant lui, et ça me faisait plaisir que nous considérions la situation du même œil. C'était une sacrée bonne femme, Mrs W., et depuis que je vivais dans sa maison et passais mes journées en sa compagnie, je comprenais que nous avions beaucoup plus en commun que je ne l'avais d'abord soupçonné. Elle s'était montrée sous son meilleur jour quand elle venait à la ferme, bien comme il faut et vieux jeu, afin de ne pas choquer Esope et maman Sioux, mais à présent, sur son propre terrain, elle se sentait le droit de laisser libre cours à sa vraie nature. Au cours des premières semaines, presque tout me surprit, dans cette nature, criblée qu'elle était de mauvaises habitudes et de faiblesses incontrôlées. Je ne parle pas seulement de son penchant pour l'alcool (pas moins de six ou sept gin-tonics par jour), ni de sa passion pour les cigarettes (elle fumait du matin au soir des marques disparues, telles les

Picayunes et les Caporal douces), mais d'un certain laxisme général, comme si, cachée sous ses allures de grande dame, l'âme dissolue d'une souillon avait cherché à se manifester. Son langage la trahissait, et lorsqu'elle avait absorbé une dose ou deux de son breuvage préféré, elle se laissait aller au parler le plus grossier, le plus vulgaire que j'avais jamais entendu dans la bouche d'une femme, lançant ses blagues acides au rythme où une mitraillette lance ses balles. Après les manières impeccables de rigueur à la ferme, je trouvais rafraîchissant de fréquenter quelqu'un qui ne semblait pas assujetti à quelque haute valeur morale et dont le seul but dans l'existence paraissait être de s'amuser et de gagner autant d'argent que possible. Nous devînmes donc amis, laissant maître Yehudi à ses angoisses tandis que nous transpirions ensemble dans la canicule et l'ennui de l'été torride de Wichita.

Je savais qu'elle m'aimait bien, mais je ne veux pas exagérer la profondeur de son affection, en ces premiers temps du moins. Mrs Witherspoon avait des raisons précises de souhaiter que je sois content, et même si je me flatterais volontiers de l'idée que c'était parce qu'elle voyait en moi un compagnon si précieux, un compère si spirituel et si insouciant, je sais qu'en vérité elle pensait à la santé future de son compte en banque. Pour quelle autre raison une femme douée d'autant de jugeote et de sex-appeal aurait-elle perdu son temps à copiner avec un môme aussi mal emmanché que moi ? Elle me considérait comme une bonne affaire, une promesse de dollars en forme de garçon, et elle savait que ma carrière, prise en main avec assez de soin et d'astuce, ferait d'elle la femme la plus riche de treize comtés. Je ne dis pas que nous n'avons pas passé quelques bons moments ensemble, mais c'était toujours au service de ses intérêts, et elle me faisait du charme et m'attachait à elle dans le but de me garder au bercail, de s'assurer que je ne filerais pas avant que mon talent lui ait rempli les poches.

Bon, d'accord. Je ne lui reproche pas son attitude, et si j'avais été dans sa peau, j'aurais sans doute fait pareil. Je ne nierai pas, cependant, que ça m'agaçait parfois de constater combien ma magie l'impressionnait peu. Tout au long de ces semaines et de ces mois d'ennui, j'entretins ma forme en répétant mon numéro une heure ou deux par jour au minimum. Afin de ne pas effarer les passants, je restais confiné dans la maison et travaillais, tous stores baissés, dans le salon de l'étage. Non seulement Mrs Witherspoon se donnait rarement la peine d'assister à ces séances mais, en plus, les rares fois où elle entrait dans la pièce, elle observait le spectacle de mes lévitations sans un tressaillement et m'étudiait avec l'œil inexpressif d'un boucher inspectant un quartier de bœuf. Je pouvais accomplir les tours les plus extraordinaires, elle les acceptait comme un élément de l'ordre naturel des choses, pas plus étrange ou inexplicable que les phases de la lune ou le bruit du vent. Sans doute était-elle trop soûle pour remarquer la différence entre un miracle et un événement quotidien, ou alors le mystère là-dedans la laissait froide, mais s'il s'agissait de se distraire, elle aurait roulé sous l'orage pour aller voir n'importe quelle mocheté de film plutôt que de me regarder flotter par-dessus les tables et les fauteuils de son foutu salon. Pour elle, mon numéro n'était qu'un moyen d'arriver à ses fins. Du moment que celles-ci étaient assurées, le moyen, elle s'en fichait pas mal.

Mais elle était gentille avec moi, je ne peux lui retirer ça. Quels qu'aient pu être ses motifs, elle ne lésinait pas sur les amusements, et pas une fois elle n'hésita à allonger de l'argent pour moi. Deux jours après mon arrivée, elle m'emmena faire une orgie de courses en ville, à Wichita, et m'équipa de neuf de pied en cap. Après quoi il y eut le glacier, le marchand de bonbons, la galerie de jeux. Elle avait toujours un pas d'avance sur moi, et avant même que je sache que j'avais envie de quelque chose, elle me l'offrait, me le fourrait dans les mains avec un clin d'œil et une petite tape sur la tête. Après tous les mauvais jours que j'avais connus, je ne peux pas dire que je voyais un inconvénient à me la couler douce dans le luxe. Je dormais dans un lit moelleux garni de draps brodés et d'oreillers de duvet, je mangeais les repas gigantesques préparés pour nous par Nelly Boggs, la bonne de couleur, je n'avais jamais besoin d'enfiler deux matins de suite le même caleçon. Presque tous les après-midi, fuyant la chaleur, nous nous baladions dans la voiture émeraude qui filait sur les routes désertes, toutes vitres baissées, dans le vent qui nous enveloppait de toutes parts. Mrs Witherspoon adorait la vitesse, et je ne crois pas l'avoir jamais vue plus heureuse que le pied enfoncé sur l'accélérateur : ses rires entre deux lampées à son flacon d'argent, ses cheveux roux à la garçonne agités comme les pattes d'une chenille renversée sur le dos. Cette créature n'avait peur de rien, ne pensait pas un instant qu'une voiture lancée à soixante-dix ou quatre-vingts miles à l'heure peut bel et bien tuer. Je m'efforçais de garder mon calme quand elle fonçait ainsi, mais dès qu'on atteignait les soixante-cinq, soixante-dix, je n'y pouvais plus rien. La panique accumulée en moi agissait sur mon estomac, et bientôt je lâchais pet sur pet, toute une chaîne de bombes puantes accompagnée d'un bruyant staccato intestinal. Je n'ai guère besoin d'ajouter que je manquais mourir de honte, car Mrs Witherspoon n'était pas femme à laisser passer sans commentaire de telles indiscrétions. La première fois que cela se produisit, elle éclata d'un rire si fort que je pensai que sa tête allait s'envoler de ses épaules. Et puis, sans avertissement, elle appuya le pied sur le frein et stoppa la voiture dans un dérapage vertigineux.

— Bravo ! fit-elle. Encore quelques louffes comme

ça, et nous devrons nous balader avec des masques à gaz.

— Je sens rien, répliquai-je, la seule réponse qui me parût possible.

Mrs Witherspoon renifla bruyamment puis fronça le nez et fit la grimace.

— Renifle encore, mon beau. C'est tout un régiment de haricots qui voyage avec nous et dont ton postérieur nous lâche la fanfare.

— Quelques petites explosions, concédai-je, changeant subtilement de tactique. Si je ne m'abuse, une voiture n'avance pas sans explosions.

— Dépend du carburant, très cher. Le genre d'expérience chimique dont il est question ici risque de nous faire sauter tous les deux.

— Ouais, eh bien, au moins c'est une meilleure façon de mourir que de s'écraser contre un arbre.

— T'en fais pas, mon biquet, dit-elle, d'une voix soudain radoucie. Elle tendit la main et me caressa la tête en passant légèrement le bout de ses doigts dans mes cheveux. Je suis une sacrée conductrice. A n'importe quelle vitesse, tu ne risques jamais rien avec Lady Marion au volant.

— Ça fait plaisir à entendre, fis-je, tout béat au contact de sa main sur mon crâne, mais je me sentirais beaucoup mieux si vous me mettiez ça par écrit.

Elle pouffa, d'un bref rire de gorge, et sourit.

— Je te file un conseil pour l'avenir, me dit-elle. Si tu trouves que je vais trop vite, ferme les yeux et crie. Plus tu crieras fort, plus on se marrera tous les deux.

C'est donc ce que je fis, ou plutôt ce que je tentai de faire. Lors des sorties suivantes, je veillai toujours à fermer les yeux dès que le compteur montait à soixante-quinze miles à l'heure, mais une ou deux fois les pets s'échappèrent à soixante-dix, une fois même à soixante-cinq seulement (quand, lancés droit sur un camion qui arrivait en face, nous l'évitâmes à la dernière seconde). De tels écarts ne flattaient pas mon amour-propre, mais aucun ne me parut plus affreux que le traumatisme subi au début d'août, quand ma bonde lâcha tout et que je me retrouvai en train de chier dans mon froc. Il faisait une chaleur brutale, ce jour-là. Il n'avait pas plu depuis au moins deux semaines et chacune des feuilles de chaque arbre de cet immense paysage plat était couverte de poussière. Mrs Witherspoon était un peu plus bourrée que d'habitude, je crois, et le temps que nous sortions des limites de la ville, elle s'était mise dans un état de surexcitation et de je-m'en-foutisme total. Dès le premier virage, elle poussa sa carriole au-delà de cinquante et, après ça, plus rien ne l'arrêta. La poussière volait partout. Elle tombait en pluie sur le pare-brise, elle dansait sous nos habits, elle nous harcelait les dents, et Mrs Witherspoon se contentait de rire et d'enfoncer l'accélérateur comme si elle avait l'intention de battre le record de vitesse de Mokey Dugway. Les yeux fermés, je hurlais de toutes mes forces, agrippé au tableau de bord tandis que la voiture oscillait en rugissant sur la route semée de nids-de-poule. Au bout de vingt ou trente secondes de terreur croissante, je sus que mon heure était venue. J'allais mourir sur cette route stupide, et je vivais mes derniers instants sur terre. C'est alors que l'étron s'échappa de ma fente : un cigare mou et onctueux qui s'affala contre mon caleçon dans une ignoble tiédeur humide, puis se mit à glisser le long de ma jambe. Quand je me rendis compte de ce qui m'arrivait, je ne trouvai de meilleure réaction que de fondre en larmes.

Pendant ce temps, la course folle continuait, et quand la voiture s'arrêta enfin dix à douze minutes plus tard, j'étais trempé de part en part — de sueur, de merde et de larmes. Mon être entier baignait dans les fluides organiques et dans l'affliction.

— Eh bien, cow-boy, lança Mrs Witherspoon en allumant une cigarette afin de mieux savourer son triomphe. On l'a fait. On a battu les records du siècle. Je te parie que je suis la première femme à avoir fait ça dans tout cet Etat de constipés. Qu'est-ce que t'en penses ? Pas mal pour une vieille peau comme moi, hein ?

— Z'êtes pas une vieille peau, m'dame, fis-je.

— Ah, ça c'est gentil. J'apprécie. T'as la manière avec les dames, gamin. Encore quelques années et tu les étendras raides si tu leur parles comme ça.

J'aurais souhaité continuer à bavarder ainsi avec elle, calme et détendu, comme si de rien n'était, mais à présent que la voiture était arrêtée, l'odeur de mon pantalon devenait plus perceptible et je savais que la découverte de mon secret n'était qu'une question de secondes. L'humiliation me submergea de nouveau, et avant d'avoir pu ajouter un mot, je sanglotais dans mes mains à côté d'elle.

— Doux Jésus, Walt ! l'entendis-je s'exclamer. Dieu tout-puissant ! Tu l'as vraiment fait cette fois, c'est ça ?

— J'suis désolé, dis-je sans oser la regarder. J'ai pas pu m'en empêcher.

— C'est sans doute tous ces bonbons que je t'ai donnés. Ton estomac n'y est pas habitué.

— Peut-être. Ou peut-être que j'ai rien dans le ventre.

— Sois pas stupide, bonhomme. Tu as eu un petit accident, c'est tout. Ça arrive à tout le monde.

— Sûr ! Tant qu'on est dans les langes, ça arrive. J'ai jamais été aussi gêné de ma vie.

— N'y pense plus. C'est pas le moment de t'apitoyer sur ton sort. Il faut qu'on te nettoie ce petit derrière avant que la gadoue déborde sur les coussins. Tu m'écoutes, Walt ? Je me fiche pas mal de ce qui se passe dans tes tripes, ce que je ne veux pas, c'est que ma voiture en fasse les frais. Il y a un étang, là-bas, derrière ces arbres, et je t'y emmène. On va racler la moutarde et la sauce, et après, tu seras comme neuf.

Je n'avais pas le choix, il fallait y aller. Je trouvai

affreux de devoir me lever et marcher avec mon pantalon plein de chiasse clapotante, et des sanglots non maîtrisés me soulevaient et me secouaient la poitrine, d'où sortaient des sons étranges, à demi étouffés. Mrs Witherspoon marchait devant moi en direction de l'étang. Celui-ci se trouvait à une centaine de pieds de la route, séparé de ses alentours par une barrière d'arbres rabougris et de broussailles, petite oasis au milieu de la prairie. Quand nous arrivâmes au bord de l'eau, elle me dit de me déshabiller, en m'y encourageant d'un ton sans histoires. Je n'en avais aucune envie, en tout cas pas sous ses yeux, mais lorsque je compris qu'elle n'allait pas se détourner, je fixai le sol et me soumis à l'épreuve. Elle commença par délacer mes chaussures et m'enlever mes chaussettes ; ensuite, sans la moindre pause, elle déboucla ma ceinture, déboutonna ma braguette et tira. Pantalon et caleçon me dégringolèrent ensemble sur les chevilles, et je me retrouvai debout, zob au vent, en face d'une femme accomplie, avec mes jambes blanches souillées de fange brunâtre et mon cul qui puait comme une vieille poubelle. Ce fut certainement l'un des moments les plus sombres de mon existence, mais il faut mettre à l'immense crédit de Mrs Witherspoon (et c'est une chose que je n'oublierai jamais) qu'elle n'émit pas un son. Pas un grognement de déplaisir, pas un soupir. Avec toute la tendresse d'une mère en train de laver son nouveau-né, elle plongea les mains dans l'eau et entreprit de me nettoyer, et elle rinça et frotta ma peau nue jusqu'à ce que toute trace de ma honte ait disparu.

— Voilà, conclut-elle en me tamponnant à l'aide d'un mouchoir qu'elle avait sorti de son sac à main rouge garni de perles. Ni vu, ni connu.

— Epatant, dis-je, mais qu'est-ce qu'on fait de ce caleçon dégueulasse ?

— On le laisse ici aux oiseaux, voilà ce qu'on en fait, et pareil pour le pantalon.

— Et vous vous figurez que je vais rentrer comme ça à la maison ? Sans un fil sur mon train arrière ?

— Pourquoi pas ? Les pans de ta chemise te viennent aux genoux et, de toute façon, ce n'est pas comme si tu en avais gros à cacher. C'est microscopique, tout ça, on dirait les joyaux de la couronne de Lilliput.

— Faut pas médire de mes parties, m'dame. Elles sont peut-être rien à vos yeux, mais moi j'en suis fier tout de même.

— Bien sûr que tu en es fier. Et un joli petit oiseau que c'est, Walt, avec ces petites olives chauves et ces cuisses douces de pucelle. Tu as tout ce qu'il faut pour faire un homme — et là-dessus, à ma grande surprise, elle rassembla toute la boutique dans le creux de sa main et la secoua un bon coup — mais tu n'en es pas encore là. D'ailleurs, personne ne te verra dans la voiture. On n'ira pas chez le glacier, aujourd'hui, on retournera tout droit à la maison. Si ça peut te rassurer, je te ferai entrer en catimini par la porte de derrière. Qu'est-ce que tu en dis ? Je serai la seule à savoir, et tu peux parier ton dernier dollar que je ne dirai jamais rien.

— Même pas au maître ?

— Surtout pas au maître. Ce qui s'est passé ici aujourd'hui restera strictement entre toi et moi.

Elle pouvait se montrer rudement chic, cette femme, et chaque fois que ça comptait vraiment, elle était ce qui se fait de mieux. A d'autres moments, pourtant, je ne savais pas que penser d'elle. Au moment précis où vous la preniez pour votre meilleure amie, d'une pirouette elle faisait quelque chose d'inattendu — elle vous taquinait, vous rabrouait, refusait de vous parler — et le beau petit univers dans lequel vous viviez se gâtait soudain. Il y avait beaucoup de choses que je ne comprenais pas, des histoires d'adultes qui me dépassaient encore, mais peu à peu je finis par deviner qu'elle se languissait de maître Yehudi. Elle se fichait le bourdon à force de boire en attendant qu'il revienne à lui, et si ça avait duré trop longtemps, je suis bien sûr qu'elle aurait mal fini.

Le vent tourna le deuxième soir après l'épisode de la merde. Installés au jardin dans des chaises longues, nous regardions les lucioles voleter autour des buissons et écoutions crisser les petites chansons des criquets. Cela passait pour un divertissement de grande classe en ce temps-là, même pendant les prétendues années folles. Je regrette de ternir les légendes populaires, mais il n'y avait guère de folies à faire à Wichita, et après avoir pendant deux mois ratissé cette bourgade endormie en quête de bruit et de distractions, nous en avions largement épuisé les ressources. Nous avions vu tous les films et consommé toutes les glaces, nous avions joué sur toutes les machines à sous et tourné sur tous les manèges. Ça ne valait plus la peine d'aller jusque-là, et nous avions passé plusieurs soirées de suite sans bouger, à nous laisser envahir jusqu'à l'os par la torpeur comme par une maladie mortelle. Je suçotais ce soir-là un verre de limonade tiède, je m'en souviens, Mrs Witherspoon se piquait le nez une fois de plus, et il devait y avoir trois quarts d'heure que nous n'avions ni l'un ni l'autre brisé le silence.

— Je pensais autrefois, dit-elle soudain, suivant le train secret de sa pensée, je pensais autrefois que c'était l'étalon le plus éblouissant qui soit jamais sorti d'une putain d'écurie.

J'avalai une gorgée de limonade, regardai les étoiles dans le ciel nocturne et bâillai.

— Qui ça ? demandai-je, sans même essayer de cacher mon ennui.

— Qui tu crois, bougre d'âne ?

Elle avait la voix pâteuse, à peine compréhensible. Si je ne l'avais si bien connue, je l'aurais prise pour une pocharde à la cervelle noyée.

— Ah ! fis-je, comprenant soudain où la conversation se dirigeait.

120

— Ouais, celui-là, monsieur l'homme-oiseau, c'est celui-là que je veux dire.

— Eh bien, il va mal, m'dame, vous le savez, et tout ce qu'on peut faire c'est espérer que son âme guérisse avant qu'il soit trop tard.

— Je parle pas de son âme, minus. Je parle de sa queue. Il en a encore une, non ?

— Je suppose. C'est pas comme si j'avais l'habitude de lui demander comment elle va.

— Eh bien, il faut qu'un homme fasse son devoir. Il ne peut pas laisser une fille se dessécher pendant deux mois et espérer s'en tirer. C'est pas comme ça que ça marche. Une chatte, ça a besoin d'affection. Ça a besoin d'être caressé et nourri, juste comme n'importe quelle bestiole.

Même dans l'obscurité et sans témoin, je me sentis rougir.

— Vous êtes sûre que vous avez envie de me dire ça, Mrs Witherspoon ?

— Y a personne d'autre, mon trésor. Et d'ailleurs, tu es assez vieux pour savoir ces choses-là. Tu ne veux pas te balader dans la vie comme tant d'imbéciles, si ?

— Je me suis toujours dit que je laisserais faire la nature.

— C'est là que tu te trompes. Un homme doit surveiller son pot de miel. Il doit s'assurer que le bouchon est bien mis et que le nectar ne s'écoule pas. Tu entends ce que je te dis ?

— Je crois que oui.

— Tu crois que oui ? Qu'est-ce que c'est que cette réponse à la con ?

— Ouais, je vous entends.

— C'est pas comme si je n'avais pas eu d'autres propositions, tu sais. Je suis jeune et en bonne santé, et j'en ai marre d'attendre comme ça. Tout l'été, je me suis tripoté la chagatte toute seule, et ça ne marche plus. Je peux pas être plus claire, si ?

— A ce qu'on m'a dit, vous avez déjà refusé le maître trois fois.

— Eh bien, on change, non, monsieur Je-sais-tout ?

— Peut-être que oui, peut-être que non. C'est pas à moi de le dire.

C'était en train de devenir moche, et je n'avais pas envie de jouer à ce petit jeu — aucune envie de rester là à l'écouter radoter à propos de son con insatisfait. Je n'étais pas équipé pour affronter ce genre de chose, et même si j'en voulais au maître, moi aussi, je n'avais pas le cœur de m'associer à une critique de sa virilité. J'aurais pu me lever et m'en aller, je suppose, mais alors elle se serait mise à crier après moi, et neuf minutes plus tard tous les flics de Wichita auraient été là, dans le jardin, avec nous, en train de nous traîner en prison pour avoir perturbé l'ordre public.

En réalité, ce n'était pas la peine que je m'inquiète. Avant qu'elle ait pu prononcer un mot de plus, un bruit violent éclata soudain dans la maison. Ça tenait plus de l'explosion que de l'écroulement, me sembla-t-il, une sorte de longue détonation creuse qui céda immédiatement la place à des chocs répétés, *vlan, vlan, vlan*, comme si les murs allaient s'écrouler. Pour une raison à elle, Mrs Witherspoon trouva ça drôle. Renversant la tête en arrière, elle eut une crise de fou rire, et pendant quinze secondes son souffle sortit par vagues de sa trachée, tel un essaim de sauterelles volantes. Je n'avais jamais entendu rire ainsi. On aurait dit l'une des dix plaies, ou du gin à deux cents degrés, ou quatre cents hyènes parcourant les rues de Dingueville. Et puis, comme les coups continuaient, elle se mit à délirer à tue-tête.

— T'entends ça ? criait-elle. T'entends ça, Walt ? C'est moi, ça ! C'est le bruit de mes pensées, le chahut des pensées qui se bousculent dans ma tête ! Exactement comme du pop-corn, Walt ! Mon crâne va se fendre en deux ! Ha ! ha ! ha ! Ma tête va éclater en mille morceaux !

A ce moment, les coups furent remplacés par un fracas de verre brisé. D'abord une chose, puis une autre, une pétarade assourdissante. Il était difficile de reconnaître de quoi il s'agissait, mais chaque objet faisait un bruit différent, et ça dura longtemps, plus d'une minute, je dirais, et au bout de quelques secondes le vacarme avait tout envahi, la nuit entière crépitait d'éclats de verre pulvérisé. Sans réfléchir, je sautai sur mes pieds et courus vers la maison. Mrs Witherspoon fit mine de me suivre, mais elle était trop soûle pour aller bien loin. La dernière chose que je me rappelle c'est de m'être retourné et de l'avoir vue glisser — s'étaler de tout son long, comme un poivrot de bande dessinée. Un glapissement lui échappa. Et puis, se rendant compte qu'il ne servait à rien d'essayer de se relever, elle repartit dans une crise de fou rire. C'est ainsi que je la laissai : en train de se rouler sur la pelouse en riant, en riant à s'en péter sa pauvre panse imbibée.

La seule idée qui me passait par la tête était que quelqu'un s'était introduit dans la maison et s'attaquait à maître Yehudi. Mais quand, après être entré par la porte du jardin, je commençai à monter l'escalier, tout était redevenu calme. Je trouvai ça étrange, et pourtant le plus étrange fut ce qui se passa ensuite. Je courus dans le couloir jusqu'à la chambre du maître, frappai timidement à sa porte, et l'entendis crier d'une voix claire et parfaitement normale : Entrez. J'entrai donc, et je découvris maître Yehudi en personne, debout au milieu de la pièce en robe de chambre et en pantoufles, les mains dans les poches et un curieux petit sourire aux lèvres. Autour de lui, tout était destruction. Le lit était en douze morceaux et les murs défoncés, un million de plumes blanches flottaient en l'air. Des cadres brisés, des vitres brisées, des chaises brisées, des bouts brisés de choses indistinctes — tout cela gisait sur le sol comme autant de décembres. Il m'accorda quelques secondes pour encaisser ce que je voyais et puis m'adressa la parole avec tout le calme d'un homme qui vient de sortir d'un bain chaud.

— Bonsoir, Walt, dit-il. Et qu'est-ce qui t'amène ici à cette heure tardive ?

— Maître Yehudi, fis-je. Ça va ?

— Si ça va ? Bien sûr que ça va. Ça n'a pas l'air d'aller ?

— Je ne sais pas. Oui, peut-être. Mais tout ça, dis-je en désignant du geste les débris à mes pieds, c'est quoi, tout ça ? Je comprends pas. Votre chambre est démolie, elle est en mille morceaux.

— Un exercice de catharsis, bonhomme.

— Un exercice de quoi ?

— Pas d'importance. C'est une sorte de remède pour le cœur, un baume pour les esprits souffrants.

— Vous voulez dire que c'est vous qui avez fait tout ça ?

— Ça devait être fait. Je suis désolé pour le tintamarre, mais ça devait être fait tôt ou tard.

A sa façon de me regarder, je sentis qu'il avait retrouvé sa bonne vieille nature caustique. Sa voix avait recouvré son timbre hautain, et il me semblait mêler gentillesse et sarcasme avec sa subtilité habituelle.

— Est-ce que ça veut dire, demandai-je, sans oser encore espérer, est-ce que ça veut dire que les choses vont changer ici, maintenant ?

— Nous avons l'obligation de nous souvenir des morts. Telle est la loi fondamentale. Si nous ne nous souvenions pas d'eux, nous perdrions le droit de nous prétendre humains. Tu me suis, Walt ?

— Oui, m'sieu, je vous suis. Y a pas un jour qui passe sans que je pense à nos chers bien-aimés et à ce qu'on leur a fait. C'est seulement...

— Seulement quoi, Walter ?

— C'est seulement que le temps s'en va, et qu'on

serait injustes envers la vie si on ne pensait pas aussi à nous-mêmes.

— Tu as l'esprit vif, bonhomme. Il y a peut-être encore de l'espoir pour toi.

— C'est pas seulement moi, vous comprenez. Y a Mrs Witherspoon aussi. Ces dernières semaines, elle s'est mise dans un drôle d'état. Si j'en crois ce que je viens de voir, elle a tourné de l'œil sur la pelouse et elle ronfle dans une flaque de vomi.

— Je ne vais pas présenter d'excuses pour des choses qui n'ont pas à être excusées. J'ai fait ce que j'avais à faire, et ça a pris le temps que ça devait prendre. Maintenant, un nouveau chapitre commence. Les démons ont fui, et la nuit noire de l'âme est terminée.

Il respira profondément, ôta les mains de ses poches et m'empoigna fermement l'épaule.

— Qu'est-ce que tu en dis, petit homme ? Tu es prêt à leur montrer ce que tu sais faire ?

— Je suis prêt, patron. Je vous le garantis, que je suis prêt. Dénichez-moi juste un endroit pour le faire, et je suis votre gars jusqu'à ce que la mort nous sépare.

Je me produisis pour la première fois en public le 25 août 1927, sous le nom de Walt le Prodige, lors d'une unique représentation organisée à la foire du comté de Pawnee à Larned, Kansas. On imaginerait difficilement plus modeste début, et cependant, vu la manière dont les choses tournèrent, il s'en fallut d'un cheveu que ce ne fût mon chant du cygne. Non que j'aie loupé mon numéro, mais la foule était si tapageuse et si mauvaise, si saturée d'ivrognes et de braillards que sans la rapidité de réaction du maître je n'aurais peut-être pas vécu un jour de plus.

On avait entouré de cordes un champ situé tout au bout de l'exposition agricole, au-delà des stands où étaient présentés les épis de maïs primés, la vache à deux têtes et le porc de six cents livres, et je me rappelle avoir parcouru ce qui me fit l'effet d'un demi-mile avant d'arriver à une petite mare pleine d'une eau verte et fangeuse à la surface de laquelle flottait une écume blanchâtre. L'endroit me parut bien piteux pour une occasion aussi historique, mais le maître voulait que je démarre en douce, avec aussi peu de tintouin et de fanfare que possible. Même Ty Cobb a joué dans des ligues de ploucs, me dit-il tandis que nous descendions de la voiture de Mrs Witherspoon. Il faut que tu te mettes quelques succès dans la poche. Sois bon ici, et dans quelques mois nous commencerons à voir plus grand.

Malheureusement, on n'avait pas prévu de gradins

pour les spectateurs, d'où beaucoup de jambes fatiguées et de rouspétances maussades, et compte tenu que les tickets coûtaient dix cents pièce, les gens se sentaient déjà filoutés avant que je fasse mon entrée. Il ne devait guère y avoir plus de soixante ou soixante-dix personnes, un tas de paysans à la nuque épaisse traînaillant en salopette et chemise de flanelle — délégués du Premier Congrès international des bouseux. La moitié d'entre eux s'envoyait de la gnôle de contrebande en petites bouteilles brunes de sirop pour la toux, et l'autre moitié venait de vider les siennes et ça lui manquait. Quand maître Yehudi s'avança en habit noir et chapeau haut de forme pour annoncer la première mondiale de Walt le Prodige, les quolibets et le chahut commencèrent. Sans doute les gens n'aimaient-ils pas sa tenue, ou alors son accent de Brooklyn-Budapest leur déplaisait, mais ce qui n'arrangeait rien, j'en suis certain, c'est que je portais le costume le plus moche de toutes les annales du spectacle : une longue robe blanche qui me donnait l'allure d'un Jean Baptiste miniature, avec sandales de cuir et ceinture de corde autour de la taille. Le maître avait insisté sur ce qu'il appelait "un air pas de ce monde", mais je me sentais nouille, ainsi affublé, et quand j'entendis un rigolo gueuler à tue-tête "Walt la fille prodige", je compris que je n'étais pas seul de mon avis.

Si je trouvai le courage de commencer, ce fut à cause d'Esope. Je savais qu'il me regardait, d'où qu'il fût, et je n'allais pas le décevoir. Il comptait sur moi, il voulait que je brille, et quoi que cette bande de pochards idiots pût penser de moi, je devais à mon frère de faire de mon mieux. Je descendis donc au bord de l'étang et entrai en transe, comme d'habitude, bras écartés, en m'efforçant de m'abstraire des miaulements et des insultes. J'entendis quelques *oh !* et *ah !* quand mon corps s'éleva au-dessus du sol — vagues, très vagues, car à ce moment je me trouvais déjà dans un autre monde, séparé de mes amis comme de mes ennemis dans la gloire de mon ascension. C'était ma première représentation, mais j'avais déjà le spectacle dans le sang, et je suis sûr que j'aurais conquis mon public si un imbécile n'avait eu la riche idée de lancer une bouteille sur moi. Dix-neuf fois sur vingt, le projectile passe sans me toucher et il n'y a pas de mal, mais ce jour-là était un jour de veine pour les coups foireux et cette saloperie m'atteignit en plein sur la bille. Le coup brisa ma concentration (autant dire que je perdis connaissance) et, avant d'avoir compris ce qui m'arrivait, je coulais comme un sac de mitraille vers le fond de l'eau. Si le maître ne s'était tenu sur le qui-vive et n'avait plongé après moi sans prendre le temps d'ôter sa jaquette, je me serais sans doute noyé dans ce trou vaseux et j'aurais tiré là ma première et dernière révérence.

Nous quittâmes donc Larned l'oreille basse, filant de là en vitesse tandis que ces péquenots assoiffés de sang nous bombardaient d'œufs, de pierres et de melons d'eau. Apparemment, tout le monde se fichait bien que j'aie failli mourir de ce coup sur la tête, et ils continuèrent à rire pendant que le bon maître me sortait du bouillon et me mettait à l'abri dans la voiture de Mrs Witherspoon. Je délirais encore à moitié après ma plongée dans les resserres de Barbe-Noire, et je toussais et vomissais sur la chemise du maître qui courait à travers le pré en me portant dans ses bras. Je n'entendais pas tout ce qu'on disait, mais mes oreilles en perçurent assez pour que je comprenne que les avis étaient très partagés à notre sujet. Il y avait des gens qui voyaient ça sous l'angle religieux et affirmaient carrément que nous avions fait alliance avec le diable. D'autres nous traitaient d'imposteurs et de charlatans, d'autres encore n'avaient pas d'opinion. Ils gueulaient pour le simple plaisir de gueuler, contents de participer au tapage avec leurs hurlements furieux et inarticulés. Heureusement, la voiture nous attendait juste à côté de la zone limitée par les cordes et nous réussîmes à y monter avant que ces excités nous rattrapent. Quelques œufs s'écrasèrent contre la lunette arrière au moment où nous démarrions, mais il n'y eut pas de verre brisé, pas de coups de feu, et l'un dans l'autre je suppose que nous eûmes de la chance de nous en tirer sains et saufs.

Nous avons bien parcouru deux miles avant que l'un de nous trouve le courage de parler. Nous roulions alors entre les fermes et les pâturages en rebondissant, dans nos vêtements trempés, sur les bosses d'un mauvais chemin de traverse. Avec chaque sursaut de la voiture, un nouveau jet d'eau croupie jaillissait de nous pour s'enfoncer dans les luxueuses garnitures de cuir fin de la voiture de Mrs Witherspoon. Si ça paraît drôle, maintenant, à le raconter, au moment même je n'avais pas la moindre envie de rire. Assis dans mon jus sur le siège avant, je tentais de contenir ma mauvaise humeur et de comprendre ce qui avait mal tourné. Malgré ses erreurs et ses mauvais calculs, il me semblait injuste de faire porter tout le blâme au maître. Il en avait vu de toutes les couleurs et je savais que son jugement n'était pas ce qu'il aurait dû être, mais moi, j'avais eu tort de le suivre. Je n'aurais jamais dû me laisser entraîner dans une opération aussi nulle, aussi mal préparée. C'était mon cul que je risquais, là-haut, et, après tout, c'était à moi de le protéger.

— Eh bien, camarade, lança le maître en s'efforçant de son mieux de sourire. Bienvenue dans le monde du spectacle.

— C'était pas du spectacle, ça, répliquai-je. Ce qui s'est passé là, c'est plutôt genre coups et blessures. Pareil que de tomber dans une embuscade et de se faire scalper.

— C'est la lutte pour la vie, gamin, le commerce des foules. Quand le rideau se lève, on ne sait jamais ce qui va arriver.

— Sauf votre respect, maître, parler comme ça, c'est que du vent.

— Oh oh, fit-il, amusé par mon culot. Le jeune homme est en rogne. Et de quoi suggéreriez-vous que nous parlions, Mr Rawley ?

— De choses pratiques, maître. De choses qui nous empêcheront de répéter nos erreurs.

— Nous n'avons pas fait d'erreurs. Nous avons eu un public de cloches, c'est tout. Parfois on a de la chance, parfois non.

— La chance n'a rien à voir là-dedans. On a fait un tas de bêtises aujourd'hui et, total, on a payé le prix.

— Je t'ai trouvé brillant. Sans cette bouteille volante, tu aurais fait un succès quatre étoiles.

— Eh bien, d'abord, sincèrement, j'aimerais jeter ce costume. C'est la plus affreuse momerie que j'ai jamais vue. On n'a pas besoin que ma tenue soit "pas de ce monde". Le numéro l'est bien assez, et on n'a pas intérêt à embrouiller les gens en m'habillant comme une espèce d'ange efféminé. Ça les refroidit. Ça leur donne l'impression que je suis censé valoir mieux qu'eux.

— Tu *vaux* mieux qu'eux, Walt. Ne l'oublie jamais.

— Peut-être. Mais si on le leur fait savoir, on est foutus. Ils étaient contre moi avant même que je commence.

— Le costume n'y est pour rien. Ces gens étaient bourrés, poivrés jusqu'aux ongles en deuil au fond de leurs chaussettes. Ils étaient si noirs que pas un d'entre eux n'a seulement remarqué comment tu étais habillé.

— Vous êtes le meilleur des professeurs, maître, et je vous suis vraiment reconnaissant de m'avoir sauvé la vie aujourd'hui, mais sur ce point précis, vous vous trompez autant que peut se tromper un mortel. Ce costume pue. Je suis désolé d'être aussi franc, mais vous pourrez me crier dessus tant que vous voudrez, je ne le remettrai jamais.

— Pourquoi crierais-je ? Nous sommes ensemble

dans cette aventure, et tu es libre de donner ton avis. Si tu veux t'habiller d'une autre façon, tu n'as qu'à me le dire.

— C'est vrai ?

— La route est longue jusqu'à Wichita, et il n'y a aucune raison que nous ne discutions pas de tout ça maintenant.

— C'est pas pour rouspéter, dis-je en profitant de la porte qu'il venait de m'ouvrir, mais comme je vois les choses, on n'a pas une chance si on n'emballe pas les gens dès le début. Ces culs-terreux n'aiment pas la fantaisie. Votre tenue de pingouin ne leur a pas plu, et ma robe de mignon ne leur a pas plu. Et tout ce beau discours que vous leur avez balancé au début — ça leur est passé par-dessus la tête.

— Ce n'était que du boniment. Pour les mettre dans l'ambiance.

— Si vous le dites. Mais je propose qu'on le laisse tomber à l'avenir. Qu'on reste simples et populaires. Vous savez, quelque chose comme "Mesdames et messieurs, je suis fier de vous présenter...", et puis vous reculez pour me faire place. Si vous portez un costume de toile ordinaire et un brave chapeau de paille, personne ne vous prendra mal. Ils se diront que vous êtes un mec sympathique et amical qui gagne honnêtement sa croûte. C'est ça, la clé, tout le sac d'oignons est là. J'arrive devant eux comme un benêt, un petit paysan tout innocent, en salopette de jean et chemise à carreaux. Pas de souliers, pas de chaussettes, un va-nu-pieds, avec la même bouille de taré que leurs fils et leurs neveux. Ils me jettent un coup d'œil et ils se sentent rassurés. Je suis quasiment un membre de la famille. Et puis, dès l'instant où je commence à m'élever dans les airs, le cœur leur manque. C'est aussi simple que ça. Ça doit marcher. Deux minutes après le début du numéro, ils nous mangeront dans la main.

Il nous fallut presque trois heures pour rentrer à la maison et, pendant tout le trajet, je parlai au maître et lui exposai ma pensée comme je ne l'avais jamais fait. Je traitai de tout ce que je pouvais envisager — des costumes aux emplacements, de la billetterie à la musique, des horaires à la publicité — et il me laissa dire. Sans aucun doute, il était impressionné, peut-être même un peu effaré devant ma minutie et ma conviction, mais je luttais pour ma vie cet après-midi-là, et mâcher mes mots n'aurait pas servi ma cause. Maître Yehudi avait lancé un navire plein de trous, et au lieu d'essayer de boucher ces trous pendant que l'eau giclait à l'intérieur et nous faisait couler, je voulais ramener ce truc au port et le reconstruire de fond en comble. Le maître écouta mes idées sans m'interrompre ni se moquer de moi, et à la fin il céda sur presque tous les points que j'avais soulevés. Il ne pouvait lui être facile d'accepter son échec en tant qu'homme de spectacle, mais maître Yehudi avait aussi envie que moi que les choses marchent et il avait assez de caractère pour reconnaître qu'il nous avait fait prendre un mauvais départ. Ce n'était pas qu'il manquât de méthode, mais plutôt que sa méthode était démodée, qu'elle convenait mieux au style ringard d'avant-guerre, quand il était jeune, qu'au panier de crabes des temps nouveaux. Je voulais quelque chose de moderne, un truc élégant, subtil et direct, et petit à petit je parvins à le convaincre, à l'amener à voir les choses sous un autre angle.

Sur certains points, néanmoins, il refusa de me suivre. Je brûlais d'aller faire notre numéro à Saint Louis, de m'exhiber devant ma ville natale, mais il coupa cette proposition dans l'œuf. C'est l'endroit le plus dangereux au monde pour toi, me déclara-t-il, et à l'instant où tu y retourneras, tu signeras ton arrêt de mort. Souviens-toi de ce que je te dis. Saint Louis, c'est du poison. C'est un endroit néfaste, et tu n'en sortiras jamais vivant. Je ne comprenais rien à sa véhémence, mais il parlait comme quelqu'un qui ne changera pas d'avis et je n'avais aucun moyen de le contrer. La suite des événements devait lui donner raison. Un mois exactement après qu'il eut prononcé ces paroles, Saint Louis fut frappé par la pire tornade du siècle. La trombe traversa la ville tel un boulet de canon surgi de l'enfer et quand elle s'en alla, cinq minutes plus tard, un millier d'immeubles s'étaient écrasés, une centaine de personnes étaient mortes et deux mille autres se tordaient de douleur dans les décombres avec des os brisés et des plaies qui pissaient le sang. Nous étions à ce moment en route vers Vernon, dans l'Oklahoma, cinquième étape d'une tournée qui devait en compter quatorze, et quand je pris l'édition du matin de la feuille locale et vis les images sur la première page, je faillis régurgiter mon déjeuner. J'avais cru que le maître avait perdu la main et, une fois de plus, je l'avais sous-estimé. Il savait des choses que je ne saurais jamais, il entendait des choses que personne d'autre ne pouvait entendre, et nul homme au monde n'était son égal. Si je doute encore de sa parole, me dis-je, que le Seigneur m'abatte et que ma dépouille soit jetée aux porcs.

Mais je vais trop vite. La tornade n'arriva qu'à la fin de septembre, et pour l'instant nous étions encore le 25 août. Assis dans nos vêtements humides, maître Yehudi et moi, nous roulions vers Wichita et la maison de Mrs Witherspoon. Après notre longue conversation sur le fignolage du numéro, je commençais à me sentir un peu plus heureux de nos perspectives, mais je n'irais pas jusqu'à prétendre que j'avais l'esprit tout à fait tranquille. Faire une croix sur Saint Louis, c'était une chose, une différence d'opinion mineure, mais il y en avait d'autres qui me troublaient plus profondément. Des failles essentielles dans notre organisation, pour ainsi dire, et dès lors que j'avais exprimé mes convictions sur tant de sujets, je pensai qu'il fallait que je vise la timbale. Du coup, je me lançai et mis sur le tapis la question de Mrs Witherspoon. Je n'avais encore jamais osé parler d'elle, et j'espérais que le maître n'allait pas réagir en m'envoyant son poing sur le museau.

— Je sais bien que ça ne me regarde pas, dis-je, aussi précautionneusement que je pouvais, mais je ne vois toujours pas pourquoi Mrs Witherspoon n'est pas venue avec nous.

— Elle ne voulait pas être dans nos pattes, fit le maître. Elle craignait de nous porter la guigne.

— Mais c'est elle qui nous finance, non ? C'est elle qui paie les factures. On pourrait penser qu'elle a envie d'être avec nous et de garder un œil sur son investissement.

— Elle est ce qu'on appelle un partenaire silencieux.

— Silencieux ? Vous vous foutez de moi, patron. A part une usine de bagnoles, y a pas moins silencieux que cette nana. Ma parole, elle vous boufferait l'oreille et en recracherait les morceaux avant que vous puissiez placer un mot.

— Dans la vie, oui. Mais je parle des affaires. Dans la vie, il n'y a aucun doute qu'elle a la langue bien pendue. Je ne te contredirai pas là-dessus.

— Je ne sais pas quel est son problème, mais pendant tout ce temps où vous êtes resté sur la touche, elle a fait des trucs rudement étranges. Je dis pas qu'elle est pas sympathique et tout ça, mais il y a eu des moments, permettez-moi de vous le dire, il y a eu des moments où ça me fichait la chair de poule de la voir se comporter comme elle faisait.

— Elle était angoissée. On ne peut pas le lui reprocher, Walt. Elle a eu de rudes morceaux à avaler, ces derniers mois, et elle est beaucoup plus fragile que tu ne le crois. Il faut que tu sois patient avec elle.

— C'est à peu près ce qu'elle me disait de vous.

— C'est une femme intelligente. Un rien nerveuse, peut-être, mais elle a la tête sur les épaules, et son cœur est là où il faut.

— Maman Sioux, que son âme repose en paix, m'a

raconté un jour que vous pensiez vous marier avec elle.

— J'y ai pensé. Et puis j'y ai renoncé. Et puis j'y ai pensé à nouveau. Et j'ai renoncé à nouveau. Maintenant, qui sait ? Si les années m'ont appris quelque chose, fiston, c'est que tout peut arriver. S'il s'agit des hommes et des femmes, les paris sont ouverts.

— Ouais, c'est une sacrée pouliche, je le reconnais. Juste quand vous croyez l'avoir attrapée, elle évite le licol et file au galop dans le pré voisin.

— Exactement. Ce qui explique que le mieux est parfois de ne rien faire. Si tu attends sans bouger, il y a une chance que ce que tu espères vienne à toi.

— Trop profond pour moi, tout ça, maître.

— Tu n'es pas le seul, Walt.

— Mais si jamais vous convolez, je parierais que la course sera mouvementée.

— Ne t'en fais pas pour ça. Concentre-toi sur ton travail et laisse-moi m'occuper de mes amours. Je n'ai pas besoin des conseils de la petite classe. C'est ma chanson, et je la chanterai à ma manière.

Je n'avais pas assez de couilles pour insister davantage. Maître Yehudi était un génie et un magicien, mais il me paraissait de plus en plus évident qu'il ne comprenait rien aux femmes. J'avais été témoin des pensées les plus intimes de Mrs Witherspoon, j'avais reçu plus d'une fois ses confidences impudiques d'ivrogne, et je savais que le maître n'arriverait jamais à rien avec elle s'il ne prenait pas le taureau par les cornes. Elle ne souhaitait pas qu'on lui demande son avis, elle voulait être emportée et conquise, et plus il perdait de temps à barguigner, plus il perdait ses chances. Mais comment lui dire cela ? Je ne pouvais pas. Si je tenais à ma peau, je ne pouvais pas, et je la fermai donc en laissant aller les choses. C'était sa foutue chanson, me disais-je, et s'il avait envie de la saloper, qui étais-je pour le contrarier ?

Donc, revenus à Wichita, nous nous mîmes à faire

des plans pour un nouveau départ. Mrs W. ne souffla jamais mot de ses sièges tachés, mais je suppose qu'elle y voyait des frais professionnels, une partie du risque qu'on prend quand on se donne pour objectif de gagner beaucoup d'argent. Il nous fallut à peu près trois semaines pour peaufiner les préparatifs — pour prévoir les représentations, imprimer prospectus et affiches, répéter le nouveau numéro — et pendant tout ce temps le maître et Mrs Witherspoon me parurent très bien ensemble, beaucoup plus caressants que je ne l'attendais d'eux. Je pensai que, peut-être, je me trompais, et que le maître savait exactement ce qu'il faisait. Et puis, le jour de notre départ, il commit une erreur, une faute tactique révélatrice de la faiblesse de toute sa stratégie. Je vis ça de mes yeux, debout sur le perron tandis que le maître et sa dame se faisaient leurs adieux, et ce fut un triste spectacle, un petit chapitre douloureux dans la chronique des cœurs brisés.

Il dit : A bientôt, petite sœur. On se reverra dans un mois et trois jours. Et elle dit : Allez-y, les gars — à vous le vaste monde. Il y eut un silence embarrassé, après ça, et comme je me sentais mal à l'aise, j'ouvris ma grande bouche et je dis : Qu'est-ce que vous en pensez, m'dame ? Pourquoi pas monter dans la voiture et venir avec nous ?

Je vis ses yeux briller quand je dis cela, et aussi sûr que *cas* et *sac*, c'est le même mot épelé à l'endroit et à l'envers, elle aurait donné six ans de sa vie pour tout laisser tomber et s'embarquer. Elle se tourna vers le maître et lui demanda : Eh bien, qu'en pensez-vous ? Je viens avec vous ou non ? Et lui, pompeux imbécile qu'il était, lui tapota l'épaule en disant : A votre guise, ma chère. Elle eut les yeux embrumés pendant une seconde, mais tout n'était pas perdu. Avec encore un espoir d'entendre les mots qu'elle attendait, elle essaya un dernier coup : Non, c'est à vous de décider. Je ne voudrais pas être dans vos pattes. Et il répondit : Vous êtes un être libre,

Marion. Ce n'est pas à moi de vous dire ce que vous devez faire. Et ce fut tout. Je vis la lumière s'éteindre dans ses yeux ; son visage se ferma, elle eut une expression tendue, railleuse ; et puis elle haussa les épaules. Tant pis, dit-elle. Il y a trop à faire ici, de toute façon. Ensuite, avec un brave petit sourire forcé, elle ajouta : Envoyez-moi une carte postale à l'occasion. Aux dernières nouvelles, on en trouve toujours à un penny pièce.

Et voilà, bonnes gens. La chance d'une vie — perdue à jamais. Le maître l'avait laissée glisser entre ses doigts et le pire, c'est que je ne suis même pas certain qu'il se rendait compte de ce qu'il avait fait.

Nous voyagions cette fois dans une autre voiture — une Ford noire d'occasion que Mrs Witherspoon nous avait trouvée après notre retour de Larned. Elle l'avait baptisée la Wondermobile et même si celle-ci ne pouvait se comparer à la Chrysler ni pour la taille ni pour le confort, elle répondait à ce qu'on attendait d'elle. Nous étions partis par un matin pluvieux de la mi-septembre, et une heure après avoir quitté Wichita j'avais déjà tout oublié du mélo fleur bleue dont j'avais été témoin sur le perron. Mes rayons mentaux étaient dardés sur l'Oklahoma, premier Etat prévu dans notre tournée, et quand nous arrivâmes à Redbird deux jours plus tard, j'étais aussi remonté qu'un diable à ressort et plus excité qu'un singe. Ça va marcher, cette fois, me disais-je. Oui, m'sieu-dames, c'est ici que tout commence. Jusqu'au nom de la ville me semblait de bon augure, et comme j'étais en ce temps-là aussi superstitieux qu'on peut l'être, ça me faisait un bien fou au moral. Oiseau rouge. Juste comme mon club de Saint Louis, mes chers vieux copains les *Cardinals*.

Ce fut le même numéro sous de nouveaux atours mais, d'une façon ou d'une autre, tout me paraissait différent, et le public s'enflamma pour moi dès l'instant où j'apparus — c'est dire que la bataille était à moitié gagnée. Maître Yehudi joua à merveille son rôle de rustique, mon costume à la Huck Finn était d'une banalité exemplaire et, au total, les gens furent sciés. Six ou sept femmes s'évanouirent, des enfants criaient, des hommes d'âge mûr restaient bouche bée de stupéfaction incrédule. Trente minutes durant, je les tins en haleine, suspendus à ma petite silhouette en train de virevolter et de cabrioler en l'air ou de glisser à la surface d'un large étang scintillant et puis, à la fin, après être monté à une altitude record de quatre pieds et demi, je me laissai lentement redescendre jusqu'au sol et je saluai. Il y eut un tonnerre d'applaudissements extatiques. Les gens poussaient des cris et des acclamations, tapaient sur des casseroles, lançaient des confettis. Je découvrais le goût du succès et j'adorais ça, j'adorais ça comme je n'ai plus jamais rien adoré, ni avant, ni après.

Dunbar et Battiest. Jumbo et Plunketsville. Pickens, Muse et Bethel. Wanapucka. Boggy Depot et Kingfisher. Gerty, Ringling et Marble City. Dans un film, c'est ici que les pages du calendrier commenceraient à se détacher du mur. On les verrait voleter devant une toile de fond de routes de campagne et d'herbes vagabondes, et les noms des villes se succéderaient à l'image tandis qu'on suivrait sur une carte de l'est de l'Oklahoma les déplacements de la Ford noire. La musique serait enjouée et pleine de vie, avec des tintements syncopés imitant le bruit des tiroirs-caisses. Les plans s'enchaîneraient, chacun fondu dans le précédent. Des mannes débordantes de pièces de monnaie, des bungalows de bord de route, des mains en train d'applaudir et des pieds qui trépignent, des bouches bées, des visages aux yeux exorbités tournés vers le ciel. La séquence entière durerait à peu près dix secondes, et lorsqu'elle se terminerait, chacun des spectateurs connaîtrait toute l'histoire de ce mois. Ah, le bon vieux tape-à-l'œil hollywoodien ! Rien de tel pour faire avancer les choses. Pas très subtil, peut-être, mais si efficace !

Voilà pour les détours de la mémoire. Si j'évoque maintenant le cinéma, c'est sans doute parce que j'ai vu tant de films au cours des mois qui suivirent.

Après notre triomphe en Oklahoma, la programmation avait cessé d'être un problème et nous passions la majeure partie de notre temps sur les routes, le maître et moi, à rouler d'un bled perdu vers un autre. Texas, Arkansas et Louisiane, avec la venue de l'hiver, nous poussions de plus en plus au sud, et j'avais tendance à occuper les temps morts entre deux représentations en me rendant au *Bijou* local pour jeter un coup d'œil à la dernière toile. Le maître avait généralement des affaires à traiter — discussions avec les organisateurs de foires et les vendeurs de tickets, distribution de prospectus et d'affiches dans la ville, ultimes mises au point du prochain spectacle —, ce qui signifie qu'il avait rarement le temps de venir avec moi. Le plus souvent, à mon retour, je le trouvais seul dans la chambre, assis dans un fauteuil et plongé dans son livre. C'était toujours le même livre — un petit volume vert fatigué qu'il emportait avec lui dans tous nos voyages — et il me devint aussi familier que les lignes et les contours du visage de son propriétaire. C'était un livre en latin, figurez-vous, et son auteur s'appelait Spinoza, un détail que je n'ai jamais oublié, même après tant d'années. Quand je demandai au maître pourquoi il lisait et relisait sans cesse ce livre, il me répondit que c'était parce qu'on ne pouvait jamais en toucher le fond.

— Plus on s'y enfonce, me dit-il, plus on y trouve, et plus on y trouve, plus il est long à lire.

— Un livre magique, commentai-je. On n'en vient jamais à bout.

— C'est ça, moineau. Il est inépuisable. Tu bois le vin, tu poses le verre sur la table et, merveille, quand tu le reprends en main tu t'aperçois qu'il est encore plein.

— Et vous voilà pinté comme une grive pour le prix d'un seul verre.

— Je ne l'aurais pas mieux exprimé, dit-il, et il se détourna soudain pour regarder par la fenêtre. On s'enivre du monde, bonhomme. On s'enivre des mystères du monde.

Dieu que j'étais heureux alors sur les routes avec lui ! Le simple fait d'aller d'un endroit à l'autre suffisait à me mettre en bonne humeur, et si vous y ajoutez les autres ingrédients — les foules, les représentations, l'argent gagné — ces premiers mois furent sans l'ombre d'un doute les plus beaux de ma vie. Même après que l'excitation des débuts s'était émoussée et que je commençais à m'habituer à la routine, je n'avais aucune envie que ça s'arrête. Les lits défoncés, les pneus crevés, la mangeaille douteuse, les annulations pour cause de mauvais temps, les temps morts et les périodes d'ennui ne m'étaient rien, simples cailloux rebondissant sur la peau d'un rhinocéros. On montait dans la Ford, on quittait une ville avec soixante-dix ou cent dollars de plus à l'abri dans la malle et on poursuivait notre chemin jusqu'à l'étape suivante en admirant les paysages qui se déroulaient autour de nous tout en repassant sur les meilleurs moments de la dernière représentation. Le maître se conduisait en prince avec moi, toujours prêt à m'encourager, à me conseiller et à écouter ce que j'avais à dire, et il ne me donnait jamais l'impression d'être un poil moins important que lui. Tant de choses avaient changé entre nous depuis l'été, c'était comme si nous nous trouvions désormais sur un pied nouveau, comme si nous avions atteint une sorte d'équilibre permanent. Il accomplissait son boulot, moi le mien, et ensemble nous faisions tourner la baraque.

La Bourse ne devait s'effondrer que deux ans plus tard, mais la Grande Crise avait déjà commencé dans le pays profond et, dans toutes les régions, fermiers et gens des campagnes en sentaient la morsure. Nous rencontrions au cours de nos voyages un grand nombre de désespérés et maître Yehudi m'apprit à ne jamais les regarder de haut. Ils ont besoin de Walt le Prodige, me disait-il, et tu ne dois jamais oublier ta responsabilité face à ce besoin. Voir un gamin de douze ans faire ce que seuls des saints et des prophètes avaient accompli les secouait comme un signe des cieux, et mon numéro pouvait apporter un réconfort spirituel à des milliers d'âmes affligées. Cela ne signifiait pas que je n'avais pas le droit de me remplir les poches au passage, mais si je ne comprenais pas qu'il me fallait toucher le cœur des gens, je n'aurais jamais le public que je méritais. A mon avis, c'est pour cette raison que le maître avait choisi pour mes débuts des coins aussi perdus, une telle collection de bleds oubliés et de failles sur la carte. Il voulait que ma réputation s'étende lentement, qu'elle s'établisse à partir de la base. Ce n'était pas seulement histoire de me roder, c'était une façon de contrôler la situation, de s'assurer que je ne ferais pas long feu.

Comment n'aurais-je pas été d'accord ? La vente des billets était organisée de manière systématique, le chiffre d'affaires était bon et nous avions toujours un toit au-dessus de la tête quand nous nous endormions le soir. Je faisais ce que j'avais envie de faire, et ça me donnait un tel sentiment de bien-être et d'exaltation qu'il m'était bien égal que les gens qui me regardaient viennent de Paris, France ou de Paris, Texas. De temps à autre, nous rencontrions bien sûr un cahot sur la route. Un jour, par exemple, un de ces inspecteurs chargés de contrôler que les enfants ne manquent pas l'école vint frapper à la porte de notre chambre à Dublin, dans le Mississippi. Pourquoi ce garçon n'est-il pas en classe ? demanda-t-il au maître en me désignant d'un index osseux. Il existe des lois à ce sujet, l'ignorez-vous ? des statuts, des règlements, et cetera. Je pensai que nous étions cuits, mais le maître se contenta de sourire en priant ce monsieur d'entrer, et puis il tira un papier de la poche intérieure de son veston. C'était une feuille couverte de timbres et de sceaux très officiels d'aspect, et après l'avoir parcourue, l'inspecteur toucha son chapeau d'un air embarrassé, s'excusa de sa méprise et partit. Dieu sait ce qui était écrit sur cette feuille, mais elle avait produit son effet en un coup de cuiller à pot. Avant que j'aie pu en distinguer un mot, le maître l'avait déjà repliée et glissée dans sa poche intérieure. Qu'est-ce que ça dit ? demandai-je, mais il ne me répondit pas, même lorsque je reposai la question. Il se tapotait la poche en souriant d'un air faraud et satisfait de lui-même. Il me faisait penser à un chat qui vient de s'envoyer l'oiseau de la famille, et il n'allait certes pas me dire comment il avait ouvert la cage.

De la fin de 1927 au milieu de 1928, je vécus dans un cocon de concentration absolue. Je ne pensais jamais au passé, je ne pensais jamais à l'avenir — seulement à ce qui était en train d'arriver, à ce que j'étais en train de faire à tel ou tel instant. D'une manière générale, nous ne nous arrêtions pas plus de trois ou quatre jours par mois à Wichita et, le reste du temps, nous étions sur les routes à zigzaguer ici et là dans la Wondermobile noire. La première vraie pause n'eut pas lieu avant la mi-mai. Mon treizième anniversaire approchait, et le maître trouvait que ce serait une bonne idée de prendre quelques semaines de repos. Nous allions rentrer chez Mrs Witherspoon, disait-il, et manger, pour changer, un peu de bonne cuisine. Nous allions nous détendre, faire la fête et compter nos sous et puis, lorsque nous aurions assez joué les pachas, boucler nos valises et repartir. Ça me paraissait bel et bon, mais une fois que nous fûmes rentrés et installés pour les vacances, je sentis que quelque chose n'allait pas. Ce n'étaient ni le maître ni Mrs Witherspoon. Tous deux se montraient adorables avec moi, et leurs relations à ce moment-là me semblaient particulièrement harmonieuses. Ce n'était pas non plus la maison. La cuisine de Nelly Boggs était au sommet de sa forme, le lit toujours aussi confortable, le temps superbe en ce printemps. Et pourtant, dès l'instant où nous avions passé la porte, je m'étais senti le cœur envahi d'une pesanteur inexplicable, d'une tristesse et d'une inquiétude vaseuses. J'avais supposé que je me sentirais mieux après une nuit de sommeil, mais ce sentiment n'avait pas disparu ; il demeurait en moi, tel un morceau de ragoût mal digéré, et j'avais beau m'admonester, je n'arrivais pas à m'en débarrasser. Il paraissait plutôt grandir, s'animer d'une vie propre, à tel point que le troisième soir, après avoir enfilé mon pyjama et m'être glissé dans mon lit, je fus submergé par une irrésistible envie de pleurer. Ça paraissait idiot, et cependant, moins d'une minute plus tard, je sanglotais sur l'oreiller et pleurais comme un veau, dans un débordement de tristesse et de remords.

Quand je m'assis à la table du déjeuner, le lendemain matin, en compagnie de maître Yehudi, je ne pus me retenir, les mots jaillirent avant même que je sache que j'allais les prononcer. Mrs Witherspoon était encore couchée, à l'étage, et nous étions seuls, tous les deux, à attendre que Nelly Boggs vienne nous apporter de la cuisine nos saucisses et nos œufs brouillés.

— Vous vous rappelez cette loi dont vous m'avez parlé ? dis-je.

Le maître, qui avait le nez plongé dans le journal, releva les yeux des titres et me lança un long regard vide.

— Une loi ? fit-il. Quelle loi ?

— Vous vous rappelez. A propos des devoirs qu'on a. Comme quoi on ne serait plus humain si on oubliait les morts.

— Bien sûr, je me rappelle.

— Eh bien, il me semble que nous y avons désobéi de long en large.

— Comment ça, Walt ? Esope et maman Sioux sont en nous. Nous les portons dans nos cœurs, où que nous allions. Rien ne changera jamais rien à ça.

— Mais on s'est tirés, non ? Ils ont été assassinés par une meute de diables et de démons, et nous, on n'a pas levé le petit doigt.

— Nous ne pouvions pas. Si nous nous étions avancés, ils nous auraient tués aussi.

— Ce soir-là, sans doute. Mais maintenant ? Si on est censé se souvenir des morts, on n'a pas le choix, faut se mettre en chasse après ces salauds et s'assurer qu'ils reçoivent ce qu'ils méritent. Je veux dire, on a la belle vie, non ? On se déambule à travers le pays dans notre automobile, on se ramasse le fric à la pelle, on se pavane devant le monde comme une paire de cracks. Mais mon copain Esope ? Et cette drôle de vieille maman Sioux ? Ils moisissent dans leur tombe, voilà où ils sont, et les fumiers qui les ont pendus courent toujours.

— Reprends-toi, fit le maître, qui m'examinait avec attention tandis que mes larmes coulaient de nouveau et m'inondaient les joues. Sa voix était calme, à la limite de la colère. Bien sûr, nous pourrions retrouver leurs traces et les amener devant la justice, mais ce serait la dernière action de notre vie. Les flics ne nous aideraient pas, je te le garantis, et si tu penses qu'un jury les condamnerait, penses-y à deux fois. Le Klan est partout, Walt, toute la sacrée boutique leur appartient. Ce sont ces mêmes braves gens souriants que tu rencontrais dans les rues de Cibola — Tom Skinner, Judd McNally, Harold Dowd —, ils en font tous partie, tous. Le meunier, son fils, et l'âne. Il faudrait les tuer nous-mêmes, et dès l'instant où on s'en prendrait à eux, ils s'en prendraient à nous. Beaucoup de sang serait répandu, Walt, et en majeure partie, le nôtre.

— C'est pas juste, dis-je en reniflant à travers un nouveau flot de larmes. C'est pas juste, et c'est pas bien.

— Tu sais cela, et je le sais, et du moment que nous le savons tous les deux, Esope et maman Sioux sont satisfaits.

— Ils souffrent mille tourments, maître, et leurs âmes trouveront jamais la paix tant qu'on n'aura pas fait ce qu'on a à faire.

— Non, Walt, tu te trompes. Ils sont en paix, tous les deux.

— Ouais ? Et qu'est-ce qui vous rend si expert sur ce que les morts font dans leurs tombes ?

— Je les ai vus. Je les ai vus, j'ai parlé avec eux, et ils ne souffrent plus. Ils veulent que nous poursuivions notre œuvre. C'est ce qu'ils m'ont dit. Ils veulent qu'en souvenir d'eux nous poursuivions ce que nous avons entrepris.

— Quoi ? fis-je, me sentant soudain couvert de chair de poule. Qu'est-ce que vous racontez ?

— Ils viennent à moi, Walt. Presque chaque nuit, depuis six mois. Ils viennent s'asseoir sur mon lit, ils me chantent des chansons et me caressent le visage. Ils sont plus heureux qu'ils ne l'étaient en ce monde, crois-moi. Esope et maman Sioux sont des anges maintenant, et plus rien ne peut leur faire de mal.

C'était bien la chose la plus étrange, la plus fantastique que j'avais jamais entendue, et pourtant maître Yehudi en parlait avec tant de conviction, une sincérité si évidente et si sereine que je ne doutai pas un instant qu'il me disait la vérité. Même si ce n'était pas vrai dans l'absolu, il était incontestable qu'il y croyait — s'il n'y croyait pas, il venait de faire le plus grand numéro d'acteur de tous les temps. Assis dans une immobilité fiévreuse, je laissai la vision s'attarder dans ma tête en m'efforçant de retenir l'image d'Esope et de maman Sioux en train de chanter pour le maître au beau milieu de la nuit. Peu importe que ce soit ou non arrivé, car le fait est que cela changea tout pour moi. Mon chagrin commença à s'apaiser, les nuages noirs à se disperser, et quand je quittai la table, ce matin-là, le plus gros de ma tristesse était dissipé. Tout bien réfléchi, c'est la seule chose qui compte. Si le maître m'a menti, il avait ses raisons de le faire. Et s'il n'a pas menti, alors l'histoire est telle qu'il l'a racontée et je n'ai pas à le défendre. D'une manière ou de l'autre, il m'a sauvé. D'une manière ou de l'autre, il a arraché mon âme à la gueule de la bête.

Dix jours plus tard, reprenant la tournée où nous l'avions laissée, nous repartîmes de Wichita dans une nouvelle voiture. Nos gains nous permettaient désormais de nous offrir quelque chose de mieux, et nous remplaçâmes la Ford par la Wondermobile II, une Pierce Arrow gris argent avec des sièges de cuir et des marchepieds vastes comme des canapés. Nos comptes étaient à flot depuis le début du printemps, ce qui signifie que Mrs Witherspoon avait été remboursée de ses dépenses initiales, qu'il y avait de l'argent à la banque pour le maître et pour moi et que nous n'avions plus à gratter chaque sou comme avant. Toute l'opération avait monté d'un cran ou deux : nous nous produisions dans de plus grandes villes, nous reposions nos carcasses dans de petits hôtels au lieu des chambres de passage et des pensions, nous voyagions en plus grand style. Au moment de notre départ, j'avais retrouvé ma forme, je me sentais remonté et prêt à foncer, et pendant quelques mois je volai d'une étape à l'autre en embellissant mon numéro de détails originaux presque chaque semaine. Je m'étais alors si bien habitué aux foules, je me sentais si à l'aise lorsque je me produisais que je réussissais à improviser en situation, à inventer et à découvrir de nouveaux tours en pleine représentation. Au début, je m'en étais toujours tenu à la routine, à la stricte exécution du programme que le maître et moi avions prévu, mais j'avais dépassé cela, désormais, j'avais trouvé ma cadence et je n'avais plus peur de faire des expériences. La locomotion avait toujours été mon point fort. C'était le cœur de mon numéro, c'était ce qui me différenciait de tous ceux qui avaient pratiqué la lévitation avant moi, mais côté envol, je restais moyen, à guère plus de cinq pieds. Je voulais améliorer ça, doubler ou même tripler mon record, mais je n'avais plus le luxe des longues séances d'entraînement où je travaillais sous la supervision de maître Yehudi pendant dix à douze heures d'affilée. J'étais devenu un pro, et la seule occasion que j'avais de m'entraîner, c'était devant le public.

C'est donc ce que je fis, surtout après nos petites vacances à Wichita, et à mon grand émerveillement je découvris que la nécessité m'inspirait. Quelques-uns de mes plus beaux tours datent de cette période, et sans cet aiguillon qu'était l'œil de la foule, je ne suis pas sûr que j'aurais trouvé le courage de tenter la moitié de ce que j'ai tenté. Tout commença avec le numéro de l'escalier — c'était la première fois que j'utilisais un "accessoire invisible", ainsi que j'appelai plus tard mon invention. Nous étions alors dans le nord du Michigan et, en plein milieu de la représentation, au moment où je prenais de la hauteur afin de traverser le lac, j'aperçus un immeuble au loin. C'était une grande construction en briques, un entrepôt ou une usine, sans doute, avec une échelle de secours le long des murs. Je ne pouvais pas ne pas remarquer cette échelle métallique. Le soleil se reflétait dessus juste à ce moment, et elle brillait d'un éclat quasi agressif dans la lumière de fin d'après-midi. Sans y penser, je levai un pied en l'air, comme si j'allais gravir un véritable escalier, et le posai sur une marche invisible ; puis je levai l'autre pied et le posai sur la marche suivante. Je ne sentais rien de solide dans l'atmosphère, mais je montais néanmoins, je montais régulièrement sur une passerelle qui s'étendait d'une rive du lac à l'autre. Même si je ne le voyais pas, je m'en faisais une image mentale précise. Pour autant que je m'en souvienne, ça devait ressembler à ceci :

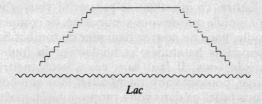

Lac

Au point le plus haut — la plate-forme centrale — ça s'élevait à peu près à neuf pieds et demi au-dessus de la surface de l'eau — quatre bons pieds de plus

149

que ce que j'avais atteint précédemment. Le plus étrange, c'est que je n'hésitai pas. Dès que j'eus cette image bien nette à l'esprit, je sus que je pouvais m'y fier pour traverser. Je n'avais qu'à suivre la forme de ce pont imaginaire, et il me porterait comme s'il était réel. Quelques instants plus tard, je glissais au-dessus du lac sans la moindre anicroche. Douze marches à monter, cinquante-deux pas horizontaux, et puis douze marches à descendre. Le résultat fut d'une indicible perfection.

Après cette découverte, je m'aperçus que j'avais la possibilité d'utiliser d'autres accessoires tout aussi efficacement. Du moment que j'arrivais à imaginer ce que je voulais, du moment que je me le représentais avec une netteté et une précision suffisantes, je pouvais m'en servir durant les représentations. C'est ainsi que j'inventai les points les plus mémorables de mon programme : le numéro de l'échelle de corde, le numéro du toboggan, le numéro de la bascule, le numéro du funambule, les nombreuses innovations qui firent ma renommée. Ces tours n'augmentaient pas seulement le plaisir du public, ils modifiaient aussi complètement ma relation à mon travail. Je n'étais plus un simple automate, ce babouin mécanique qui exécutait à chaque fois les mêmes tours — je devenais un artiste, un créateur authentique qui exerçait son talent pour lui-même autant que pour autrui. Ce qui m'excitait, c'était l'imprévisibilité, l'aventure consistant à ne jamais savoir, d'un spectacle à l'autre, ce qui allait se passer. Si vous n'avez d'autre mobile que de vous sentir aimé, de complaire à la foule, vous ne pouvez manquer de tomber dans de mauvaises habitudes, et finalement la foule se lassera de vous. Il faut sans cesse vous mettre à l'épreuve, pousser votre talent aussi loin que possible. Vous faites ça dans votre propre intérêt, mais en définitive c'est cette ardeur à vous améliorer qui vous rendra le plus cher à vos admirateurs. Tel est le paradoxe. Les gens commencent à deviner que vous prenez des risques pour eux, là-haut. Ils se sentent admis à partager le mystère, à participer, quelle qu'elle soit, à la force inconnue qui vous anime, et dès lors qu'ils réagissent ainsi, vous n'êtes plus seulement un exécutant, vous devenez une star. A l'automne 1928, c'est exactement là que j'en étais : en train de devenir une star.

A la mi-octobre, nous nous trouvions au cœur de l'Illinois où nous donnions quelques dernières représentations avant de rentrer à Wichita prendre un repos bien mérité. Si mes souvenirs sont exacts, nous venions d'en boucler une à Gibson City, une de ces petites bourgades perdues avec châteaux d'eau et silos à grain profilés sur le ciel. De loin, on croirait s'approcher d'une grande ville et puis, en arrivant, on s'aperçoit que ces silos, c'est tout ce qu'ils ont. Nous avions déjà quitté l'hôtel et nous étions arrêtés dans un bistrot de la rue principale afin de nous offrir quelque chose à boire avant de sauter en voiture et de nous en aller. C'était l'heure creuse, quelque part entre le petit déjeuner et le repas de midi, et nous étions les seuls clients, maître Yehudi et moi. Je venais de descendre les dernières gorgées de mousse de mon chocolat chaud, je m'en souviens, quand la sonnette de la porte annonça l'entrée d'un troisième client. Sans raison, par simple curiosité, je levai les yeux vers le nouvel arrivant, et qui était-ce, sinon mon oncle Slim, ce vieux face-de-rat en personne ! Il devait geler ou pas loin, ce jour-là, mais il était vêtu d'un costume d'été élimé. Le col en était relevé sur sa nuque, et il serrait dans la main droite les deux pans de sa veste. Il grelottait en franchissant le seuil, tel un chihuahua qu'aurait apporté le vent du nord, et si je n'avais été si stupéfait, j'aurais sans doute ri à le voir.

Maître Yehudi tournait le dos à la porte. Il remarqua mon expression (je devais être devenu livide) et pivota pour voir ce qui m'avait ainsi tourné les sangs. Slim était resté debout devant la porte et se frictionnait les mains en parcourant la salle de ses yeux louches et, à la seconde où son regard se posa sur nous, il sourit de toutes ses vilaines dents — un de ces sourires qui me faisaient si peur quand j'étais petit. Cette rencontre ne devait rien au hasard. Il était venu à Gibson City parce qu'il voulait discuter, et aussi sûr que six et sept font treize, le plus malchanceux des nombres, nous nous trouvions en face d'une montagne d'ennuis.

— Mais, mais, mais ! s'exclama-t-il, tout suintant de fausse amabilité, en se dirigeant vers notre table. Voyez-vous ça ! J'me pointe au fin fond de nulle part pour m'occuper de mes affaires, j'passe prendre un p'tit kawa à la cantine locale et sur qui je tombe, si c'est pas mon neveu disparu ? Le jeune Walt, la prunelle de mes yeux, le petit prodige aux taches de rousseur ! C'est le destin, voilà ce que c'est. Comme de retrouver une aiguille dans une meule de foin.

Nous ne prononçâmes pas un mot, ni le maître, ni moi ; Slim s'installa sur la chaise vide à côté de moi.

— Ça vous dérange pas si je m'assieds, hein ? fit-il. Je suis si sonné par la bonne surprise, faut que je pose mon cul avant de tourner de l'œil. Sur quoi il m'appliqua une claque dans le dos et m'ébouriffa les cheveux, feignant toujours d'être vachement content de me voir — ce qui était peut-être le cas, mais pour des raisons différentes de celles de quelqu'un de normal. Son contact me donnait le frisson. Je me tortillais pour éviter sa main mais, sans prendre garde à la rebuffade, il continuait à discourir à sa manière visqueuse en dénudant à toute occasion ses dents brunes et irrégulières. Eh bien, vieille branche, poursuivit-il, on dirait que la vie te réussit pas trop mal ces temps-ci, hein ? D'après ce que je lis sur le journal, t'es un oiseau rare, t'es l'as des as. Ton mentor, là, il doit être plein de fierté — sans parler de ses poches, qui doivent être pleines aussi, tout ça ne peut pas leur avoir fait de mal. Je peux pas te dire ce que je suis content, Walt, de voir un parent se faire un nom dans le vaste monde.

— Venez-en au fait, l'ami, dit le maître, interrompant enfin le monologue de Slim. Nous allions partir, le gamin et moi, et nous n'avons pas le temps de bavarder de la pluie et du beau temps.

— Eh merde, fit Slim de son air le plus offensé, on peut plus prendre des nouvelles du fils de sa propre sœur ? Y a pas le feu ! A voir la machine que vous avez là, garée le long du trottoir, vous arriverez où vous allez en deux temps, trois mouvements.

— Walt n'a rien à vous dire, déclara le maître, et à mon avis vous n'avez rien à lui dire non plus.

— J'en serais pas si sûr, répliqua Slim en sortant de sa poche un cigare fripé, qu'il alluma. Il a le droit de savoir ce qui est arrivé à sa pauvre tante Peg, et j'ai le droit de le lui raconter.

— Qu'est-ce qui lui est arrivé ? demandai-je d'une voix à peine plus forte qu'un murmure.

— Eh, il parle, ce gamin ! s'écria Slim en me pinçant la joue avec un enthousiasme factice. Pendant un moment, là, j'ai cru qu'il t'avait coupé la langue, Walt.

— Qu'est-ce qui lui est arrivé ? répétai-je.

— Elle est morte, Walt, voilà. Elle s'est fait prendre dans la tornade qui a démoli Saint Louis l'année dernière. Toute la maison lui est dégringolée dessus, et ç'a été la fin de cette bonne vieille Peg. C'est arrivé en un clin d'œil.

— Et toi, tu t'en es tiré, dis-je.

— Dieu l'a voulu ainsi, fit Slim. Le hasard a fait que je me trouvais à l'autre bout de la ville, en train de gagner honnêtement ma vie.

— Dommage que c'est pas le contraire, dis-je. Tante Peg était rien de fameux, mais au moins elle me battait pas tout le temps comme toi.

— Holà ! protesta Slim, en voilà une façon de parler de ton oncle. Je suis ta chair et ton sang, Walt, et t'as pas à raconter des blagues sur mon compte.

Pas quand je suis ici pour une affaire vitale. Mr Yehudi et moi, on a des choses à discuter, et je tiens pas à ce que tu sabotes tout avec tes menteries.

— Je crois que vous vous trompez, intervint le maître. Nous n'avons rien à discuter. Walt et moi, nous allons être en retard, et vous allez devoir nous excuser, je le crains.

— Pas si vite, mon beau monsieur, fit Slim, oubliant soudain de faire du charme. Sa voix vibrait d'irritation et de colère, exactement telle que dans mes souvenirs. On s'était mis d'accord, vous et moi, et vous n'allez pas vous défiler comme ça.

— D'accord ? dit le maître. De quel accord s'agit-il ?

— Celui qu'on a conclu à Saint Louis il y a quatre ans. Vous pensiez que j'allais oublier, ou quoi ? Je suis pas stupide, vous savez. Vous m'avez promis une part des bénéfices, et je suis ici pour réclamer ce qui me revient. Vingt-cinq pour cent. C'est ce que vous m'avez promis, et c'est ce que je veux.

— Ce dont je me souviens, Mr Sparks, dit le maître en s'efforçant de garder son calme, c'est que vous m'avez pratiquement embrassé les pieds quand je vous ai proposé de vous décharger de l'enfant. Vous me pleurnichiez dessus en m'expliquant combien vous étiez content d'en être débarrassé. C'était ça, notre accord, Mr Sparks. J'ai demandé l'enfant, et vous me l'avez donné.

— J'ai posé mes conditions. Je vous les ai posées, et vous les avez acceptées. Vingt-cinq pour cent. Allez pas me dire que c'est pas un accord. Vous avez promis, et je vous ai cru sur parole.

— Rêvez toujours, camarade. Si vous pensez qu'il y a un accord, montrez-moi le contrat. Montrez-moi le bout de papier où il est écrit qu'un centime vous revient.

— On s'est serré la main. C'était un accord verbal, tout ce qu'il y a de régulier.

— Vous avez une imagination féconde, Mr Sparks,

mais vous êtes un menteur et un escroc. Si vous avez à vous plaindre de moi, adressez-vous à un avocat, et nous verrons si votre cause a une chance dans un procès. Mais en attendant, veuillez avoir la décence d'éloigner de ma vue votre vilaine figure. Et le maître se tourna vers moi en disant : Viens, Walt, on y va. On nous attend à Urbana, et nous n'avons pas une minute à perdre.

Il lança un dollar sur la table et se leva, et je me levai avec lui. Mais Slim n'avait pas dit tout ce qu'il avait à dire, et il réussit à avoir le dernier mot et à nous adresser quelques ultimes imprécations tandis que nous sortions du café : Vous vous croyez malin, monseigneur, mais vous en avez pas fini avec moi. Personne peut traiter Edward J. Sparks de menteur et s'en tirer comme ça, vous m'entendez ? C'est ça, foutez le camp — ça fait rien. C'est la dernière fois que vous me tournez le dos. Z'êtes prévenu, mec. Je vous retrouverai. Je vous retrouverai, vous et ce gamin de merde, et quand je vous aurai retrouvés, vous regretterez de m'avoir parlé comme ça. Vous le regretterez jusqu'au jour de votre mort.

Il nous suivit jusque sur le seuil du restaurant, nous arrosant de ses menaces démentes tandis que nous montions dans la Pierce Arrow et que le maître mettait le moteur en marche. Le bruit étouffa les paroles de mon oncle, mais ses lèvres bougeaient encore et je voyais enfler les veines de son cou osseux. C'est ainsi que nous le quittâmes : écumant de fureur à nous voir partir, le poing brandi, en train d'éructer son inaudible vengeance. Mon oncle avait erré dans le désert pendant quarante ans, et tout ce qu'il en avait retiré, c'était une série de faux pas et d'erreurs de parcours, une interminable histoire d'échecs. En regardant son visage à travers la vitre arrière de la voiture, je compris qu'il avait désormais un but, que ce salaud s'était enfin trouvé une raison de vivre.

Dès que nous fûmes sortis de la ville, le maître se

tourna vers moi et me dit : Qu'il joue les grandes gueules, tout ça ne tient pas debout. Ce n'est que du bluff, du vent et des absurdités du début à la fin. Ce type est né perdant, et s'il devait ne fût-ce que poser une main sur toi, Walt, je le tuerais. Je le jure. Je le hacherais si menu que dans vingt ans, on trouverait encore des morceaux de cette fripouille au Canada.

J'étais fier de la façon dont le maître s'était comporté dans ce café, mais cela ne veut pas dire que je ne me faisais pas de souci. Le frère aîné de ma mère était un gaillard rusé et dès lors qu'il s'était mis une idée en tête, on avait peu de chances de le détourner de son but. Personnellement, je n'avais aucune envie de considérer son point de vue dans l'affaire. Peut-être que le maître lui avait promis vingt-cinq pour cent, et peut-être que non, mais tout ça, c'était de l'eau à l'égout désormais, et je n'avais qu'un souhait : que ce fils de salaud sorte de ma vie pour toujours. Il m'avait tabassé trop souvent pour que j'éprouve envers lui autre chose que de la haine, et qu'il eût ou non le droit de réclamer une part de l'argent, en vérité il n'en méritait pas un centime. Mais hélas, mon sentiment ne comptait pour rien. Pas plus que celui du maître. Tout dépendait de Slim, et je savais dans mes os qu'il viendrait, qu'il ne cesserait de venir jusqu'à ce que ses mains m'enserrent la gorge.

Cette peur et ces prémonitions ne me quittèrent plus. Pendant les jours et les mois qui suivirent, leur ombre s'étendit sur tout ce qui m'arrivait et mon humeur s'en ressentit au point que même la joie de mon succès croissant était contaminée. Ce fut particulièrement pénible au début. Où que nous allions, dans toutes les villes où nous nous rendions, je m'attendais sans cesse à voir Slim surgir à nouveau. Attablé dans un restaurant, entrant dans le hall d'un hôtel ou descendant d'une voiture : mon oncle pouvait apparaître n'importe quand, faire irruption sans aucun avertissement dans le train-train de ma vie. C'était ça qui rendait la situation si difficile à supporter. C'était l'incertitude, l'idée que mon bonheur pouvait être détruit en un clin d'œil. Les seuls moments où je me sentais désormais en sécurité, c'était devant la foule, quand j'exécutais mon numéro. Slim n'oserait pas agir en public, en tout cas pas lorsque j'étais ainsi le centre d'intérêt, et vu l'anxiété que je trimbalais tout le reste du temps, les représentations devenaient une sorte de repos psychologique, une rémission de la terreur qui me perçait le cœur. Je me lançai dans le travail comme jamais auparavant, en exultant de la liberté et de la protection qu'il m'assurait. Quelque chose s'était modifié dans mon âme, et je compris qui j'étais désormais : non plus Walt Rawley, le gamin qui se transformait une heure par jour en Walt le Prodige, mais Walt le Prodige de bout en bout, quelqu'un qui n'existait que lorsqu'il se trouvait en l'air. Le sol était une illusion, un no man's land truffé de pièges et d'ombres, et tout ce qui s'y passait était faux. Seul l'air était réel, et je vivais vingt-trois heures par jour en étranger à moi-même, coupé de mes anciens plaisirs et de mes vieilles habitudes, tapi dans mon désespoir et ma peur.

Le travail me maintenait, et heureusement il y en avait beaucoup, un défilé interminable de spectacles d'hiver. Après notre retour à Wichita, le maître élabora une tournée complète, avec un nombre record de représentations par semaine. De tous ses coups de génie, le meilleur consista à nous faire passer en Floride les pires mois de la saison froide. De la mi-janvier à la fin de mars, nous parcourûmes la péninsule du haut en bas, et pour ce voyage prolongé — le premier et le seul où cela se produisit — Mrs Witherspoon se joignit à nous. Démentant ces sottises à propos de la guigne qu'elle craignait de nous porter, elle ne nous valut que de la chance. De la chance, non seulement en ce qui concernait Slim (dont nous n'aperçûmes pas le bout de l'oreille), mais aussi en termes d'affluence, de recettes importantes et d'agréable compagnie (elle aimait autant que moi aller au cinéma). C'était l'époque du boom immobilier en Floride, et les gens riches avaient commencé à s'y retrouver, avec leurs complets blancs et leurs colliers de diamants, pour oublier l'hiver en dansant sous les palmiers. C'était ma première expérience devant la haute. Je me produisis dans des country-clubs, dans des golfs et dans des ranchs pour touristes et, si policés et sophistiqués qu'ils fussent, tous ces milords s'entichèrent de moi avec autant d'enthousiasme que les infortunés de ce monde. Ça ne faisait aucune différence. Mon numéro était universel et il étendait tout le monde pareil, riches et pauvres.

Après notre retour dans le Kansas, je recommençai à me sentir moi-même. Slim ne s'était pas montré depuis plus de cinq mois, et je pensais que s'il nous avait mijoté une surprise, il se serait déjà manifesté. Quand nous reprîmes la route à la fin du mois d'avril en direction du nord du Middle West, j'avais plus ou moins cessé de penser à lui. Cette scène de cauchemar à Gibson City me semblait si loin dans le passé que j'avais parfois l'illusion qu'elle n'avait jamais eu lieu. Je me sentais détendu et confiant, et si j'avais un souci en tête à part mon numéro, ça concernait les poils qui avaient commencé à me pousser sous les bras et au bas du ventre, toute cette lente éclosion qui annonçait mon entrée dans le pays des rêves humides et des pensées cochonnes. Je n'étais plus sur mes gardes et, comme je le savais depuis toujours, exactement comme je le craignais depuis le début de toute cette affaire, le coup tomba au moment où je m'y attendais le moins. Nous nous trouvions dans le Minnesota, le maître et moi, à Northfield, une petite ville située à quarante miles environ au sud de Saint Paul, et selon mon habitude avant les représentations en soirée, je m'étais rendu au cinéma local dans l'idée d'y passer quelques heures. Le parlant était en plein essor, à cette époque, et je n'en avais jamais assez, j'y allais chaque fois que je pouvais, et je voyais certains films plusieurs fois de suite. Ce jour-là, on montrait *Cocoanuts*, la nouvelle comédie des Marx Brothers, qui se passe en Floride. Je l'avais déjà vue, mais j'étais fou de ces clowns, surtout de Harpo, le muet, avec sa perruque idiote et son klaxon, et je me précipitai quand j'entendis qu'on le projetait dans l'après-midi. Le cinéma était un établissement de bonnes dimensions, avec une salle de deux ou trois cents places, mais à cause du beau temps printanier, il ne devait pas y avoir plus d'une demi-douzaine de spectateurs à part moi. Ça m'était égal, bien sûr. Je m'installai avec un sachet de pop-corn et me préparai à rire tout mon soûl sans une pensée pour les autres personnes éparpillées dans l'obscurité. Vingt ou trente minutes environ après le début du film, je sentis monter derrière moi une odeur étrange, une odeur pharmaceutique et curieusement douceâtre. Elle était forte, et devenait plus forte d'un instant à l'autre. Je n'eus pas le temps de me retourner pour voir d'où elle provenait : un chiffon imbibé de cette décoction puante me fut appliqué sur le visage. Je me débattis, je luttai pour m'en dégager, mais une main me repoussa et puis, avant que je puisse rassembler mon énergie pour une nouvelle tentative, toute volonté m'abandonna. Mes muscles se relâchèrent ; ma peau fondit comme du beurre ; ma tête se détacha de mon corps. Où que je fusse à partir de cet instant, c'était en un lieu où je n'étais jamais allé.

J'avais imaginé toutes sortes de batailles et de confrontations avec Slim — bagarres à coups de poing, agressions à main armée, fusillades au fond de ruelles obscures — mais pas une fois l'idée ne m'était venue à l'esprit qu'il pourrait me kidnapper. Il n'entrait pas dans la manière de mon oncle d'agir d'une façon qui exigeait une si longue préparation. C'était une tête brûlée, une cervelle creuse qui se lançait dans l'action sous l'inspiration du moment, et le fait qu'il ait brisé le moule en mon honneur témoigne de son amertume, de la profonde rancœur que lui inspiraient mes succès. J'étais l'unique chance qu'il avait jamais eue, et il n'allait pas la foutre en l'air par impatience. Pas cette fois. Il allait se comporter en vrai gangster, en professionnel rusé qui ne néglige aucun aspect, et il parviendrait à nous faire suer jusqu'à la moelle. Ce n'était pas seulement l'argent qu'il convoitait, et ce n'était pas seulement la vengeance — il voulait les deux, et mon enlèvement contre rançon était la combinaison magique, la façon de faire d'une pierre deux coups.

Il avait un partenaire, cette fois-ci, un malfrat corpulent nommé Fritz, et si l'on considère quels poids plume ils étaient côté matière grise, ils firent du bon boulot pour ce qui est de me garder caché. Ils me planquèrent d'abord dans une cave des faubourgs de Northfield, un trou humide et sale où je passai trois jours et trois nuits, les jambes ficelées de grosse corde et un bâillon sur la bouche ; ensuite ils me donnèrent une seconde dose d'éther et m'emmenèrent ailleurs, au sous-sol de ce qui devait être un immeuble d'appartements à Minneapolis ou à Saint Paul. Cela ne dura qu'un jour et de là nous repartîmes à la campagne, pour nous installer dans une cabane de prospecteur abandonnée, située — ainsi que je l'appris plus tard — dans le Dakota du Sud. Ça ressemblait plus à la lune qu'à la terre, là-bas, sans un arbre, désolé, silencieux, et nous étions si loin de la moindre route que même si j'avais réussi à m'enfuir, il m'aurait fallu des heures avant de trouver de l'aide. Ils avaient fait provision de boîtes de conserve pour deux mois au moins, et tout semblait indiquer qu'on s'attendait à un siège prolongé et exaspérant. C'était ainsi que Slim avait décidé de jouer : aussi lentement qu'il pourrait. Il voulait mettre le maître au supplice, et si cela impliquait de faire un peu traîner les choses, tant mieux. Il n'était pas pressé. Tout cela lui paraissait si délicieux, pourquoi y aurait-il mis un terme avant de s'être bien amusé ?

Je ne l'avais jamais vu aussi sémillant, aussi énergique et satisfait de lui-même. Il se pavanait dans cette cabane avec la morgue d'un général quatre étoiles, aboyait ses ordres et riait de ses propres plaisanteries, en un tourbillon de fanfaronnade démente. Ça me dégoûtait de le voir ainsi, mais en même temps ça m'épargnait en partie les effets de sa cruauté. Dans la mesure où tout baignait pour lui, Slim pouvait se permettre de se montrer généreux, et il ne me traita jamais avec toute la sauvagerie à laquelle je m'attendais. Ça ne veut pas dire qu'il ne me frappait pas de temps à autre, qu'il ne me giflait pas sur la bouche ni ne me tordait les oreilles quand la fantaisie lui en prenait, mais la plus grande partie de ses brutalités prenait la forme de sarcasmes et d'agressions verbales. Il ne se lassait jamais de me répéter qu'il avait "cassé la baraque à ce sale juif", ni de se moquer des éruptions d'acné qui me parsemaient le visage (Regarde, encore un sac à pus ! Ouah, mon gaillard, mate-moi un peu ces volcans qui t'ont poussé sur le front), ni de me rappeler que mon sort reposait désormais entre ses mains. Pour souligner ce point, il s'amenait vers moi en faisant tourner négligemment son revolver autour de son doigt, puis appuyait le bout du canon contre mon crâne. Tu vois ce que je veux dire, mec ? demandait-il, et il éclatait de rire. Une petite pression sur cette gâchette, ici, et ta cervelle s'en va faire *fouac* contre le mur. Une ou deux fois, il alla jusqu'à appuyer sur la détente, mais ce n'était que pour me faire peur. Tant qu'il n'aurait pas empoché l'argent de la rançon, je savais qu'il n'aurait pas le cran de charger son arme avec de vraies balles.

Tout ça n'avait rien d'une partie de plaisir, mais je m'aperçus que je pouvais le supporter. Les mots ne sont ni pierres ni bâtons, comme dit la chanson, et je me rendais compte qu'il valait bien mieux écouter son verbiage que de me faire briser les os. Du moment que je gardais le silence et que j'évitais de le provoquer, il tombait en panne d'inspiration au bout de quinze à vingt minutes. Comme ils me laissaient le bâillon presque tout le temps, je n'avais guère le choix, de toute façon. Mais même lorsqu'ils me libéraient la bouche, je m'efforçais d'ignorer ses railleries. Quantité de répliques juteuses et d'insultes me venaient à l'esprit, et pourtant je les gardais généralement pour moi, sachant trop bien que moins je m'affrontais à ce salaud, moins il aurait de prise sur moi. A part ça, je ne pouvais pas m'accrocher à grand-chose. Slim était trop dingue pour qu'on pût lui faire confiance, et rien ne garantissait qu'il ne trouverait pas le moyen de me tuer lorsqu'il aurait touché l'argent. J'ignorais tout de ce qu'il avait en tête, et cette ignorance était ce qui me torturait le plus. Je pouvais supporter les tourments de l'incarcération, mais mon esprit n'était jamais libre de visions de ce qui allait suivre : ma gorge tranchée, mon cœur percé d'une balle, ma carcasse écorchée vive.

Fritz ne faisait rien pour adoucir mes souffrances. Ce n'était guère qu'un béni-oui-oui, un balourd maladroit qui accomplissait en éternuant et en traînant la savate les différentes tâches mineures que Slim lui assignait. Il faisait cuire les haricots sur le poêle à bois, balayait le plancher, vidait les seaux, ajustait et resserrait les cordes autour de mes bras et de mes jambes. Dieu sait où Slim s'était déniché un associé aussi bovin, mais je suppose qu'il n'aurait pas pu souhaiter un homme de main plus complaisant. Fritz était la bonne, le majordome et le garçon de courses, le robuste crétin qui ne prononçait jamais un mot de rouspétance. Il vivait ces journées et ces nuits interminables comme si les Badlands étaient le plus bel endroit de villégiature en Amérique, parfaitement content de passer son temps à ne rien faire que regarder par la fenêtre, que respirer. Les dix ou douze premiers jours, il ne m'adressa guère la parole ; ensuite, après l'envoi à maître Yehudi de la première demande de rançon, Slim prit l'habitude de partir en ville chaque matin, sans doute pour poster des lettres, donner des coups de téléphone ou faire connaître ses exigences par tout autre moyen, et nous commençâmes, Fritz et moi, à passer seuls une partie de nos journées. Je n'irai pas jusqu'à prétendre qu'une certaine entente s'établit entre nous mais, en tout cas, j'avais moins peur de lui que de Slim. Fritz ne m'en voulait pas personnellement. Il ne faisait que son boulot, et je ne mis pas longtemps à comprendre que son ignorance de l'avenir était aussi totale que la mienne.

— Il va me tuer, pas vrai ? lui demandai-je à un moment où il m'avait assis sur une chaise pour me faire avaler les haricots et les biscuits qui constituaient mon repas de midi. Slim était si obsédé par la crainte que je m'échappe qu'il ne me déliait jamais, même pour manger, dormir ou chier. Fritz me donnait donc la becquée et m'enfournait la nourriture dans la bouche comme si j'avais été un bébé.

— Eh ? fit-il, réagissant à sa manière vive et étincelante. Il avait les yeux aussi vides que si son cerveau était resté planté dans un embouteillage quelque part entre Pittsburgh et les monts Alleghanys. T'as dit quèqu'chose ?

— Il va me buter, pas vrai ? répétai-je. Je veux dire que j'ai pas une chance au monde de sortir d'ici vivant.

— J'en sais rien, mec. Ton onc', y me dit rien de ce qu'y va faire. Y le fait, c'est tout.

— Et ça t'est égal qu'il te mette pas dans le coup ?

— M'est bien égal. Du moment que je touche ma part, pourquoi je me casserais la nénette ? Ce qu'y fait de toi, c'est pas mon rayon.

— Et qu'est-ce qui te rend si sûr qu'il te paiera ce qu'il te doit ?

— Rien. Mais s'y fait pas ce qu'il a promis, j'y pète la gueule.

— Ça marchera jamais, Fritz. Toutes ces lettres que Slim envoie du bureau de poste de la ville — elles permettront de remonter votre piste de tortues jusqu'à cette baraque en un rien de temps, sans problème.

— Ha ! elle est bonne, celle-là. Tu crois qu'on est stupides, hein ?

— Ouais, c'est ce que je crois. Complètement stupides.

— Ha ! Et si je te disais qu'on a un autre associé ? Et si des fois cet associé était le type qui reçoit les lettres ?

— Eh bien, et alors ?

— Ouais, et alors ! Tu vois pas où je veux en venir, mec ? Ce type-là, y fait suivre les lettres et tout ça aux gens qui ont l'argent. Y a aucune chance qu'y nous retrouvent ici.

— Et lui, ce type avec qui vous êtes en flèche ? Il est invisible, ou quoi ?

— Ouais, c'est ça. L'a pris de la poudre magique et l'a disparu en fumée.

Ce doit être la conversation la plus longue que j'eus jamais avec lui : Fritz au sommet de son éloquence et de sa faconde. Il ne se montrait pas méchant envers moi, mais il avait de la glace dans les veines et le crâne capitonné de bouillie de maïs, et je n'arrivais à rien avec lui. Je n'arrivais ni à le monter contre l'oncle Slim, ni à le persuader de desserrer mes liens (Désolé, mec, pas question), ni à ébranler d'un pouce sa loyauté et sa solidité. N'importe quel autre aurait répondu à mon interrogation d'une façon ou d'une autre : en me disant que c'était vrai, ou en me disant que c'était faux. Oui, il me l'aurait confirmé, Slim avait l'intention de me couper la gorge, ou bien il m'aurait tapoté la tête en m'assurant que mes craintes étaient sans fondement. Même s'il mentait en disant ça (pour toutes sortes de raisons, bonnes et mauvaises), j'aurais reçu une réponse nette. Mais pas avec Fritz. Fritz était d'une honnêteté aveugle, et puisqu'il ne pouvait me renseigner, il déclarait ne pas savoir, oubliant que la moindre décence humaine exigerait qu'on donne une réponse précise à une question aussi monumentale que celle-là. Mais Fritz n'avait jamais appris les règles du comportement humain. C'était une nullité, un abruti, et n'importe quel adolescent boutonneux pouvait se rendre compte que discuter avec lui revenait à gaspiller sa salive.

Ah, je m'en suis payé une tranche dans le Dakota du Sud, ça oui, un vrai marathon de rigolade et de distractions ininterrompues. Garrotté et bâillonné pendant plus d'un mois, seul dans un cagibi verrouillé, avec une douzaine de pelles et de fourches rouillées pour toute compagnie, certain de mourir pulvérisé par une mort brutale. Mon seul espoir était que le maître arrive à la rescousse, et je refaisais sans cesse le même rêve, où lui et une bande de justiciers fondaient sur la cabane, farcissaient Fritz et Slim de plomb et me ramenaient au pays des vivants. Mais les semaines passaient, et rien ne changeait. Et puis, quand les choses commencèrent à changer, ce fut pour le pire. Dès les premières demandes de rançon et le début des négociations, je crus remarquer un durcissement progressif de l'humeur de Slim, un imperceptible flottement de son assurance. Le jeu était devenu sérieux. Le premier élan d'enthousiasme était retombé et peu à peu sa jovialité s'effaçait sous sa vraie nature, hargneuse et puante. Il asticotait Fritz, il se plaignait de mal manger, il brisait des assiettes contre les murs. Ces signes furent les premiers, et d'autres suivirent : il me faisait tomber de ma chaise à coups de pied, il se moquait du torse épais de Fritz, il resserrait les cordes autour de mes membres. Manifestement, il commençait à s'énerver, mais je n'aurais pu en dire la raison. Je n'étais pas dans le secret des discussions qui se déroulaient dans la pièce à côté, je ne lisais pas les demandes de rançon ni les articles de journaux écrits à mon sujet, et le peu que j'entendais à travers la porte était si assourdi et si fragmenté que je ne parvenais jamais à en assembler les bribes. Tout ce que je savais, c'est que Slim se conduisait de plus en plus comme Slim. La tendance était nette, et du moment qu'il redevenait lui-même, je sus que tout ce qui m'était arrivé jusqu'alors allait me faire l'effet de vacances, d'une croisière aux Petites Antilles, putain, et sur un yacht de luxe, encore.

Au début de juin, il s'était mis dans un état proche de l'explosion. Même Fritz, le placide, l'inébranlable Fritz commençait à donner des signes d'usure, et je voyais dans ses yeux que le persiflage de Slim ne pourrait pas dépasser certaines limites avant que son collègue ès stupidité ne se fâche. Cette perspective devint l'objet de mes prières les plus ferventes — une bagarre, une vraie — mais même sans en arriver là, je trouvais très réconfortant de voir la fréquence à laquelle leurs conversations dégénéraient en disputes mineures, avec en général Slim qui lançait des piques à Fritz et Fritz qui boudait dans son coin en fixant le plancher et en marmonnant des menaces dans sa barbe. Faute de mieux, ça me déchargeait d'une partie de mon fardeau, et dans une atmosphère aussi grosse de dangers, me sentir oublié pendant ne fût-ce que cinq ou dix minutes me semblait une bénédiction, une faveur inimaginable.

Chaque jour, le temps devenait un peu plus chaud et pesait plus lourdement sur ma peau. J'avais l'impression que le soleil ne se couchait plus, et les cordes provoquaient des démangeaisons presque incessantes. En même temps que la chaleur, des araignées avaient envahi l'appentis où je passais presque tout mon temps. Elles me couraient sur les jambes, se baladaient sur mon visage, pondaient leurs œufs dans mes cheveux. A peine avais-je réussi à en envoyer une promener qu'une autre me découvrait. Les moustiques me bombardaient les oreilles en piqué, des mouches se débattaient en vrombissant dans seize toiles différentes, je sécrétais un flot sans fin de sueur. Si ce n'étaient les bestioles rampantes qui s'en prenaient à moi, c'était la sécheresse de ma gorge. Et si ce n'était la soif, c'était la tristesse, l'irrésistible écroulement de ma volonté et de ma détermination. Je me métamorphosais en bouillie, tel un pauvre clébard pathétique en train de mijoter dans un chaudron de bave et de lambeaux de fourrure, et en dépit de mes efforts désespérés pour rester courageux et fort, il y avait des moments où je n'en pouvais plus, où mes larmes débordaient et refusaient tout simplement de s'arrêter.

Un après-midi Slim fit irruption dans ma cachette et me surprit au milieu d'une de ces crises de larmes.

— Pourquoi tu chiales, camarade ? fit-il. Tu sais pas que demain c'est ton grand jour ?

J'étais mortifié qu'il me vît ainsi, et je détournai la tête sans répondre. Je n'avais aucune idée de ce dont il parlait, et comme je ne pouvais m'exprimer que par les yeux, je n'avais aucune possibilité de le découvrir. A ce moment, ça ne paraissait plus bien important.

— Jour de paie, mon pote. Demain on reçoit l'oseille, et ça va faire un beau petit paquet. Cinq mille danseuses couchées joue contre joue dans une vieille valoche d'osier. Pile ce que le docteur a prescrit, eh, gamin ! C'est un sacré plan de retraite, laisse-moi te le dire, et si tu y ajoutes le fait que ces billets ne sont pas marqués, je peux les dépenser d'ici à Mexico et les fédéraux ne seront pas plus avancés.

Je n'avais aucune raison de ne pas le croire. Il parlait si vite, et ses nerfs paraissaient si tendus qu'il semblait manifeste que quelque chose allait se passer. Je ne répondis pas, néanmoins. Je n'avais pas envie de lui donner cette satisfaction et je continuai à détourner le regard. Après un moment, Slim s'assit sur le lit en face de ma chaise. Comme je ne réagissais toujours pas, il se pencha en avant, dénoua le bâillon et m'en débarrassa la bouche.

— Regarde-moi quand je te parle, dit-il.

Mais je continuai à fixer le sol et refusai de lui retourner son regard. Sans le moindre avertissement, il bondit et me gifla la joue — une fois, très fort. Je relevai les yeux.

— Voilà qui est mieux, fit-il. Normalement, il aurait souri de cette petite victoire, mais ce jour-là il se trouvait au-delà de telles comédies. Son expression devint sévère et, pendant quelques secondes, il me contempla si fixement que je me sentis rétrécir sous mes vêtements. T'as de la chance, poursuivit-il. Cinq mille dollars, mon neveu. Tu t'imagines que tu vaux tout ce fric ? Je pensais jamais qu'ils iraient jusque-là, mais le prix n'arrêtait pas de monter, et ils n'ont jamais tiqué. Merde, gamin, y a personne au monde qui cracherait un blé pareil pour moi. De gré à gré, je ferais jamais plus d'un ou deux sous — et ça, dans un de mes meilleurs jours, quand je suis le plus gentil et le plus aimable. Et toi, t'as c'te saleté de juif qu'est prêt à débourser cinq sacs pour récupérer ta pomme. Ça te donne l'impression que t'es un peu spécial, je suppose. Ou bien tu crois qu'il bluffe, simplement ? C'est ça qu'il va faire, mon neveu ? Encore des promesses qu'il a pas l'intention de tenir ?

Je le regardais, mais ça ne signifie pas que j'avais le moindre désir de répondre à ses questions. Oncle Slim était pratiquement sur moi, ramassé au bord du lit comme un joueur de base-ball, et il fourrait son visage en plein sur le mien. Il se tenait si près de moi que j'apercevais chaque veinule rouge dans ses yeux, chaque pore dilaté de sa peau. Ses pupilles étaient devenues énormes, il respirait avec peine, et il paraissait prêt à tout instant à plonger en avant pour m'arracher le nez d'un coup de dents.

— Walt le Prodige, reprit-il, d'un ton réduit au chuchotement. Ça sonne bien, pas vrai ? Walt... le... Prodige. Tout le monde a entendu parler de toi, gamin, tu es la fable de tout ce pays de merde. Je t'ai vu faire, moi aussi, tu sais ? Pas une fois, mais plusieurs — six ou sept fois dans le courant de l'année dernière. Il existe rien de pareil, hein ? Un avorton qui marche sur l'eau. C'est le plus sacré foutu truc que j'ai jamais vu, le plus grand tour de passe-passe depuis la radio. Pas de fils, pas de miroirs, pas de trappes. Où est l'astuce, Walt ? Comment diable fais-tu pour monter en l'air comme ça ?

Je n'allais pas lui répondre, je n'allais pas lui dire un mot, mais lorsque je l'eus fixé en silence pendant dix à quinze secondes, il se redressa soudain et me frappa la tempe du plat de la main, puis m'envoya l'autre main en travers de la mâchoire.

— Il n'y a pas d'astuce, dis-je.

— Ha, ha ! fit-il. Ha, ha, ha !

— Le tour est régulier. Ce que tu vois, c'est ce qu'il y a.

— Et tu te figures que je vais croire ça ?

— M'en fous de ce que tu crois. Je te dis qu'y a pas d'astuce.

— Le mensonge est un péché, Walt, tu sais bien. Surtout vis-à-vis de tes aînés. Les menteurs brûlent en enfer, et si tu n'arrêtes pas d'essayer de me faire avaler ces conneries, c'est exactement là que t'iras. Dans les feux de l'enfer. Compte là-dessus, gamin, je veux la vérité, et je la veux maintenant.

— Et c'est ce que je te dis. Toute la vérité, rien que la vérité, avec l'aide de Dieu.

— Bon, fit-il en s'assenant une claque exaspérée sur les genoux. Si c'est comme ça que tu veux jouer, c'est comme ça qu'on jouera. Il se releva d'un bond et, me saisissant par le col, me souleva de ma chaise d'une secousse rapide de son bras. Puisque t'es si sacrément sûr de toi, montre-moi. On va sortir, et tu vas me faire une démonstration. Mais t'as intérêt à être à la hauteur, petit malin. Je traite pas avec des frimeurs. Tu m'entends, Walt ? Ça marche ou tu la fermes. Ou bien tu te décolles du sol, ou bien ton cul passe à la casserole.

Sans cesser de crier et de me haranguer, il me traîna dans l'autre pièce en laissant ma tête rebondir sur le plancher dont des échardes s'enfonçaient dans mon cuir chevelu. Impossible de me défendre. Les cordes étaient toujours serrées autour de mes bras et de mes jambes, et je pouvais tout au plus me tordre en hurlant et demander grâce tandis que le sang me poissait les cheveux.

— Détache-le, ordonna-t-il à Fritz. Ce pou prétend qu'il peut voler, et on va le prendre au mot. Pas de si, de parce que, ni de mais. Le spectacle va commencer, mes bons messieurs. Le p'tit Walt va ouvrir ses ailes et danser en l'air pour nous.

De ma position sur le plancher, j'apercevais le visage de Fritz, qui regardait Slim avec un mélange d'horreur et d'incompréhension. Le gros était si stupéfait qu'il n'essayait même pas de parler.

— Alors ? fit Slim. Qu'est-ce que tu attends ? Détache-le !

— Mais, Slim, balbutia Fritz, ça n'a pas de bon sens. Si on le laisse monter en l'air, il va s'envoler au diable. C'est ce que t'as toujours dit.

— Oublie ce que j'ai dit. Détache les cordes, et on verra quel genre de déconneur il est vraiment. Je te parie qu'il monte pas à un pied du sol. Pas à un pauvre petit pouce. Et si jamais il y arrive, qu'est-ce qu'on en a à branler ? J'ai mon revolver, non ? Un coup dans la quille, et il dégringole plus vite qu'un foutu canard.

Cet argument biscornu parut convaincre Fritz. Il haussa les épaules, marcha vers le centre de la pièce, où Slim m'avait déposé, et se pencha pour faire ce qu'on lui avait dit. A l'instant où il desserrait le premier nœud, je me sentis envahi par un flot de peur et de dégoût.

— Je le ferai pas, déclarai-je.

— Oh si, tu le feras, répliqua Slim. J'avais alors les mains libres, et Fritz s'était tourné vers les cordes qui me liaient les jambes. Tu le feras toute la journée si je te le dis.

— Tu peux me descendre, bégayai-je. Tu peux me trancher la gorge ou me réduire en cendres, mais je le ferai pas, pas question.

Slim gloussa brièvement et m'envoya la pointe de sa botte dans le dos. Mon souffle s'échappa comme une fusée et, de douleur, je retombai sur le sol.

— Oh, fous-lui la paix, Slim, fit Fritz, qui s'activait sur le dernier nœud m'entourant les chevilles. Il est pas en forme. N'importe quel idiot peut voir ça.

— Et qui t'a demandé ton avis, gros tas ? demanda Slim, tournant sa colère vers un homme deux fois plus lourd et trois fois plus fort que lui.

— Ça suffit, souffla Fritz, en se relevant avec effort. Tu sais que j'aime pas quand tu m'appelles comme ça.

— Comme quoi ? cria Slim. De quoi tu parles, barrique ?

— Tu sais. Gros tas, barrique, tout ça. C'est pas bien de se moquer des gens.

— On devient délicat, ma parole ? Et comment je suis censé t'appeler, alors ? Regarde-toi dans une glace et dis-moi ce que tu vois. Une montagne de chair, oui. Je te traite de ce que t'es, gros lard. Si tu veux qu'on t'appelle autrement, commence par maigrir un peu.

Fritz pouvait bien être le type le plus lent à disjoncter que j'avais jamais vu, cette fois Slim avait passé les bornes. Je le sentais, je le flairais et là, par terre, comme j'essayais de retrouver mon souffle et de me remettre du coup que j'avais reçu dans le dos, je compris que se présentait l'unique ouverture qui me serait offerte. J'avais les bras et les jambes libres, un tohu-bohu hostile couvait au-dessus de moi, et tout ce que j'avais à faire, c'était de choisir mon moment. Celui-ci arriva lorsque Fritz fit un pas vers Slim et lui enfonça un doigt entre les côtes.

— T'as pas le droit de continuer comme ça, gronda-t-il. Pas après que je t'ai demandé d'arrêter.

Sans faire de bruit, je commençai à ramper vers la porte, pouce à pouce, le plus doucement et le plus calmement que je pouvais. J'entendis derrière moi un choc mat. Et puis il y en eut un autre, suivi du bruit de pieds raclant le plancher de bois nu. Des cris, des grognements et des obscénités ponctuaient la danse, mais à ce moment je posais la main sur la porte-moustiquaire qui, heureusement, était trop voilée pour tenir fermée. Je l'ouvris d'une poussée, rampai un peu plus avant et roulai sous la lumière du soleil pour atterrir durement sur une épaule dans la poussière du Dakota du Sud.

Mes muscles me parurent bizarres, tout spongieux. Quand je tentai de me mettre debout, j'eus l'impression de ne pas les reconnaître. Ils étaient comme hébétés, je n'arrivais pas à les faire obéir.

Une si longue inactivité forcée m'avait réduit à l'état de pantin paraplégique. Je parvins à grand-peine à me lever, mais je n'avais pas fait un pas que je trébuchais déjà. Je tombai, me ramassai, parcourus en titubant un yard ou deux et retombai. Je n'avais pas une seconde à perdre, et j'étais là en train de tanguer comme un ivrogne et de m'écraser sur le ventre tous les trois ou quatre pas. A force d'obstination, je réussis enfin à atteindre la voiture de Slim, un vieux tacot cabossé garé sur le côté de la maison. Le soleil l'avait transformé en four et, quand je touchai la poignée de la porte, le métal était si brûlant que je faillis pousser un hurlement. Heureusement, je m'y connaissais en voitures. Le maître m'avait appris à conduire, et c'est sans aucune difficulté que je desserrai le frein à main, tirai le starter et tournai la clé dans le démarreur. Je n'avais pas le temps de régler le siège. Mes jambes étaient trop courtes, et le seul moyen que je trouvai de poser le pied sur l'accélérateur fut de me laisser glisser en avant en m'accrochant désespérément au volant. Le premier crachotement du moteur stoppa le combat dans la cabane, et au moment où j'enclenchais la première vitesse, Slim surgit sur le seuil et se rua vers moi, son revolver à la main. Je partis en décrivant un cercle, en essayant de maintenir entre nous autant de distance que je pouvais, mais le salopard me rattrapait et je ne pouvais pas lâcher le volant pour changer de vitesse. Je vis Slim lever son arme et viser. Au lieu de continuer vers la droite, je fis une embardée à gauche et fonçai sur lui. Le pare-chocs le heurta juste sous le genou, il fut projeté en arrière et retomba sur le sol. Ça me donnait quelques secondes pour agir. Avant que Slim ait pu se relever, j'avais redressé la voiture et l'avais pointée dans la bonne direction. Je passai en seconde et enfonçai l'accélérateur. Une balle traversa la vitre arrière dans un fracas de verre brisé. Une autre atteignit le tableau de bord et perça un trou dans le couvercle de la boîte à gants. En tâtonnant

174

du pied gauche, je débrayai et passai en troisième, et ça y était. Je poussai la voiture à trente, quarante miles à l'heure, en rebondissant sur le terrain inégal comme un dompteur de chevaux et en attendant que la balle suivante me déchire le dos. Mais il n'y eut pas de balle suivante. J'avais laissé ce sac à merde dans la poussière, et quand j'arrivai sur la route quelques minutes plus tard, j'étais sauvé.

Si je fus heureux de revoir le maître ? Vous pouvez le dire ! Mon cœur bondissait-il de joie quand il ouvrit les bras et m'y serra longuement, à m'étouffer ? Oui, mon cœur bondissait de joie. Avons-nous pleuré sur notre bonne fortune ? Bien sûr ! Avons-nous ri et célébré et dansé mille danses ? Nous avons fait tout ça et davantage.

Maître Yehudi déclara : Je ne te perdrai plus jamais de vue.

Et moi : Je n'irai jamais nulle part sans vous, jusqu'à mon dernier jour.

Un vieil adage affirme qu'on n'apprécie pas ce qu'on a tant qu'on ne l'a pas perdu. Si juste que soit cette sagesse, je ne peux pas dire qu'elle s'applique à moi. J'ai toujours su ce que j'avais perdu : de l'instant de mon enlèvement, dans ce cinéma de North-field, Minnesota, à l'instant où j'ai revu le maître à Rapid City, Dakota du Sud. Pendant cinq semaines et demie, j'ai pleuré la perte de tout ce qui m'était bon et précieux, et je peux témoigner maintenant devant le monde entier qu'il n'existe rien de comparable à la douceur de retrouver ce dont on a été dépouillé. De tous les triomphes dont j'ai gardé le compte, aucun ne m'a ému autant que le simple fait que ma vie me soit rendue.

Les retrouvailles eurent lieu à Rapid City parce que c'est là que j'avais abouti après ma fuite. Grippe-sou comme il était, Slim avait négligé la santé de sa voiture, et la guimbarde était tombée en panne d'essence avant que j'aie parcouru vingt miles. Sans un voyageur de commerce qui me ramassa juste avant la nuit, je serais peut-être encore en train d'errer dans ces Badlands en cherchant vainement du secours. Je lui demandai de me déposer au poste de police le plus proche, et dès que les flics eurent compris qui j'étais, ils me traitèrent comme le prince héritier de Ballyball. Ils me donnèrent de la soupe et des hot-dogs, ils me donnèrent des vêtements neufs et un bain chaud, ils m'apprirent à jouer à la belote. Quand le maître arriva, le lendemain après-midi, j'avais déjà parlé à deux douzaines de journalistes et posé pour quatre cents photographes. Mon enlèvement faisait la une des quotidiens depuis plus d'un mois, et quand un gratte-papier de la presse locale était venu fureter au bureau de police en quête de miettes de dernière minute, il m'avait reconnu d'après mes photos et avait lancé la rumeur. Après ça, les chiens courants et les suiveurs d'ambulances étaient arrivés en nombre. Les flashes pétaient autour de moi comme un feu d'artifice, et je dégoisai jusqu'aux petites heures du matin, racontant des histoires à dormir debout sur la façon dont j'avais berné mes ravisseurs et réussi à m'échapper avant qu'ils puissent m'échanger contre le butin. Je suppose que la simple réalité aurait fait l'affaire, mais je ne pouvais résister à la tentation d'exagérer. Je me délectais de ma célébrité toute neuve, et au bout d'un certain temps l'ivresse me gagna de voir ces reporters me regarder comme ça, suspendus à mes moindres paroles. J'étais un saltimbanque, après tout, et un public comme celui-là était une telle bénédiction que je n'avais pas le cœur à le décevoir.

Le maître mit fin à ces bêtises dès l'instant où il arriva. Pendant une heure, nos embrassades et nos larmes occupèrent toute mon attention — mais le public n'en vit rien. Seuls dans l'arrière-salle du poste de police, nous sanglotions dans les bras l'un de l'autre tandis que deux agents gardaient la porte. Après cela, des dépositions furent enregistrées, des papiers furent signés, et puis il me fit sortir de là et me fraya un chemin à coups de coude dans la foule des badauds et des sympathisants qui encombraient la rue. Il y eut des acclamations, des vivats, mais le maître ne s'arrêta que le temps d'adresser un sourire et un signe de la main aux curieux avant de me faire disparaître dans une voiture avec chauffeur rangée le long du trottoir. Une heure et demie plus tard, nous étions assis dans un compartiment privé d'un train roulant vers l'est, vers la Nouvelle-Angleterre et les plages sablonneuses de Cape Cod.

Ce n'est qu'à la nuit tombée que je me rendis compte que nous n'allions pas nous arrêter au Kansas. Le maître et moi avions tant à nous dire, tant de choses à décrire, à expliquer et à raconter que ma tête avait tourné comme une baratte, et ce n'est qu'après avoir éteint les lumières, quand nous fûmes bien installés dans nos couchettes, que je pensai à m'informer de Mrs Witherspoon. Il y avait six heures que le maître et moi étions ensemble, et son nom n'avait pas encore été prononcé.

— Qu'est-ce qui cloche avec Wichita ? demandai-je. C'est pas un aussi bon endroit pour nous que Cape Cod ?

— C'est un endroit épatant, dit le maître, mais il y fait trop chaud à cette saison. L'Océan te fera du bien, Walt. Tu récupéreras plus vite.

— Et Mrs W. ? Elle a l'intention de nous y rejoindre ?

— Elle ne viendra pas avec nous cette fois-ci, bonhomme.

— Pourquoi pas ? Vous vous rappelez la Floride, non ? Elle aimait tellement ça, c'est tout juste si on ne devait pas la sortir de l'eau de force. J'ai jamais rien vu de plus heureux qu'elle quand elle se balançait dans ces vagues.

— C'est bien possible, mais elle ne nagera pas cet été. En tout cas pas avec nous.

Maître Yehudi soupira, un son léger et plaintif fit palpiter l'obscurité, et bien que je fusse recru de fatigue, juste sur le point de sombrer dans le sommeil, mon cœur se mit à battre plus vite, je le sentais résonner en moi comme une alarme.

— Oh, fis-je, tâchant de ne pas laisser percer mon inquiétude. Et pourquoi ?

— Je ne comptais pas te raconter ça ce soir. Mais puisque tu en parles, je suppose qu'il n'y a pas de raison de te le cacher.

— Me cacher quoi ?

— Lady Marion se prépare à passer le pas.

— Le pas ? Quel pas ?

— Elle est fiancée. Si tout va comme prévu, elle sera unie par les liens sacrés du mariage avant Thanksgiving.

— La corde au cou, vous voulez dire ? Conjointe matrimonialement pour le restant de sa vie naturelle ?

— C'est ça. Avec la bague au doigt et un mari dans son lit.

— Et ce mari, c'est pas vous ?

— Périsse cette idée. Je suis ici avec toi, non ? Comment pourrais-je être là-bas auprès d'elle si je suis ici avec toi ?

— Mais c'est vous l'homme de sa vie. Elle a pas le droit de vous laisser tomber comme ça. Pas sans demander votre avis.

— Elle y a été obligée, et je n'y ai pas fait obstacle. Cette femme est une perle rare, Walt, et je ne veux pas que tu souffles un mot contre elle.

— Je soufflerai tous les mots que je veux. Si quelqu'un vous joue un sale tour, c'est du feu que je soufflerai.

— Elle ne m'a pas joué de sale tour. Elle avait les mains liées, et elle a fait une promesse qui doit être tenue. Si j'étais toi, gamin, je la remercierais d'avoir fait cette promesse à chaque heure de l'horloge pendant les cinquante années à venir.

— La remercier ? Je crache sur cette catin, maître. Je crache dessus et je la maudis, cette pétasse hypocrite, pour le tort qu'elle vous porte.

— Non, pas quand tu sauras pourquoi elle agit ainsi. Tout ça, c'est à cause de toi, petit homme. Elle s'est mise elle-même en jeu pour un freluquet nommé Walter Clairborne Rawley, et c'est le geste le plus brave et le plus généreux que j'aie jamais vu faire à personne.

— Foutaises. J'ai rien à voir là-dedans. J'étais même pas là.

— Cinquante mille dollars, camarade. Tu crois que des sommes pareilles poussent sur les buissons ? Quand les demandes de rançon ont commencé à arriver, nous avons dû agir vite.

— C'est beaucoup d'argent, bien sûr, mais on avait dû en gagner deux fois plus, depuis le temps.

— Ni de près ni de loin. A nous deux, Marion et moi, nous ne pouvions même pas rassembler la moitié de cette somme. Nous avons pas mal réussi, Walt, mais rien de ce que tu penses. Les frais sont énormes. Les notes d'hôtel, les déplacements, la publicité — tout ça s'accumule, et c'est à peine si nous avons pu nous maintenir à flot.

— Oh ! fis-je ; par un rapide calcul mental, je me représentai tout ce que nous avions dû dépenser — et l'opération me donna le vertige.

— Oh, en effet. Alors, quoi faire ? Voilà la question. Vers où nous tourner avant qu'il soit trop tard ? Le vieux juge Witherspoon nous envoie paître. Il n'a plus adressé la parole à Marion depuis que Charlie s'est tué, et ce n'est pas maintenant qu'il va rompre son silence. Les banques rient, les usuriers ne veulent pas avoir affaire à nous et, même si nous vendons la maison, nous restons loin du compte. Alors, quoi faire ? Voilà la question brûlante qui nous perfore l'estomac. Les aiguilles tournent, et à chaque jour perdu le prix ne peut que monter.

— Cinquante mille dollars pour sauver ma pomme.

— Et ce n'est pas cher, si on considère tes perspectives au box-office dans les années qui viennent. Ce n'est pas cher — mais nous n'avions pas l'argent.

— Alors où êtes-vous allés ?

— Ainsi que tu en es conscient maintenant, j'en suis sûr, Mrs Witherspoon est une femme aux charmes et aux séductions innombrables. J'avais sans doute obtenu dans son cœur une place privilégiée, mais je n'étais pas le seul homme à flamber pour elle. Wichita en déborde, elle y a des prétendants derrière chaque piquet de clôture, chaque borne d'incendie. L'un d'entre eux, un jeune magnat du grain nommé Orville Cox, l'a demandée cinq fois en mariage l'année dernière. Pendant que nous battions la campagne, toi et moi, le jeune Orville revenait en ville et faisait sa cour avec assiduité. Marion le décourageait, bien sûr, mais non sans une certaine nostalgie, quelque regret, et je pense que, chaque fois qu'elle disait non, nostalgie et regret se renforçaient un peu. Dois-je t'en dire plus ? Elle s'est adressée à Cox pour les cinquante mille dollars, une somme dont il n'a été que trop content de se séparer, mais seulement à la condition qu'elle renonce à moi et l'accompagne devant l'autel.

— C'est du chantage !

— Plus ou moins. Pourtant, cet Orville n'est pas un mauvais bougre. Du genre un peu ennuyeux, sans doute, mais Marion s'engage là-dedans les yeux grands ouverts.

— Eh bien, balbutiai-je, pas très sûr de ce que je comprenais à tout cela. Je lui dois des excuses, je suppose. Elle s'est battue pour moi comme un vrai soldat.

— Tu peux le dire. Comme une authentique héroïne.

— Mais, poursuivis-je, toujours pas prêt à renoncer, tout ça, c'est fini, maintenant. Je veux dire, rien ne va plus. J'ai échappé tout seul à Slim, et personne n'a dû les débourser, ces cinquante mille. Orville a gardé son fric pourri, et en toute justice, ça veut dire que notre chère vieille Mrs Witherspoon est toujours libre.

— Ça se peut. Mais elle a toujours l'intention de l'épouser. Je lui en ai parlé hier, et les choses en étaient là. Elle ne veut pas reculer.

— On devrait l'empêcher, maître, voilà ce qu'il faudrait. On ferait irruption pendant le mariage et on l'enlèverait.

— Comme au cinéma, hein, Walt ? Pour la première fois depuis le début de cette terrible conversation, maître Yehudi rit.

— Exactement. Juste comme dans un court métrage où y a de l'action.

— Laisse aller, Walt. Elle est décidée, et rien ne pourra l'arrêter.

— Mais c'est de ma faute ! Sans ce kidnapping dégueulasse, rien de tout ça ne serait arrivé.

— C'est de la faute de ton oncle, fiston, pas de la tienne, et tu ne dois pas te sentir coupable — ni maintenant, ni jamais. Prends-en ton parti. Mrs Witherspoon fait ce qu'elle a envie de faire, et nous n'allons pas récriminer. Nous allons nous conduire en gentlemen, et non seulement nous n'allons pas lui en vouloir, mais nous allons aussi lui envoyer le plus beau cadeau de mariage qu'aucune mariée ait jamais vu. Dors, à présent. Nous avons une montagne de travail devant nous, et je ne veux pas que tu te ronges une seconde de plus à cause de cette affaire. C'est comme ça. Le rideau est tombé, et l'acte suivant va bientôt commencer.

Maître Yehudi causait bien, mais quand nous nous installâmes le lendemain matin dans le wagon-restaurant pour le petit déjeuner, son visage me parut pâle et défait — comme s'il avait passé la nuit à contempler l'obscurité en songeant à la fin du monde. Je me rendis compte que je le trouvais plus maigre que par le passé, et je me demandai comment je pouvais ne pas m'en être aperçu la veille. Le bonheur m'avait-il rendu aveugle à ce point ? Je l'observai plus attentivement, en examinant son visage avec autant de détachement que je pouvais. Sans doute possible, quelque chose avait changé en lui. Il avait la peau grise et creuse, une expression un peu hagarde avait envahi les rides autour de ses yeux et, d'une manière générale, il me semblait, en un sens, diminué, moins imposant que dans mon souvenir. Il avait été à dure épreuve, après tout — d'abord l'angoisse de mon enlèvement et puis le coup que représentait la perte de sa bonne amie — et j'espérais qu'il n'y avait rien de plus. De temps en temps, j'avais l'impression de remarquer une légère crispation tandis qu'il avalait son repas et une fois, vers la fin, je vis nettement sa main filer sous la table et empoigner son ventre. Etait-il malade, ou s'agissait-il d'une crise passagère d'indigestion ? Et s'il était malade, dans quelle mesure était-ce grave ?

Il n'en dit pas un mot, bien entendu, et comme, de mon côté, je n'avais pas trop bonne mine, il s'arrangea pour maintenir les projecteurs pointés sur moi pendant tout le déjeuner.

— Allez, mange, me dit-il. Tu es maigre comme un clou. Fais un sort à ces gaufres, fiston, que je t'en commande d'autres. Il faut que tu te remplumes un peu, que tu retrouves tes forces.

— Je fais de mon mieux, répondis-je. C'est pas comme si j'avais résidé dans un palace. J'ai vécu d'un régime constant de pâtée pour chiens, chez ces connards, et mon estomac s'est réduit à la taille d'un petit pois.

— Et puis il y a le problème de ta peau, ajouta le maître, en me regardant attaquer une nouvelle tranche de bacon. Il faudra que nous fassions quelque chose, là aussi. Tous ces boutons. On dirait que tu viens d'avoir la varicelle.

— Non, m'sieu, ce que j'ai, c'est des bourgeons, et des fois ils sont si gonflés que ça me fait mal rien que de sourire.

— Bien sûr. Ta pauvre carcasse ne tourne plus rond après une telle captivité. Séquestré sans jamais voir le soleil, à transpirer des balles nuit et jour — ce n'est pas étonnant que tu sois mal en point. La plage va te faire un bien fou, Walt, et si ces boutons ne disparaissent pas, je te montrerai comment t'en occuper et éviter d'en attraper d'autres. Ma grand-mère avait un remède secret qui n'a encore jamais fait défaut.

— Vous voulez dire que je n'aurai pas besoin de changer de visage ?

— Celui-ci conviendra. Il ne serait pas mal, si tu avais moins de taches de rousseur. Combinées à l'acné, elles produisent un effet certain. Mais ne te chagrine pas, bonhomme. Avant longtemps, la seule chose dont tu devras te préoccuper c'est ta barbe — et ça, c'est permanent, tu la garderas jusqu'au bout.

Nous demeurâmes pendant plus d'un mois dans une petite maison sur la plage, aux rives de Cape Cod, un jour pour chaque jour de ma captivité chez l'oncle Slim. Le maître l'avait louée sous un faux nom afin de me protéger des journalistes et, parce que c'était plus simple et plus pratique, nous nous faisions passer pour père et fils. Book était le pseudonyme qu'il nous avait choisi : Thomas Book pour lui et Thomas Book II pour moi, ou *Tom Book one* et *Tom Book two*. Ça nous faisait bien rire et le plus drôle, c'était que l'endroit où nous nous trouvions ne différait guère de Tombouctou, du moins en ce qui concerne l'isolement : perché en haut d'un promon-toire surplombant l'Océan, sans un voisin à des lieues à la ronde. Une certaine Mrs Hawthorne venait chaque jour de Truro pour s'occuper de notre cuisine et de notre ménage et, à part quelques papotages avec elle, nous n'avions pratiquement aucun contact avec le monde. Nous prenions le soleil, faisions de longues promenades sur la plage, mangions de la soupe aux palourdes et dormions dix à douze heures par nuit. Après une semaine de cette cure de flemme, je me sentis assez en forme pour m'essayer de nouveau à la lévitation. Le maître me fit redémarrer en douceur, avec quelques exercices au sol routiniers : pompes, sautillements, course à pied sur la plage, et quand le moment arriva de me risquer en l'air, nous nous mîmes à travailler derrière les falaises, là où Mrs Hawthorne ne pouvait pas nous espionner. Au début, je me sentais un peu rouillé, je pris un certain nombre de bouillons et de pelles, et puis, au bout de cinq ou six jours, j'étais redevenu moi-même, aussi souple et élastique que jamais. Le grand air était le meilleur des guérisseurs, et bien que le remède du maître ne tînt pas toutes ses promesses (une serviette chaude imbibée de saumure, de vinaigre et d'astringents pharmaceutiques, appliquée sur mon visage toutes les quatre heures), la moitié de mes boutons se mirent à disparaître d'eux-mêmes, grâce au soleil, certainement, et à la nourriture saine que je mangeais à nouveau.

J'aurais repris des forces encore plus rapidement, je crois, sans la mauvaise habitude que je contractai pendant ces vacances au milieu des dunes et des cornes de brume. Depuis qu'elles avaient retrouvé la liberté de se mouvoir, mes mains commençaient à faire preuve d'une remarquable indépendance. Elles ne tenaient pas en place et fourmillaient d'impatience de vagabonder et d'explorer, et j'avais beau leur répéter de rester tranquilles, elles se baladaient où ça leur chantait. Je n'avais qu'à me glisser sous les draps, le soir, et elles s'obstinaient à s'envoler vers leur lieu favori, un royaume de forêt juste au sud de l'équateur. Là, elles rendaient visite à leur ami, le plus grand de tous les doigts, le tout-puissant qui règne sur l'univers par télépathie mentale. Quand il ordonne, aucun sujet ne peut résister. Mes mains étaient en son pouvoir, et à moins de les attacher de nouveau avec des cordes, je n'avais pas le choix : il fallait que je les laisse faire. C'est ainsi que la folie d'Esope devint ma folie, et c'est ainsi que ma bite accéda aux commandes de ma vie. Elle ne ressemblait plus au petit pistolet riquiqui que Mrs Witherspoon avait un jour niché au creux de sa paume. Elle avait gagné depuis en taille et en carrure, et sa parole faisait loi. Elle implorait qu'on la touche, et je la touchais. Elle exigeait d'être caressée, triturée, serrée, et je me conformais de bon cœur à ses caprices. Quelle importance si je devenais aveugle ? Quelle importance si je perdais mes cheveux ? C'était l'appel de la nature, et chaque soir j'y répondais, aussi haletant et avide qu'Adam lui-même.

Quant au maître, je ne savais que penser. Il semblait se plaire là, il avait incontestablement meilleur teint et meilleure mine et cependant je fus témoin de deux ou trois manifestations de crampes d'estomac, et les crispations faciales se produisaient désormais à un rythme presque régulier, tous les deux ou trois repas. Pourtant, son humeur n'aurait pu être meilleure, et quand il n'était pas plongé dans la lecture de son Spinoza ni en train de travailler avec moi mon numéro, il s'activait au téléphone à débattre de l'organisation de ma prochaine tournée. J'étais devenu quelqu'un. Le kidnapping y avait contribué, et maître Yehudi était plus que prêt à profiter pleinement de la situation. Après une révision rapide de ses plans pour ma carrière, il nous avait installés dans notre retraite de Cape Cod et était passé à l'offensive. C'était lui qui détenait les atouts, il pouvait se permettre de faire le difficile. Il dictait les termes des contrats, exigeait des agents des pourcentages nouveaux, du jamais vu, demandait des garanties correspondant aux plus grosses recettes. J'avais atteint le sommet beaucoup plus tôt que nous ne l'avions prévu, l'un et l'autre, et avant d'avoir fini de brasser nos affaires, le maître m'avait inscrit au programme d'une quantité de théâtres, d'un bout à l'autre de la côte Est, pour une série de représentations uniques ou en deux soirées qui nous prendraient jusqu'à la fin de l'année. Et il ne s'agissait plus de bourgs minables ni de villages — c'étaient de vraies villes, ces villes de premier plan où j'avais toujours rêvé de me rendre. Providence et Newark ; New Haven et Baltimore ; Philadelphie, Boston, New York. Le numéro ne se passerait plus en plein air, et dorénavant nous allions jouer gros jeu. Marcher sur l'eau, c'est fini, déclara le maître. Fini, ton costume de petit paysan, finies les foires locales et les fêtes champêtres organisées par les chambres de commerce. Tu es maintenant un artiste aérien, Walt, le seul et unique de ton espèce, et les gens vont payer au prix fort le privilège de te voir en action. Ils se saperont en dimanche et viendront s'asseoir dans des sièges capitonnés de velours, et lorsque les lumières s'éteindront dans la salle et que les projecteurs seront braqués sur toi, les yeux leur sortiront de la tête. Ils mourront mille morts, Walt. Tu caracoleras, tu tournoieras devant eux et, un par un, ils monteront à ta suite les escaliers du ciel. A la fin, ils seront assis en présence de Dieu.

Tels sont les caprices du destin. Rien ne m'était jamais arrivé de pire que cet enlèvement, et il se révélait pourtant comme la chance de ma vie, le carburant qui me lançait enfin sur orbite. J'avais bénéficié d'un mois de publicité gratuite, et au moment où je me tirais des griffes de Slim, j'étais déjà un nom familier, la *cause célèbre* numéro un du pays. La nouvelle de mon évasion avait fait sensation, provoquant une deuxième vague d'émotion plus forte encore que la première, et après cela je ne pouvais mal faire. Je n'étais plus seulement une victime, j'étais un héros, un formidable petit morceau d'audace et de bravoure, et bien plus qu'ils ne me plaignaient, les gens m'adoraient. Allez donc comprendre pareille affaire ! J'avais été précipité en enfer. J'avais été ligoté, bâillonné, donné pour mort, et un mois plus tard je me retrouvais le chéri de tout le monde. Il y avait de quoi vous faire fristouiller la cervelle et grésiller la morve dans la truffe. L'Amérique était à mes pieds, et avec un type comme maître Yehudi qui tirait les ficelles, on pouvait s'attendre à ce qu'elle y reste longtemps.

Je m'étais montré plus malin que l'oncle Slim, d'accord ; ça ne changeait rien, cependant, au fait qu'il courait toujours. Les flics avaient perquisitionné la cabane, dans le Dakota du Sud, mais à part un fouillis d'empreintes digitales et une masse de linge sale, ils n'avaient pas trouvé trace des coupables. J'aurais dû avoir peur, je suppose, me tenir sur mes gardes ; pourtant, si bizarre que ça paraisse, je ne m'en inquiétais guère. Il faisait trop paisible à Cape Cod et, puisque j'avais eu cette fois le dessus sur mon oncle, je me sentais assuré de pouvoir recommencer — oubliant la minceur du cheveu auquel avait tenu mon salut. Maître Yehudi avait promis de me protéger, et je le croyais. Je n'irais plus traîner tout seul au cinéma, et du moment qu'il m'accompagnait partout où j'allais, qu'est-ce qui pouvait bien m'arriver ? Au fil des jours, je pensais de moins en moins à l'enlèvement. Et quand j'y pensais, c'était surtout pour revivre mon évasion et me demander quel dommage j'avais infligé à Slim avec la voiture. J'espérais que c'était très grave — que le pare-chocs l'avait atteint en plein genou, avec peut-être assez de force pour fracasser l'os. Je souhaitais l'avoir sérieusement esquinté, l'avoir rendu boiteux pour le restant de ses jours.

Mais j'étais trop occupé par ailleurs pour éprouver grande envie de regarder en arrière. Les journées étaient pleines, saturées de préparatifs et de répétitions de mon nouveau spectacle, et quant aux soirées, il n'y avait pas non plus de blancs dans mon carnet de bal, étant donné l'appétit de ma queue pour le badinage et les divertissements. Entre ces escapades nocturnes et mes efforts de l'après-midi, il ne me restait pas un instant pour la morosité ou l'inquiétude. Je ne me sentais pas hanté par Slim, je ne me sentais pas déprimé à la perspective du mariage de Mrs Witherspoon. Mes pensées se tournaient vers un problème plus immédiat, qui suffisait à me remplir les mains : quelle nouvelle version de Walt le Prodige ferait de moi un artiste d'intérieur, une créature adaptée aux limites d'une scène de théâtre ?

Nous eûmes là-dessus, maître Yehudi et moi, quelques discussions monstres, mais c'est surtout à force de tâtonnements que nous réussîmes à mettre au point le nouveau numéro. Heure après heure, jour après jour, debout sur la plage venteuse, nous transformions, nous corrigions, nous nous acharnions à trouver l'idée juste tandis que les mouettes piaulaient et tournoyaient en bandes au-dessus de nos têtes. Nous voulions que chaque minute compte. C'était là notre principe directeur, l'objet de tous nos efforts et de nos calculs forcenés. Dans la cambrousse, j'avais eu le show pour moi seul, une bonne heure de spectacle, davantage même si l'humeur m'en prenait. Mais le music-hall, ce n'était plus la même paire de manches. Je partagerais l'affiche avec d'autres artistes, et le programme devrait être réduit à vingt minutes. Nous avions perdu l'étang, nous avions perdu l'effet du ciel naturel, nous avions perdu la grandeur de mes échappées et de mes pavanes sur cent yards de distance. Tout devait être comprimé dans un espace plus petit, mais lorsque nous commençâmes à en explorer les tenants et aboutissants, nous nous aperçûmes que plus petit ne signifiait pas nécessairement moins bien. D'abord, nous aurions les éclairages. Nous devenions gaga, le maître et moi, rien que d'y penser, d'imaginer les effets qu'ils rendaient possibles. On pourrait passer en un clin d'œil des ténèbres les plus noires à la pleine lumière — et vice versa. On pourrait plonger la salle dans une obscurité équivoque, diriger çà et là quelques projecteurs, manipuler les couleurs, me faire apparaître et disparaître à volonté. Ensuite, il y aurait la musique qui, jouée à l'intérieur, aurait bien plus d'ampleur et de sonorité. Elle ne se perdrait plus à l'arrière-plan, elle ne serait plus étouffée sous les bruits de la circulation et des manèges. Les instruments deviendraient partie intégrante du spectacle, et ils feraient naviguer le public sur une mer d'émotions changeantes, en suggérant ses réactions à la foule avec subtilité. Cordes, cuivres, bois, percussions : nous aurions des professionnels avec nous dans la fosse, et quand nous leur dirions que jouer, ils sauraient comment le faire passer. Mais le mieux de tout, c'était que les gens seraient installés plus confortablement. Sans le bourdonnement des mouches ni l'éclat du soleil pour les distraire, ils auraient moins tendance à bavarder et à perdre leur concentration. Un silence me saluerait dès l'instant où le rideau se lèverait et, du début à la fin, la représentation, parfaitement maîtrisée, progresserait tel un mouvement d'horlogerie, de quelques tours simples au plus fou, au plus sidérant des finales jamais vus sur une scène moderne.

Ainsi ressassions-nous nos idées, en nous renvoyant sans cesse la balle ; au bout de deux semaines environ, nous arrivâmes finalement à établir un projet détaillé. "Forme et cohérence, disait le maître. Structure, rythme et surprise." Nous n'allions pas offrir aux gens une série de tours aléatoire. Le numéro se déroulerait comme une histoire, et petit à petit nous augmenterions la tension et provoquerions dans le public des émotions de plus en plus fortes et plus belles, en réservant pour la fin le meilleur et le plus spectaculaire.

Le costume n'aurait pu être plus élémentaire : une chemise blanche à col ouvert, un pantalon noir flottant et, aux pieds, une paire de ballerines blanches.

Les chaussures blanches étaient essentielles. Elles devaient sauter aux yeux, créer un contraste aussi fort que possible avec le sol gris de la scène. Ne disposant que de vingt minutes, nous n'avions pas le temps de changer de costume ni de faire des entrées et sorties. Nous avions imaginé une action continue, à exécuter sans pause ni interruption, mais dans notre esprit nous la divisions en quatre parties que nous répétions séparément, comme si chacune était un acte dans une pièce :

PREMIÈRE PARTIE. Solo de clarinette, quelques mesures de trilles pastoraux. La mélodie suggère l'innocence, des papillons, des pissenlits agités par la brise. Le rideau se lève sur une scène nue, brillamment éclairée. J'arrive, et pendant deux minutes je me comporte comme un minus, un jobard qui aurait un balai dans le cul et du pudding en guise de cervelle. Je me cogne à d'invisibles objets disséminés autour de moi et rencontre obstacle après obstacle tandis qu'un basson grondant se joint à la clarinette. Je trébuche sur une pierre, m'écrase le nez contre un mur, me coince un doigt dans une porte. Je suis l'image de l'incompétence humaine, un nigaud maladroit, à peine capable de se tenir debout — quant à s'élever au-dessus du sol, n'en parlons pas. Enfin, après avoir plusieurs fois failli tomber, je m'étale sur la figure. Le trombone fait entendre un glissando plongeant, il y a quelques rires. Reprise. Mais encore plus cloche que la première fois. Nouveau plongeon du trombone, suivi d'un tapotement sur la caisse claire et d'un grand boum des timbales. C'est un paradis de tarte à la crème, je rebondis entre des écueils invisibles. A peine relevé, je n'ai pas fait un pas que je heurte du pied un patin à roulettes et tombe à nouveau. Hurlements de rire. Non sans difficulté, je me remets debout, et je titube en secouant la tête comme pour la débarrasser de toiles d'araignée et puis, au moment où le public commence à se poser des questions, au moment où on pourrait penser que je suis en tous points aussi stupide que j'en ai l'air, j'exécute mon premier tour.

DEUXIÈME PARTIE. Il faut que ça paraisse dû au hasard. Je viens de trébucher une fois de plus et comme j'avance en titubant, dans une tentative désespérée de retrouver mon équilibre, je tends la main et saisis quelque chose. C'est le barreau d'une échelle invisible, et tout à coup je suis suspendu en l'air — rien qu'une fraction de seconde. Tout se passe si vite, difficile de dire si mes pieds ont ou non quitté le sol. Avant que le public ait pu se faire une opinion, je lâche ma prise et roule sur le sol. Les lumières baissent, puis s'éteignent, plongeant la salle dans les ténèbres. On entend de la musique : des cordes mystérieuses, tremblantes d'émerveillement et de curiosité. Un instant plus tard, un projecteur se rallume. Il se promène à gauche et à droite, s'immobilise à l'endroit où se trouve l'échelle. Je me relève et commence à chercher le barreau invisible. Dès que mes mains entrent en contact avec l'échelle, je la palpe avec précaution, bouche bée d'étonnement. Un objet qui n'est pas là est là. Je la palpe à nouveau, je m'assure de sa stabilité, et puis je me mets à grimper — très prudemment, un barreau angoissant à la fois. Le doute n'est plus possible. J'ai décollé du sol et, pour preuve, le bout de mes souliers d'un blanc étincelant se balance en l'air. Pendant que je grimpe, le faisceau du projecteur s'étale et se dissout en une douce lueur qui finit par baigner la scène entière. J'arrive au sommet, je regarde en bas, et je prends peur. Je me trouve à cinq pieds du sol, maintenant, et qu'est-ce que je fous là-haut ? Les cordes vibrent à nouveau, soulignant ma panique. Je commence à redescendre mais, à mi-chemin, je tends la main et rencontre quelque chose de solide — une planche qui s'avance dans le vide. J'en suis comme deux ronds de flan. Je passe les doigts sur cet objet invisible et, peu à peu, je cède à la curiosité. Je me coule autour de l'échelle et glisse mon corps sur la planche. Elle supporte mon poids. Je me mets debout, je marche, je traverse lentement la scène à trois pieds d'altitude. A partir de là, chaque accessoire en introduit un autre. La planche devient escalier, l'escalier devient corde, la corde devient balançoire, la balançoire devient toboggan. Pendant sept minutes, j'explore ces objets, en rampant ou sur la pointe des pieds, avec une assurance croissante, tandis que la musique prend de l'ampleur. On dirait que je vais pouvoir éternellement batifoler ainsi. Et puis, soudain, je franchis un rebord et je tombe.

TROISIÈME PARTIE. Les bras écartés, je descends en flottant vers le sol, aussi lentement que dans un rêve. Juste avant de toucher la scène, je m'arrête. La pesanteur a cessé de compter, et me voilà qui plane à six pouces du plancher, sans le support d'aucun accessoire. Le théâtre s'obscurcit, et une seconde plus tard je suis contenu dans le faisceau d'un seul projecteur. Je regarde en bas, je regarde en haut, je regarde à nouveau en bas. Je remue les doigts de pied. Je tourne le pied gauche en tous sens. Je tourne le pied droit en tous sens. C'est réellement arrivé. C'est réellement vrai que je me tiens debout en l'air. Bruyant, insistant, éprouvant pour les nerfs, un roulement de tambour rompt le silence. Il semble annoncer des risques terribles, une tentative de s'attaquer à l'impossible. Je ferme les yeux, étends les bras et respire à fond. Nous voici exactement à la moitié du numéro, c'est l'instant suprême. Toujours sous le feu du projecteur, je commence à m'élever dans les airs, avec une lenteur inexorable, je monte, j'atteins une hauteur de sept pieds en un élan uniforme vers le ciel. Je m'immobilise là-haut, je compte mentalement trois longues mesures, et j'ouvre les yeux. Après cela, tout est magie. Tandis que la musique se déchaîne, je me lance pendant huit minutes dans une série d'acrobaties aériennes, je vais et viens à travers le faisceau lumineux en exécutant pirouettes, cabrioles et sauts périlleux. Les

contorsions s'enchaînent, chaque tour est plus merveilleux que le précédent. On n'a plus la moindre
impression de danger. Tout est devenu plaisir,
euphorie, extase de voir s'effriter sous vos yeux les
lois de la nature.

QUATRIÈME PARTIE. Après une dernière culbute, je
reviens d'une glissade à ma position au milieu de la
scène, à sept pieds du sol. La musique se tait. Trois
projecteurs m'éclairent : un rouge, un blanc, un
bleu. La musique reprend : un frémissement de vio-
loncelles et de cors d'harmonie, d'une beauté indicible. L'orchestre joue *America the Beautiful*, le chant
le plus aimé, le plus connu qui soit. Quand il entame
la quatrième mesure, je commence à avancer, je marche sur l'air au-dessus des têtes des musiciens, puis
de celles des spectateurs. Je continue, au son de la
musique, je marche jusqu'au fond du théâtre, les
yeux fixés devant moi, tandis que les cous se tordent
et que les gens se lèvent. J'arrive au mur, je fais
demi-tour et je reviens sur mes pas, de la même
démarche lente et solennelle qu'à l'aller. Lorsque je
me retrouve sur scène, le public entier est avec moi.
Je l'ai touché de ma grâce, je lui ai fait partager le
mystère de mes pouvoirs quasi divins. Toujours en
l'air, je me retourne et m'immobilise un bref instant,
et puis je me pose en douceur sur le sol au moment
où retentissent les dernières notes de musique.
J'écarte les bras en souriant. Et puis je salue — une
seule fois — et le rideau tombe.

Ce n'était pas trop mal fagoté. Un rien grandilo-
quent vers la fin, sans doute, mais le maître tenait à
America the Beautiful envers et contre tout, et je ne
pus l'en faire démordre. La pantomime d'ouverture
venait tout droit de votre serviteur, et le maître était
si enthousiaste des bûches que je m'y ramassais qu'il
se laissa un peu emporter. Un costume de clown les
rendrait encore plus drôles, déclara-t-il, mais je lui
répondis que non, que ce serait juste le contraire. Si
les gens s'attendent à du comique, il est beaucoup

plus difficile de les faire rire. On ne peut pas leur mettre toute la gomme dès le début ; il faut les estourbir en douceur. Il me fallut plaider pendant une demi-journée pour gagner cette cause, et il en resta d'autres au sujet desquelles je ne fus pas aussi persuasif. Ce qui m'inquiétait le plus, c'était la fin — le moment où je devais quitter la scène pour aller faire mon tour aérien du public. Je savais que c'était une bonne idée, mais je n'avais pas encore une confiance totale en mes capacités de lévitation. Si je ne me maintenais pas à une hauteur de huit pieds et demi à neuf pieds, toutes sortes de problèmes risquaient de surgir. Quelqu'un pouvait se lever et me frapper les jambes, et même un coup faible et mal ajusté suffirait à me déséquilibrer. Et si un spectateur allait jusqu'à m'attraper par une cheville et me jeter à terre ? Ce serait l'émeute dans le théâtre, je finirais par me faire tuer. Le danger me paraissait certain, mais le maître traitait mes appréhensions par-dessus l'épaule. Tu peux le faire, m'affirmait-il. Tu as atteint douze pieds en Floride, l'hiver dernier, et je ne me rappelle même pas la dernière fois que tu es descendu au-dessous de dix. En Alabama, peut-être, mais tu étais enrhumé ce jour-là et le cœur n'y était pas. Tu as fait des progrès, Walt. Petit à petit, tu t'améliores dans tous les domaines. Ça va te demander une certaine concentration, mais neuf pieds, ce n'est plus exceptionnel. Rien d'autre qu'une journée de plus au bureau, un tour dans le quartier avant de rentrer chez toi. Pas de problème. Tu le fais une fois et c'est dans la poche. Crois-moi, ça va marcher du feu de Dieu.

Le coup le plus difficile était le bond sur l'échelle, et j'ai sans doute passé autant de temps à travailler celui-là que tous les autres réunis. La plus grande partie du numéro consistait en une combinaison de tours dans lesquels je m'étais déjà senti à l'aise. Les accessoires invisibles, les envolées vers le ciel, les acrobaties en l'air — tout cela, c'était de vieille guerre pour moi, à cette époque. Le bond sur l'échelle, lui, était inédit, et le programme entier s'articulait autour de ma capacité à le réussir. Ça pourrait sembler peu de chose, comparé à ces ébats spectaculaires — à peine à trois pouces du sol, pendant une fraction de seconde — mais la difficulté résidait dans la transition, le passage vif comme l'éclair d'un état à l'autre. De mes folles dégringolades et de mes courses titubantes d'un bout à l'autre de la scène, je devais entrer directement en lévitation, et il fallait le faire en un mouvement ininterrompu, c'est-à-dire trébucher en avant, attraper le barreau et m'élever en même temps. Six mois plus tôt, je n'aurais jamais tenté une chose pareille, mais j'étais parvenu à réduire la durée de mes transes préliminaires. De six à sept secondes au début de ma carrière, je les avais ramenées à moins d'une seconde, une fusion quasi simultanée de la pensée et de l'action. Il n'en demeurait pas moins que je décollais toujours en position debout. J'avais toujours fait ainsi ; c'était l'un des dogmes fondamentaux de mon art, et la seule suggestion d'un changement aussi radical exigeait que tout le processus fût repensé de fond en comble. Mais j'y suis arrivé. J'y suis arrivé, nom de bleu, et de tous les exploits que j'ai accomplis en lévitation, c'est celui dont je suis le plus fier. Maître Yehudi avait baptisé ça "la volée de mitraille", et ça correspond bien à ce que je ressentais : l'impression d'être en plus d'un endroit à la fois. Au moment où je tombais en avant, je me plantais les pieds au sol pendant une fraction de seconde, puis je clignais des yeux. Le clignement d'yeux était capital. Il évoquait le souvenir de la transe, et même le plus minuscule vestige de cette absence palpitante suffisait à provoquer en moi la métamorphose nécessaire. Je clignais des yeux et levais le bras, posais la main sur le barreau invisible, et commençais à m'élever. Il n'aurait pas été possible de faire durer très longtemps une cascade aussi alambiquée. Trois quarts de seconde, c'était la limite, mais c'était tout ce dont j'avais besoin et, une fois perfectionné, ce mouvement devint le pivot du spectacle, l'axe autour duquel gravitait tout le reste.

Trois jours avant notre départ de Cape Cod, la Pierce Arrow fut livrée à notre porte par un individu vêtu d'un complet blanc. Il avait fait toute la route depuis Wichita, et quand il descendit de la voiture et se mit à serrer énergiquement la main du maître avec un large sourire et des bonjours exubérants, je supposai que je voyais là l'infâme Orville Cox. Ma première pensée fut d'envoyer à ce tricheur un coup de pied dans les tibias, mais avant que j'aie pu l'accueillir à ma façon, le maître me sauva en s'adressant à lui sous le nom de Mr Bigelow. J'eus tôt fait de comprendre qu'il s'agissait d'un des autres amoureux transis de Mrs Witherspoon. C'était un type plutôt jeune, dans les vingt-quatre ans, avec une face ronde et un gros rire de joyeux drille, et le mot qu'il avait le plus souvent à la bouche était *Marion*. Elle devait lui avoir joué une sacrée musique afin d'obtenir de lui qu'il parcoure une telle distance pour ses beaux yeux, mais il avait l'air enchanté de lui-même et pas un peu fier d'avoir fait ça. Il me donnait envie de vomir. Quand le maître lui proposa d'entrer dans la maison pour prendre une boisson fraîche, j'avais déjà tourné les talons et je montais bruyamment l'escalier de bois.

J'allai droit à la cuisine. Mrs Hawthorne y était occupée à laver la vaisselle du déjeuner, sa petite silhouette osseuse perchée devant l'évier sur un tabouret.

— Salut, Mrs H., lançai-je. Je me sentais encore en ébullition, comme si le diable lui-même était en train de danser sur les mains dans ma tête. Qu'est-ce qu'on a pour le dîner, ce soir ?

— Flétan, purée de pommes de terre et betteraves confites au vinaigre, me répondit-elle brièvement, avec son accent nasillard de Nouvelle-Angleterre.

— Miam ! Je suis impatient de me mettre ces betteraves sous la dent. Vous me mettrez une double portion, d'accord ?

Ça lui tira un léger sourire.

— Pas de problème, mon petit monsieur, dit-elle en pivotant sur son tabouret pour me regarder. Je fis deux ou trois pas vers elle, et je déclenchai la mise à mort.

— Si bonne que soit votre cuisine, m'dame, déclarai-je, je parie que vous n'avez jamais vu un plat à moitié aussi savoureux que celui-ci.

Et alors, avant qu'elle ait pu ajouter un mot, je lui fis un large sourire, écartai les bras et décollai du sol. Je montai lentement, et m'élevai aussi haut que je le pouvais sans me cogner la tête au plafond. Une fois là-haut, je restai suspendu, les yeux fixés sur Mrs Hawthorne, et l'expression de choc et de consternation qui envahit son visage répondit bien à mon attente. Un hurlement contenu s'étouffa dans sa gorge ; ses yeux se révulsèrent : et puis elle dégringola de son tabouret et s'affaissa sur le sol avec un léger *flop*.

Il se trouve que Bigelow et le maître entraient dans la maison à cet instant précis, et qu'à ce *flop* ils se précipitèrent vers la cuisine. Le maître surgit le premier sur le seuil, au beau milieu de ma descente, et quand Bigelow arriva, quelques secondes plus tard, mes pieds touchaient déjà le sol.

— Qu'est-ce qui se passe ? demanda le maître, qui, d'un seul regard, avait saisi la situation. Il me repoussa et se pencha sur le corps comateux de Mrs Hawthorne. Qu'est-ce que c'est que ce cirque ?

— C'est rien qu'un petit accident, fis-je.

— Accident, mon œil ! répliqua-t-il. Il y avait des mois, sinon des années, que je ne lui avais vu l'air aussi furieux. Je regrettai soudain toute cette farce stupide. Va dans ta chambre, espèce d'idiot, poursuivit-il, et n'en ressors pas sans ma permission.

Nous avons du monde maintenant, je m'occuperai de toi plus tard.

Je ne devais jamais manger ces betteraves, ni d'ailleurs aucun autre plat préparé par Mrs Hawthorne. Aussitôt remise de son évanouissement, elle se releva rapidement et passa la porte en jurant de ne jamais remettre les pieds dans cette maison. Je ne fus pas témoin de son départ, mais c'est ce que le maître me raconta le lendemain matin. Je crus d'abord qu'il me menait en bateau et puis, quand le milieu de la journée arriva sans qu'elle se fût montrée, je me rendis compte que j'avais infligé à la pauvre femme une peur épouvantable. C'était exactement ce que j'avais souhaité faire et pourtant, une fois fait, ça ne me paraissait plus aussi drôle. Elle ne revint même pas chercher ses gages, et bien que nous soyons restés là pendant soixante-douze heures encore, nous ne la revîmes jamais.

Non seulement les repas se détériorèrent mais, en plus, je subis un ultime camouflet quand maître Yehudi me fit nettoyer la maison le matin où nous remballions nos affaires avant de partir. Je détestais être puni de cette façon — envoyé au lit sans dîner, réduit à la corvée patates et au ménage — mais je pouvais toujours tempêter et fulminer, il était bel et bien dans son droit. Peu importait que je fusse le plus formidable enfant prodige depuis que David avait envoyé valdinguer sa pierre avec sa fronde. J'avais fait un faux pas, et avant que ma tête enfle aux dimensions d'un *medicine-ball*, le maître n'avait pas le choix : il fallait que je sente passer sa colère.

Quant à Bigelow, la cause de mon éclat d'humeur, il n'y a pas grand-chose à en dire. Il ne resta que quelques heures, et en fin d'après-midi un taxi vint le chercher — sans doute pour le conduire à la gare de chemin de fer la plus proche, où il entamerait son long voyage de retour au Kansas. Je le regardai partir de ma fenêtre, à l'étage, plein de mépris pour sa bonne humeur débile et le fait qu'il était un copain d'Orville Cox, l'homme que Mrs Witherspoon nous avait préféré, au maître et à moi. Pour comble, maître Yehudi se montrait d'une politesse extrême et mon dépit s'aggravait à voir l'affabilité de ses manières envers cette nullité d'employé de banque. Non content de lui serrer la main, il le chargea d'apporter son cadeau de mariage à la future épouse. A l'instant où la portière du taxi allait se claquer, il déposa entre les mains du scélérat un grand paquet emballé avec art. Je n'avais aucune idée de ce qui s'y cachait. Le maître ne me l'avait pas dit, et en dépit de ma ferme intention de le lui demander à la première occasion, tant d'heures passèrent avant qu'il me délivre de ma prison que, le moment venu, j'oubliai complètement. Sept années devaient s'écouler avant que je découvre ce qu'était ce cadeau.

De Cape Cod, nous sommes partis pour Worcester, à une demi-journée de route vers l'ouest. C'était bon de voyager à nouveau dans la Pierce Arrow, enfoncés comme auparavant dans nos sièges de cuir, et à peine roulions-nous en direction du continent que nous avions laissé en arrière tous les conflits qui avaient pu exister entre nous, abandonnés sur le rivage comme autant d'emballages de bonbons voltigeant sur l'herbe des dunes et sur les vagues. Néanmoins, ne voulant rien tenir pour acquis, et afin de m'assurer qu'il ne restait pas de rancœur entre nous, je m'excusai une fois encore auprès du maître. "J'ai eu tort, dis-je, et je le regrette", et ainsi toute l'histoire devint aussi dépassée que le journal de la veille.

Nous descendîmes au *Cherry Valley Hotel*, un minable repaire de putes à deux pas du *Luxor Theatre*. C'était là qu'était prévue ma première représentation et, pendant quatre jours, nous répétâmes dans ce music-hall tous les matins et tous les après-midi. Le *Luxor* était à des bornes de la grande salle de spectacle que j'avais espérée, mais il y avait une scène, des rideaux et des éclairages, et le maître m'assurait que les théâtres deviendraient plus prestigieux dès que nous atteindrions certaines étapes plus importantes de la tournée. Worcester était un endroit calme, me disait-il, un bon endroit pour commencer, pour me familiariser avec les planches. J'apprenais vite et mémorisais sans trop de peine mes marques et mes repères, mais il restait néanmoins toutes sortes de petits riens à perfectionner : les éclairages à mettre au point, la musique à synchroniser avec les tours, la chorégraphie du finale à régler de manière à éviter le balcon qui surplombait plus de la moitié des places d'orchestre. Le maître se consumait en mille et un détails. Il essayait le rideau avec le type chargé de manœuvrer le rideau, il ajustait les lumières avec l'éclairagiste, il parlait musique intarissablement avec les musiciens. Sans regarder à la dépense, il engagea sept d'entre eux à se joindre à nous pendant les deux dernières journées de répétitions, et il ne cessa, jusqu'à la dernière minute, de griffonner modifications et corrections sur leurs partitions, dans son envie désespérée que tout soit parfait. Pour ma part, ça m'excitait de travailler avec ces bonshommes. C'était une bande de besogneux et de *has been*, des vétérans qui avaient fait leurs débuts avant ma naissance et, tout bien compté, ils devaient avoir passé vingt milliers de soirées dans des théâtres de variétés à accompagner cent mille numéros différents. Ces gars-là avaient tout vu et pourtant, la première fois que je vins faire mon truc devant eux, ce fut la tempête. Le percussionniste tourna de l'œil, le basson laissa choir son instrument, le trombone s'étrangla et lança des fausses notes. Tout ça me parut bon signe. Si j'arrivais à impressionner ces cyniques endurcis, on pouvait imaginer ce qui arriverait quand je me trouverais en face d'un public normal.

La situation de l'hôtel était commode, mais les nuits dans ce trou à puces faillirent m'avoir. Avec toutes ces putains qui montaient et descendaient l'escalier et se baladaient dans les couloirs, mon zob m'élançait comme un os brisé, sans me laisser en repos. Nous partagions une chambre, le maître et moi, et j'étais obligé de guetter le moment où je l'entendais ronfler dans le lit voisin avant de pouvoir me palucher. Le suspense pouvait être interminable. Le maître aimait bavarder dans l'obscurité, discuter de points de détail à propos des répétitions de la journée, et au lieu de m'occuper de ce qui me pressait (et que je pressais dans ma main), je devais trouver des réponses polies à ses questions. A chaque minute qui passait, la torture devenait plus douloureuse, plus difficile à supporter. Quand il s'assoupissait enfin, j'allongeais le bras pour enlever l'une de mes chaussettes sales. C'était mon sac à foutre, je le tenais de la main gauche tandis que je m'activais de la droite et faisais gicler la sauce dans les plis rassemblés du coton. Après une si longue attente, il ne fallait jamais plus d'une ou deux tractions. Je poussais en sourdine un gémissement de gratitude et tâchais de m'endormir, mais une fois me suffisait rarement en ce temps-là. Une fille éclatait de rire dans le couloir, un sommier grinçait à l'étage, et ma tête s'emplissait de toutes sortes d'obscénités charnelles. Sans même que je m'en aperçoive, ma queue se braquait et je m'y remettais.

Un soir, je dus faire trop de bruit. C'était la veille de la représentation à Worcester, et je m'envolais vers une pleine chaussette de béatitude, quand le maître s'éveilla soudain. Parlez-moi d'un choc nerveux. Quand sa voix perça l'obscurité, j'eus l'impression que le lustre venait de me tomber sur la tête.

— Quel est le problème, Walt ?

Je lâchai mon engin comme s'il s'était hérissé de cornes.

— Le problème ? fis-je. De quoi vous parlez ?

— Je parle de ce bruit. Cette agitation, ces secousses, ces couinements. Ce raffut qui vient de ton lit.

— Ça me chatouille. Ça me chatouille vachement,

maître, et si je ne me gratte pas fort, ça cessera jamais.

— Ça te chatouille, je te crois. Un chatouillis qui commence dans les reins et aboutit sur les draps. Laisse ça en paix, gamin. Tu vas t'épuiser, et un artiste fatigué est un artiste minable.

— Je suis pas fatigué. Je suis en pleine forme, je demande qu'à y aller.

— En ce moment, peut-être. Mais la branlée, ça se paie, et il ne faudra pas longtemps pour que tu en ressentes les effets. Je n'ai pas à t'apprendre quel objet précieux est ta verge. Si tu l'aimes trop, elle peut pourtant se transformer en bâton de dynamite. Economise le bindu, Walt. Garde-le pour quand ça comptera vraiment.

— Economiser quoi ?

— Le bindu. Un mot indien pour le fluide vital.

— Vous voulez dire le jus ?

— C'est ça, le jus. Appelle ça comme tu voudras. Ça doit avoir une centaine de noms, mais ils désignent tous la même chose.

— J'aime bien bindu. Ce nom-là fiche tous les autres au tapis.

— Du moment que tu ne vas pas toi-même au tapis, petit homme. Nous avons de grands jours et de grands soirs devant nous, et tu vas avoir besoin de chaque once de ta force.

Tout cela fut sans conséquence. Fatigué ou non, que j'aie préservé le bindu ou que j'en aie produit à pleins seaux, j'arrivai sur les planches tel un diable surgi de sa boîte. Nous étourdîmes les gens à Worcester. Nous les épatâmes à Springfield. Ils en restèrent sur le cul à Bridgeport. Même la mésaventure de New Haven se révéla comme un bienfait déguisé, puisqu'elle fit avaler leur langue aux sceptiques une fois pour toutes. Tant de bruits circulaient à mon propos qu'il était bien normal, me semble-t-il, que certains commencent à soupçonner une fraude. Ils pensaient que le monde est régi de façon immuable, et qu'il ne s'y trouve pas de place pour un talent tel que le mien. Faire ce que je pouvais faire bouleversait toutes les lois. Ça contredisait la science, ça désavouait la logique et le sens commun, ça réduisait en miettes une centaine de théories, et plutôt que de modifier les règles en fonction de mon numéro, les pontes et les professeurs décidèrent que je trichais. Dans toutes les villes où nous allions, les journaux étaient pleins de cette affaire : débats et discussions, accusations et contre-accusations, tous les pour et les contre imaginables. Le maître n'y prenait aucune part. Il restait en dehors de la querelle, souriant d'un air satisfait tandis que rentraient les recettes des bureaux de location, et quand des journalistes le pressaient de leur confier un commentaire, sa réponse était toujours la même : Venez au théâtre, vous jugerez par vous-mêmes.

Après deux ou trois semaines de controverse de plus en plus violente, l'abcès creva finalement à New Haven. Je n'avais pas oublié que c'était la ville de l'université de Yale — ni que sans le crime infâme et scélérat perpétré au Kansas deux ans plus tôt, c'eût été aussi celle de mon frère Esope. J'étais triste de me trouver là, et je passai toute la journée précédant la représentation assis dans ma chambre d'hôtel, le cœur lourd, à me rappeler les moments fous que nous avions vécus ensemble et à songer au grand homme qu'il serait devenu. Quand nous partîmes enfin pour le théâtre, à six heures, mes émotions avaient fait de moi une épave et j'eus beau m'efforcer de me ressaisir, j'offris le spectacle le plus médiocre de toute ma carrière. J'étais mal synchronisé, mes cascades étaient vacillantes et mon envol une honte. Quand le moment arriva de prendre mon essor et de parader au-dessus des têtes des spectateurs, la bombe redoutée éclata. Je ne pus maintenir l'altitude. Par un pur effort de volonté, j'avais réussi à m'élever à sept pieds et demi, environ, mais je ne parvenais pas à faire mieux et j'entamai le finale avec de fortes appréhensions car je savais qu'un individu un peu grand et d'une adresse modérée pourrait me toucher sans même avoir besoin de sauter. Ensuite, tout alla de mal en pis. Arrivé à la moitié des places d'orchestre, je décidai de faire vaillamment un dernier effort en vue de monter un peu plus haut. Je n'espérais pas de miracle — rien qu'un peu d'espace pour respirer, six ou huit pouces de plus à la rigueur. Je m'immobilisai un instant afin de rassembler mes esprits et, en flottant sur place, je fermai les yeux et me concentrai sur ma tâche, mais lorsque je me remis en marche, mon altitude était tout aussi piètre qu'avant. Non seulement je ne montais pas, mais au bout de quelques secondes je me rendis compte que je commençais bel et bien à plonger. Cela se passait lentement, ô combien lentement, un ou deux pouces à chaque yard en avant, et pourtant le déclin était irréversible — comme l'air fuyant d'un ballon. Quand j'atteignis les dernières rangées, j'étais descendu à six pieds, une proie facile même pour le plus petit des nabots. Et alors la fête commença. Un chauve imbécile en blazer rouge bondit de son siège et me frappa le talon gauche. Le choc me fit tournoyer, penché comme un char de parade déséquilibré, et avant que j'aie pu retrouver mon aplomb, quelqu'un d'autre me cogna le pied droit. Ce second coup fut décisif. Je dégringolai du ciel tel un moineau mort et atterris le front en avant sur l'arête métallique d'un dossier. L'impact fut si soudain et si brutal que je tombai dans les pommes.

Je n'eus pas conscience du tohu-bohu qui s'ensuivit, mais de toute évidence ce fut une jolie bagarre : neuf cents personnes en train de crier et de sauter dans tous les sens, une explosion d'hystérie collective envahissant la salle comme un feu de brousse. Je pouvais bien être évanoui, ma chute avait prouvé une chose, et elle l'avait prouvée sans l'ombre d'un doute et à jamais. Le numéro était authentique. Il n'y avait ni fils invisibles attachés à mes membres, ni ballons d'hélium dissimulés sous mes vêtements, ni moteurs silencieux fixés à ma ceinture. L'un après l'autre, les spectateurs se passaient mon corps endormi tout autour de la salle en me palpant et me pinçant de leurs doigts curieux comme si j'étais une sorte de curiosité médicale. Ils me déshabillèrent, regardèrent dans ma bouche, m'écartèrent les joues et examinèrent le trou de mon cul, et aucun d'eux ne découvrit la moindre chose que Dieu en personne n'avait pas mise là. Pendant ce temps, le maître avait bondi de son poste dans les coulisses et luttait pour se frayer un chemin vers moi. Quand il eut franchi à saute-mouton dix-neuf rangées de clients et qu'il m'eut arraché à la dernière paire de bras, le verdict était unanime. Walt le Prodige, c'était du vrai. Le numéro était régulier, et ce qu'on voyait, c'était ce qu'il y avait, amen.

Le premier des maux de tête arriva cette nuit-là. Vu la façon dont je m'étais écrasé sur ce dossier, il n'y avait rien d'étonnant à ce que je ressente quelques tiraillements et effets secondaires. Mais cette douleur était monstrueuse — un atroce assaut de marteaux-piqueurs, une interminable volée de grêlons s'abattant contre les cloisons intérieures de mon crâne — et elle me sortit d'un profond sommeil au milieu de la nuit. Nous avions, le maître et moi, des chambres communicantes séparées par une salle de bains, et lorsque j'eus trouvé le courage de m'arracher à mon lit, je titubai vers celle-ci en priant qu'il y ait des aspirines dans la pharmacie. Je me sentais si hébété, si ahuri de douleur, que je ne remarquai pas que la lumière était déjà allumée. Ou, si je le remarquai, je ne pris pas le temps de me demander pourquoi cette lampe brûlait à trois heures du matin. Comme je le découvris bientôt, je n'étais pas le seul à être sorti du lit à cette heure indue. Quand j'ouvris la porte et pénétrai dans la pièce carrelée d'un blanc étincelant, je faillis entrer en collision avec maître Yehudi. Vêtu de son pyjama de soie lavande, il s'agrippait des deux mains au lavabo, plié en deux de douleur, avec des hoquets et des haut-le-cœur, comme si ses entrailles avaient pris feu. L'attaque dura encore vingt à trente secondes, et c'était si terrible à voir que j'en oubliai presque que j'avais mal, moi aussi.

Dès qu'il s'aperçut que j'étais là, il fit tout ce qu'il put pour minimiser ce qui venait de se passer. Il transforma ses grimaces en sourires forcés d'histrion ; il se releva et redressa les épaules ; il s'aplatit les cheveux de la main. J'aurais voulu lui dire d'arrêter de faire semblant, lui dire que j'avais découvert son secret, mais je souffrais tellement que je ne trouvai pas les mots pour le faire. Il me demanda pourquoi je ne dormais pas, et quand il sut que j'avais mal à la tête, il prit la situation en charge en s'agitant et en jouant au docteur : il secoua le flacon pour en faire sortir des aspirines, remplit un verre d'eau, examina la bosse sur mon front. Il parlait tellement en m'administrant ces soins que je ne pus placer un mot par la bande.

— Nous faisons une belle paire, hein ? dit-il en me ramenant dans ma chambre et en me bordant dans mon lit. Toi, tu piques du nez et tu te défonces la caboche, et moi, je me gorge de coquillages pas frais. Je devrais apprendre à me méfier de ces trucs-là. Chaque fois que j'en mange, ça me fout des crampes d'estomac.

L'histoire n'était pas mauvaise, surtout pour une histoire inventée de but en blanc, mais je n'en fus pas dupe. Quelle que fût mon envie d'y croire, je n'en fus pas dupe un instant

En milieu d'après-midi, le pire de la migraine avait disparu. Des pulsations sourdes persistaient près de ma tempe gauche, mais pas de quoi m'empêcher de me tenir debout. Comme la bosse se trouvait sur la droite de mon front, il aurait été plus logique que l'endroit douloureux soit du même côté, mais je n'étais pas expert en la matière et ne m'appesantis pas sur cette incohérence. Tout ce qui m'importait, c'était que je me sentais mieux, que j'avais moins mal et que je serais prêt pour la représentation suivante.

Si je me faisais du souci, c'était à propos de l'état de santé du maître — ou de la cause mystérieuse de l'abominable crise dont j'avais été témoin dans la salle de bains. Il ne pouvait plus dissimuler la vérité. Son jeu avait été découvert et pourtant, parce que le lendemain matin il semblait aller tellement mieux, je n'osai pas y faire allusion. Le courage me manqua, tout simplement, je n'eus pas le cran d'ouvrir la bouche. Je ne suis pas fier de mon attitude, mais l'idée que le maître avait été frappé par quelque mal terrible était trop effrayante à envisager. Plutôt que de sauter à des conclusions morbides, je me laissai intimider et acceptai sa version de l'incident. Des coquillages, mon œil. Il s'était refermé comme une huître, ça oui, et à présent que j'avais vu ce que je n'aurais pas dû voir, il allait s'assurer que je ne le revoie jamais. Je pouvais compter sur lui pour une comédie de ce genre. Il allait le prendre à la dure, garder bon visage, et peu à peu je commencerais à me dire que je n'avais rien vu du tout. Non que je croirais un tel mensonge — mais j'aurais trop peur du contraire.

De New Haven nous nous rendîmes à Providence ; de Providence à Boston ; de Boston à Albany ; d'Albany à Syracuse ; de Syracuse à Buffalo. Je me souviens de toutes ces étapes, de tous ces théâtres et de tous ces hôtels, de toutes les représentations que j'ai données, de tout à tous égards. C'était la fin de l'été, le début de l'automne. Imperceptiblement, les arbres perdaient leurs teintes vertes. Le monde devenait rouge, jaune, orange et brun, et partout où nous allions les routes étaient bordées par le spectacle étrange des couleurs en mutation. Nous étions lancés désormais, le maître et moi, et plus rien ne semblait pouvoir nous arrêter. Dans chacune de ces villes, je me produisis devant des salles combles. Non seulement toutes les places étaient vendues, mais on en refusait des centaines tous les soirs aux caisses. Les revendeurs faisaient des affaires d'or en proposant des tickets à trois, quatre et jusqu'à cinq fois leur prix officiel, et devant chaque hôtel où nous descendions, une foule de gens se massait près de l'entrée, des fans passionnés qui avaient attendu pendant des heures sous la pluie et malgré le froid dans l'espoir de m'apercevoir.

Les autres artistes m'enviaient un peu, je crois, mais en vérité ils n'avaient jamais été à pareille fête. Quand des flots de spectateurs venaient assister à mon numéro, ils voyaient aussi ceux des autres, et cela signifiait de l'argent dans toutes nos poches. Au cours de ces semaines et de ces mois, je figurai en tête d'affiches qui comprenaient toutes sortes d'attractions saugrenues : comiques, jongleurs, chanteurs à la voix de fausset, imitateurs de cris d'oiseaux, jazzmen nains, singes danseurs, tous poussaient leur chansonnette et exécutaient leurs tours avant que j'entre en scène. J'aimais bien regarder ces loufoqueries et je m'efforçais de copiner, dans les coulisses, avec ceux de ces gars qui me semblaient sympathiques, mais le maître n'appréciait guère que je me mêle à mes satellites. Il se montrait distant avec la plupart d'entre eux, et m'enjoignait de suivre son exemple. C'est toi, la star, chuchotait-il. Conduis-toi en star. Tu n'as pas besoin de te mettre en quatre pour ces cloches. Ça représentait un petit point de discorde entre nous, car je me disais que j'allais passer les années suivantes dans le circuit du music-hall et je ne voyais pas l'intérêt de me faire des ennemis sans nécessité. A mon insu, cependant, le maître tirait ses propres plans pour mon avenir, et vers la fin de septembre il évoquait déjà ouvertement une tournée de printemps en one man show. C'était comme ça, avec maître Yehudi. Mieux les choses allaient pour nous, plus il visait haut. La tournée en cours ne serait pas finie avant Noël et, néanmoins, il ne pouvait résister au désir de prévoir, pour après, quelque chose d'encore plus spectaculaire. La première fois qu'il m'en parla, je manquai m'étrangler devant le culot fou de sa proposition. L'idée était de promener notre numéro de San Francisco à New York en donnant, dans les dix ou douze plus grandes villes, des représentations spéciales. Nous nous produirions sur des pistes et des stades couverts, tels le Madison Square Garden et le Soldier's Field, et jamais la foule ne compterait moins de quinze mille personnes. "Une marche triomphale à travers l'Amérique", c'est ainsi qu'il décrivait ça, et lorsqu'il eut terminé son boniment, mon cœur battait trois fois plus vite que la normale. Dieu, que cet homme savait parler ! Sa langue était l'une des plus formidables machines à embobiner de tous les temps, et une fois qu'il était lancé, les rêves jaillissaient de lui comme la fumée d'une cheminée.

— Merde, patron, fis-je, si vous arrivez à organiser un tour pareil, on va ramasser des millions !

— Je l'organiserai, tu verras, me répondit-il. Continue à faire du bon boulot, et c'est dans la poche. Il ne faut rien de plus, Walt. Continue à faire ce que tu fais, et la Marche de Rawley est chose assurée.

En attendant, nous nous échauffions en vue de ma première théâtrale à New York. Nous n'y serions pas avant la fin de novembre, ça faisait encore un bon bout de chemin, mais nous savions tous les deux que ce serait le clou de la saison, le pinacle de ma carrière actuelle. Rien que d'y penser, j'en avais le vertige. Ajoutez dix Boston à dix Philadelphie, ça ne vaudrait pas un seul New York. Additionnez quatre-vingt-six représentations à Buffalo et quatre-vingt-treize à Trenton, et la somme n'égalerait pas la valeur d'une minute sur une scène de la Grosse Pomme. New York, c'était le fin du fin, le point zéro sur la carte du show-business, et même si je faisais un malheur dans toutes les autres villes, je ne serais rien tant que je ne me serais pas produit à Broadway, tant que je n'aurais pas montré là ce dont j'étais capable. C'est pourquoi le maître avait prévu New York si près de la fin de la tournée. Il voulait que j'aie pris de la bouteille quand nous y arriverions, que je sois alors un vieux briscard aguerri, qui connaît l'odeur de la poudre et peut se relever de n'importe quel coup. Je devins bien à l'avance cet ancien combattant. Le 12 octobre, j'avais fait mon numéro dans quarante-deux théâtres de variétés et je me sentais fin prêt, les dents aussi longues que je les aurais jamais, et pourtant il nous restait encore un mois. Jamais je n'avais enduré une telle impatience. New York me rongeait jour et nuit, et au bout de quelque temps je crus ne plus pouvoir le supporter.

Nous nous produisîmes à Richmond le 13 et le 14, à Baltimore le 15 et le 16, après quoi nous partîmes pour Scranton, en Pennsylvanie. J'y donnai un bon spectacle, tout à fait à la hauteur et sûrement pas pire qu'un autre, mais immédiatement après la fin du numéro, à l'instant où je saluais et où le rideau se baissait, je m'évanouis et tombai à terre. Je m'étais senti dans une forme parfaite jusqu'à ce moment, j'avais exécuté mes tours aériens avec mon aisance et mon aplomb coutumiers, et puis lorsque mes pieds touchèrent la scène pour la dernière fois, j'eus soudain l'impression de peser dix mille livres. Je gardai ma position juste le temps d'un sourire et d'un salut et, à peine le rideau baissé, mes genoux se plièrent, mon dos céda et mon corps s'écroula sur le sol. Quand j'ouvris les yeux dans la loge, cinq minutes plus tard, je me sentais la tête un peu légère mais la crise semblait passée. Alors je me mis debout, et c'est à cet instant précis que la migraine revint à la charge, déchirante, dans une explosion de douleur sauvage et aveuglante. Je tentai de faire un pas, le monde me parut tourner autour de moi, ondoyant comme une danse du ventre devant un miroir déformant, et je ne voyais pas où j'allais. Avant d'avoir fait un deuxième pas, j'avais perdu l'équilibre. Si le maître ne s'était trouvé là pour me rattraper, je me serais à nouveau étalé.

A ce moment-là, nous n'étions ni l'un ni l'autre près de nous affoler. Maux de tête et vertiges pouvaient être dus à toutes sortes de causes — la fatigue, une pointe de grippe, une légère otite — mais pour plus de sûreté, le maître téléphona à Wilkes-Barre pour annuler la soirée du lendemain. Je dormis comme une masse à l'hôtel de Scranton, et le lendemain matin je me sentais en pleine forme, débarrassé de toute douleur et de toute gêne. Ma guérison défiait le sens commun, mais nous l'acceptâmes tous les deux comme une de ces choses qui ne s'expliquent pas, un accroc ne méritant pas qu'on s'y attarde. Nous partîmes pour Pittsburgh dans la bonne humeur, heureux de cette journée de congé, et lorsque nous fûmes arrivés et installés à l'hôtel, nous allâmes même ensemble au cinéma pour célébrer mon retour à la santé. Le lendemain soir, cependant, lorsque je me produisis au *Fosberg Theatre*, ce fut Scranton recommencé. J'exécutai un bijou de numéro, et à l'instant précis où le rideau tombait quand tout était fini, je m'effondrai. La migraine commença aussitôt que j'eus rouvert les yeux, et cette fois elle ne cessa pas en une nuit. A mon réveil, le lendemain matin, les poignards étaient toujours plantés dans mon crâne, et ils ne disparurent pas avant quatre heures de l'après-midi — plusieurs heures après que le maître avait été obligé d'annuler la séance du soir.

Tout semblait accuser le choc sur la tête que j'avais subi à New Haven. C'était la cause la plus vraisemblable de mes ennuis, et pourtant si je m'étais baladé toutes ces dernières semaines avec une commotion cérébrale, ce devait être la commotion la plus bénigne dans toute l'histoire de la médecine. Comment expliquer, d'autre part, le fait étrange et troublant qu'aussi longtemps que je gardais les pieds sur terre, je restais en bonne santé ? Les maux de tête et les vertiges n'advenaient qu'après que j'avais exécuté mon numéro, et si le rapport entre la lévitation et mon nouveau problème était aussi net qu'il y paraissait, le maître se demandait si mon cerveau n'avait pas souffert d'une façon qui soumettait mes artères crâniennes à une pression excessive chaque fois que je m'élevais dans les airs, pression qui, à son tour, aurait provoqué ces crises intolérables lorsque je redescendais. Il voulait me faire entrer à l'hôpital pour qu'on me radiographie les méninges.

— Pourquoi prendre des risques ? me dit-il. Nous avons atteint un creux dans la tournée, et il n'est pas impossible qu'une semaine ou dix jours de congé soient exactement ce qu'il te faut. On te fera des tests, on examinera ta boîte de vitesses neurologique, et on découvrira sans doute ce qu'est ce maudit machin.

— Pas question, protestai-je. Je vais pas à l'hôpital.

— Le seul traitement d'une commotion, c'est le repos. Si c'est de ça qu'il s'agit, tu n'as pas le choix.

— N'y pensez même pas. J'aimerais mieux aller aux travaux forcés que de planter mon cul dans un endroit pareil.

— Pense aux infirmières, Walt. Toutes ces gentilles nénettes en uniforme blanc. Tu seras gâté nuit et jour par une douzaine de mignonnes. Si tu es malin, tu pourrais même t'offrir une petite aventure.

— Vous me tenterez pas. Je laisserai personne me posséder. On a signé pour un certain nombre de représentations, et j'ai l'intention de les donner — même si ça doit me tuer.

— Ce n'est ni Reading ni Altoona qui comptent, fiston. On peut laisser tomber Elmira et Binghampton, ça ne fera pas un pet de différence. C'est à New York que je pense, et toi aussi, je le sais. C'est là qu'il faut que tu sois en forme.

— Ma tête ne me fait pas souffrir quand je suis en scène. C'est mon dernier mot, chef. Tant que je peux continuer, faut que je continue. On s'en fout si j'ai un peu mal après. Je peux vivre avec. Vivre, c'est souffrir, de toute façon, et les seuls bons moments pour moi sont ceux où je suis sur scène en train de faire mon numéro.

— Le problème, c'est que ton numéro est en train de te ratiboiser. Si tu continues à avoir ces migraines, tu ne seras plus très longtemps Walt le Prodige. Je devrai te rebaptiser Mr Vertigo.

— Mr quoi ?

— Mr Tête-qui-tourne. Mr Peur-des-hauteurs.

— J'ai peur de rien. Vous le savez.

— Tu es bourré de courage, bonhomme, et je t'aime pour ça. Mais un jour vient, dans la carrière de tous ceux qui pratiquent la lévitation, où l'air se charge de dangers, et j'ai bien peur que nous n'en soyons arrivés là.

Nous continuâmes à remâcher tout ça pendant une heure, et à la fin j'obtins de lui, à l'usure, qu'il me donne une dernière chance. Tel était le marché. Je me produirais à Reading le lendemain soir et, migraine ou pas, si je me sentais assez bien pour recommencer à Altoona le jour d'après, je le ferais comme prévu. C'était de la folie, mais cette deuxième crise m'avait flanqué une frousse terrible et je craignais qu'elle ne signifie que je perdais mon don. Et si les migraines n'étaient qu'un premier stade ? Mon seul espoir me semblait être de m'acharner, de ne pas m'interrompre avant d'être guéri ou incapable d'en supporter davantage — et puis, on verrait bien ce qui arriverait. J'étais tellement affolé que ça m'était complètement égal si mon cerveau se brisait en mille morceaux. Plutôt mourir que perdre mon pouvoir, me disais-je. Si je devais ne plus être Walt le Prodige, je ne voulais plus être personne.

Ça se passa mal à Reading, bien au-delà de mes craintes. Non seulement ma gageure ne paya pas, mais les résultats furent encore plus catastrophiques qu'auparavant. Je fis mon numéro et m'effondrai, ainsi que je l'avais prévu, et puis, cette fois, je ne m'éveillai pas dans la loge. Deux des machinistes durent me porter à l'hôtel, de l'autre côté de la rue, et quand j'ouvris les yeux un quart d'heure, vingt minutes plus tard, je n'eus même pas à me mettre debout pour sentir la douleur. Dès l'instant où la lumière frappa mes pupilles, la torture commença. Cent tramways déraillaient pour converger en un point situé derrière ma tempe gauche ; des avions s'y écrasaient ; des poids lourds y faisaient collision ; et puis deux petits gnomes verts s'armèrent de marteaux et se mirent à m'enfoncer des pieux dans les globes oculaires. Je me tordais sur mon lit, suppliais en hurlant que quelqu'un mette fin à ma souffrance, et quand enfin le maître somma le toubib de l'hôtel de monter me faire une piqûre, j'étais bon à lier, un toboggan de flammes qui se tordaient en plongeant dans la vallée ténébreuse de la mort.

Je m'éveillai dix heures plus tard dans un hôpital

de Philadelphie, et pendant douze jours je n'en bougeai plus. Les maux de tête persistèrent encore quarante-huit heures, et on m'administra des sédatifs si puissants que je ne me souviens de rien avant le troisième jour, quand je finis par me réveiller et découvrir que la douleur avait disparu. Après ça, on m'infligea toutes sortes d'examens et d'analyses. La curiosité de ces gens-là était inépuisable, et une fois lancés ils ne me laissèrent plus en paix. A chaque heure d'horloge, un médecin différent entrait dans ma chambre pour observer mes allures. On me tapotait les genoux avec des marteaux, on me promenait des roulettes à pâtisserie sur la peau, on me projetait des lumières dans les yeux ; je leur donnai de la pisse, du sang et de la merde ; ils écoutèrent mon cœur et examinèrent mes oreilles ; on me passa aux rayons X de la caboche aux orteils. Je ne vivais plus que pour la science, et ces petits gars en blouse blanche ne négligeaient rien. Au bout d'un jour ou deux, ils avaient fait de moi un microbe nu et grelottant, piégé dans un labyrinthe d'aiguilles, de stéthoscopes et d'abaisse-langue. Si les infirmières avaient été agréables à regarder, j'aurais pu trouver là quelque soulagement, mais les miennes étaient toutes vieilles et laides, avec des culs énormes et du poil au menton. Jamais je n'avais rencontré pareille équipe de clébardes de concours, et chaque fois que l'une d'elles venait prendre ma température ou consulter ma fiche, je fermais les yeux et faisais semblant de dormir.

Maître Yehudi resta près de moi d'un bout à l'autre de cette épreuve. La presse avait eu vent de ma situation, et pendant une semaine environ les journaux furent remplis de bulletins de santé me concernant. Le maître me lisait chaque matin ces articles à haute voix. Tant que je l'écoutais, je trouvais un certain réconfort dans ce charivari, mais dès l'instant où il cessait de lire, l'ennui et l'exaspération me reprenaient. Et puis la Bourse de New York dégringola et je fus chassé des premières pages. Je n'y prêtai pas grande attention car je pensais que la crise ne serait que momentanée et que, dès que cette affaire de Mardi noir serait terminée, je me retrouverais à ma place, sur les manchettes. Toutes ces histoires de gens qui sautaient par les fenêtres et se tiraient des balles dans la tête me faisaient l'effet de racontars de feuilles à scandales, et je ne m'en souciais pas plus que de contes de fée. La seule chose qui m'importait, c'était de reprendre la tournée. Mes maux de tête avaient disparu et je me sentais formidablement bien, à cent pour cent normal. Lorsque, en ouvrant les yeux le matin, j'apercevais maître Yehudi assis au pied de mon lit, je commençais la journée par la même question que j'avais posée la veille : Quand est-ce que je sors d'ici ? Et chaque jour il me donnait la même réponse : Dès qu'on aura reçu les résultats des tests.

Quand ceux-ci arrivèrent, je n'aurais pu être plus content. Après tout ce galimatias, toutes ces piques et palpations, tous ces tubes, ces ventouses et ces gants de caoutchouc, les médecins ne m'avaient rien trouvé d'anormal. Ni commotion, ni tumeur au cerveau, pas de maladie sanguine, aucun déséquilibre de l'oreille interne, ni tumeurs, ni grosseurs, ni douleurs. Ils me donnèrent un bilan de santé impec et déclarèrent qu'ils n'avaient jamais vu un bonhomme de quatorze ans aussi en forme que moi. Quant aux maux de tête et aux vertiges, ils n'en avaient pas découvert la cause exacte. Peut-être un microbe dont j'étais déjà débarrassé. Ou alors quelque chose que j'avais mangé. En tout cas, ça avait disparu, et si par hasard c'était toujours là, c'était trop petit pour qu'on pût le détecter — même à l'aide du plus puissant microscope de la planète.

— Hourra ! m'écriai-je quand le maître m'apporta la nouvelle. Hip, hip, hourra !

Nous étions seuls dans ma chambre au troisième étage, assis côte à côte sur le bord du lit. C'était le matin, et la lumière du jour nous inondait, filtrant entre les lames du store vénitien. Pendant trois ou quatre secondes, je me sentis plus heureux que jamais dans ma vie. Je me sentais si heureux que j'avais envie de crier.

— Pas si vite, bonhomme, me dit le maître. Je n'ai pas fini.

— Vite ? Vite, c'est la règle du jeu, patron. Le plus vite c'est le mieux. On a déjà raté huit représentations, et plus vite on s'en ira d'ici, plus tôt on arrivera là où on va. C'est quoi, la prochaine ville au programme ? Si c'est pas trop loin, on pourrait même y arriver avant le lever de rideau.

Le maître saisit une de mes mains et la serra.

— Calme-toi, Walt. Respire un grand coup, ferme les yeux, et écoute ce que j'ai à te dire.

Ça n'avait pas l'air d'une blague, et je fis donc ce qu'il me demandait en m'efforçant de rester tranquille.

— Bon.

Il prononça ce seul mot puis se tut. Il y eut une longue pause avant qu'il reprît la parole, et dans cet intervalle d'obscurité et de silence, je compris que quelque chose de terrible allait se produire.

— Il n'y aura plus de représentations, dit-il enfin. Nous sommes finis, bonhomme. Walt le Prodige est kaputt.

— Vous foutez pas de moi, maître, protestai-je, en ouvrant les yeux pour regarder son visage triste et résolu. J'espérais qu'il allait me faire un clin d'œil et éclater de rire, mais il continuait à me fixer de ses yeux sombres. Si son expression changea, ce fut pour s'attrister encore.

— Je ne te taquinerais pas en un moment pareil, dit-il. Nous sommes arrivés au bout, et nous n'y pouvons foutre rien.

— Mais les toubibs m'ont donné le feu vert. Je suis fort comme un cheval.

— C'est ça le problème. Tu n'as rien qui cloche —

ce qui signifie qu'il n'y a rien à guérir. Ni par le repos, ni par la médecine, ni avec de l'exercice. Tu es en parfaite santé, et pour cette raison, ta carrière est terminée.

— C'est dingue, ce que vous dites, maître. Ça n'a aucun sens.

— J'ai entendu parler de cas semblables. Ils sont très rares. On n'en trouve que deux dans les livres, et ils sont séparés dans le temps par des centaines d'années. Un Tchèque, au début du XIXe siècle, a eu ce que tu as, et avant lui Antoine Dubois, un Français qui vivait sous le règne de Louis XIV. A ma connaissance, ce sont les deux seuls cas recensés. Tu es le troisième, Walt. Dans toutes les annales de la lévitation, tu n'es que le troisième à rencontrer ce problème.

— Je comprends toujours pas de quoi vous parlez.

— La puberté, Walt, c'est tout. L'adolescence. Les changements physiques qui font d'un garçon un homme.

— Vous voulez dire ma queue et tout ça ? Mes frisettes et ma voix qui craque ?

— Exactement. Toutes les transformations naturelles.

— Je me suis peut-être trop paluché. Si j'arrêtais de déconner ? Vous savez, si j'économisais un peu le bindu ? Vous croyez que ça aiderait ?

— J'en doute. Il n'y a qu'un remède à ton état, mais je ne rêverais pas de te l'infliger. Je t'en ai déjà assez fait voir.

— Je m'en fiche. S'il existe un moyen d'arranger les choses, alors c'est ça qu'il faut faire.

— Je te parle de castration, Walt. Coupe-toi les couilles, et il y aura peut-être une chance.

— Vous avez dit *peut-être* ?

— Rien n'est garanti. Le Français l'a fait, et il a continué à pratiquer la lévitation jusqu'à soixante-quatre ans. Le Tchèque l'a fait, et ça n'a eu aucun effet. La mutilation n'a servi à rien, et deux mois plus tard il se suicidait en sautant du pont Charles.

— Je sais pas quoi dire.

— Bien sûr que non. Si j'étais à ta place, je ne saurais pas quoi dire, moi non plus. C'est pourquoi je te propose de nous ranger. Je ne m'attends pas à ce que tu fasses une chose pareille. Aucun homme ne pourrait demander ça à un autre. Ce ne serait pas humain.

— Eh bien, vu que le verdict est du genre pas net, ce serait pas très malin de prendre le risque, hein ? Je veux dire que si je renonce à être Walt le Prodige, j'aurai au moins mes couilles pour me tenir compagnie. J'aimerais pas me retrouver dans une situation où je finirais par perdre le tout.

— Exactement. C'est pourquoi le sujet est clos. Il ne sert plus à rien d'en parler. Nous avons fait un beau parcours, et maintenant c'est terminé. Au moins, tu te retires quand tu es encore au sommet.

— Et si les maux de tête ne reviennent pas ?

— Ils reviendront. Crois-moi, ils reviendront.

— Comment vous pouvez le savoir ? Peut-être bien que ces autres types ont continué à en souffrir, mais moi, si j'étais différent ?

— Tu n'es pas différent. C'est un état permanent, pour lequel il n'existe pas de remède. A moins de prendre ce risque que nous venons de rejeter, tes maux de tête reviendront jusqu'à ton dernier jour. Pour chaque minute passée en l'air, tu souffriras le martyre pendant trois heures au sol. Et plus tu vieilliras, plus la douleur deviendra insupportable. C'est la revanche de la pesanteur, fiston. Nous pensions l'avoir vaincue, mais elle se révèle plus forte que nous. C'est comme ça que vont les choses. Nous avons gagné durant quelque temps, et maintenant nous avons perdu. Qu'il en soit ainsi. Si c'est ça que Dieu veut, il faut nous incliner devant sa volonté.

Tout ça était si triste, si déprimant, si vain. Je m'étais battu tellement longtemps pour réussir, et voilà qu'à l'instant même où j'étais sur le point de devenir l'un des immortels de l'Histoire, je devais tourner le dos et m'en aller. Maître Yehudi avalait ce poison sans un frémissement. Il acceptait notre destin en stoïque et refusait d'en faire un drame. C'était une noble attitude, sans doute, mais encaisser les mauvaises nouvelles sans réagir ne figurait pas à mon répertoire. Quand il ne nous resta plus rien à dire, je me levai et me mis à shooter dans les meubles et à cogner les murs en chargeant à travers la chambre comme une espèce de boxeur dingue à l'entraînement. Je renversai une chaise, envoyai la table de nuit se fracasser par terre et maudis ma malchance de toute la puissance de mes cordes vocales. En vieux sage qu'il était, maître Yehudi ne tenta pas de m'en empêcher. Même quand deux infirmières se précipitèrent dans la chambre pour voir ce qui se passait, il les repoussa avec calme, en leur expliquant qu'il paierait tous les dégâts. Il savait de quoi j'étais fait, et il savait que ma fureur avait besoin d'une occasion de s'exprimer. Pas de colère rentrée pour Walt ; pas question que je tende l'autre joue. Si la vie me frappait, il fallait que je rende les coups.

D'accord. Maître Yehudi faisait preuve d'intelligence en me laissant me démener ainsi, et je ne prétendrai pas que c'est de sa faute si je me comportai comme un imbécile et poussai les choses trop loin. En plein milieu de mon éclat, il me vint ce qui devait être mon idée la plus stupide de tous les temps, la connerie des conneries. Oh, ça me paraissait très malin, sur le moment, mais ce n'était que parce que je restais incapable de faire face à ce qui m'arrivait — et du moment qu'on nie la réalité, on ne peut que s'attirer des ennuis. Mais j'avais une envie désespérée de prouver au maître qu'il se trompait, de lui montrer que ses théories à propos de mon état de santé n'étaient qu'eau gazeuse éventée. Alors, là, dans cette chambre d'hôpital à Philadelphie, le troisième jour du mois de novembre 1929, je fis une soudaine et ultime tentative de ressusciter ma carrière. J'arrêtai de boxer les murs, me tournai face au maître, puis écartai les bras et décollai du sol.

— Regardez, lui criai-je. Regardez-moi bien et dites-moi ce que vous voyez !

Le maître m'observait d'un air sombre et morose.

— Je vois le passé, me répondit-il. Je vois Walt le Prodige pour la dernière fois. Je vois quelqu'un qui va bientôt regretter ce qu'il vient de faire.

— Je suis aussi bon que jamais ! lui répliquai-je à tue-tête. Et ça, nom de Dieu, ça veut dire le meilleur au monde !

Le maître jeta un coup d'œil sur sa montre.

— Dix secondes, dit-il. Pour chaque seconde passée là-haut, tu auras trois minutes de douleurs. Je te le garantis.

J'avais l'impression d'avoir démontré mon point de vue et, plutôt que de courir le risque de tortures trop prolongées, je décidai de redescendre. Et c'est alors que ça se produisit — exactement comme le maître avait promis que ça le ferait. A l'instant où mes orteils touchaient le sol, ma tête éclata, et la violence de l'explosion me déroba la lumière du jour et me fit voir des étoiles. Du vomi me jaillit dans le larynx et alla s'écraser contre le mur, à six pieds de moi. Des couteaux à cran d'arrêt s'ouvrirent dans mon crâne et se mirent à fouiller les profondeurs de mon cerveau. Je tressautai, je hurlai, je tombai à terre, et cette fois je n'eus plus le luxe de m'évanouir. Je me débattais comme un flétan avec un hameçon dans l'œil, et quand j'implorai de l'aide, quand je suppliai le maître d'appeler un médecin pour qu'il me fasse une piqûre, il se contenta de secouer la tête et de se détourner.

— Tu t'en remettras, me dit-il. Dans moins d'une heure, tu seras comme neuf. Là-dessus, sans m'offrir un mot de consolation, il entreprit calmement de ranger la chambre et commença à emballer mes affaires.

C'était le seul traitement que je méritais. J'avais

fait la sourde oreille à ses avertissements, et il ne lui restait qu'à prendre ses distances en laissant la parole à mes actes. Et la douleur prit la parole, et cette fois je l'écoutai. Je l'écoutai pendant quarante-sept minutes, et à la fin de la leçon j'avais appris tout ce qu'il me fallait savoir. Parlez-moi d'un cours accéléré sur les réalités de l'existence ! Parlez-moi de potasser l'affliction ! La souffrance me riva mon clou, oh oui, et quand je sortis de l'hôpital, plus tard dans la matinée, ma tête était revissée à peu près comme il faut. Je connaissais la vie. Je la connaissais par toutes les crevasses de mon âme et tous les pores de ma peau, et je n'étais pas près de l'oublier. Les jours de gloire étaient passés. Walt le Prodige était mort, et il n'y avait pas une chance au monde qu'il repointe jamais le bout de son nez.

Nous marchâmes en silence vers l'hôtel du maître, cheminant par les rues de la ville comme un couple de fantômes. Le trajet nous prit dix à quinze minutes, et quand nous fûmes arrivés devant la porte je ne pus rien imaginer de mieux à faire que de tendre la main en essayant de dire au revoir.

— Bon, fis-je. Je suppose que c'est ici qu'on se sépare.

— Ah ? dit le maître. Et pourquoi ça ?

— Vous allez chercher un autre gamin, maintenant, et y a pas de raison que je reste là si ça sert qu'à vous encombrer.

— Et pourquoi chercherais-je un autre gamin ? Il paraissait réellement étonné de ma suggestion.

— Parce que je suis nul, voilà tout. Parce que le numéro, c'est râpé, je peux plus vous servir à rien.

— Tu crois que je laisserais tomber comme ça ?

— Pourquoi pas ? Juste, c'est juste, si je peux pas jouer ma partie, vous avez bien le droit de faire d'autres projets.

— J'ai fait des projets. J'ai fait des centaines, des milliers de projets. J'en ai plein mes manches et plein mes chaussettes. Je suis tout entier grouillant de projets, et avant que la démangeaison ne me rende fou, je veux les cueillir et les étaler pour toi sur la table.

— Pour moi ?

— Et pour qui d'autre, moineau ? Mais on ne peut pas avoir une discussion importante debout sur un seuil. Viens en haut, dans la chambre. On va se commander à déjeuner et puis on se mettra aux choses sérieuses.

— Je pige toujours pas.

— Qu'y a-t-il à piger ? On en a peut-être bien terminé avec la lévitation, mais ça ne signifie pas qu'on a fermé boutique.

— Vous voulez dire qu'on est encore associés ?

— Cinq ans, c'est long, fils. Après tout ce que nous avons vécu ensemble, je me suis attaché, en quelque sorte. Je ne rajeunis pas, tu sais. Ce ne serait pas raisonnable de commencer à chercher quelqu'un d'autre. Plus maintenant, à mon âge. Ça m'a pris la moitié d'une vie de te trouver, et je ne vais pas te faire la bise d'adieu parce qu'on a eu quelques revers. Comme je te le disais, j'ai des projets à discuter avec toi. Si ces projets te plaisent et te tentent, tu en es. Sinon, on se partage l'argent et on se sépare.

— L'argent. Dieu du ciel, j'avais complètement oublié l'argent.

— Tu avais d'autres choses en tête.

— J'avais tellement le bourdon, ma cervelle s'était donné campos. Alors, on a combien ? Ça fait quelle somme, en chiffres ronds, patron ?

— Vingt-sept mille dollars. Ils sont là, dans le coffre-fort de l'hôtel, ils sont là et bien à nous.

— Et moi qui pensais que j'étais de nouveau sans un. Ça jette une lumière différente sur la situation, comme qui dirait, non ? Je veux dire que vingt-sept mille dollars, c'est un beau petit magot.

— Pas mal. On aurait pu faire pis.

— Alors le bateau ne coule pas, finalement.

— Loin de là. On s'est bien débrouillés. Et dans les

temps difficiles qui s'annoncent, on sera plutôt à l'aise. Au sec et au chaud dans notre petit navire, nous affronterons mieux que beaucoup d'autres les flots de l'adversité.

— A vos ordres, mon commandant.

— C'est ça, matelot. Tout le monde à bord. Sitôt qu'on a bon vent, on lève l'ancre — oh hisse et ho ! et on y va.

Je serais parti au bout du monde avec lui. En bateau, à vélo, en rampant sur le ventre — peu m'importaient les moyens de transport utilisés. Tout ce que je voulais, c'était me trouver où il se trouvait et aller où il allait. Jusqu'à cette conversation devant l'hôtel, je croyais avoir tout perdu. Non seulement ma carrière, non seulement ma vie, mais aussi mon maître. J'avais supposé qu'il en avait fini avec moi, qu'il allait me remballer sans autre forme de procès, et maintenant je savais. Je n'étais pas seulement pour lui un gagne-pain. Je n'étais pas seulement une machine volante au moteur rouillé et aux ailes brisées. Pour le meilleur et pour le pire, nous resterions ensemble jusqu'au bout, et cela comptait pour moi plus que toutes les places de tous les théâtres et de tous les stades sportifs réunis. Je ne prétends pas que la situation n'était pas noire, mais elle n'était pas à moitié aussi noire qu'elle aurait pu. Maître Yehudi était encore avec moi, et non content d'être avec moi, il avait les poches pleines d'allumettes afin d'éclairer le chemin.

On est montés, et on a déjeuné. Un millier de projets, je ne sais pas ; ce qui est certain, c'est qu'il en avait trois ou quatre, et qu'il avait réfléchi avec soin à chacun d'eux. Ce type refusait de baisser les bras. Cinq ans de dur labeur venaient de s'envoler par la fenêtre, des dizaines d'années de combines et de préparatifs étaient tombées en poussière du jour au lendemain, et il était là, tout bouillonnant de nouvelles idées, en train de mijoter notre coup suivant comme si l'univers nous était encore offert. On n'en fait plus des comme ça. Maître Yehudi était le dernier de son espèce, et je n'ai jamais rencontré son pareil : un homme qui se sentait parfaitement à l'aise dans la jungle. Il n'y était pas le roi, sans doute, mais il en comprenait les lois mieux que quiconque. Qu'on lui défonce l'estomac, qu'on lui crache à la figure, qu'on lui brise le cœur, il réagissait aussitôt, prêt à affronter tout ce qui se présentait. Tant qu'il y a de la vie, il y a de l'espoir. Ce dicton, il ne faisait pas que le vivre, c'était lui qui l'avait inventé.

Le premier projet était le plus simple. On s'installait à New York et on vivait comme des gens normaux. J'allais à l'école, j'acquérais une bonne éducation, lui se lançait dans les affaires et gagnait de l'argent, et nous serions toujours heureux. Je ne dis pas un mot lorsqu'il se tut, et il passa donc au suivant. Il proposait que nous allions dans les collèges, les églises et les clubs féminins de jardinage en tournée de conférences sur l'art de la lévitation. Nous serions très demandés, du moins et en gros pendant les six premiers mois, et pourquoi ne pas continuer à profiter de Walt le Prodige jusqu'à ce que les derniers échos de sa renommée se soient tus ? Celui-là ne me plaisait pas non plus et, avec un haussement d'épaules, il passa au suivant : nous allions faire nos valises, suggérait-il, monter dans la voiture et partir pour Hollywood. Je commencerais une nouvelle carrière comme acteur de cinéma, et lui serait mon agent et mon imprésario. Avec toute la presse que m'avait value le numéro, il ne serait pas difficile de m'obtenir un bout d'essai. J'étais déjà un grand nom et, vu mon sens de la bouffonnerie, nul doute que j'atterrirais bientôt sur mes pieds.

— Ah, dis-je. Ça, c'est parler.

— Je pensais bien que ça te plairait, dit le maître en se renversant dans son fauteuil et en allumant un gros cigare cubain. C'est pourquoi je l'avais gardé pour la fin.

Et c'est ainsi que nous sommes repartis pour la gloire.

Nous avons quitté l'hôtel dès le lendemain matin, et à huit heures nous étions sur la route, partis vers l'ouest et une vie nouvelle dans les collines ensoleillées de la capitale de l'illusion. C'était un trajet long et éreintant, à cette époque-là. Il n'y avait ni autoroutes ni *Howard Johnsons*, aucune piste de bowling ne déployait ses six allées d'une côte à l'autre, et il fallait tournicoter de village en hameau en suivant les routes qui menaient dans la bonne direction. Si vous restiez coincé derrière un fermier remorquant un chargement de foin avec son tracteur modèle-T, pas de chance pour vous. Si on défonçait une route quelque part, il fallait faire demi-tour et en trouver une autre, et le plus souvent cela signifiait un détour de plusieurs heures. Telles étaient alors les règles du jeu, et je ne peux pas dire que la lenteur de notre progression me gênait. Je n'étais qu'un passager, et si j'avais envie de somnoler pendant une heure ou deux sur la banquette arrière, rien ne m'en empêchait. Quelquefois, quand nous nous trouvions sur un bout de route particulièrement désert, le maître me laissait prendre le volant, mais ça n'arriva pas souvent, et il dut conduire au moins quatre-vingt-dix-huit pour cent du temps. C'était pour lui une expérience quasi hypnotique, et après cinq ou six jours, il sombra dans une sorte de rumination désenchantée, de plus en plus perdu dans ses pensées au fur et à mesure que nous nous enfoncions au cœur du continent. Nous nous retrouvions au pays des ciels immenses et des étendues plates et mornes, et cet air qui baignait tout semblait le vider d'une partie de son enthousiasme. Peut-être pensait-il à Mrs Witherspoon, ou peut-être quelqu'un d'autre était-il revenu de son passé pour le hanter, mais le plus vraisemblable, c'est qu'il méditait sur des questions de vie et de mort, ces grandes questions vertigineuses qui se faufilent dans votre tête quand il n'y a rien pour vous distraire. Pourquoi suis-je ici ? Où est-ce que je vais ? Qu'est-ce qui se passera quand j'aurai rendu le dernier soupir ? Ce sont des sujets graves, je sais bien, mais après avoir ruminé pendant plus d'un demi-siècle les agissements du maître lors de ce voyage, je crois savoir de quoi je parle. Une conversation se détache dans ma mémoire, et si je ne me suis pas trompé dans mon interprétation de ce qu'il disait, elle montre le genre de choses qui commençaient à lui ronger l'esprit. Nous étions quelque part dans le Texas, un peu au-delà de Fort Worth, je pense, et je jacassais avec ma désinvolture et ma suffisance habituelles, sans autre raison que le plaisir de m'entendre parler.

— La Californie, disais-je. Il ne neige jamais, là-bas, et on peut nager dans l'Océan toute l'année. D'après ce que les gens disent, c'est presque aussi bien que le paradis. A côté, la Floride a l'air d'un marais étouffant.

— Aucun pays n'est parfait, bonhomme, répondit le maître. N'oublie pas les tremblements de terre, les glissements de terrain, la sécheresse. On reste parfois des années sans pluie, là-bas, et quand ça arrive l'Etat entier devient une vraie boîte d'amadou. Ta maison peut brûler en moins de temps qu'il n'en faut pour battre un œuf.

— Vous en faites pas pour ça. Dans six mois, on habitera un château en pierre. Ça brûle pas, ça — mais pour plus de sûreté, on aura nos pompiers à nous, sur place. Je vous le dis, maître, le cinéma et moi, on est faits l'un pour l'autre. Je vais ramasser tellement de fric qu'il va falloir qu'on ouvre une nouvelle banque. Société Rawley d'épargne et de prêts, siège social : Sunset Boulevard. Vous allez voir ce que vous allez voir. Me faudra pas longtemps pour devenir une star.

— Si tout se passe bien, tu seras capable de gagner ta croûte. C'est ça qui compte. Je ne serai pas là éternellement, et je veux être certain que tu peux te débrouiller. Peu importe comment. Acteur, cameraman, garçon de courses — un métier en vaut un autre. Tout ce qu'il me faut, c'est savoir qu'il y a un avenir pour toi quand je ne serai plus là.

— C'est du langage de vieux, ça, maître. Vous avez pas cinquante ans.

— Quarante-six. Là d'où je viens, ça fait un assez vieux cheval.

— Carabistouilles. Quand vous vous retrouverez sous le soleil de Californie, il vous rallongera votre vie de dix ans dès le premier jour.

— C'est possible. Mais même dans ce cas, j'ai plus d'années derrière moi que devant. Simple arithmétique, Walt. Ça ne peut pas nous faire de mal de nous préparer à ce qui nous attend.

Après ça, nous passâmes à un autre sujet, ou peut-être la conversation s'arrêta-t-elle, mais les sombres petites réflexions qu'il avait faites pesèrent sur moi de plus en plus au fil traînant des jours. Venant d'un homme qui s'appliquait si fort à dissimuler ses sentiments, les paroles du maître équivalaient à une confession. Je ne l'avais encore jamais entendu se livrer ainsi, et même s'il s'exprimait en termes de *peut-être* et de *au cas où,* je n'étais pas stupide au point de ne pas deviner le message caché entre les lignes. Mes pensées revinrent à la scène de crampes d'estomac à l'hôtel de New Haven. Si je ne m'étais pas senti depuis lors si embourbé dans mes propres problèmes, j'aurais été plus attentif. A présent que je n'avais rien d'autre à faire que regarder par la fenêtre et compter les jours qui nous séparaient de la Californie, je décidai de le surveiller de près. Je ne céderais plus à la lâcheté, cette fois. Si je le surprenais de nouveau à grimacer ou à s'empoigner l'estomac, je le sommerais de mettre cartes sur table — et je l'emmènerais de force chez le premier docteur que je pourrais trouver.

Il devait avoir remarqué mon inquiétude, car peu après cette conversation il coupa court aux propos mélancoliques et se mit à chanter une autre chanson. En quittant le Texas, alors que nous entrions au Nouveau-Mexique, il paraissait tout requinqué, et j'avais beau guetter le moindre signe suspect, je n'en pouvais détecter aucun — pas le plus petit soupçon. Peu à peu, il réussit à rendormir ma vigilance et, sans ce qui survint sur notre route huit cents miles plus loin, des mois, des années peut-être auraient passé avant que je me doute de la vérité. Telle était la force du maître. Nul n'aurait pu jouer au plus fin avec lui, et chaque fois que j'essayais je me retrouvais couillon comme la lune. Il était tellement plus vif que moi, tellement plus habile et plus expérimenté, il était capable de me faire baisser mes chausses avant que je les aie enfilées. Jamais je ne lui ai tenu tête. Maître Yehudi gagnait toujours, et il continua de gagner jusqu'au dernier instant.

La partie la plus ennuyeuse du voyage commençait. Nous roulâmes pendant des jours à travers le Nouveau-Mexique et l'Arizona, et au bout de quelque temps j'avais l'impression que nous restions seuls au monde. Le maître aimait le désert, cependant, et dès que nous fûmes entrés dans ces paysages désolés de rochers et de cactus, il ne cessa de me désigner d'étranges formations géologiques en me gratifiant de brèves leçons sur l'âge incalculable de la terre. Pour être tout à fait honnête, ça me laissait plutôt froid. Je n'avais pas envie de gâcher le plaisir du maître et je la bouclais donc en faisant semblant d'écouter, mais après quatre mille buttes et six cents cañons, je me sentais saturé à vie de promenades panoramiques.

— Si c'est ça le pays du bon Dieu, dis-je finalement, eh bien, le bon Dieu peut se le garder.

— Ne te laisse pas abattre, répondit le maître. Il s'étend à l'infini, ce pays, et compter les miles ne raccourcira pas le voyage. Si tu as envie d'arriver en Californie, il faut prendre cette route en patience.

— Je sais bien. Mais c'est pas parce que je me résigne que je dois aimer ça.

— Tu devrais essayer. Ça te ferait passer le temps plus vite.

— Je déteste jouer les rabat-joie, maître, mais toutes ces histoires de beauté, c'est du boniment. Je veux dire — qu'est-ce qu'on s'en fout qu'un coin soit beau ou moche ? Du moment qu'il a des gens dedans, ça doit être intéressant. Otez les gens, et qu'est-ce qui reste ? Du vide, voilà tout. Et le vide, le seul effet que ça me fait, c'est que ma tension baisse et que j'ai la paupière lourde.

— Eh bien, ferme les yeux et dors un peu, et moi je communierai avec la nature. Ne t'énerve pas, petit homme. Ce ne sera plus long, maintenant. Avant de t'en être aperçu, tu auras autant de monde que tu en veux.

Le jour le plus noir de ma vie se leva sur l'ouest de l'Arizona le 16 novembre. C'était un matin desséché comme tous les autres, et vers dix heures nous franchissions la frontière de la Californie et commencions notre descente à travers le désert Mojave en direction de la côte. Je célébrai par une exclamation de joie le passage de cette borne, et puis je m'installai en vue de la dernière partie de notre voyage. Le maître naviguait à bonne allure et nous pensions atteindre Los Angeles à temps pour le dîner. Je me rappelle avoir plaidé en faveur d'un restaurant chic pour notre première soirée en ville. On rencontrerait peut-être Buster Keaton ou Harold Lloyd, suggérai-je, et ne serait-ce pas chouette, ça ? S'imaginer en train de serrer la main à ces types-là par-dessus une montagne d'omelette norvégienne dans un club luxueux ! S'ils étaient d'humeur, on pourrait même s'offrir une bagarre de tartes à la crème et foutre le bordel dans l'établissement. Le maître commençait tout juste à rire de ma description de cette scène loufoque quand, levant les yeux, j'aperçus quelque chose sur la route devant nous.

— Qu'est-ce que c'est que ça ? fis-je.

— Quoi, ça ? fit le maître. Et quelques instants plus tard, nous tentions désespérément de sauver nos peaux.

Ça, c'était une bande de quatre hommes répartis en travers de l'étroite chaussée. Ils se tenaient debout l'un à côté de l'autre — à deux, trois cents yards de nous — et au début on les distinguait mal. Sous le flamboiement du soleil et dans la chaleur qui s'élevait du sol, ils avaient l'air de spectres venus d'une autre planète, silhouettes vibrantes faites de lumière et d'air. Cinquante yards plus avant, je vis qu'ils avaient les mains levées au-dessus de leurs têtes, comme pour nous faire signe d'arrêter. A ce moment-là, je les prenais pour une équipe de cantonniers et même quand, d'un peu plus près, je remarquai qu'ils avaient des mouchoirs sur la figure, je n'en fus pas intrigué. Il fait poussiéreux dans ce coin, me disais-je, et s'il y a du vent, il faut bien se protéger. Mais lorsque nous ne fûmes plus qu'à soixante ou soixante-dix yards d'eux, je m'aperçus soudain que tous les quatre tenaient dans leurs mains levées des objets de métal brillant. A l'instant même où je comprenais que c'étaient des revolvers, le maître freina à bloc, stoppa la voiture dans un dérapage, et passa en marche arrière. Nous ne prononçâmes pas un mot, ni l'un, ni l'autre. L'accélérateur au plancher, nous reculions, moteur hurlant, châssis bringuebalant. Les quatre malandrins nous avaient pris en chasse et couraient sur la route, et les canons de leurs armes étincelaient au soleil. Maître

Yehudi avait la tête tournée de l'autre côté pour regarder par la lunette arrière et ne pouvait voir ce que je voyais, mais comme j'observais les bandits en train de nous rattraper, je remarquai que l'un d'eux boitait. C'était un vrai sac d'os, tout décharné, avec un cou de poulet, et pourtant, en dépit de son handicap il courait plus vite que les autres. Il se retrouva bientôt seul en tête, et c'est alors que son mouchoir glissa de son visage et que je le vis réellement pour la première fois. Malgré la poussière qui volait de toutes parts, j'aurais reconnu cette gueule n'importe où. Edward J. Sparks. Le seul et unique était de retour, et dès l'instant où je posai les yeux sur l'oncle Slim, je compris que ma vie était définitivement fichue.

Je criai pour surmonter le vacarme du moteur emballé : Ils nous rattrapent ! Faites demi-tour ! Ils sont à portée de tir !

C'était un sacré coup de dés. En marche arrière, nous ne pouvions pas aller assez vite pour leur échapper, et pourtant, prendre le temps de nous retourner nous ralentirait encore. Il fallait le risquer, cependant. Si nous n'augmentions pas notre vitesse dans les quatre secondes environ, il ne nous restait plus une chance.

Maître Yehudi vira brusquement à droite et pivota frénétiquement en marche arrière tout en enclenchant la première. La boîte de vitesses fit entendre un grincement abominable, les roues arrière quittèrent la route et heurtèrent des rochers épars, et la voiture tournoya, se débattit, privée de traction, avec des gémissements et des secousses. Il fallut une seconde ou deux avant que les pneus retrouvent prise, et lorsque enfin nous repartîmes de là, le nez pointé dans le bon sens, les armes aboyaient derrière nous. Une balle toucha un pneu arrière, et à l'instant où le caoutchouc éclatait, la Pierce Arrow bascula follement vers la gauche. Le maître continua sur sa lancée, sans jamais lever le pied. A grands coups de volant, il réussit à nous maintenir sur la chaussée, et il passait déjà la troisième quand une autre balle transperça la vitre arrière. Il poussa un hurlement et leva les mains. La voiture bondit de la route et tressauta sur le sol rocailleux du désert, et un moment plus tard du sang se mit à jaillir de l'épaule droite du maître. Dieu sait où il en trouva la force, mais il réussit à empoigner à nouveau le volant pour faire une dernière tentative. Ce ne fut pas de sa faute si elle n'aboutit pas. La voiture tanguait à présent, incontrôlée, et avant qu'il ait pu nous remettre dans la bonne direction, la roue avant droite grimpa sur une grande pierre qui dépassait, telle une rampe, et tout bascula complètement.

De l'heure qui suivit, je ne sais rien. Le choc me fit valser de mon siège et la dernière chose dont je me souviens, c'est d'être parti en vol plané vers le maître. Quelque part entre le décollage et l'atterrissage, je dus me cogner la tête contre le tableau de bord ou le volant, car lorsque la voiture cessa d'avancer, j'étais déjà dans les pommes. Des quantités de choses se passèrent alors, mais je n'en fus pas témoin. Je ne vis pas Slim et ses hommes se précipiter sur la voiture et nous voler le coffre-fort qui se trouvait dans la malle. Je ne les vis pas taillader les trois autres pneus. Je ne les vis pas ouvrir nos valises, ni éparpiller nos vêtements sur le sol. Pourquoi ils ne nous ont pas tués ensuite, ça restera toujours un mystère pour moi. Ils ont dû débattre le pour et le contre, mais je n'entendis rien de ce qu'ils disaient et rien ne me permet de conjecturer sur leurs raisons de nous épargner. Peut-être que nous avions déjà l'air morts, ou bien qu'ils s'en foutaient pas mal. Ils avaient le coffre-fort contenant tout notre argent, et même si nous respirions encore quand ils nous laissèrent, ils pensaient sans doute que nous allions de toute façon mourir de nos blessures. S'il y eut la moindre consolation au fait de nous retrouver dépouillés jusqu'au dernier centime, elle tenait à la médiocrité de la somme avec laquelle ils étaient repartis. Slim devait s'être figuré que nous avions des millions. Il devait avoir compté sur un pot comme on n'en voit qu'un dans une vie, et tout ce que ses efforts lui rapportaient, c'était vingt-sept pauvres milliers de dollars. Une fois partagé en quatre, ça ne faisait pas de bien grosses parts. Un gain dérisoire, en vérité, et j'étais content d'imaginer sa déception. Pendant des années et des années, ça m'a réchauffé l'âme d'imaginer combien il avait dû se sentir anéanti.

Je crois que mon évanouissement dura une heure — mais ce fut peut-être plus, peut-être moins. En tout cas, quand je revins à moi, je me retrouvai couché sur le maître. Il était encore inconscient, et nous étions tous deux coincés contre la portière, côté conducteur, les membres emmêlés et les vêtements trempés de sang. La première chose que j'aperçus après avoir cligné des yeux pour préciser ma vision fut une fourmi en train d'escalader une petite pierre. J'avais la bouche pleine de bouts de terre et de poussière, et le visage aplati contre le sol. C'était dû au fait que la vitre était baissée au moment de l'accident, et c'était une chance, je suppose, si on peut employer le mot *chance* pour décrire de telles choses. Au moins, je n'avais pas donné de la tête dans la vitre. De cela, sans doute, je pouvais me réjouir. Au moins, mon visage n'avait pas été lacéré.

J'avais un mal de gueux au front et le corps tout contusionné, mais rien de cassé. Je m'en rendis compte quand je me redressai pour tenter d'ouvrir la portière au-dessus de moi. Si j'avais eu quelque chose de grave, je n'aurais pas pu bouger. Ce ne fut pas facile, néanmoins, de faire tourner cette masse sur ses gonds. Elle pesait bien une demi-tonne, et vu l'inclinaison bizarre de la voiture et la difficulté d'y trouver un point d'appui, je dois m'être débattu pendant cinq minutes avant de me hisser tant bien que mal à travers l'ouverture. L'air chaud me frappa au visage, il me parut frais après l'étuve qu'était devenu l'intérieur de la Pierce Arrow. Je restai pendant quelques secondes assis sur mon perchoir, à cracher de la poussière et aspirer la brise douceâtre, et puis mes mains glissèrent et à l'instant où je touchais la carrosserie chauffée à blanc, je fus obligé de sauter. Je m'écrasai par terre, me ramassai, et entrepris en trébuchant de contourner la voiture. En chemin, j'aperçus la malle ouverte et remarquai que le coffrefort n'y était plus, mais puisque c'était couru d'avance, je ne m'arrêtai pas à y réfléchir. Le flanc gauche de la Pierce Arrow avait atterri sur un affleurement rocheux et il y avait un petit espace entre le sol et la portière — à peu près six à huit pouces. Ce n'était pas suffisant pour que j'y passe la tête ; pourtant, en me couchant à plat je réussis à voir assez loin là-dessous pour distinguer la tête du maître qui dépassait de la fenêtre. Je ne peux expliquer comment ça se produisit, mais à l'instant où je l'apercevais par cette fente étroite, il ouvrit les yeux. Il me vit le regarder, et aussitôt il tordit son visage en quelque chose qui ressemblait à un sourire.

— Sors-moi d'ici, Walt, dit-il. J'ai le bras tout esquinté, je ne peux pas bouger seul.

Je retournai en courant de l'autre côté de la voiture, ôtai ma chemise et la roulai en boule autour de mes mains, en guise de moufles improvisées pour protéger mes paumes du métal brûlant. Je grimpai alors sur le toit et, prenant appui sur le bord de l'ouverture de la porte, me penchai à l'intérieur pour en tirer le maître. Malheureusement, c'était son épaule droite qui était atteinte et il ne pouvait remuer ce bras. Il essaya de se retourner afin de me tendre l'autre, mais ça demandait un effort, un effort énorme, et je me rendis compte qu'il souffrait atrocement. Je lui dis de ne pas bouger, enlevai la ceinture de mon pantalon et fis une nouvelle tentative, en laissant descendre la lanière de cuir dans la voiture. Ça parut faire l'affaire. Maître Yehudi la saisit de la main gauche et je me mis à tirer. Je n'ai pas envie de me rappeler combien de fois il se cogna, combien de fois il glissa, mais nous nous acharnâmes tous les deux et, au bout de vingt ou trente minutes, nous parvînmes à le délivrer.

Nous nous étions donc plantés en plein désert Mojave. La voiture était foutue, nous n'avions pas d'eau et la ville la plus proche était à plus de quarante miles. La situation était grave, mais le pire, là-dedans, c'était la blessure du maître. Il avait perdu énormément de sang pendant ces deux heures. Il avait des os fracassés et des muscles déchirés, et il avait épuisé ses dernières forces à s'extraire de la voiture. Je le fis asseoir dans l'ombre de la Pierce Arrow puis je courus chercher une partie des vêtements éparpillés sur le sol. L'une après l'autre, je ramassai ses belles chemises blanches et ses cravates de soie cousues main, et quand j'en eus les bras si pleins que je ne pouvais en prendre davantage, je les rapportai pour m'en servir comme pansements. C'était la meilleure idée que j'avais pu trouver, mais ce n'était pas fameux. Je nouai les cravates bout à bout, déchirai les chemises en longues bandes et lui en entourai l'épaule aussi étroitement que je pouvais — mais le sang perça l'étoffe avant même que j'aie fini.

— On va se reposer ici quelque temps, dis-je. Quand le soleil commencera à baisser, on verra si on peut vous remettre sur pied et marcher.

— Ce n'est pas la peine, Walt. Je n'y arriverai jamais.

— Bien sûr que si. On va partir sur la route et, ça tardera pas, il viendra une voiture qui nous ramassera.

— Il n'est pas passé une voiture ici de toute la journée.

— Fait rien. Quelqu'un finira bien par arriver. C'est la loi des probabilités.

— Et s'il ne vient personne ?

— Alors je vous porterai sur mon dos. De toute

façon, on vous emmènera chez un toubib qui vous raccommodera.

Maître Yehudi ferma les yeux et murmura, à travers sa souffrance : Ils ont pris l'argent, n'est-ce pas ?

— Ça oui, pas d'erreur ! Tout est parti, jusqu'au dernier sou.

— Ah, soupira-t-il en faisant de son mieux pour sourire. Eh bien, ça va, ça vient, hein, Walt ?

— C'est à peu près ça, oui.

Maître Yehudi commença à rire, mais les secousses lui faisaient trop mal pour qu'il pût continuer. Il prit le temps de se ressaisir puis, sans le moindre à-propos, me regarda dans les yeux et déclara : Dans trois jours, nous aurions été à New York.

— C'est de l'histoire ancienne, ça, patron. Dans un jour, nous serons à Hollywood.

Le maître me dévisagea un long moment sans rien dire. Puis, soudain, il tendit la main gauche et me saisit le bras.

— Ce que tu es, dit-il enfin, c'est grâce à moi. Pas vrai, Walt ?

— Tout ce qu'il y a de plus vrai. Je n'étais qu'un bon à rien avant que vous me trouviez.

— Je veux seulement que tu saches que ça marche dans les deux sens. Ce que je suis, c'est grâce à toi.

Je ne savais que répondre à celle-là et n'essayai donc pas. Il y avait quelque chose d'étrange dans l'atmosphère, et tout à coup je n'aurais plus pu dire où nous allions. Je ne prétends pas que j'avais peur — du moins, pas encore — mais mon estomac commençait à se crisper et à palpiter, ce qui était toujours un signe certain de perturbation atmosphérique. Chaque fois qu'un de ces fandangos naissait dans mes entrailles, je savais que le temps allait changer.

— Ne t'en fais pas, Walt, continuait le maître. Tout va s'arranger.

— Je l'espère. Votre façon de me regarder, juste là, y a de quoi donner la chair de poule.

— Je réfléchis, c'est tout. Je réfléchis aussi profondément que je peux. Tu ne devrais pas t'en inquiéter.

— J'suis pas inquiet. Du moment que vous me jouez pas un tour, je serai pas inquiet du tout.

— Tu me fais confiance, Walt, n'est-ce pas ?

— Bien sûr que je vous fais confiance.

— Tu ferais n'importe quoi pour moi, non ?

— Bien sûr, vous le savez bien.

— Eh bien, voilà ce que je voudrais que tu fasses pour moi maintenant : grimpe dans la voiture et va chercher le revolver qui est dans la boîte à gants.

— Le revolver ? Pourquoi vous le voulez ? Y a plus de bandits à abattre. Y a que nous et le vent, ici — et encore, ce vent, ça vaut pas la peine d'en parler.

— Ne pose pas de questions. Fais ce que je te demande, apporte-moi le revolver.

Avais-je le choix ? Oui, sans doute. J'aurais sans doute pu refuser, et l'affaire en serait restée là. Mais le maître m'avait donné un ordre, et je n'allais pas me montrer insolent — pas à ce moment, pas à un moment pareil. Il voulait le revolver, et en ce qui me concernait, mon boulot consistait à aller le lui chercher. Donc, sans un mot de plus, je grimpai dans la voiture et le pris.

— Merci, Walt, dit-il quand je le lui donnai un instant plus tard. Tu es un petit gars selon mon cœur.

— Faites attention, dis-je. Cette arme est chargée, et la dernière chose qu'il nous faut c'est un autre accident.

— Viens ici, fils, dit-il en tapotant le sol à côté de lui. Assieds-toi près de moi et écoute ce que j'ai à te dire.

J'avais déjà commencé à tout regretter. La douceur de son ton en disait long, et lorsque je m'assis mon estomac faisait la roue et du saut à la perche jusque dans mon œsophage. La peau du maître était d'une blancheur de craie. Mais son regard demeurait calme. Toute l'énergie qu'il possédait encore se trouvait dans ses yeux, et il garda les yeux fixés sur moi pendant tout le temps qu'il me parla.

— Voilà ce qu'il en est, Walt. Nous sommes dans un mauvais pas, et il faut nous en sortir. Si nous ne nous en sortons pas rapidement, nous allons claquer tous les deux.

— C'est bien possible. Pourtant, ce serait pas raisonnable de partir avant qu'il fasse un peu moins chaud.

— Ne m'interromps pas. Ecoute-moi d'abord jusqu'au bout, et puis tu auras la parole.

Il se tut un instant pour s'humecter les lèvres du bout de la langue, mais il lui restait trop peu de salive pour que ce geste lui fût bien utile.

— Il faut nous lever et partir d'ici. C'est une certitude, et plus nous attendrons, plus ce sera dur. Le problème, c'est que je ne peux ni me lever ni marcher. Rien ne changera rien à cela. Quand le soleil baissera, je serai plus faible que maintenant, c'est tout.

— Peut-être que oui, peut-être que non.

— Il n'y a pas de peut-être, petit malin. Alors, au lieu de rester assis ici à perdre du temps, j'ai une proposition à te faire.

— Ah ouais, et laquelle ?

— Je reste ici, et tu pars seul.

— Pas question. Je vous quitte pas, maître. C'est une promesse que j'ai faite il y a longtemps, et j'ai l'intention de la tenir.

— Ce sont de beaux sentiments, bonhomme, mais ils ne te causeront que des ennuis. Il faut que tu partes d'ici, et tu ne peux pas le faire avec la charge que je serais pour toi. Regarde la réalité en face. Ce jour est le dernier que nous passons ensemble. Tu le sais, et je le sais, et plus vite nous l'admettrons, mieux ça vaudra pour toi et moi.

— Rien à faire. J'suis pas d'accord, pas une seconde.

— Tu n'as pas envie de me quitter. Ce n'est pas que

tu penses que tu ne dois pas partir, mais ça te fait de la peine de penser à moi gisant ici dans cet état. Tu n'as pas envie que je souffre, et je t'en suis reconnaissant. Ça montre que tu as bien appris ta leçon. Mais je t'offre un moyen d'en sortir, et lorsque tu y auras un peu réfléchi, tu te rendras compte que c'est la meilleure solution pour nous deux.

— C'est quoi, ce moyen ?

— C'est très simple. Tu prends ce revolver et tu me tires une balle dans la tête.

— Enfin, maître ! C'est pas le moment de plaisanter.

— Ce n'est pas une plaisanterie, Walt. D'abord tu me tues, et puis tu vas ton chemin.

— Le soleil vous a tapé sur le crâne, maître, vous êtes devenu marteau. Vous avez une balle dans l'épaule, c'est tout. Ça fait sûrement très mal, mais vous allez pas en mourir. Les toubibs vous réparent ces trucs-là en deux temps, trois mouvements.

— Je ne parle pas de la balle. Je parle du cancer que j'ai au ventre. Nous n'avons plus besoin de nous jouer la comédie à son sujet. J'ai les tripes massacrées, bousillées, il ne me reste pas plus de six mois à vivre. Même si je parvenais à me tirer d'ici, je suis fichu, de toute façon. Alors pourquoi ne pas prendre les choses en main ? Six mois de souffrance et d'agonie — voilà ce qui m'attend. J'espérais te lancer sur une voie nouvelle avant de fermer mon parapluie, et puis, voilà : ce n'était pas écrit. Je le regrette. Je regrette des tas de choses, mais tu me rendras un grand service si tu appuies maintenant sur la détente, Walt. Je compte sur toi, et je sais que tu ne me laisseras pas tomber.

— Ça suffit. Arrêtez de parler comme ça, maître. Vous ne savez plus ce que vous dites.

— La mort n'est pas si terrible, Walt. Quand on arrive à bout de course, c'est la seule chose qu'on souhaite vraiment.

— Je le ferai pas. Jamais de la vie. Vous pouvez

me demander ça jusqu'à la fin des temps, jamais je ne lèverai la main contre vous.

— Si tu ne le fais pas, je serai obligé de le faire moi-même. C'est beaucoup plus difficile comme ça, et j'espérais que tu m'épargnerais cette peine.

— Seigneur Dieu, maître, posez ce revolver.

— Désolé, Walt. Si tu ne veux pas voir ça, dis-moi au revoir maintenant.

— Je dirai rien. Vous aurez pas un mot de moi tant que vous aurez pas posé ce revolver.

Il ne m'écoutait plus. Les yeux toujours fixés dans les miens, il plaça l'arme contre sa tête et releva le chien. C'était comme s'il m'avait mis au défi de l'arrêter, au défi de tendre le bras pour attraper le revolver — et j'étais incapable de bouger. Je restai là, assis, à le regarder, sans un geste.

Sa main tremblait et son front ruisselait de sueur, mais ses yeux restaient calmes et clairs.

— Souviens-toi des bons moments, dit-il. Souviens-toi de ce que je t'ai appris. Et puis il déglutit une fois, ferma les yeux et pressa la détente.

III

Il me fallut trois ans pour retrouver la piste de l'oncle Slim. Pendant plus d'un millier de jours, je parcourus le pays à la recherche de ce salaud dans toutes les grandes villes, de San Francisco à New York. Je vivais au jour le jour, comme je pouvais, de chapardages et de combines, et peu à peu je redevins le gueux que j'étais de naissance. Je voyageais en auto-stop, à pied, caché dans des trains. Je dormais sur des seuils, dans des repaires de clochards, dans des asiles de nuit, en plein champ. Dans certaines villes, j'ai jeté mon chapeau sur le trottoir et jonglé avec des oranges devant les passants. Dans d'autres, j'ai balayé des planchers et vidé des poubelles. Dans d'autres encore, j'ai volé. Je piquais de la nourriture dans des cuisines de restaurants, de l'argent dans des caisses enregistreuses, des chaussettes et des sous-vêtements dans des bacs chez *Woolworth's* — tout ce qui me tombait sous la main. J'ai fait la queue pour avoir du pain et ronflé pendant le sermon à l'Armée du Salut. J'ai dansé des claquettes aux carrefours. J'ai chanté en échange d'un souper. Un jour, dans un cinéma de Seattle, j'ai reçu dix dollars d'un vieillard qui voulait me sucer la queue. Une autre fois, j'ai trouvé un billet de cent dollars dans le caniveau de Hennepin Avenue, à Minneapolis. Dans le courant de ces trois années, une douzaine de personnes sont venues à moi en douze endroits différents pour me demander si j'étais Walt le Prodige. Le premier m'a pris au dépourvu, mais ensuite j'avais ma réponse prête : Désolé, vieux, disais-je. Jamais entendu ce nom. Vous devez me confondre avec quelqu'un d'autre. Et sans leur laisser le temps d'insister, je touchais ma casquette et disparaissais dans la foule.

J'allais sur mes dix-huit ans quand je le rattrapai. J'avais atteint ma taille définitive de cinq pieds, cinq pouces et on était à deux mois à peine de l'investiture de Roosevelt. Les bootleggers faisaient encore des affaires mais, la prohibition étant sur le point de rendre l'âme, ils exploraient, tout en écoulant leurs fonds de stocks, de nouvelles perspectives d'investissements frauduleux. C'est ainsi que je retrouvai mon oncle. Dès que j'eus compris que Hoover allait être renversé, je commençai à frapper à la porte de tous les trafiquants que je pus trouver. C'était bien le style de Slim de se brancher sur une opération sans avenir comme la gnôle de contrebande, et il y avait des chances, s'il avait mendié un boulot à quelqu'un, pour qu'il ait fait ça près de chez lui. Ça éliminait les côtes est et ouest. J'avais déjà perdu assez de temps dans ces coins-là, et je commençai donc à me concentrer sur les lieux qu'il avait eu l'habitude de fréquenter. Ne trouvant rien à Saint Louis, à Kansas City ni à Omaha, j'élargis mes recherches à des zones de plus en plus vastes du Middle West. Milwaukee, Cincinnati, Minneapolis, Chicago, Detroit. De Detroit, je retournai à Chicago et, alors que je n'avais rencontré aucune trace de lui les trois premières fois que j'y étais venu, à la quatrième ma chance tourna. Oubliez le trois porte-chance. Trois strikes, et vous êtes éliminé, mais quatre balles et vous faites le tour du stade, et quand je revins à Chicago en janvier 1933, j'arrivai enfin en première base. La piste menait à Rockford, en Illinois — à quatre-vingts miles de là — et à Rockford je le trouvai : assis dans un entrepôt, à trois heures du matin, en train de garder deux cents caisses de whisky canadien de contrebande.

Il aurait été facile de le tuer là, sur-le-champ. J'avais en poche un revolver chargé et, si l'on considère que c'était celui-là même dont le maître s'était servi trois ans auparavant, il y aurait eu une certaine équité à le tourner à présent contre Slim. Mais j'avais d'autres projets, et il y avait si longtemps que je les fignolais que je n'allais pas me laisser emporter. Il ne me suffisait pas de tuer Slim. Il fallait qu'il sache par qui il allait être exécuté et, avant de l'autoriser à mourir, je voulais qu'il vive avec sa mort pendant un bon petit moment. Ce n'était que justice, après tout, et si on ne pouvait savourer sa vengeance, à quoi bon se venger ? Puisque j'étais entré dans la pâtisserie, j'avais l'intention de me goberger.

Le moins qu'on puisse dire, c'est que mon plan était compliqué. Il était tout imprégné de souvenirs du passé, et je ne l'aurais jamais imaginé sans les livres qu'Esope me lisait du temps de la ferme à Cibola. Dans l'un de ceux-ci, un gros bouquin à la couverture bleue déchirée, il était question du roi Arthur et des chevaliers de la Table ronde. A l'exception de mon homonyme, Sir Walter, ces gars fringués de métal étaient mes héros favoris, et je réclamais cette série d'histoires plus souvent que toute autre. Chaque fois que j'avais un besoin particulier de compagnie (quand je soignais mes blessures, disons, ou simplement quand j'étais déprimé à force de lutter avec le maître), Esope interrompait ses études pour monter s'asseoir à mon chevet, et je n'ai jamais oublié quelle consolation c'était d'écouter ces histoires de magie noire et d'aventures. A présent que j'étais seul au monde, elles me revenaient souvent en mémoire. Moi aussi, j'avais entrepris une quête, après tout. Je cherchais mon Graal à moi, et après un an ou deux de cette quête, quelque chose de curieux se produisit : la coupe de la légende se transforma en une coupe réelle. Buvez de cette coupe, elle vous donnera la vie. Mais la vie que je cherchais ne pouvait commencer qu'avec la mort de mon oncle. C'était ça, mon saint Graal, et il n'y aurait aucune vie valable pour moi tant que je ne l'aurais pas trouvé. Bois de cette coupe, elle te donnera la mort. Peu à peu, une coupe devint l'autre et, au fil de mes déplacements, je me mis à imaginer de plus en plus clairement comment j'allais le tuer. Je me trouvais à Lincoln, dans le Nebraska, quand mon projet se cristallisa enfin — attablé, le dos rond, devant un bol de soupe offert par la mission luthérienne Saint-Olaf — et après cela aucun doute ne demeura. J'allais remplir une coupe de strychnine et obliger le salaud à la boire. Telle était l'image que je voyais, et dès ce jour elle ne me quitta plus. Je lui pointerais un revolver sur la tête et je l'obligerais à boire sa propre mort.

Et me voilà en train de m'amener furtivement derrière lui dans cet entrepôt désert et glacial à Rockford, Illinois. Je venais de passer trois heures, accroupi derrière une pile de caisses en bois, à attendre que Slim somnole au point de piquer du nez, et le moment était venu. Compte tenu du nombre d'années pendant lesquelles j'avais préparé ce moment, je me sentais d'un calme remarquable.

— Salut, tonton, lui chuchotai-je à l'oreille. Ça fait un bail.

Je tenais le revolver appuyé contre l'arrière de son crâne, mais pour être certain qu'il avait compris, je déclenchai avec mon pouce le cran de sécurité. Une ampoule nue de quarante watts pendait au-dessus de la table où Slim était assis, et les outils de sa profession de gardien de nuit étaient étalés devant lui : un thermos de café, une bouteille de gnôle, un petit verre, les bandes dessinées du dimanche et un calibre trente-huit.

— Walt ? fit-il. C'est toi, Walt ?

— En chair et en os, pépère. Ton neveu préféré numéro un.

— J'ai rien entendu, nom de Dieu. Comment t'as fait pour t'amener comme ça ?

— Pose tes mains sur la table et ne te retourne pas. Si tu essaies d'attraper ton revolver, t'es un homme mort. Tu piges ?

— Ouais, je pige, souffla-t-il avec un petit rire nerveux.

— On dirait le bon vieux temps, hein ? L'un de nous deux assis sur une chaise et l'autre qui le menace d'un revolver. J'ai pensé que tu apprécierais de me voir respecter les traditions familiales.

— T'as aucune raison de faire ça, Walt.

— Ferme-la. Si tu te mets à me supplier, je te bute tout de suite.

— Seigneur, gamin ! T'emballe pas !

Je reniflai l'air derrière son dos.

— Qu'est-ce que ça sent, tonton ? T'as pas déjà chié dans ton froc, si ? Je croyais que t'étais censé être un dur. Depuis toutes ces années, je me balade avec le souvenir du type coriace que t'étais.

— T'es dingue. J'ai rien fait.

— Pour moi, ça sent la merde. Ou bien c'est que la peur ? C'est la peur qui pue comme ça sur toi, mon Eddie ?

Le revolver était dans ma main gauche, et dans la droite je tenais une sacoche. Sans lui laisser le temps de poursuivre cette conversation — qui commençait déjà à me taper sur les nerfs — je balançai la sacoche devant lui sur la table en la faisant passer près de sa tête.

— Ouvre-la, dis-je. Pendant qu'il manipulait la fermeture éclair, je contournai la table et empochai son flingue. Ensuite, en écartant lentement le mien de sa tête, je fis quelques pas de plus, jusqu'à me trouver juste en face de lui. Je gardai mon arme braquée sur son visage tandis qu'il plongeait la main dans la sacoche pour en extraire le contenu : d'abord le bocal à couvercle vissé rempli de lait empoisonné, et puis le calice d'argent. J'avais fauché ce truc-là deux ans plus tôt dans la boutique d'un prêteur sur gages et, depuis, je l'avais toujours trimballé avec moi. Le métal n'était pas massif — seulement plaqué argent — mais il était garni de petites silhouettes de cavaliers en relief et je l'avais si bien astiqué ce soir-là qu'il étincelait. Lorsqu'il fut posé sur la table à côté du bocal, je reculai d'un pas ou deux de manière à me donner une vue d'ensemble. Le spectacle allait commencer et je ne voulais rien en perdre.

Slim m'avait l'air vieux, vieux comme le monde. Il paraissait vingt ans de plus que la dernière fois que je l'avais vu, et ses yeux exprimaient une telle douleur, ils étaient si pleins de souffrance et de désarroi qu'un homme moins déterminé que moi aurait pu le prendre en pitié. Mais je ne ressentais rien. Je souhaitais sa mort et, en ce moment même où je scrutais son visage, à la recherche du moindre signe d'humanité ou de bonté, je me réjouissais de le tuer.

— C'est quoi, tout ça ? demanda-t-il.

— L'heure de l'apéro. Tu vas te servir un bon verre bien tassé, amigo, et puis tu vas le boire à ma santé.

— On dirait du lait.

— Cent pour cent — et des poussières. Tout droit de Bessie la vache.

— C'est pour les mômes, le lait. Je supporte pas le goût de c'te cochonnerie.

— Ça te fera du bien. Ça renforce les os et ça met de bonne humeur. Vu ce que t'as l'air vieux, maintenant, tonton, ce serait sans doute pas une si mauvaise idée de goûter à la fontaine de Jouvence. L'effet sera miraculeux, crois-moi. Quelques gorgées de ce liquide-là, et jamais tu ne paraîtras un jour de plus qu'aujourd'hui.

— Tu veux que je verse le lait dans la coupe ? C'est ça que tu veux ?

— Verse le lait dans la coupe, lève-la, dis : Longue vie à toi, Walt, et commence à boire. Bois tout. Bois jusqu'à la dernière goutte.

— Et alors ?

— Alors rien. Tu auras rendu au monde un grand service, Slim, et Dieu te récompensera.

— Y a du poison dans ce lait, c'est ça ?

— P't-être que oui, p't-être que non. T'as qu'une façon de le découvrir.

— Putain. T'es cinglé, c'est sûr, si tu t'imagines que je vais boire ça.

— Si tu ne bois pas, tu prends une balle dans la tête. Si tu bois, t'as peut-être une chance.

— Ouais. Autant qu'un Chinois en enfer.

— On ne sait jamais. Peut-être que je fais ça juste pour te foutre la trouille. Peut-être que j'ai envie de trinquer un petit coup avec toi avant de parler affaires.

— Affaires ? Quel genre d'affaires ?

— Affaires passées, affaires en cours. Affaires à venir, même, qui sait ? Je suis fauché, Slim, j'ai besoin d'un boulot. Je suis peut-être ici pour te demander ton aide.

— Bien sûr, je t'aiderai à trouver un boulot. Mais j'ai pas besoin de boire du lait pour ça. Si tu veux, j'en parlerai à Bingo dès demain matin.

— Bon. J'y compterai. Mais d'abord, faut boire nos vitamines D. Je me rapprochai du bord de la table, tendis le bras et calai le revolver sous son menton — avec une violence qui lui fit reculer brusquement la tête. Et on va les boire tout de suite.

Slim avait les mains tremblantes, mais il entreprit de dévisser le couvercle du bocal.

— Renverse pas, dis-je, comme il commençait à verser le lait dans le calice. Si tu renverses une goutte, j'appuie sur la détente.

Le liquide blanc coula d'un récipient dans l'autre, et rien ne tomba sur la table.

— Bien, dis-je. Très bien. Maintenant, lève la coupe et prononce ton toast.

— Longue vie à toi, Walt.

Il suait des balles, le putois. Je respirai en plein toute sa puanteur quand il porta le gobelet à ses lèvres, et j'étais content, content qu'il sût ce qui l'attendait. Je guettais la terreur qui montait dans ses yeux, et soudain je me sentis trembler avec lui. Pas de honte, ni de regret — de joie.

— Efface-moi ça, vieille fripouille, dis-je. Ouvre ton cornet et en avant, glouglou.

Il ferma les yeux, se pinça le nez comme un gosse qui doit prendre un médicament et se mit à boire. Il se voyait foutu s'il buvait et foutu s'il ne buvait pas, mais au moins, je lui avais tendu un petit fétu d'espoir. Ça valait mieux que le revolver. Un revolver, c'est sûr que ça tue, tandis qu'avec le lait, je ne cherchais peut-être qu'à le tourmenter. Et même si ce n'était pas le cas, il aurait peut-être la chance de survivre au poison. Quand un homme n'a qu'une seule chance, il la saisit, même si c'est le plus hasardeux des paris. Il se boucha donc le nez et y alla et, en dépit de ce que j'éprouvais envers lui, je dois dire une chose pour cette crapule : il lampa son médicament en grand garçon. Il éclusa sa mort comme si ç'avait été une dose d'huile de ricin et, s'il pleurnicha un peu au cours de l'opération, avec des haut-le-cœur et des geignements après chaque gorgée, il avala courageusement jusqu'à ce que tout soit parti.

Planté là, tel un pantin, j'attendais que le poison frappe en guettant sur le visage de Slim des signes de détresse. Les secondes passaient, et le salaud ne basculait pas. Je m'étais attendu à un résultat immédiat — la mort après une ou deux gorgées — mais le lait devait avoir émoussé l'effet, et quand mon oncle abattit enfin la coupe vide sur la table, je me demandais déjà ce qui n'avait pas marché.

— Je t'emmerde, dit-il. Je t'emmerde, espèce d'enfoiré de bluffeur de mes deux !

Il devait avoir remarqué mon air étonné. Il avait bu assez de strychnine pour tuer un éléphant, et pourtant il se mettait debout en envoyant valser sa chaise, souriant comme un farfadet qui viendrait de gagner à la roulette russe.

— Reste où tu es, criai-je en gesticulant avec le revolver. Si tu bouges tu le regretteras.

Pour toute réponse, Slim éclata de rire : T'as pas les couilles, connard.

Et il avait raison. Il se détourna, commença à s'éloigner, et je n'arrivais pas à tirer. Il m'offrait son dos pour cible, et je restais figé à le regarder, trop secoué pour presser la détente. Il fit un pas, puis un autre, et commença à disparaître dans les ténèbres de l'entrepôt. J'écoutais son rire moqueur, un rire de fou, qui ricochait sur les murs, et au moment même où je ne pouvais plus supporter ça, au moment même où je pensais qu'il m'avait eu pour de bon, le poison le rattrapa. Il avait alors réussi à parcourir vingt ou trente pas mais il n'alla pas plus loin, ce qui signifie que, tout compte fait, ce fut moi qui ris le dernier. J'entendis le gargouillis soudain et étranglé dans sa gorge, j'entendis le choc sourd de son corps tombant sur le sol et quand enfin, en trébuchant dans l'obscurité, je parvins à le trouver, il était raide mort.

Tout de même, je ne voulais rien tenir pour acquis et je ramenai donc son corps vers la lumière afin de voir ça de plus près, en le traînant par le col, sa figure raclant le sol de ciment. Je m'arrêtai à quelques pieds de la table et puis, à l'instant où je m'apprêtais à m'accroupir et à tirer une balle dans la tête de Slim, une voix, derrière moi, m'interrompit.

— Ça va, mecton. Lâche ton feu et mets les mains en l'air.

Je lâchai le revolver, levai les mains et, très lentement, me retournai pour faire face à l'inconnu. Je ne lui vis rien de bien particulier : un gars plutôt quelconque, la quarantaine environ. Il portait un chouette costard bleu à fines rayures et des pompes noires de luxe, et arborait sur la poitrine une pochette couleur pêche. Je le crus d'abord plus âgé, mais ce n'était que parce qu'il avait attrapé des cheveux blancs. Si on regardait son visage, on se rendait compte qu'il n'était pas vieux du tout.

— Tu viens de descendre un de mes hommes, dit-il. Ça se fait pas, ça, gamin. Tant pis si tu es jeune. Tu fais un truc pareil, tu dois payer.

— Ouais, d'accord, répliquai-je, j'ai tué ce fils de pute. Il l'avait bien cherché, et je l'ai eu. C'est comme ça qu'on traite la vermine, m'sieu. Quand ça se faufile dans la maison, on s'en débarrasse. J'ai fait ce que j'étais venu faire, et y a que ça qui compte. Si je meurs maintenant, au moins je mourrai heureux.

D'étonnement, les sourcils de l'homme s'élevèrent d'un ou deux millimètres et hésitèrent un instant là-haut. Mon petit discours l'avait désarçonné et il ne savait trop comment réagir. Après y avoir réfléchi quelques secondes, il parut décidé à s'en amuser.

— Ainsi tu veux mourir maintenant, dit-il. C'est ça ?

— J'ai pas dit ça. C'est vous qui tenez le flingue, pas moi. Si vous voulez tirer, j'y peux pas grand-chose.

— Et si je ne tirais pas ? Qu'est-ce que je serais censé faire de toi, alors ?

— Eh bien, vu que vous venez de perdre un de vos hommes, vous pourriez avoir envie d'engager quelqu'un pour le remplacer. Je sais pas depuis combien de temps Slim bossait pour vous, mais ça vous a sûrement suffi pour vous rendre compte du genre de sac de merde à la cervelle puante qu'il était. Si vous saviez pas ça, je serais pas debout ici, maintenant, pas vrai ? Je serais allongé par terre avec une balle dans le cœur.

— Slim avait ses défauts. Je ne te contredirai pas sur ce point.

— Vous avez pas perdu grand-chose, m'sieu. Si vous regardez le pour et le contre, vous verrez que vous y gagnez. Pourquoi faire semblant de regretter un type aussi nul que Slim ? Quoi qu'il ait fait pour vous, je ferai mieux. C'est une promesse.

— Tu n'as pas la langue dans ta poche, morpion.

— Après les trois ans que je viens de passer, c'est à peu près la seule chose qui me reste.

— Et un nom ? Il t'en reste un ?

— Walt.

— Walt comment ?

— Walt Rawley, monsieur.

— Tu sais qui je suis, Walt ?

— Non, monsieur. Pas la moindre idée.

— On m'appelle Bingo Walsh. Ça te dit quelque chose ?

— Sûr que ça me dit quelque chose. Vous êtes Mr Chicago. Le bras droit du boss O'Malley. Vous êtes le Roi du Loop, Bingo, le type qui tire les ficelles et qui mène la danse, celui qui lance la roue et fait tourner les affaires.

Il ne put s'empêcher de sourire de mon baratin. Si vous racontez à un numéro deux qu'il est le numéro un, il est forcé d'apprécier le compliment. Etant donné qu'il n'avait toujours pas baissé son arme, je ne me sentais pas d'humeur à lui dire des choses désagréables. Du moment que ça me maintenait en vie, j'étais prêt à lui gratter le dos jusqu'à perpète.

— OK, Walt, dit-il. On va tenter le coup. Deux, trois mois, et puis on verra où on en est. Une période d'essai, en quelque sorte, pour apprendre à se connaître. Mais ensuite, si je ne suis pas content de toi, je te jette. Je t'envoie faire un long voyage.

— Là où Slim vient de partir, je suppose.

— C'est le marché que je te propose. A prendre ou à laisser, gamin.

— Ça me paraît régulier. Si j'y arrive pas, vous me coupez la tête à la hache. Ouais, je peux vivre avec ça. Eh merde, pourquoi pas ? Si je suis pas capable de marcher avec vous, Bingo, à quoi bon vivre, de toute façon ?

C'est ainsi que débuta ma nouvelle carrière. Bingo m'initia et m'apprit les ficelles, et peu à peu je devins son poulain. Les deux mois d'essais furent une épreuve pour mes nerfs, mais à la fin de cette période j'avais encore la tête attachée au corps, et par la suite je m'aperçus que je prenais goût aux affaires. O'Malley régnait sur l'une des plus vastes organisations du comté de Cook, et Bingo était chargé de diriger la boutique. Paris, loteries, bordels, protection, machines à sous — autant d'entreprises qu'il gérait d'une main ferme, sans comptes à rendre qu'au patron en personne. Je l'avais rencontré à un moment tumultueux, une époque de transition et de perspectives nouvelles, et avant la fin de cette année il s'était affirmé comme l'un des talents les plus brillants du Middle West. C'était une chance de l'avoir pour mentor. Bingo me prit sous son aile, je gardai les yeux ouverts et écoutai ce qu'il me disait, et ma vie changea du tout au tout. Après trois années de désespoir et de famine, j'avais désormais l'estomac plein, de l'argent en poche et des vêtements convenables sur le dos. J'étais relancé, et parce que j'étais le poulain de Bingo, les portes s'ouvraient dès que je frappais.

Je commençai par de petits boulots, comme son garçon de courses et boy à tout faire. J'allumais ses cigarettes et portais ses costumes chez le teinturier ; j'achetais des fleurs pour ses maîtresses et faisais reluire ses chapeaux de roues ; je bondissais à ses ordres avec un enthousiasme de jeune chien. Ça paraît humiliant mais, en vérité, jouer les valets ne me dérangeait pas. Je savais que mon jour viendrait, et en attendant j'étais bien content qu'il m'eût embauché. C'était la Crise, après tout, et où un type comme moi aurait-il trouvé mieux ? Je n'avais pas d'instruction, aucun talent, pas la moindre formation en dehors d'une carrière qui était déjà close, je ravalai donc mon orgueil et fis ce qu'on me disait. S'il fallait que je lèche des bottes pour gagner ma croûte, eh bien d'accord, je deviendrais le meilleur lécheur de bottes à la ronde. Quelle importance si je devais écouter les histoires de Bingo et rire de ses blagues ? Ce type n'était pas mauvais conteur, et à vrai dire, il pouvait être très drôle quand il voulait.

Une fois que je l'eus convaincu de ma loyauté, il ne me brida plus. Au début du printemps je grimpais déjà l'échelle, et dès lors la seule question fut la rapidité avec laquelle j'accéderais à l'échelon suivant. Bingo me mit en équipe avec un ex-boxeur du nom de Grogan le Bégayeur et nous commençâmes, le Bégayeur et moi, à faire la tournée des bars, des restaurants et des kiosques à bonbons afin d'encaisser le coût hebdomadaire de la protection d'O'Malley. Ainsi que le suggère son nom, le Bégayeur n'était pas fort en discours, mais j'avais le sens des mots imagés et chaque fois que nous tombions sur un cossard ou sur un mauvais payeur, je dépeignais en termes si colorés ce qui arrivait aux clients qui manquaient à leurs engagements que mon partenaire avait rarement besoin de ses poings. Il m'était un renfort utile et je trouvais bon de l'avoir là pour étayer des démonstrations en termes de "ou bien-ou bien", même si je m'enorgueillissais de ma capacité à régler les conflits sans devoir recourir à ses services. A la longue, l'écho de mes succès remonta jusqu'à Bingo, qui me changea de poste et me confia la loterie dans le South Side. Nous avions bien travaillé ensemble, le Bégayeur et moi, mais je fus content de me retrouver seul et, pendant six mois, j'arpentai les trottoirs d'une douzaine de quartiers noirs différents, en bavardant avec mes habitués tandis qu'ils lâchaient leur menue monnaie dans l'espoir de gagner quelques dollars de rab. Tous avaient un système, du petit marchand de journaux du coin au sacristain de l'église, et j'aimais écouter les gens qui me racontaient comment ils choisissaient leurs combinaisons. Les chiffres venaient de partout. D'anniversaires et de rêves, des résultats sportifs et du prix des patates, de fêlures dans le revêtement de la chaussée, de plaques d'immatriculation, de listes de blanchisserie et du nombre des fidèles présents à la réunion de prières du dimanche précédent. Les chances de gagner étaient pratiquement nulles, si bien que personne ne m'en voulait quand il perdait, mais dans les rares occasions où quelqu'un touchait, j'étais métamorphosé en porteur de bonnes nouvelles. Je devenais le comte de la Bonne Etoile, le duc des Largesses aux liasses épaisses, et j'adorais voir le visage des gens s'éclairer quand je leur allongeais leur argent. L'un dans l'autre, ce n'était pas un boulot désagréable, et quand enfin Bingo m'accorda une nouvelle promotion, je regrettai presque d'arrêter.

De la loterie, je passai aux paris, et quand 1936 arriva j'étais le patron et chef opérateur d'une officine située Locust Street, un lieu douillet et enfumé, planqué dans l'arrière-salle d'un dépôt de nettoyage à sec. Les clients s'amenaient avec leurs chemises et leurs pantalons froissés, les laissaient devant, sur le comptoir, et poursuivaient leur chemin entre les rangées de vêtements suspendus, vers la pièce secrète, tout au fond. Presque tous ceux qui entraient là parlaient en rigolant d'aller se faire nettoyer. C'était une blague traditionnelle pour les gens qui travaillaient sous mes ordres, et après quelque temps nous commençâmes à parier sur le nombre de personnes qui la sortiraient un jour donné. Selon la formule de Waldo McNair, mon comptable, cet endroit était "le seul au monde où on vous vide les poches en même temps qu'on repasse votre pantalon. Claquez votre pèze sur les chevaux, vous ne perdrez tout de même pas votre chemise".

C'était une bonne petite affaire que j'avais là, dans cette pièce derrière la teinturerie *Benny's*. Il y avait beaucoup d'allées et venues, mais j'avais embauché un gamin qui me faisait un ménage impeccable, et je veillais toujours à ce qu'on éteigne les mégots dans les cendriers et non par terre. Mes téléscripteurs, le dernier cri de l'équipement moderne, étaient reliés à tous les hippodromes importants du pays, et je maintenais la loi à distance grâce à des donations régulières aux plans de retraite privés d'une demi-douzaine de flics. Je venais d'atteindre vingt et un ans et, de tous les points de vue, je l'avais belle. J'habitais une chouette chambre au *Featherstone Hotel*, je possédais une pleine armoire de costumes coupés pour moi à moitié prix par un tailleur italien, je pouvais filer à Wrigley pour regarder jouer les *Cubs* tous les après-midi que je voulais. Tout ça, c'était déjà pas mal, et en plus il y avait des femmes, des tas de femmes, et je m'assurais que mes valseuses pouvaient s'en donner tout leur content. Après la décision terrible à laquelle j'avais été contraint sept ans auparavant à Philadelphie, mes couilles m'étaient devenues infiniment précieuses. J'avais renoncé pour elles à viser la renommée et la fortune, et puisque Walt le Prodige n'existait plus, il me semblait que la meilleure façon de justifier mon choix était de me servir d'elles aussi souvent que je pouvais. Je n'étais plus vierge à mon arrivée à Chicago, mais ma carrière d'étalon n'avait pas pris son plein envol avant que je m'attache à Bingo et que mes finances me permettent de m'introduire sous toutes les jupes qui me plaisaient. J'avais perdu ma fleur avec une fille de ferme du nom de Velma Childe, quelque part à l'ouest de la Pennsylvanie, sur un mode plutôt rudimentaire : en nous tripotant tout habillés dans une grange glaciale, le visage plein de salive, cherchant la position en un corps à corps tâtonnant, sans très bien savoir ce qui va où. Quelques mois plus tard, fort du billet de cent dollars que j'avais trouvé à Minneapolis, je m'étais offert deux ou trois expériences avec des putes, mais, virtuellement, j'étais encore tout novice quand j'avais débarqué dans les rues de la cité des Porcs. Une fois installé dans ma nouvelle existence, je fis de mon mieux pour rattraper le temps perdu.

Voilà donc où j'en étais. Je m'étais fait une place dans l'organisation, et je n'éprouvais jamais le moindre scrupule d'avoir uni ma destinée à celle des mauvais garçons. Je me considérais comme l'un d'eux, mon combat était leur combat, et jamais je ne soufflais mot à personne sur mon passé : ni à Bingo, ni aux filles avec qui je couchais, à personne. Du moment que je ne m'attardais pas sur les jours anciens, j'arrivais à m'abuser, à croire que j'avais un avenir. Regarder en arrière était trop douloureux, je gardais donc les yeux fixés devant moi, et chaque fois que j'avançais d'un pas je m'éloignais un peu plus de celui que j'avais été auprès de maître Yehudi. Le meilleur de moi gisait sous terre avec lui dans le désert californien. Je l'y avais enterré avec son Spinoza, son album de coupures de presse sur Walt le Prodige et le pendentif contenant ma phalange, et même si j'y revenais chaque nuit en rêve, y penser en plein jour me rendait fou. Tuer Slim aurait dû équilibrer les comptes, et en définitive ça n'avait servi à rien. Je ne regrettais pas ce que j'avais fait, mais maître Yehudi n'en était pas moins mort et tous les Bingo du monde ne pouvaient tant soit peu compenser ça. Je me pavanais dans Chicago comme si j'avais su où j'allais, comme si j'étais vraiment quelqu'un, et pourtant, sous la surface, je n'étais personne. Sans le maître, je n'étais personne et je n'allais nulle part.

Une chance me fut donnée de me tirer de là avant qu'il soit trop tard, une occasion unique d'arrêter les frais et de filer, mais quand l'offre me tomba entre les mains, j'étais trop aveugle pour la saisir. C'était en octobre 1936, et j'étais alors si imbu de mon importance que j'imaginais que la bulle ne crèverait jamais. Je m'étais éclipsé de chez le teinturier, un après-midi, pour m'occuper d'affaires privées : rasage et coupe chez Bower, le coiffeur, déjeuner chez Lemmele, Wabash Avenue, et puis quelques galipettes au *Royal Park Hotel* avec une certaine Dixie Sinclair, danseuse de son état. Nous avions rendez-vous à deux heures trente dans la suite 409, et mon pantalon se gonflait déjà rien que d'y penser. A six ou sept yards de la porte de chez Lemmele, cependant, au moment précis où je tournais le coin et m'apprêtais à y entrer pour dé-jeuner, j'aperçus en levant les yeux la dernière personne que je m'attendais à voir. J'en tombai raide. Mrs Witherspoon était là, les bras chargés de paquets, aussi jolie et élégante que jamais, en train de se précipiter vers un taxi à cent dix miles à l'heure. Je restai planté, la gorge serrée, et avant que j'aie pu dire quoi que ce soit, elle leva la tête, lança un coup d'œil dans ma direction et se figea. Je souris. Je souris d'une oreille à l'autre, et alors se produisit l'une des plus fantastiques réactions retard dont j'aie jamais été témoin. Sa mâchoire s'effondra, littéralement, ses paquets lui glissèrent des mains et s'éparpillèrent sur le trottoir, et une seconde plus tard elle m'enlaçait de ses bras et barbouillait de rouge à lèvres ma trombine rasée de frais.

— Te voilà, vaurien, s'écria-t-elle en m'étreignant de toutes ses forces. Je t'attrape enfin, foutu fils de pute introuvable ! Où étais-tu fourré, gamin ?

— Ici et là, dis-je. A gauche et à droite. En haut, en bas, en bas, en haut, toujours la même histoire. Vous avez l'air en forme, Mrs Witherspoon. Superbe, vraiment. Ou faut-il vous appeler Mrs Cox ? C'est ça votre nom, maintenant, n'est-ce pas ? Mrs Orville Cox ?

Elle recula pour mieux me voir en me tenant à bras tendus, et un large sourire envahit son visage.

— Je m'appelle toujours Witherspoon, mon grand. Je suis allée devant l'autel, mais le moment venu de dire oui, le mot s'est bloqué dans ma gorge. Le oui s'est changé en non, et me voici, sept ans plus tard, encore célibataire et fière de l'être.

— Bien, ça. Je savais que ce Cox était une erreur.

— Sans le cadeau, j'y serais probablement passée. Quand Billy Bigelow m'a rapporté ce paquet de Cape Cod, je n'ai pas pu résister à la tentation d'y jeter un coup d'œil. La fiancée n'est pas censée regarder ses cadeaux avant la noce, mais celui-là était spécial, et dès que je l'ai déballé, j'ai su que ce mariage ne devait pas être.

— Qu'y avait-il dans la boîte ?

— Je croyais que tu savais.

— Je n'ai jamais réussi à le lui demander.

— Il m'a donné un globe. Un globe terrestre.

— Un globe ? En quoi est-ce si particulier ?

— Ce n'était pas le cadeau, Walt. C'était la lettre qui l'accompagnait.

— Je ne l'ai jamais vue, non plus.

— Une phrase, c'est tout ce qu'il y avait. *Où que vous alliez, je serai avec vous.* J'ai lu ces mots et ça m'a démolie. Il n'y avait qu'un seul homme pour moi, mon petit chou. Si je ne pouvais pas l'avoir, je n'allais pas faire l'idiote avec des substituts et de pâles imitations.

Elle resta immobile, tout au souvenir de la lettre, dans le tourbillon de la foule du centre-ville. Le vent faisait palpiter le bord de son chapeau de feutre vert, et au bout d'un instant des larmes lui montèrent aux yeux. Avant qu'elle ait pu se laisser aller pour de bon, je me baissai et ramassai ses paquets.

— Entrons là, Mrs W., lui dis-je. Je vous invite à déjeuner, et puis on se commandera une baignoire de chianti et on s'offrira une bonne cuite.

Dès la porte, je glissai un billet de dix au maître

d'hôtel en lui disant que nous voulions être tranquilles. Il répondit, en haussant les épaules, que toutes les tables isolées étaient réservées, et je détachai donc un second billet de la liasse. Cela suffit à provoquer une annulation inattendue et, moins d'une minute plus tard, l'un de ses subordonnés nous faisait traverser le restaurant et nous installait au fond, dans une alcôve douillette éclairée aux bougies et séparée des autres clients par des rideaux de velours rouge. J'aurais fait n'importe quoi, ce jour-là, pour impressionner Mrs Witherspoon, et je crois qu'elle ne fut pas déçue. Je remarquai un éclair d'amusement dans ses yeux lorsque nous nous installâmes sur nos sièges, et quand je sortis un briquet d'or gravé de mon monogramme afin de lui allumer sa Chesterfield, elle parut soudain se rendre compte que le petit Walt n'était plus si petit que ça.

— Nous ne nous débrouillons pas mal, dirait-on ? remarqua-t-elle.

— Pas mal, répondis-je. Je me suis assez bien défendu depuis la dernière fois que vous m'avez vu.

Nous bavardâmes pendant quelques minutes de choses et d'autres, en nous observant mutuellement, mais il ne nous fallut pas longtemps pour nous sentir de nouveau à l'aise, et quand le garçon arriva avec les menus, nous étions déjà en train de parler du bon vieux temps. Je m'aperçus que Mrs Witherspoon en savait beaucoup plus sur mes derniers mois avec le maître que je ne l'avais cru. Une semaine avant sa mort, il lui avait écrit une longue lettre en cours de route, et tout lui avait été raconté en détail : les maux de tête, la fin de Walt le Prodige, le projet d'aller à Hollywood et de faire de moi une vedette de cinéma.

— Je ne comprends pas, dis-je. Si c'était fini entre le maître et vous, quelle raison avait-il de vous écrire ?

— Ce n'était pas fini. Nous avions renoncé à nous marier, c'est tout.

— Je ne comprends toujours pas.

— Il était en train de mourir, Walt. Tu le sais bien. Tu devais le savoir à l'époque. Il s'est aperçu qu'il avait le cancer peu après ton enlèvement. Un beau foutoir, hein ? Parlez-moi de l'enfer ! Parlez-moi de mauvais moments ! Nous étions là, à cavaler dans Wichita en tentant de ramasser assez d'argent pour te libérer, et le voilà atteint d'une saloperie de maladie mortelle. C'est comme ça, au début, que nous avons commencé à parler mariage. Je n'avais qu'une idée en tête, vois-tu, c'est de l'épouser. Quel que fût le temps qui lui restait à vivre, je voulais être sa femme. Mais lui ne voulait pas. "Vous lier à moi, disait-il, c'est vous charger d'un cadavre. Pensez à l'avenir, Marion — il doit m'avoir répété ça un millier de fois —, pensez à l'avenir, Marion. Ce Cox n'est pas un mauvais bougre. Il va nous donner l'argent pour sauver Walt, et ensuite votre train de vie est assuré pour le restant de vos jours. Le marché est honnête, petite sœur, vous auriez tort de ne pas sauter dessus."

— Bon Dieu de merde ! Il vous aimait vraiment, non ? Je veux dire, merde alors, qu'est-ce qu'il vous aimait !

— Il nous aimait tous les deux, Walt. Après ce qui est arrivé à Esope et à maman Sioux, nous étions tout pour lui.

Je n'avais aucune intention de lui raconter comment il était mort. Je voulais lui épargner les détails macabres et tant que dura l'apéritif, je réussis à éviter le sujet — bien qu'elle ne cessât d'insister pour que je lui parle de la dernière partie du voyage et de ce qui nous était arrivé après que nous avions atteint la Californie. Pourquoi n'avais-je pas fait de cinéma ? Combien de temps avait-il vécu ? Pourquoi je la regardais comme ça ? Je commençai à lui expliquer qu'il était passé doucement, une nuit, dans son sommeil, mais elle me connaissait trop bien pour me croire. Elle me perça à jour en quatre secondes environ, et puisqu'elle avait compris que je lui cachais quelque chose, à quoi bon lui mentir encore ? Je lui racontai donc. Je lui racontai cette affreuse histoire en me traînant, pas à pas, dans toute son horreur. Je n'omis rien. Mrs Witherspoon avait le droit de savoir et, du moment que j'étais lancé, je ne pouvais plus m'arrêter. Je parlai en dépit de ses larmes, en regardant le fard et la poudre qui lui barbouillaient les joues tandis que les mots m'échappaient tumultueusement.

Arrivé à la fin, j'entrouvris ma veste et sortis le revolver de la gaine que je portais à l'épaule. Je le tins un instant en l'air, puis le posai sur la table entre nous.

— Le voilà, déclarai-je. Le revolver du maître. Comme ça vous saurez à quoi il ressemble.

— Pauvre Walt, dit-elle.

— Pauvre personne. C'est la seule chose qui me reste de lui.

Mrs Witherspoon contempla le petit revolver à crosse de chêne pendant dix à douze secondes. Et puis, non sans hésitation, elle tendit la main et la posa dessus. Je pensais qu'elle allait le ramasser, mais elle ne le fit pas. Elle demeura immobile, les yeux fixés sur ses doigts qui enserraient l'arme, comme si de toucher ce que le maître avait touché lui permettait de le toucher, lui, une fois encore.

— Tu as fait la seule chose que tu pouvais faire, dit-elle enfin.

— Je l'ai laissé tomber, voilà tout. Il m'a supplié de tirer et je n'en ai pas été capable. Son dernier souhait — et je lui ai tourné le dos, je l'ai obligé à faire ça lui-même.

— Souviens-toi des bons moments, c'est ce qu'il t'a dit.

— Je ne peux pas. Avant d'en être aux bons moments, je me rappelle comment c'était quand il m'a dit de m'en souvenir. Je ne peux pas contourner ce dernier jour. Je ne peux pas remonter assez loin au-delà pour me rappeler quoi que ce soit.

— Oublie ce revolver, Walt. Débarrasse-toi de ce maudit machin et efface l'ardoise.

— Je ne peux pas. Si je fais ça, il aura disparu pour toujours.

C'est alors qu'elle se leva et quitta la table. Elle ne me dit pas où elle allait, et je ne le lui demandai pas. Pour elle comme pour moi, la conversation était devenue si accablante, si pénible que nous n'aurions pu dire un mot de plus sans devenir fous. Je remis le revolver dans sa gaine et regardai ma montre. Une heure. J'avais tout le temps avant mon rendez-vous avec Dixie. Peut-être que Mrs Witherspoon allait revenir et peut-être que non. De toute façon, j'allais rester là et manger mon déjeuner, et ensuite je m'en irais tout fringant au *Royal Park Hotel* passer une heure en compagnie de ma dernière flamme, à rebondir sur le lit avec ses jambes soyeuses autour de ma taille.

Mais Mrs W. ne s'était pas envolée. Elle était simplement allée chez les dames sécher ses larmes et se rafraîchir, et quand elle revint au bout de dix minutes, elle s'était remis du rouge à lèvres et remaquillé les yeux. Ils étaient encore un peu rouges sur les bords, mais elle m'adressa un petit sourire en s'asseyant et je compris qu'elle était décidée à changer de sujet de conversation.

— Alors, mon ami, dit-elle en s'attaquant à son cocktail de crevettes, comment se portent les exploits aériens, ces temps-ci ?

— Rangés à l'abri des mites, répondis-je. La flotte reste au sol et, l'une après l'autre, j'ai vendu les ailes à la casse.

— Et tu n'es pas tenté de risquer une dernière pirouette ?

— Pas pour tout l'or du roi Salomon !

— Ces maux de tête étaient si terribles ?

— Vous ne connaissez pas le sens du mot terrible, poupée. Il s'agit de traumatisme à haute tension, ici, d'incandescence mortelle.

— C'est drôle. J'entends parfois des conversations. Tu sais, dans le train, ou dans la rue, des petits bouts de phrases. Les gens se souviennent, Walt. Le petit Prodige avait fait sensation, et des tas de gens pensent encore à toi.

— Ouais, je sais. Je suis une sacrée légende. Ce qu'il y a, c'est que plus personne n'y croit. On a cessé d'y croire quand j'ai arrêté de me produire, et maintenant il ne reste personne. Je connais le genre de bavardage que vous évoquez. J'ai entendu ça, moi aussi. Ça se terminait toujours en dispute. Un type affirmait que c'était truqué, l'autre disait peut-être que non, et en un rien de temps ils se mettaient dans une telle rogne qu'ils ne se causaient plus. Mais ça, c'était il y a un certain temps. On n'en entend plus tellement parler. C'est comme si tout ça n'avait jamais existé.

— Il y a deux ans environ, on a publié un article sur toi quelque part, j'ai oublié dans quel journal. Walt le Prodige, le petit gars qui a enflammé l'imagination de millions de gens. Que lui est-il arrivé, où est-il à présent ? Tu vois le genre d'article.

— Il a disparu de la surface de la terre, voilà ce qui lui est arrivé. Les anges l'ont ramené là d'où il était venu, et personne ne le reverra jamais.

— Sauf moi.

— Sauf vous. Mais ça, c'est notre petit secret, n'est-ce pas ?

— Bouche cousue, Walt. Non mais, dis donc, pour qui tu me prends ?

Après ça, les choses dérivèrent un peu. Un aide-serveur vint nous changer le couvert, et quand le garçon réapparut avec le plat principal, nous avions assez bu pour être prêts pour une deuxième bouteille.

— Je vois que vous avez toujours le coude aussi leste, dis-je.

— L'alcool, l'argent et le sexe. Voilà les vérités éternelles.

— Dans cet ordre ?

— Dans l'ordre que tu veux. Sans eux, le monde serait un endroit triste et lugubre.

— A propos d'endroits lugubres, quoi de neuf à Wichita ?

— Wichita ? Elle posa son verre et me décocha un éblouissant sourire moqueur. C'est où, ça ?

— Je ne sais pas. A vous de me le dire.

— Je ne me rappelle pas. Je me suis fait la malle il y a cinq ans et, depuis, je n'ai plus remis le pied dans cette ville.

— Qui a acheté la maison ?

— Je ne l'ai pas vendue. Billy Bigelow y habite avec son moulin à paroles de femme et deux petites filles. Je pensais que le loyer serait le bienvenu comme argent de poche, mais ce pauvre nigaud a perdu son emploi à la banque un mois après leur installation, et je la lui laisse pour un dollar par an.

— Ça doit aller pour vous, si vous pouvez vous permettre ça.

— Je me suis tirée du marché l'été avant le krach. C'était lié à une histoire de rançon, de versements en espèces, de lieux de paiement — tout ça n'est plus très net, maintenant. Il se trouve que c'est la meilleure chose qui me soit jamais arrivée. Ta petite mésaventure m'a sauvé la vie, Walt. Ce que je valais à l'époque, je vaux dix fois plus aujourd'hui.

— Pourquoi rester à Wichita avec un fric pareil, c'est ça ? Ça fait combien de temps que vous vivez à Chicago ?

— Je ne suis ici que pour affaires. Je rentre à New York demain matin.

— Cinquième Avenue, je parie.

— Vous pariez juste, Mr Rawley.

— Je l'ai su à l'instant où je vous ai vue. Vous respirez la fortune. L'odeur en est particulière, et j'aime être assis ici à en respirer les vapeurs.

— Presque tout vient du pétrole. Ce truc-là pue

dans le sol, mais dès qu'on le transforme en numéraire, il s'en dégage un parfum délicieux, pas vrai ?

Mrs Witherspoon était restée pareille à elle-même. Elle aimait toujours boire, elle aimait toujours parler argent, et si on débouchait une bouteille et qu'on la lançait sur son sujet préféré, elle pouvait tenir tête à n'importe quel capitaliste à gros cigare, le Grand Méchant Loup inclus. Tandis que nous finissions le plat principal, elle continua à me parler de ses affaires et de ses investissements, et quand la table fut débarrassée et que le garçon revint nous présenter la carte des desserts, quelque chose fit *clic*, et je vis une ampoule s'allumer dans sa tête. Ma montre indiquait deux heures moins le quart. Advienne que pourrait, j'avais l'intention d'être sorti de là une demi-heure plus tard.

— Si le cœur t'en dit, Walt, déclara-t-elle, je serais ravie de te faire une place.

— Une place ? Quel genre de place ?

— Au Texas. J'y ai entrepris quelques nouvelles explorations, et j'ai besoin de quelqu'un pour surveiller les forages.

— Je ne connais strictement rien au pétrole.

— Tu es intelligent. Tu apprendras vite. Regarde les progrès que tu as déjà faits. Belles fringues, restaurants chics, poches pleines. Tu as fait du chemin, mon beau. Et ne te figure pas que je n'ai pas remarqué l'évolution de ton langage. Pas une faute de grammaire de tout le temps que nous avons passé ensemble.

— C'est vrai, je me suis donné du mal. Je n'avais plus envie de parler comme un ignare, alors j'ai lu des livres et j'ai réorganisé ma boîte à mots. Je trouvais qu'il était temps de sortir du ruisseau.

— C'est ça que je veux dire. Tu es capable de faire tout ce que tu veux. Du moment que tu t'y appliques, qui sait jusqu'où tu peux aller ? Ouvre les yeux, Walt. Viens avec moi, et dans deux ans on sera associés.

C'était une sacrée marque de confiance et pourtant, lorsque j'eus absorbé le compliment, j'écrasai ma Camel en secouant la tête.

— Ce que je fais maintenant me plaît. Pourquoi aller au Texas alors que j'ai tout ce que je désire à Chicago ?

— Parce que tu es sur une mauvaise voie, voilà pourquoi. Il n'y a aucun avenir dans ces jeux de gendarmes et voleurs. Continue comme ça, et tu seras mort ou en tôle avant ton vingt-cinquième anniversaire.

— Quels jeux de gendarmes et voleurs ? Je suis aussi net que les ongles d'un chirurgien.

— Tu parles. Et le pape est un charmeur de serpent hindou déguisé.

Là-dessus, on nous apporta le chariot des desserts et nous grignotâmes nos éclairs en silence. C'était un triste épilogue à ce repas, mais nous étions tous deux trop cabochards pour faire marche arrière. Nous finîmes par papoter de la pluie et du beau temps, avec quelques remarques sans conséquence sur les prochaines élections, mais le courant ne passait plus et rien ne l'aurait rétabli. Mrs Witherspoon n'était pas simplement vexée que j'aie refusé son offre. Le hasard nous avait réunis et seul un bousilleur pouvait négliger l'appel du destin avec autant d'allégresse que moi. Elle n'avait pas tort de se sentir écœurée par ma réaction. Quant à moi, j'avais ma route à suivre et j'étais trop imbu de moi-même pour comprendre que ma route était la même que la sienne. Si je n'avais été si impatient de courir jouer au piquet avec Dixie Sinclair, j'aurais pu l'écouter plus attentivement, mais j'étais pressé et, ce jour-là, sonder mon âme m'embêtait. Ainsi va la vie. Dès que le cul prend les commandes, on perd la capacité de raisonner.

Nous nous passâmes de café et quand, à deux heures dix, le garçon posa l'addition sur la table, je la lui arrachai des doigts avant que Mrs Witherspoon pût la saisir.

— C'est pour moi, dis-je.

— Très bien, monsieur l'Important. Fais de ton nez si ça te chante. Mais si jamais tu retrouves ton bon sens, n'oublie pas où je suis. Tu te réveilleras peut-être avant qu'il soit trop tard.

Et à ces mots elle fouilla dans son sac, en sortit sa carte de visite et me la mit doucement dans la main.

— Ne t'en fais pas pour le prix, ajouta-t-elle. Si tu te trouves le ventre en l'air le jour où tu te souviendras de moi, dis à l'opératrice que la communication est à mon compte.

Mais je ne l'appelai jamais. Je fourrai la carte dans ma poche, bien décidé à la conserver, mais quand je la cherchai ce soir-là au moment de me mettre au lit, elle était introuvable. Compte tenu des pressions et tractions auxquelles mon pantalon avait été soumis tout de suite après le déjeuner, il n'était pas difficile de deviner ce qui était arrivé. La carte était tombée, et si elle n'avait déjà été jetée à la poubelle par une femme de chambre, elle gisait sur le tapis dans la suite 409 du *Royal Park Hotel*.

J'étais une force irrépressible en ce temps-là, gagnant parmi les gagnants, embarqué avec un aller simple sur l'express pour le Pactole. Moins d'un an après ce déjeuner avec Mrs Witherspoon, j'eus de nouveau un énorme coup de bol quand, par un étouffant après-midi du mois d'août, je me rendis à Arlington et misai mille dollars sur un parfait outsider dans la troisième course. Si j'ajoute que le cheval s'appelait Prodige, et si j'ajoute encore que j'étais toujours sous l'emprise de mes vieilles superstitions, pas besoin d'être extra-lucide pour comprendre pourquoi j'avais parié sur un coup aussi foireux. Je faisais quotidiennement des choses dingues, à cette époque, et quand le poulain gagna d'une demi-longueur à quarante contre un, je sus qu'il y avait un Dieu dans le ciel et qu'il souriait de ma folie.

Cet argent me donnait les moyens d'entreprendre ce dont j'avais le plus envie, et je m'appliquai aussitôt à transformer mon rêve en réalité. Je demandai à Bingo une entrevue privée dans son penthouse dominant le lac Michigan, et lorsque je lui eus exposé mon projet, une fois passé le choc initial, il me donna le feu vert à contrecœur. Ce n'était pas qu'il jugeait ma proposition sans valeur, mais je pense que je le décevais en visant aussi bas. Alors qu'il m'assurait une formation destinée à me donner accès au plus haut niveau, je venais lui raconter que je préférais m'en aller de mon côté et ouvrir une boîte de nuit qui occuperait mon énergie à l'exclusion de toute autre activité. Je voyais bien qu'il risquait d'interpréter ça comme une trahison, et il me fallait contourner ce piège avec prudence, en marchant sur la pointe des pieds. Heureusement, j'avais la langue bien pendue ce soir-là, et en lui faisant valoir tous les avantages qui lui reviendraient en termes de bénéfices comme de plaisir, je finis par le convaincre.

— Mes quarante mille suffiront à tout couvrir, déclarai-je. A ma place, un autre lèverait son chapeau et dirait salut, mais ce n'est pas comme ça que je me conduis en affaires. Vous êtes mon pote, Bingo, et je veux que vous ayez une part de l'action. Vous n'avez pas à y mettre un sou, pas à vous soucier du boulot, aucune responsabilité, mais pour chaque dollar que je gagne vous touchez vingt-cinq cents. Ce n'est que justice, n'est-ce pas ? Vous m'avez donné ma chance, et maintenant je suis à même de témoigner ma reconnaissance. La loyauté doit compter pour quelque chose en ce monde, et je ne suis pas près d'oublier d'où vient ma bonne fortune. Il ne s'agira pas d'un petit bar minable pour le vulgaire. Ce que j'envisage, c'est la classe, et tous ses accessoires. Un grand restaurant avec un chef français, des attractions de haut niveau, des filles superbes en robe moulante qui surgiront de tous les lambris. Rien que d'entrer là, vous banderez, Bingo. Vous aurez la meilleure table de la maison, et les jours où vous ne viendrez pas, elle restera vide — quel que soit le nombre des clients qui attendront derrière la porte.

Il exigea cinquante pour cent, mais je m'attendais à quelque marchandage et je n'en fis pas une affaire. L'important, c'était d'avoir sa bénédiction, et ça je l'obtins grâce à ma faconde, à une attitude résolument amicale et accommodante qui vint à bout de ses réticences, et à la fin, rien que pour me démontrer son élégance, il me proposa d'allonger dix mille de plus afin que je fasse les choses vraiment bien. Peu m'importait. Tout ce que je voulais, c'était mon night-club, et même en soustrayant des rentrées les cinquante pour cent de Bingo, je m'en tirerais encore haut la main. L'avoir pour partenaire était précieux à plus d'un titre, et je me serais doré la pilule si j'avais cru pouvoir me débrouiller sans lui. Sa moitié me garantirait la protection d'O'Malley (qui devenait *ipso facto* le troisième associé) et contribuerait à empêcher les flics de forcer la porte. Si vous ajoutez à cela ses relations avec la commission des alcools de Chicago, les blanchisseries commerciales et les agences artistiques locales, la perte de ces cinquante pour cent ne représentait pas, après tout, un si mauvais compromis.

Je baptisai le club *Mr Vertigo*. Il était situé en plein cœur de la ville, au carrefour de West Division et de North LaSalle, et son enseigne lumineuse au néon passait du bleu au rose et du rose au bleu tandis qu'une danseuse et un shaker à cocktails apparaissaient alternativement, se détachant sur le ciel nocturne. Tout cela sur un rythme de rumba qui vous faisait battre le cœur plus vite et vous échauffait le sang, et sitôt que votre pouls emboîtait ce petit pas syncopé, vous n'aviez plus qu'une envie, c'était de vous trouver là où était la musique. Dedans, le décor alliait le luxe et la simplicité, un confort citadin très chic mâtiné de suggestions coquines et du charme bon enfant d'une auberge. Je me donnai beaucoup de mal pour créer cette ambiance, et chaque nuance, chaque effet était calculé dans le moindre détail : du rouge à lèvres de la demoiselle du vestiaire à la couleur de la vaisselle, du graphisme des menus aux chaussettes du barman. Il y avait place pour cinquante tables, une piste de danse de bonne taille, une scène surélevée et un long comptoir d'acajou le long d'un des murs latéraux. Je dépensai les cinquante mille jusqu'au dernier cent pour que tout fût tel que je le voulais, mais quand le club ouvrit enfin, le 31 décembre 1937, il était d'une somptueuse perfection. Je le lançai avec l'un des réveillons les plus sensationnels de l'histoire de Chicago et, le lendemain matin, *Mr Vertigo* avait pignon sur rue. Pendant trois ans et demi, j'y fus tous les soirs, en smoking blanc et chaussures de cuir fin, à déambuler entre les clients en semant la bonne humeur avec mes sourires effrontés et mes reparties allègres. C'était une vie formidable, et j'ai adoré chacun des instants que j'ai passés dans le brouhaha de mon royaume. Si je n'avais pas été foutre mon existence en l'air comme un imbécile, j'y serais sans doute encore aujourd'hui. En fait, ça ne me dura pas plus que ces trois ans et demi. Je fus à cent pour cent responsable de ma chute, mais j'ai beau le savoir, le souvenir n'en est pas moins pénible. J'avais gagné le sommet lorsque j'ai trébuché, et ça s'est terminé pour moi dans une déconfiture totale, un plongeon spectaculaire au fond de l'oubli.

Pas de regrets. J'en ai eu plein pour mon argent, je ne prétendrai pas le contraire. Le club était devenu le numéro un des points chauds de Chicago, et moi, toute proportion gardée, une célébrité aussi reconnue que n'importe laquelle des grosses légumes qui le fréquentaient. Je frayais avec des juges, des conseillers municipaux, des vedettes du stade, et parmi toutes les danseuses et autres girls qui venaient auditionner pour le spectacle de cabaret que je présentais chaque nuit à onze heures et puis à une heure, les occasions ne me manquaient pas de pratiquer le sport en chambre. Dixie et moi, c'était encore du sérieux lors des débuts de *Mr Vertigo*, mais sa patience ne résista pas à mes aventures et après six mois elle changea d'adresse. Ensuite il y eut Sally, puis Jewel, puis une douzaine d'autres : des brunes tout en jambes, des rouquines qui fumaient comme des sapeurs, des blondes au cul généreux. A un moment donné, j'ai été à la colle avec deux filles en même temps, deux actrices sans emploi nommées

Cora et Billie. Elles me plaisaient autant l'une que l'autre, elles se plaisaient mutuellement autant que je leur plaisais, et ensemble nous découvrîmes quelques variations intéressantes sur un thème connu. A plusieurs reprises, mes habitudes entraînèrent des désagréments médicaux (un rien de chtouille, quelques morpions), mais pas de quoi m'abattre bien longtemps. C'était sans doute une existence putride, mais je me sentais content des cartes que j'avais en main et je n'avais d'autre ambition que de faire durer les choses exactement telles qu'elles étaient. Et puis, en septembre 1939, trois jours à peine après l'invasion de la Pologne par l'armée allemande, Dizzy Dean entra chez *Mr Vertigo*, et ce fut le commencement de la fin.

Il faut que je retourne en arrière pour expliquer ça, que je remonte à l'époque où j'étais gnard à Saint Louis. C'est là que j'étais tombé amoureux du baseball, et je n'étais pas sorti des langes que je faisais déjà partie des supporters grand teint des *Cardinals*, fan des Oiseaux rouges à la vie, à la mort. J'ai déjà raconté mon émotion lors de leur victoire au championnat de 1926, mais ce ne fut là qu'une des manifestations de mon enthousiasme, et après qu'Esope m'avait appris à lire et à écrire, j'avais pu suivre mes gars chaque matin dans le journal. D'avril à octobre, je ne ratais jamais un compte rendu, et je pouvais réciter par cœur les moyennes à la batte de tous les joueurs de l'équipe, des grands cracks tels Frankie Frisch et Pepper Martin aux plus minables des joueurs qui faisaient tapisserie sur la touche. Il en fut ainsi pendant les bonnes années avec maître Yehudi, et ça continua durant les mauvaises qui suivirent. Je vivais comme une ombre, battant la campagne à la recherche de l'oncle Slim, mais si noires que les choses fussent pour moi, je me maintenais au courant des faits et gestes de mon équipe. Ils remportèrent le fanion en trente et en trente et un, et ces victoires contribuèrent largement à me soutenir le moral et à me faire persévérer en dépit des difficultés et de l'adversité de cette époque. Tant que les *Cards* gagnaient, quelque chose tournait rond en ce monde, et il n'était pas possible de sombrer dans un désespoir total.

C'est là que Dizzy Dean apparaît dans l'histoire. L'équipe dégringola à la septième place en trente-deux, mais ce fut presque sans importance. Dean était le bleu le plus bouillant, le plus frimeur, le plus gueulard jamais monté en ligue majeure, et il métamorphosa un club minable en un cirque relaxe et je-m'en-foutiste. Ce cul-terreux ne se contentait pas de se vanter et de faire le pitre, il confirmait aussi ses bravades par les lancers les plus sublimes d'ici au paradis. Son bras à ressort pétait du feu ; sa maîtrise était étourdissante ; sa préparation, une combinaison miraculeuse de bras, de jambes et de puissance, une chose merveilleuse à voir. A l'époque où j'arrivais à Chicago et y devenais le protégé de Bingo, Dizzy était une star confirmée, une supervedette sur la scène américaine. Les gens l'aimaient pour son insolence et pour son talent, pour sa façon de maltraiter la langue anglaise, pour ses singeries et ses vociférations de sale gosse, pour ses lazzi effrontés, et je l'aimais, moi aussi, je l'aimais plus que personne au monde. Mon existence devenant de plus en plus confortable, j'étais en mesure d'aller voir les *Cards* en action chaque fois qu'ils venaient en ville. En trente-trois, l'année où Dean pulvérisa les records en sortant dix-sept batteurs au cours d'un match, l'équipe avait recouvré son allure de première division. La liste des joueurs s'était enrichie de quelques nouveaux noms, et avec des balèzes comme Joe Medwick, Leo Durocher et Rip Collins pour accélérer la cadence, le *Gas House Gang* commençait à prendre forme. Trente-quatre fut leur année de gloire, et je ne crois pas avoir jamais pris autant de plaisir à aucune saison de base-ball. Paul, le jeune frère de Dizzy, remporta dix-neuf parties, Dizzy en remporta trente, et l'équipe remonta de dix places pour surpasser les *Giants* et gagner le fanion. C'était la première année où les finales des championnats étaient diffusées à la radio, et j'écoutai les sept matches, assis chez moi, à Chicago. Dizzy battit les *Tigers* dans la première partie, et quand Frisch l'envoya comme coureur d'urgence dans la quatrième, ce ballot se ramassa aussitôt sur le crâne une balle perdue qui l'étendit dans les pommes. Le lendemain, les manchettes annonçaient : rien de suspect sur les radios de la tête de Dean. Il revint lancer l'après-midi suivant mais perdit, et puis, à peine deux jours plus tard, il écrasa Detroit 11 à 0 dans la dernière partie, en rigolant des batteurs des *Tigers* chaque fois qu'ils tentaient en vain de frapper ses balles. La presse concocta toutes sortes de noms pour cette équipe : les Gangsters Galopants, les Pirates du Mississippi, les Cardinaux Cascadeurs. Ces gars de la *Gas House* aimaient enfoncer le clou, et quand le score du match final s'emballa au cours de la dernière manche, les supporters des *Tigers* réagirent en bombardant Medwick pendant dix minutes d'un tir continu de fruits et de légumes dans le champ gauche. Pour qu'on pût terminer le championnat, il fallut que le juge Landis — le commissaire au base-ball — descende sur le terrain et en retire Medwick jusqu'à la fin de la partie.

Six mois plus tard, j'étais assis dans une loge avec Bingo et ses gars quand Dean ouvrit la nouvelle saison face aux *Cubs*, à Chicago. Au cours de la première manche, avec deux retraits et un coureur sur base, le batteur des *Cubs*, Freddie Lindstrom, renvoya droit sur Dizzy un méchant boulet qui le frappa à la jambe et l'étendit raide. Mon cœur eut des ratés quand je vis les ambulanciers arriver en courant pour l'emporter sur une civière, mais il n'avait rien de grave et cinq jours après il remontait sur le monticule à Pittsburgh, où il enlevait sa première victoire de l'année avec cinq coups sûrs sans un point concédé. Il fit une saison du feu de Dieu, mais les *Cubs* étaient l'équipe du destin en 1935, et en alignant une série de vingt et une victoires absolues à la fin de la saison, ils dépassèrent les *Cardinals* et raflèrent le fanion. Je ne peux pas dire que ça m'affecta beaucoup. La ville entière était gaga de ses *Cubs* chéris, ce qui était bon pour Chicago était bon pour les affaires, et ce qui était bon pour les affaires était bon pour moi. Je fis mes débuts dans le racket des paris à l'occasion de ces championnats, et lorsque la poussière fut retombée, je m'étais ménagé une situation si favorable que Bingo m'accorda en récompense une taule à moi.

D'autre part, c'est pendant cette année-là que les hauts et les bas de Dizzy commencèrent à m'affecter de manière beaucoup trop personnelle. Je ne dirais pas qu'à ce stade c'était une obsession, mais après l'avoir vu tomber dans la première manche du match d'ouverture à Wrigley — si peu de temps après son coup sur le crâne lors des championnats de trente-quatre — je me mis à avoir le sentiment que les nuages s'amassaient autour de lui. Ça ne s'arrangea pas quand le bras de son frère s'ankylosa en trente-six, et ce fut encore pis, cet été-là, au cours d'un match contre les *Giants*, lorsque Burgess Whitehead cala une super-rapide qui l'atteignit juste sous l'oreille droite. La balle avait été frappée avec tant d'énergie qu'elle poursuivit son vol jusque dans le champ gauche. Dean tomba de nouveau et, bien qu'il fût revenu à lui dans les vestiaires sept à huit minutes plus tard, on diagnostiqua d'abord une fracture du crâne. Il s'avéra que c'était une mauvaise commotion, qui le rendit vaseux pendant quelques semaines, mais à un ou deux pouces près, le grand gaillard aurait mangé les pissenlits par la racine au lieu de poursuivre la saison avec vingt-quatre victoires.

Au printemps suivant, si mon bonhomme continuait à jurer, à sacrer et à tempêter, ce n'était que par incapacité de faire autrement. Il provoqua des bagarres en tirant trop près des batteurs, il s'attira des réprimandes dans deux parties successives, il décida de faire la grève sur le tas au milieu du terrain, et quand il se dressa pendant un banquet pour traiter d'escroc le nouveau président de la ligue, le charivari qui s'ensuivit dégénéra en une assez jolie corrida, surtout après que Diz eut refusé d'apposer sa signature au bas d'une rétractation officielle où il reconnaissait ses torts. "Je signe que dalle", déclara-t-il, et sans cette signature Ford Frick n'eut pas le choix : il dut faire marche arrière et annuler la suspension de Dean. Je me sentis fier du joueur pour sa conduite de connard agressif, et pourtant la vérité c'est que cette suspension l'aurait empêché de participer au match *All-Star*, et que s'il n'avait pas lancé au cours de cette exhibition absurde, il aurait pu retarder un peu l'heure du destin.

Le match eut lieu à Washington cette année-là, et Dizzy lança le coup d'envoi pour la Ligue nationale. Il maîtrisa les deux premières manches avec l'aisance d'un vrai pro, et puis, avec deux morts dans la troisième, il concéda un coup sûr à DiMaggio et se fit frapper un home run par Gehrig. Le suivant à la batte était Earl Averill, et quand l'outfielder de Cleveland renvoya la première balle de Dean droit vers le monticule, le rideau tomba soudain sur le plus grand droitier du siècle. Ça ne parut pas bien grave, sur le moment. La balle le frappa au pied gauche et rebondit vers Billy Herman, en deuxième base, et Herman la lança vers la première base pour clore la manche. Quand Dizzy quitta le terrain en boitant, personne ne s'en inquiéta, pas même lui.

C'était le fameux orteil cassé. Si Dizzy ne s'était pas relancé dans la bagarre avant d'être prêt, le temps aurait sans doute arrangé ça. Mais les *Cardinals* étaient en train de perdre pied dans la course au fanion, ils avaient besoin de lui sur le monticule, et cette espèce de plouc imbécile leur affirma qu'il était en pleine forme. Il clopinait à l'aide d'une béquille, son orteil était si enflé qu'il ne pouvait pas mettre de chaussure, et pourtant il revêtit son uniforme et s'en vint lancer. Comme tous les géants parmi les hommes, Dizzy Dean se croyait immortel, et bien que son orteil fût trop douloureux pour qu'il pût pivoter sur le pied gauche, il le fit en mordant sur sa chique pendant toute la durée des neuf manches. A cause de la souffrance, il modifia son geste naturel, ce qui eut pour résultat qu'il en exigea trop de son bras. Il attrapa une inflammation de l'épaule à la suite de ce premier match, et puis, histoire de corser les choses, il continua à lancer pendant un mois encore. Après six ou sept rencontres, il était en si mauvais état qu'on dut le retirer dès les trois premières balles d'une de ses premières manches. Les lobs de Diz volaient comme des melons à ce moment-là, et il ne lui restait rien d'autre à faire que de raccrocher ses crampons et d'attendre que le reste de la saison se passe.

Même ainsi, il n'y avait pas un fan dans tout le pays qui le croyait fini. La sagesse populaire estimait qu'un hiver de repos bien peinard le guérirait de ce qui clochait et que dès le mois d'avril il serait à nouveau lui-même, aussi imbattable que jamais. Mais il suivit péniblement l'entraînement de printemps et puis, dans l'un des plus grands coups de tonnerre de l'histoire du sport, Saint Louis le céda aux *Cubs* contre cent quatre-vingt-cinq mille dollars en espèces plus deux ou trois lascars. Je savais qu'il n'y avait pas excès de sympathie entre Dean et Branch Rickey, le manager des *Cards*, mais je savais aussi que Rickey n'aurait pas balancé le croquant s'il avait pensé qu'il lui restait le moindre punch dans le bras. J'étais on ne peut plus content que Dizzy vienne à Chicago, et en même temps je me rendais compte que sa venue signifiait qu'il avait atteint le bout du chemin. Mes pires craintes se trouvaient vérifiées, et à l'âge canonique de vingt-sept ans, le meilleur lanceur du monde était un *has been*.

On lui dut néanmoins quelques bons moments au cours de cette première année chez les *Cubs*. Au début de la saison, *Mr Vertigo* n'avait que quatre mois d'existence, mais je trouvai le temps de me rendre au stade trois ou quatre fois pour regarder le maestro enlever encore quelques manches du bout de son bras déglingué. Il y eut d'abord un match contre les *Cards* dont je me souviens bien, un classique face à face revanchard d'anciens coéquipiers, et il remporta cette confrontation à force de ruse et d'artifices, en déstabilisant les batteurs à l'aide d'un assortiment de fausses planantes et de changements d'allure inattendus. Et puis, tard dans la saison, alors que les *Cubs* serraient le fanion de près, le manager de Chicago, Gabby Hartnett, ahurit tout le monde en autorisant Dizzy à jouer en starter dans un quitte ou double contre les *Pirates*. Ce match fut un authentique suspense, joie et désespoir mêlés à tous les coups, et Dean, qui n'avait quasi rien à offrir, arracha de justesse une victoire pour sa ville. Il faillit répéter ce miracle dans le second match des championnats, mais les *Yanks* finirent par l'avoir dans la huitième, et quand, l'assaut se poursuivant dans la neuvième, Hartnett le fit remplacer, Dizzy quitta le monticule sous l'un des plus formidables tonnerres d'applaudissements que j'ai entendus de ma vie. Le stade entier était debout et battait des mains en sifflant et en acclamant le grand gaillard, et ça dura si longtemps et si fort que, le temps que ça se termine, certains d'entre nous clignaient des yeux pour ne pas chialer.

C'est ainsi qu'il aurait dû finir. Le vaillant guerrier tire sa dernière révérence et disparaît dans le soleil couchant. J'aurais accepté ça et je lui aurais rendu hommage, mais Dean était trop obtus pour comprendre et la clameur d'adieu tomba dans l'oreille d'un sourd. C'est ça qui me mit en rogne : ce fils de pute ne savait pas quand s'arrêter. Faisant fi de toute dignité, il revint jouer pour les *Cubs*, et si en trente-huit la saison avait été pathétique — avec quelques beaux moments par-ci, par-là —, en trente-neuf ce fut la nuit, les ténèbres totales. Il avait si mal au bras qu'il pouvait à peine lancer. Match après match, il restait sur le banc, et les rares instants qu'il passa sur le monticule furent consternants. Il était nul, plus nul qu'un clebs de clodo, pas même un pâle fac-similé de ce qu'il avait été. Je souffrais pour lui, j'avais mal au cœur pour lui, mais je pensais aussi qu'il était le plus stupide imbécile de tous les rustres de la terre.

Telle était à peu près la situation quand il se pointa chez *Mr Vertigo* en septembre. La saison tirait à sa fin, et vu que les *Cubs* n'étaient plus dans la course au fanion, son arrivée un vendredi soir surpeuplé, avec sa dame et une bande de deux ou trois autres couples, ne fit pas sensation. Ce n'était certes pas le moment d'une conversation à cœur ouvert au sujet de son avenir, mais je ne manquai pas d'aller à sa table pour lui souhaiter la bienvenue au club.

— Content que vous ayez pu venir, Diz, dis-je en lui tendant la main. Je viens de Saint Louis, moi aussi, et je vous suis depuis vos débuts. J'ai toujours été votre plus ardent supporter.

— Tout le plaisir est pour moi, mon pote, répondit-il en enfouissant cordialement ma petite main dans son énorme paluche. Il me décochait un sourire bref, comme pour se débarrasser de moi, quand son expression changea soudain. L'air intri-gué, il fronça un instant les sourcils, parut chercher dans sa mémoire quelque chose d'oublié et, ne le trouvant pas, il me regarda au fond des yeux comme s'il pensait l'y découvrir. Je te connais, non ? Je veux dire que c'est pas la première fois qu'on se rencontre. J'arrive pas à remettre où c'était. Il y a très long-temps, quelque part, je me trompe ?

— Je ne crois pas, Diz. Peut-être que vous m'avez aperçu un jour sur les gradins, mais on ne s'est jamais parlé.

— Foutaise. Je jurerais qu'on se connaît. Sacrément bizarre, cette impression. Oh, merde, ajouta-t-il en haussant les épaules avec un grand sourire radieux, ça fait rien, j'imagine. T'as une drôlement belle taule ici, mec.

— Merci, champion. La première tournée est pour moi. Passez une bonne soirée, vous et vos amis.

— C'est pour ça qu'on est là, petit.

— Amusez-vous bien. Si vous avez besoin de quoi que ce soit, gueulez.

J'avais joué le plus cool que je pouvais, et je m'en fus avec l'impression de m'en être assez bien tiré. Je ne lui avais pas léché les bottes, et en même temps je ne l'avais pas insulté pour sa déconfiture. J'étais Mr Vertigo, le jeune loup du centre-ville à la langue de velours et aux manières élégantes, et je n'étais pas près de faire savoir à Dean combien je me sentais concerné par son infortune. Le voir en chair et en os avait quelque peu brisé le charme, et si les choses avaient suivi leur cours normal, je l'aurais sans doute rayé de mes papiers comme un type sympa dans la déveine parmi tant d'autres. Pourquoi m'en serais-je soucié ? Whizzy Dizzy allait disparaître, et bientôt je n'aurais plus à penser à lui. Mais ce n'est pas comme ça que les choses se passèrent. C'est Dean lui-même qui entretint la situation, et si je ne prétends pas que nous devînmes comme cul et chemise, il resta en contact assez étroit pour qu'il me fût impossible de l'oublier. S'il s'était contenté de s'en aller au fil du temps comme il aurait dû, rien de tout cela n'aurait aussi mal tourné.

Je ne le revis pas avant le début de la saison suivante. On était alors en avril 1940, la guerre faisait rage en Europe, et Dizzy était revenu — revenu tenter une fois encore de ressusciter sa carrière en ruine. Quand je lus dans le journal qu'il avait signé un nouveau contrat avec les *Cubs*, je faillis m'étrangler sur mon sandwich au salami. De qui se foutait-il ? "Ce vieil aileron n'est plus la catapulte qu'il a été", déclarait-il, mais, bon Dieu, il aimait trop ce sport pour ne pas rempiler un coup de plus. Très bien, bourrique, râlai-je en moi-même, qu'est-ce que ça peut me faire ? Si tu as envie de t'humilier à la face du monde, c'est ton affaire, ne compte pas sur moi pour te plaindre.

Et puis, un soir, tombant du ciel, il se ramena au club et me salua comme un frère enfin retrouvé. Dean n'était pas le type à boire, ça ne pouvait donc pas être l'alcool qui le poussait à se conduire ainsi ; son visage s'éclaira quand il m'aperçut, et pendant cinq minutes il me fit un numéro invraisemblable de jovialité campagnarde. Il était sans doute encore persuadé que nous nous connaissions, ou bien il pensait que j'étais quelqu'un d'important, je ne sais pas, mais le résultat était qu'il n'aurait pas pu manifester plus de joie de me voir. Comment résister à un type pareil ? J'avais fait mon possible pour m'endurcir le cœur envers lui, et pourtant il me manifestait tant d'amitié que je ne pus m'empêcher de succomber à ses avances. Il était toujours le grand Dean, après tout, mon âme sœur égarée, mon alter ego, et lorsqu'il se déboutonna ainsi devant moi, je retombai tout droit dans les rets de mon ancienne fascination.

Je ne dirais pas qu'il devint un habitué du club, mais il s'y montra assez souvent au cours des six semaines qui suivirent pour que nous fassions un peu connaissance. Il vint seul, plusieurs fois, pour dîner tôt (en noyant tous ses plats de sauce Lea & Perrins), je m'asseyais à sa table et nous discutions de tout et de rien tandis qu'il engloutissait son repas. Evitant le base-ball, nous nous en tenions surtout aux chevaux, et lorsque je lui eus filé quelques excellents tuyaux sur l'usage à faire de son argent, il se mit à écouter mes conseils. J'aurais pu parler à ce moment-là, lui dire ce que je pensais de son retour et pourtant, même après qu'il eut salopé ses premiers starts de la saison en se couvrant de honte à chaque fois qu'il mettait le pied sur le terrain, je ne dis pas un mot. Je m'étais pris d'affection pour lui, et devant les efforts de ce triste ballot pour bien faire, je n'avais pas le cœur de lui dire la vérité.

Au bout de quelques mois, sa femme Pat le persuada de redescendre en ligue mineure afin de mettre au point un nouveau lancer. L'idée était qu'il ferait plus de progrès loin du feu des projecteurs — tentative désespérée s'il en fut, dont le seul effet consistait à encourager l'illusion qu'il lui restait de l'avenir. C'est alors que je trouvai enfin le courage d'aborder le sujet, mais je n'eus pas le cran d'insister suffisamment.

— Il est peut-être temps, Diz, suggérai-je. Il est peut-être temps de lâcher les dés et de retourner à la ferme.

— Ouais, fit-il, de l'air le plus déprimé qu'on puisse avoir. T'as sans doute raison. Le problème, c'est que je suis bon à rien qu'à lancer une balle. Si je me dégonfle maintenant, je pars en couilles, Walt. Je veux dire, un type comme moi, qu'est-ce qu'y a d'autre pour lui ?

Des tas de choses, pensai-je, mais je ne le dis pas, et dans la semaine il partit pour Tulsa. Jamais un grand n'était tombé aussi vite. Il passa un long et triste été dans la ligue du Texas à parcourir le même circuit poussiéreux qu'il avait démoli de ses tirs rapides dix ans auparavant. Cette fois il arrivait à peine à tenir sa place, et les plus tartes des Mickey Mouse à la gomme expédiaient ses balles d'un bout à l'autre du terrain. Ancien ou nouveau lancer, le verdict était clair, et pourtant Dizzy continuait à se casser le cul sans se laisser abattre par les mauvais traitements. Une fois douché, rhabillé et sorti du stade, il rentrait dans sa chambre d'hôtel avec un paquet de bulletins de pari mutuel et se mettait à téléphoner à ses books. Je plaçai un certain nombre de mises pour lui cet été-là, et chaque fois qu'il m'appelait nous bavardions pendant cinq ou dix minutes pour nous mettre au courant de nos dernières nouvelles. Ce qui me semblait incroyable, c'était le calme avec lequel il acceptait sa disgrâce. Ce type était devenu la risée générale, et il paraissait néanmoins de bonne humeur, la langue aussi bien pendue et aussi farceur que jamais. A quoi bon discuter ? Tôt ou tard, il finirait bien par voir clair.

Les *Cubs* le rappelèrent en septembre. Ils voulaient juger des résultats de son expérience en cambrousse, et si ses performances n'étaient guère encourageantes, elles n'étaient pas aussi catastrophiques qu'on aurait pu le craindre. Médiocre était le mot — quelques victoires à l'arraché, quelques raclées — et le dernier chapitre de l'histoire s'annonçait. Par une logique absurde et grotesque, les *Cubs* estimèrent que Dean avait fait preuve d'assez de son ancien talent pour garantir une saison de plus, et ils lui demandèrent de revenir. Je ne sus rien de ce nouveau contrat avant que Dizzy eût quitté la ville pour l'hiver, et quand j'appris ça, quelque chose en moi finit par claquer. Je ruminai pendant des mois. Je me rongeai, je me tracassai, je fis la gueule, et lorsque le printemps revint, j'avais compris ce qu'il fallait que je fasse. Je n'avais pas l'impression d'avoir le choix. Le destin m'avait désigné pour être son instrument, et si macabre que fût la tâche, le salut de Dizzy importait seul. S'il ne pouvait s'en charger lui-même, il fallait que j'intervienne et que je m'en charge pour lui.

Aujourd'hui encore, je serais bien en peine d'expliquer comment une idée aussi tordue, aussi maléfique avait pu s'insinuer dans ma tête. Je pensais bel et bien que mon devoir consistait à convaincre Dizzy Dean qu'il n'avait plus envie de vivre. Quand je l'exprime aussi crûment, la folie de tout ça saute aux yeux, mais c'était exactement ainsi que je projetais de le sauver : en le persuadant de se tuer. Toute autre considération mise à part, cela montre à quel point mon âme était devenue malade au cours des années qui avaient suivi la mort de maître Yehudi. Je m'étais branché sur Dizzy car il me rappelait ce que j'avais été, et tant que sa carrière battait son plein, je pouvais revivre ma gloire passée par le truchement de la sienne. Ce ne serait sans doute pas arrivé s'il avait joué pour une autre ville que Saint Louis. Ce ne serait sans doute pas arrivé si nos surnoms n'avaient été si semblables. Je ne sais pas. Je ne sais rien, mais c'est un fait qu'un moment arriva où je ne nous distinguais plus l'un de l'autre. Ses triomphes étaient mes triomphes, et quand la malchance finit par l'atteindre et détruire sa carrière, sa disgrâce fut ma disgrâce. Je ne pouvais supporter de revivre ça, et peu à peu je perdis les pédales. Pour son propre bien, il fallait que Dizzy meure, et j'étais celui-là même qui devait l'inciter à prendre la bonne décision. Pas seulement pour son bien, pour le mien aussi. J'avais l'arme, j'avais les arguments, j'avais de mon côté l'énergie de la folie. Je détruirais Dizzy Dean, et en faisant cela je me détruirais enfin, moi aussi.

Les *Cubs* débarquèrent à Chicago pour le match d'ouverture local, le 10 avril. J'appelai Diz au bout du fil l'après-midi même pour lui demander de passer à mon bureau, en lui expliquant qu'il s'était produit quelque chose d'important. Il tenta de me faire déballer le paquet, mais je lui dis que c'était trop important pour en discuter au téléphone. Si tu te sens intéressé par une proposition qui peut bouleverser ta vie, dis-je, tu n'as qu'à venir. Il était pris jusqu'à l'après-dîner et nous fixâmes donc le rendez-vous au lendemain matin, onze heures. Il s'amena un quart d'heure en retard seulement, de sa démarche nonchalante et dégingandée, en faisant rouler un cure-dent au bout de sa langue. Il était vêtu d'un complet bleu en laine peignée et coiffé d'un chapeau fauve de cow-boy, et bien qu'il eût pris quelques kilos depuis la dernière fois que je l'avais vu, son teint resplendissait de santé après six semaines au soleil de la *Cactus League*. Comme d'habitude, il était tout sourire quand il entra, et il passa les premières minutes à commenter l'aspect différent du club, en plein jour et sans un client.

— Me rappelle un stade vide, disait-il. Ça donne un peu la chair de poule, non ? Silencieux comme une tombe, et drôlement plus grand.

Je lui offris un siège et lui sortis une limonade de la glacière, derrière mon bureau.

— Ça ne prendra que quelques minutes, dis-je, et je ne veux pas que tu aies soif pendant qu'on parle. Sentant que mes mains attrapaient la tremblote, je me servis un godet de Jim Bean et en supai un petit peu. Comment va cette aile, l'ancien ? demandai-je en me carrant dans mon fauteuil de cuir et en m'efforçant de paraître calme.

— Toujours pareil. L'impression d'avoir un os qui pointe de mon coude.

— On t'a pas mal bousculé pendant l'entraînement de printemps, à ce qu'on m'a dit.

— C'est que pour s'exercer. Ça veut rien dire.

— Bien sûr. Attendons que ça compte vraiment, c'est ça ?

Il sentit le cynisme qui teintait ma voix et haussa les épaules, sur la défensive, puis chercha ses cigarettes dans la poche de la chemise.

— Eh bien, petit gars, fit-il, qu'est-ce qui se passe ? Il tapota son paquet pour en extraire une Lucky, l'alluma et souffla vers moi une bouffée de fumée. A t'entendre, au téléphone, on aurait dit une question de vie ou de mort.

— C'est ça. C'est exactement ça.

— Comment ? T'as fait breveter un nouveau bromure, ou quoi ? Seigneur, si t'as découvert un remède pour les bras malades, Walt, je te cède la moitié de ma paie pour les dix ans à venir.

— J'ai quelque chose de mieux, Diz. Et il ne t'en coûtera pas un centime.

— Tout se paie, mon pote. C'est la loi du pays.

— Je ne veux pas de ton argent. Je veux te sauver,

Diz. Laisse-moi t'aider, et les tourments que tu endures depuis quatre ans disparaîtront.

— Ouais ? fit-il en souriant comme si je venais de sortir une plaisanterie modérément drôle. Et comment tu comptes arriver à ça ?

— Comme tu voudras. La méthode est sans importance. La seule chose qui importe, c'est que tu marches — et que tu comprennes pourquoi ça doit être fait.

— Je te suis plus, gamin. Je pige rien à ce que tu racontes.

— Un type formidable m'a dit un jour : "Quand on arrive à bout de course, la seule chose qu'on souhaite vraiment c'est la mort." Est-ce que ça devient plus clair ? J'ai entendu ces mots il y a longtemps, et j'ai été trop stupide pour comprendre ce qu'ils signifiaient. Maintenant je sais, et je vais te dire une chose, Diz, ils sont la vérité. Ces mots sont les plus vrais qu'on ait jamais prononcés.

Dean éclata de rire.

— T'es un sacré farceur, Walt. T'as un humour d'enfer, ça manque jamais. C'est pour ça que je t'aime tant. Y a personne d'autre dans cette ville qui aurait le culot de sortir des trucs pareils.

Je soupirai de sa stupidité. Avoir affaire à un clown pareil n'était pas simple, et je ne voulais surtout pas perdre patience. Je repris une gorgée dans mon verre, me rinçai la bouche un instant avec le liquide épicé, et avalai.

— Ecoute, Diz, repris-je. J'ai été où tu es. Il y a douze ou treize ans, j'avais le monde à mes pieds. J'étais le meilleur dans ma partie, une classe à moi tout seul. Et laisse-moi te dire que ce que tu as accompli sur les terrains de base-ball n'est rien en comparaison de ce dont j'étais capable. A côté de moi, tu n'es pas plus grand qu'un pygmée, un insecte, une bestiole dans la carpette. Tu entends ce que je te dis ? Et puis, paf, quelque chose s'est passé et je n'ai plus pu continuer. Mais je ne suis pas resté là à me faire plaindre, je ne me suis pas couvert de ridicule. J'ai tiré un trait, et puis j'ai entrepris de me faire une nouvelle vie. J'ai espéré, j'ai prié pour que ça t'arrive aussi. Mais tu ne piges pas, hein ? Ta grosse caboche de bouseux est trop engluée de bouillie de maïs et de mélasse.

— Attends une seconde, s'écria Dizzy en pointant un doigt vers moi, le visage illuminé par une expression soudaine et inattendue de ravissement. Rien qu'une seconde. Maintenant je sais qui tu es. Eh merde, je l'ai su tout du long. T'es ce gamin, c'est ça ? Ce sacré gamin. Walt... Walt le Prodige. Dieu tout-puissant ! Mon père nous a emmenés à la foire un jour, dans l'Arkansas, avec Paul et Elmer, et on t'a vu faire ton truc. Inouï, que c'était ! Je me suis toujours demandé ce que t'étais devenu. Et te voilà, assis juste en face de moi. Merde alors, je peux pas le croire !

— Tu peux le croire, mon bon ami. Quand je te disais que j'étais grand, je voulais dire plus grand que n'importe qui. Comme une comète qui déchire l'espace.

— T'étais grand, c'est vrai, je peux en témoigner. J'ai jamais rien vu de plus grand.

— Et toi aussi tu l'étais. On n'en fait pas de plus grand. Mais maintenant, tu es sur la pente descendante, et ça me brise le cœur de voir ce que tu t'infliges. Laisse-moi t'aider, Diz. La mort n'est pas si terrible. Tout le monde doit mourir un jour, et une fois que tu te seras habitué à l'idée, tu verras que maintenant vaut mieux que plus tard. Si tu m'en donnes l'occasion, je peux t'éviter la honte. Je peux te rendre ta dignité.

— T'es vraiment sérieux, dis donc ?

— Tu parles. De ma vie, je n'ai été plus sérieux.

— Tu disjonctes, Walt. T'es complètement pété, bordel !

— Laisse-moi te tuer, et les quatre dernières années seront oubliées. Tu seras de nouveau grand, champion. Tu seras de nouveau grand pour l'éternité.

J'allais trop vite. Il m'avait désarçonné en évoquant Walt le Prodige, et au lieu de revenir en arrière et de modifier mon approche, je fonçais droit devant à tombeau ouvert. J'avais eu l'intention d'augmenter lentement la pression, de séduire mon homme avec des arguments si complexes, si irréfutables qu'il finirait par s'y rallier de lui-même. C'était ça, mon idée : ne pas le forcer, l'amener à constater de ses yeux la sagesse de mon plan. Je voulais qu'il veuille ce que je voulais, qu'il se sente convaincu par ma proposition au point de me supplier de l'exécuter, et tout ce que j'avais réussi à faire, c'était le laisser loin derrière, effrayé de mes menaces et de mes platitudes mal ficelées. Pas étonnant s'il me croyait fou. J'avais laissé les choses s'emballer, et juste au moment où nous aurions dû nous échauffer, voilà qu'il se levait et se dirigeait vers la sortie.

Je ne m'en inquiétai pas. J'avais verrouillé la porte de l'intérieur, et on ne pouvait l'ouvrir sans la clé — laquelle se trouvait dans ma poche. Néanmoins, je ne voulais pas qu'il commence à tirer sur la poignée et à secouer le châssis. Il risquait de se mettre à crier pour que je le laisse partir, et comme une demi-douzaine d'employés travaillaient dans la cuisine à cette heure-là, le raffut les aurait sûrement fait accourir. Alors, obnubilé par ce détail et sans penser aux conséquences plus graves, j'ouvris le tiroir de mon bureau et en sortis le revolver du maître. C'est cette faute qui me fut fatale. En pointant l'arme sur Dizzy, je franchissais la frontière qui sépare paroles en l'air et délits punissables, et le cauchemar que j'avais mis en marche ne pouvait plus être arrêté. Pourtant, le revolver était essentiel, n'est-ce pas ? Il était le trait d'union de toute l'affaire, et à un moment ou à un autre il fallait bien qu'il sorte du tiroir. Viser Dizzy, appuyer sur la détente — retourner ainsi au désert pour accomplir la tâche jamais accomplie. L'amener à me supplier de le tuer comme maître Yehudi m'en avait supplié, et puis effacer mes torts en trouvant le courage d'agir.

Plus rien de tout ça n'importe. J'avais déjà loupé mon coup au moment où Dizzy s'était levé, et exhiber le revolver ne représentait qu'une tentative désespérée de sauver la face. Je le persuadai de venir se rasseoir, et pendant un quart d'heure je le fis transpirer beaucoup plus que je n'en avais jamais eu l'intention. Tout fanfaron, tout costaud qu'il était, physiquement Dean était un lâche, et dès qu'une bagarre éclatait il se planquait derrière le meuble le plus proche. Je connaissais sa réputation, mais le revolver le terrorisait bien plus que je ne l'avais imaginé. Il en pleura, bel et bien, et à le voir assis dans son fauteuil tout gémissant et balbutiant, je faillis presser la détente rien que pour le faire taire. Il me suppliait de lui accorder la vie — pas de le tuer, de le laisser vivre — et tout se passait à l'envers, de façon si différente de ce que j'avais prévu que je ne savais plus comment réagir. La mi-temps aurait pu s'éterniser toute la journée, mais alors, aux environs de midi, quelqu'un frappa à la porte. J'avais laissé des instructions précises qu'on ne me dérange pas, mais quelqu'un frappait tout de même.

— Diz ? fit une voix de femme. C'est toi, là-dedans, Diz ?

C'était Pat, son épouse : une créature autoritaire et peu encline aux fantaisies s'il en fut. Elle était venue chercher son mari pour un déjeuner prévu chez Lemmele, et bien entendu Dizzy lui avait dit où elle pourrait le trouver, autre grain de sable potentiel auquel j'avais négligé de penser. Entrée en trombe dans mon club en quête de son grand coq apprivoisé, elle avait cravaté le sous-chef dans la cuisine (où il était en train de trancher des patates et d'émincer des carottes) et s'était montrée si insupportable que le pauvre gars avait fini par cracher le morceau. Il l'avait conduite en haut de l'escalier et au bout du couloir, et c'est ainsi qu'elle se trouvait debout derrière ma porte, en train de tambouriner d'un poing irrité sur le vernis blanc.

A moins de flanquer à Dizzy une balle dans la tête, il ne me restait qu'à ranger le revolver et à ouvrir la porte. Ça allait évidemment être ma fête, à ce moment-là — sauf si mon bougre ne me lâchait pas et décidait de la boucler. Pendant dix secondes, ma vie fut suspendue à ce fil arachnéen : s'il avait honte de lui raconter combien il avait eu peur, il garderait pour lui cet imbroglio. J'affichai mon sourire le plus chaleureux et le plus jovial quand Mrs Dean pénétra dans la pièce, mais son pleurnichard de mari vendit la mèche à l'instant même où il posa les yeux sur elle.

— Ce petit connard allait me tuer ! balbutia-t-il d'une voix aiguë et incrédule. Il me pointait un flingue sur la tête, et il allait tirer, le connard !

Tels furent les mots qui mirent un terme à ma carrière de patron de night-club. Renonçant à leur table réservée chez Lemmele, Pat et Dizzy sortirent furieux de mon bureau et se rendirent tout droit au poste de police du quartier afin de porter plainte contre moi. Pat m'en avait averti en me claquant la porte au nez, mais je ne remuai pas un cil. Je me contentai de rester assis derrière mon bureau, tout confondu par ma stupidité, à tâcher de rassembler mes idées avant que les bourres s'amènent pour m'embarquer. Il leur fallut moins d'une heure, et je m'en allai sans piper, en souriant et en blaguant quand ils me passèrent les menottes. Sans Bingo, j'en aurais pris pour un sacré temps après mon bout d'essai dans le rôle de Dieu, mais il avait des relations et un compromis fut conclu avant même que l'affaire arrivât devant un tribunal. C'était aussi bien comme ça. Pas seulement pour moi, mais aussi pour Dizzy. Un procès ne lui aurait rien valu — pas avec la publicité et le scandale qui l'auraient accompagné — et il fut tout à fait content d'accepter l'arrangement. Le juge me laissa le choix. Plaider coupable d'une faute moins grave et m'en tirer avec six à neuf mois au pénitencier de Joliet, ou quitter Chicago et m'engager. J'optai pour la seconde ouverture. Ce n'est pas que j'avais grande envie de porter l'uniforme, mais il me semblait que je n'étais plus le bienvenu à Chicago et qu'il était temps de m'en aller.

Si Bingo avait tiré des ficelles et distribué des pots-de-vin pour m'éviter la taule, cela ne signifie pas qu'il éprouvait de la sympathie pour ce que j'avais fait. Il me considérait comme cinglé, quatre-vingt-dix-neuf virgule neuf pour cent cinglé. Buter un type pour de l'argent, c'était une chose, mais quelle espèce d'enfoiré pouvait aller s'en prendre à un trésor national tel que Dizzy Dean ? Il fallait être fou à lier pour concocter un truc pareil. C'était sans doute mon cas, dis-je, et je ne cherchai pas à m'expliquer. Qu'il pense ce qu'il voulait et qu'on en reste là. Il y eut un prix à payer, bien sûr, mais j'étais mal placé pour discuter. Au lieu d'une compensation en espèces du service rendu, j'acceptai de rembourser à Bingo son aide juridique en lui cédant mes parts dans le club. La perte de *Mr Vertigo* fut un coup dur pour moi, mais pas à moitié autant que l'abandon de mon numéro, pas un dixième autant que la disparition du maître. Je n'étais plus personne, désormais. Redevenu moi, tout simplement : Walter Claireborne Rawley, un G.I. de vingt-six ans aux cheveux ras et aux poches vides. Bienvenue dans la vraie vie, camarade. Je fis cadeau de mes costards aux chasseurs, j'embrassai mes petites amies, et je m'embarquai sur un tortillard à destination du camp d'entraînement. Compte tenu de ce que j'allais laisser derrière moi, je considère que j'avais de la chance.

A ce moment-là, Dizzy était fini, lui aussi. Sa saison avait consisté en une seule rencontre, et après avoir laissé Pittsburgh marquer trois points dès la première manche de son tout premier match, il avait enfin déclaré forfait. Je ne sais pas si mes manœuvres d'intimidation avaient éveillé en lui un peu de

bon sens, mais je fus content d'apprendre sa décision. Les *Cubs* l'embauchèrent comme entraîneur
des premières bases, mais un mois plus tard il reçut
une offre plus intéressante de la brasserie Falstaff, à
Saint Louis, et il réintégra notre bonne vieille ville
pour y commenter à la radio les matches des *Browns*
et des *Cardinals*. "Ce boulot me changera pas,
déclara-t-il. Je vais juste causer le bon brave anglais
de chez nous." Il faut rendre justice à ce grand bouseux. Le public s'enticha du jaspin populaire qu'il
déversait sur les ondes, et il eut un tel succès qu'on le
garda en place pendant vingt-cinq ans. Mais c'est
une autre histoire, et je ne peux pas dire que j'y
prêtai grande attention. Du moment que j'avais
quitté Chicago, tout cela ne me concernait plus.

IV

J'avais la vue trop basse pour l'école de l'air, et je passai donc les quatre années suivantes à ramper dans la boue. Je devins expert quant aux habitudes des vers et autres créatures qui se traînent sur le sol et se repaissent de chair humaine. Le juge avait dit que l'armée ferait de moi un homme, et si bouffer de la terre et voir voler des membres arrachés aux corps des soldats prouve qu'on est un homme, je suppose que l'honorable Charles P. McGuffin avait raison. En ce qui me concerne, moins il sera question de ces quatre années, mieux cela vaudra. Au début, j'envisageai sérieusement de me faire réformer pour raisons médicales, mais je ne trouvai jamais le courage de passer à l'acte. J'avais pensé me remettre en secret à la lévitation — et provoquer des crises douloureuses si violentes, si débilitantes qu'il faudrait bien me renvoyer chez moi. Le problème, c'était que je n'avais plus de chez-moi où aller, et après avoir ruminé la question pendant quelque temps, je me rendis compte que je préférais l'incertitude du combat à la torture certaine de ces maux de tête.

Ma carrière de soldat n'eut rien de remarquable, rien de honteux non plus. Je fis mon boulot, j'évitai les ennuis, je tins le coup et ne fus pas tué. Quand on me rapatria enfin, en novembre 1945, je me sentais vanné, incapable de penser à l'avenir ou de faire des projets. Je roulai ma bosse pendant trois ou quatre ans, surtout le long de la côte Est. C'est à Boston que je fis mon plus long séjour. J'y avais un emploi de barman, et j'arrondissais mes revenus en jouant aux courses et en participant à un poker hebdomadaire chez Spiro, un club de billard du North End. Il ne s'agissait que d'enjeux modérés, mais si on les accumule, des gains d'un ou de cinq dollars finissent par faire une somme. J'étais sur le point de monter une combine afin d'ouvrir une boîte à moi quand ma chance tourna. Mon petit magot fondit, je m'endettai, et avant que plusieurs lunes ne se passent je fus obligé de filer de la ville pour échapper aux requins qui me tenaient accroché. De là, je me rendis à Long Island où je trouvai du travail dans le bâtiment. Dans ces années-là, les banlieues bourgeonnaient tout autour des villes, et j'allais là où était l'argent jouer ma petite partie dans la transformation des paysages et la métamorphose du monde en ce qu'il est aujourd'hui. Toutes ces villas, ces pelouses bien tondues, ces petits arbres maigrichons emballés de toile de jute — c'est moi le mec qui les a mis là. C'était un boulot maussade, mais je m'y tins pendant dix-huit mois. A un moment donné, pour des raisons que je ne saurais expliquer, je me laissai épouser. Ça ne dura pas plus de six mois, et cette expérience me paraît aujourd'hui si brumeuse que j'ai de la peine à me rappeler de quoi ma femme avait l'air. Sans un gros effort de mémoire, je ne me souviens même plus de son nom.

Je n'avais aucune idée de ce qui n'allait pas. Moi qui avais toujours été si rapide, si vif à bondir sur les occasions pour les tourner à mon avantage, je me sentais pesant, pas dans le coup, incapable de rester dans la course. Le monde me passait sous le nez, et le plus étrange était que je m'en foutais. J'étais sans ambition. Je ne désirais ni faire carrière ni chercher un filon. Tout ce que je voulais, c'était vivoter en paix, gagner ma croûte de mon mieux et aller où la vie m'entraînerait. J'avais déjà rêvé mes grands rêves. Ils ne m'avaient mené nulle part, et j'étais désormais trop épuisé pour en imaginer de nouveaux. Que quelqu'un d'autre reprenne la balle, à son tour. Je l'avais laissée tomber depuis longtemps, et elle ne valait pas l'effort de se baisser pour la ramasser.

En 1950, je passai le fleuve pour m'installer dans un appartement à bas loyer à Newark, dans le New Jersey, et débuter dans mon neuvième ou dixième boulot depuis la guerre. La boulangerie Meyerhoff employait plus de deux cents personnes, et en trois fois huit heures nous sortions de ses fours tous les produits imaginables. Rien qu'en pains, il y avait sept variétés différentes : pain blanc, pain d'orge, pain complet, pain noir, pain aux raisins, à la cannelle et aux raisins, ou noir de Bavière. Ajoutez à cela douze espèces de biscuits, dix espèces de gâteaux, six espèces de beignets, plus les gressins, la chapelure et les petits pains pour banquets, et vous comprendrez pourquoi l'usine travaillait vingt-quatre heures par jour. Je commençai à la chaîne, où j'ajustais et préparais les emballages de cellophane destinés aux miches de pain prétranchées. J'avais pensé rester là quelques mois tout au plus, mais lorsque j'eus pris le coup, je m'aperçus que ce n'était pas un mauvais endroit où gagner sa vie. Les odeurs de cette usine étaient si agréables, avec les arômes de pain frais et de sucre qui flottaient sans cesse dans l'air, que les heures s'y étiraient moins péniblement que lors de mes emplois précédents. C'est une partie de la vérité, en tout cas, même si le plus important était la petite rouquine qui se mit à me faire les yeux doux quand j'étais là depuis une semaine. Elle n'était pas spécialement jolie, du moins comparée aux filles avec lesquelles j'avais mené joyeuse vie à Chicago, mais il y avait dans ses yeux verts une lueur étonnée qui me touchait au vif, et je ne tardai guère à faire connaissance avec elle. Je n'ai pris que deux bonnes décisions dans ma vie. La première fut de monter dans ce train avec maître Yehudi quand je n'avais que neuf ans. La seconde fut d'épouser Molly Fitzsimmons. Molly me remit sur pied, et compte tenu du genre de forme où j'étais quand j'aboutis à Newark, ce n'était pas une mince affaire.

Son nom de jeune fille était Quinn, et elle avait passé trente ans quand nous nous rencontrâmes. Elle avait épousé son premier mari à la sortie du lycée, et cinq ans plus tard il avait été appelé à l'armée. A tous égards, Fitzsimmons était un gars sympathique et travailleur, mais sa guerre avait été moins chanceuse que la mienne. Il avait pris une balle à Messine en quarante-trois, et depuis lors Molly était restée seule, jeune veuve sans enfants livrée à elle-même en attendant qu'il se passe quelque chose. Dieu sait ce qu'elle voyait en moi ! Quant à moi, je tombai amoureux d'elle parce qu'elle me mettait à l'aise, parce qu'elle ressuscitait mon vieux fond blagueur et qu'elle savait reconnaître une bonne plaisanterie quand elle en entendait une. Elle n'avait rien de tape-à-l'œil, rien qui la distinguât dans une foule. Si on la croisait dans la rue, c'était juste une femme de travailleur comme il y en a tant : une de ces femmes aux hanches rondes et au cul généreux, qui ne se donnait la peine de se maquiller que si elle dînait au restaurant. Mais elle avait du caractère, ma Molly, et à sa manière silencieuse et attentive, elle était aussi fine que n'importe qui de ma connaissance. Elle était gentille ; elle n'était pas rancunière ; elle avait pris fait et cause pour moi, et n'essaya jamais de me transformer en quelqu'un que je n'étais pas. Si elle était un peu souillon dans le ménage et pas vraiment bonne cuisinière, c'était sans importance. Elle n'était pas ma servante, après tout, elle était ma femme. Elle était aussi ma seule véritable amie depuis l'époque du Kansas, d'Esope et de maman Sioux, la première femme que j'avais jamais aimée.

Nous habitions un appartement à l'étage d'une

maison d'Ironbound, un quartier ouvrier de Newark, et comme Molly ne pouvait pas avoir d'enfants, nous avons toujours vécu à deux. Je l'incitai à quitter son travail après le mariage, mais je gardai le mien et, au fil des ans, je montai en grade chez Meyerhoff. Un couple pouvait vivre d'un seul salaire à cette époque, et après ma promotion au poste de contremaître dans l'équipe de nuit, nous n'eûmes pratiquement pas de soucis d'argent. Notre existence était modeste au regard des normes que je m'étais jadis fixées, mais j'avais changé au point de ne plus m'en soucier. Nous allions au cinéma deux fois par semaine, nous dînions en ville le samedi soir, nous lisions des livres et regardions la télé. En été, nous allions sur la côte à Asbury Park, et presque tous les dimanches nous nous retrouvions dans la famille de Molly. Les Quinn étaient nombreux et tous ses frères et sœurs étaient mariés et avaient des enfants. Ça me faisait quatre beaux-frères, quatre belles-sœurs et treize neveux et nièces. Pour un homme sans enfants, je plongeais jusqu'au cou dans les gamins, mais je ne peux pas dire que je voyais d'inconvénients à mon rôle d'oncle Walt. Molly était la bonne fée marraine, et moi le fou du roi : le petit bonhomme trapu aux plaisanteries et gags incessants qui jouait les comiques sur les marches du perron du jardin.

Je vécus vingt-trois ans avec Molly — un long et bon parcours, sans doute, et pourtant pas assez long. J'avais projeté de vieillir avec elle et de mourir dans ses bras, mais un cancer vint me la prendre avant que je me sente prêt à lâcher. Ce fut d'abord un sein, et puis l'autre, et à cinquante-cinq ans, elle n'était plus là. Bien que sa famille m'aidât de son mieux, ce fut une période terrible pour moi, et je passai six ou sept mois en pleine stupeur alcoolique. J'allais si mal que je finis par perdre mon emploi à l'usine, et si deux de mes beaux-frères ne m'avaient traîné dans un centre de désintoxication, Dieu sait ce qui me serait arrivé. Je fis deux mois complets de cure à l'hôpital Saint-Barnabé, et c'est là qu'enfin je recommençai à rêver. Je ne veux pas dire rêvasser et penser à l'avenir, je veux dire rêver, vraiment, en dormant : un cinéma vivant et extravagant, presque chaque nuit, pendant un mois. Sans doute était-ce lié aux drogues et aux tranquillisants qu'on m'administrait, je ne sais pas, toujours est-il que quarante-quatre ans après ma dernière exhibition en tant que Walt le Prodige, tout me revenait soudain. Je me retrouvais en tournée avec maître Yehudi, circulant de ville en ville dans la Pierce Arrow, exécutant mon numéro chaque soir. Cela me rendait incroyablement heureux, et ça réveillait des plaisirs dont j'avais oublié depuis longtemps que je pouvais les éprouver. Je marchais à nouveau sur l'eau, je me pavanais devant des foules gigantesques, surabondantes et je pouvais, sans douleur, me déplacer dans les airs, flotter, tournoyer et caracoler avec toute ma virtuosité et mon assurance d'autrefois. Je m'étais donné tant de mal pour ensevelir ces souvenirs, je m'étais efforcé durant tant d'années de rester collé au sol et pareil à tout le monde, et voilà que tout cela resurgissait, éclatant, tel un spectacle quotidien de feux d'artifice en technicolor. Ces rêves bouleversèrent tout pour moi. Ils me rendirent mon amour-propre, et je cessai d'avoir peur de regarder le passé. Je ne sais pas comment exprimer ça autrement. Le maître m'avait pardonné. Il avait annulé ma dette envers lui à cause de Molly, à cause de la façon dont je l'avais aimée et pleurée, et maintenant il m'appelait, il me demandait de me souvenir de lui. Il n'y a aucun moyen de prouver tout ça, mais le résultat était indiscutable. Quelque chose en moi s'était dégagé, et je sortis de cet hôpital aussi sobre que je le suis aujourd'hui. J'avais cinquante-huit ans, ma vie était en ruine, et pourtant je ne me sentais pas trop mal. Tout bien considéré, je me sentais même plutôt bien.

Le coût de la maladie de Molly avait ratissé les quelques économies que nous avions réussi à faire.

Je devais quatre mois de loyer, mon propriétaire menaçait de m'expulser, et ma seule possession était ma voiture — une Ford Fairlane vieille de sept ans, dont la calandre était enfoncée et le carburateur défectueux. Trois jours environ après ma sortie de l'hôpital, mon neveu préféré me téléphona de Denver pour me proposer un travail. Dan était le plus brillant de la famille — le premier professeur d'université qu'ils avaient jamais eu — et il vivait là-bas avec sa femme et son fils depuis quelques années. Comme son père lui avait déjà dit combien j'étais fauché, je ne gaspillai pas ma salive à lui raconter des salades sur la santé de mon compte en banque. Ce n'était pas grand-chose, comme travail, disait-il, mais un changement de décor me ferait sans doute du bien. Quel genre de boulot ? demandai-je. Technicien de maintenance, répondit-il, en essayant que ça ne paraisse pas trop comique. Tu veux dire concierge ? demandai-je. C'est ça, fit-il, un as du balai. Un poste s'était libéré dans le bâtiment où il enseignait, et si j'avais envie de m'installer à Denver, il parlerait pour moi et me l'obtiendrait. Bien sûr, dis-je, pourquoi pas ? Et deux jours plus tard j'embarquais quelques affaires dans la Ford et partais pour les montagnes Rocheuses.

Je n'arrivai jamais à Denver. Ce ne fut pas à cause d'une panne de voiture, ni parce qu'à la réflexion je n'avais pas envie de devenir concierge, mais quelque chose se produisit en chemin et au lieu d'aboutir à un endroit, j'aboutis à un autre. Ce n'est vraiment pas difficile à expliquer. Suivant de si près tous les rêves que j'avais faits à l'hôpital, le voyage ressuscita un flot de souvenirs, et quand je passai la frontière du Kansas, je ne pus résister à la tentation d'un petit crochet sentimental vers le sud. Ce n'était pas un gros détour, me disais-je, et Dan ne s'inquiéterait pas si j'étais un peu lent à arriver. Je voulais simplement passer quelques heures à Wichita — et retourner à la maison de Mrs Witherspoon pour voir de quoi la vieille bicoque avait l'air. Un jour, peu après la guerre, j'avais essayé de retrouver Mrs Witherspoon à New York, mais son nom ne figurait pas dans l'annuaire du téléphone et j'avais oublié celui de sa société. Pour ce que j'en savais, elle pouvait être morte, comme tous ceux que j'avais aimés.

La ville avait beaucoup grandi depuis les années vingt, mais à mon sens, ce n'était toujours pas le pied. Il y avait plus de monde, plus d'immeubles et plus de rues, mais dès que j'eus assimilé ces transformations, je constatai que c'était resté le trou perdu dont je me souvenais. On l'appelait désormais "la capitale mondiale des airs", et ça me fit bien rire quand j'aperçus ce slogan étalé dans toute la ville sur des panneaux d'affichage. La chambre de commerce rendait hommage aux constructeurs d'avions qui avaient établi là leurs usines, mais je ne pouvais m'empêcher de penser à moi, le véritable enfant-oiseau, qui avait un jour considéré Wichita comme sa patrie. J'eus une certaine difficulté à trouver la maison, ce qui rendit ma visite plus systématique que prévu. Au temps jadis, elle était située en dehors de la ville, isolée au bord d'une route de terre battue menant vers la campagne, mais elle faisait à présent partie du quartier résidentiel et d'autres maisons avaient été construites autour d'elle. La rue s'appelait Coronado Avenue, et elle comportait tout l'équipement moderne : trottoirs, réverbères, et un revêtement d'asphalte avec une ligne blanche au milieu. Quant à la maison, elle avait bonne allure, c'était incontestable : les bardeaux blancs étincelaient sous le soleil gris de novembre, et les petits arbres que maître Yehudi avait plantés devant l'entrée surplombaient le toit, tels des géants. Quel qu'il fût, le propriétaire de la maison la soignait bien et, l'âge venu, elle avait pris l'air d'une chose historique, d'une vénérable demeure d'autrefois.

Je garai la voiture et montai les marches du perron. L'après-midi s'achevait, mais une lumière brillait à l'une des fenêtres de l'étage et puisque j'étais là, je pensai qu'il fallait aller jusqu'au bout et sonner. Si ces gens n'étaient pas des ogres, peut-être même qu'ils me laisseraient entrer et jeter un coup d'œil, en souvenir du bon vieux temps. C'était tout ce que j'espérais : un coup d'œil. Il faisait froid sur le perron, et tandis que j'attendais là que quelqu'un apparaisse, je ne pus m'empêcher de penser à la première fois que j'y étais arrivé, à moitié mort, après m'être perdu dans cette infernale tempête de neige. Je dus sonner deux fois avant d'entendre des pas à l'intérieur, et quand enfin la porte s'ouvrit, j'étais tellement plongé dans mes souvenirs de ma première rencontre avec Mrs Witherspoon qu'il me fallut quelques secondes pour me rendre compte que la femme qui se tenait devant moi n'était autre que Mrs Witherspoon en personne : une version plus âgée, plus fragile et plus ridée, assurément, mais Mrs Witherspoon tout de même. Je l'aurais reconnue n'importe où. Elle n'avait pas pris une livre depuis 1936 ; ses cheveux teints étaient d'un roux aussi chic, ses yeux bleus et brillants étaient aussi bleus et brillants que jamais. Elle avait alors soixante-quatorze ou soixante-quinze ans, mais elle ne paraissait pas un jour de plus que soixante — soixante-trois au maximum. Toujours habillée à la dernière mode, se tenant toujours aussi droite, elle était venue ouvrir la porte avec une cigarette aux lèvres et un verre de scotch dans la main gauche. On ne pouvait qu'aimer une telle femme. Le monde avait connu des transformations et des catastrophes indicibles depuis la dernière fois que je l'avais vue, mais Mrs Witherspoon était encore la frangine coriace qu'elle avait toujours été.

Je la reconnus avant qu'elle me reconnaisse. C'était compréhensible, car le temps avait marqué plus lourdement mon apparence que la sienne. Mes taches de rousseur avaient presque disparu, et j'étais devenu un type trapu, plutôt replet, dont les cheveux gris se raréfiaient et qui portait sur le nez des verres comme des culs de bouteille. Plus vraiment le dandy à la coule avec lequel elle avait déjeuné chez Lemmele trente-huit ans auparavant. Je portais de ternes vêtements de tous les jours — canadienne, pantalon kaki, chaussures de cuir jaunâtre, chaussettes blanches — et j'avais remonté mon col pour me protéger du froid. Elle ne voyait sans doute pas grand-chose de mon visage et ce qu'elle en apercevait était si hagard, si usé par mon combat contre la gnôle qu'il n'y avait rien d'autre à faire que de lui dire qui j'étais.

Le reste va sans dire, n'est-ce pas ? Des larmes coulèrent, des histoires furent échangées, nos papotages et notre émotion se prolongèrent jusqu'aux petites heures. C'était le beau temps jadis revenu à Coronado Avenue, et je doute qu'il puisse exister des retrouvailles plus heureuses que ne le furent les nôtres cette nuit-là. J'ai déjà raconté l'essentiel de ce qui m'était arrivé, mais son histoire à elle n'était pas moins étrange, pas moins inattendue que la mienne. Au lieu de réinvestir ses millions en plus de millions encore durant le boom pétrolier au Texas, elle avait foré des terrains pauvres et fait faillite. Le jeu consistait surtout en conjectures, à l'époque, et elle s'était trompée une fois de trop. En 1938, elle avait perdu les neuf dixièmes de sa fortune. Cela ne faisait pas d'elle une indigente, mais elle ne faisait plus partie du club de la Cinquième Avenue, et après avoir tâté de quelques entreprises sans lendemain, elle avait fini par renoncer et rentrer à Wichita. Elle pensait que ce ne serait que momentané : quelques mois dans la vieille maison pour reprendre des forces, après quoi elle passerait à la riche idée suivante. Pourtant, d'une chose à l'autre, à l'arrivée de la guerre elle était toujours là. En ce qu'il faut bien appeler une étonnante volte-face, elle avait contracté la ferveur patriotique qui régnait à l'époque et, pendant quatre ans, travaillé comme infirmière volontaire à l'hôpital des anciens combattants de Wichita.

J'avais du mal à l'imaginer dans ce rôle à la Florence Nightingale, mais Mrs W. était une femme pleine de surprises, et si l'argent était son fort, ce n'était pas, et de très loin, sa seule préoccupation. Après la guerre, elle s'était remise aux affaires, en demeurant cette fois à Wichita, où elle avait édifié petit à petit une entreprise lucrative. Des laveries automatiques ! Ça paraît comique, après toutes ces spéculations boursières et pétrolières de haut vol — mais pourquoi pas ? Elle avait été l'une des premières à voir les possibilités commerciales de la machine à laver, et elle avait pris de l'avance sur ses concurrents en se lançant tôt dans la course. Au moment où je m'amenai, en 1974, elle possédait vingt laveries réparties dans toute la ville et une douzaine dans les bourgs voisins. *The House of Clean*, elle avait appelé ça, et toutes ces pièces de dix et de cinquante cents avaient refait d'elle une femme riche.

Et les hommes ? demandai-je. Oh, plein d'hommes, répliqua-t-elle, des hommes en veux-tu en voilà. Et Orville Cox — qu'était-il devenu ? Mort et enterré, dit-elle. Et Billy Bigelow ? Toujours au nombre des vivants. En fait, il habitait juste au coin de la rue. Elle l'avait fait entrer dans son affaire de laveries après la guerre, et il avait occupé auprès d'elle les fonctions de directeur et de bras droit jusqu'à sa retraite, six mois auparavant. Le jeune Billy allait alors sur ses soixante-dix ans, et avec deux crises cardiaques à son actif, le médecin lui avait recommandé de ne pas se fatiguer la pompe. Sa femme était morte depuis sept ou huit ans, ses enfants étaient tous grands et partis au loin, si bien que Billy et Mrs Witherspoon étaient restés très liés. Elle le décrivait comme le meilleur ami qu'elle avait jamais eu, et à entendre sa voix s'adoucir quand elle en parlait, je compris que leurs relations allaient au-delà de simples discussions professionnelles sur les machines à laver et à sécher le linge. Ah, ah ! m'exclamai-je, ainsi la patience a enfin été récompensée, et le gentil petit Billy a eu ce qu'il voulait. Elle me lança un de ses clins d'œil diaboliques. Parfois, dit-elle, mais pas toujours. Ça dépend de mon humeur.

Elle n'eut guère besoin d'insister pour me persuader de rester. Le boulot de concierge ne représentait qu'un pis-aller, et puisque quelque chose de mieux se présentait, c'est sans hésitation que je changeai mes projets. Le salaire n'y était que pour une petite part, bien entendu. Je me sentais revenu chez moi, et quand Mrs Witherspoon m'invita à entrer dans l'affaire à l'ancienne place de Billy, je lui répondis que je commencerais dès le lendemain matin. Peu m'importait la nature du travail. Elle m'aurait proposé de rester pour récurer les casseroles dans sa cuisine, j'aurais dit oui à ça aussi.

Je m'installai à l'étage, dans la chambre que j'avais occupée quand j'étais gamin, et une fois que j'eus appris le métier, je me rendis utile. Je veillai à ce que les machines ronronnent en continu, je fis grimper les bénéfices, je persuadai Mrs W. d'étendre ses activités dans plusieurs domaines : une salle de bowling, une pizzeria, une galerie de machines à sous. Avec tous les étudiants qui envahissaient la ville chaque automne, il y avait une demande de repas rapides et de distractions pas chères, et j'étais l'homme de la situation. Je faisais de longues heures et boulonnais dur, mais j'aimais me sentir à nouveau responsable de quelque chose, et la plupart de mes combines donnèrent de bons résultats. Mrs Witherspoon me traitait de cow-boy, ce qui, dans sa bouche, était un compliment, et pendant trois ou quatre ans, nous galopâmes à un train soutenu. Et puis, tout à coup, Billy mourut. C'était encore une crise cardiaque, mais celle-ci se produisit sur le douzième fairway du *Cherokee Acres Country Club*, et le temps que les toubibs parviennent jusque-là, il avait déjà rendu le dernier soupir. Après ça, pour Mrs W., ce fut la dégringolade. Elle cessa de venir avec moi au bureau le matin et, peu à peu, elle parut se désintéresser de ses affaires et m'abandonna la plupart des décisions à prendre. J'avais vécu le même genre d'épreuve avec Molly, mais je trouvais vain de lui dire que le temps y porterait remède. Le temps était la seule chose qu'elle n'avait pas. Ce type l'avait adorée pendant cinquante ans, et dès lors qu'il avait disparu, personne ne le remplacerait jamais.

Une nuit, en plein milieu de tout cela, le bruit de ses sanglots me parvint à travers les murs tandis que je lisais dans mon lit. Je descendis dans sa chambre, nous bavardâmes un petit moment, et puis je la pris dans mes bras et l'y gardai tandis qu'elle s'assoupissait. D'une manière ou d'une autre, je finis par m'endormir, moi aussi, et quand je me réveillai le matin je me retrouvai couché près d'elle sous les couvertures du grand lit. C'était ce même lit qu'elle avait partagé autrefois avec maître Yehudi, et désormais mon tour était venu d'y dormir à son côté, d'être l'homme sans lequel elle ne pouvait vivre. Il s'agissait surtout de réconfort, de compagnonnage, de préférer dormir dans un lit plutôt que dans deux, mais ça ne signifie pas que les draps ne prenaient pas feu de temps en temps. Ce n'est pas parce qu'on devient vieux qu'on cesse d'en avoir envie, et les quelques scrupules que j'éprouvais au début disparurent rapidement. Pendant onze ans, nous vécûmes ensemble comme mari et femme. Je n'ai pas le sentiment d'avoir à m'en excuser. Un jour, autrefois, j'avais été assez jeune pour être son fils, mais j'étais désormais plus âgé que beaucoup de grands-pères et quand on en arrive là, on n'est plus tenu d'observer les règles du jeu. On va où on doit aller, et ce dont on a besoin pour continuer à vivre, c'est ce qu'on fait.

Elle resta en bonne santé pendant la majeure partie de notre vie commune. Vers quatre-vingt-cinq ans, elle buvait toujours deux verres de scotch avant le dîner et fumait de temps à autre une cigarette, et à peu près chaque jour la trouvait assez en forme pour se bichonner et sortir faire un tour dans sa Cadillac bleue géante. Elle vécut jusqu'à quatre-vingt-dix ou quatre-vingt-onze ans (je n'ai jamais su avec certitude quel siècle l'avait vue naître), et son état ne s'aggrava que dans les dix-huit derniers mois environ. A la fin, elle était presque aveugle, presque sourde, presque incapable de se lever de son lit, mais elle était toujours elle-même en dépit de tout cela et plutôt que de la mettre dans un établissement de soins ou d'engager une infirmière pour s'occuper d'elle, je vendis l'affaire et me chargeai du sale boulot. Je lui devais bien ça, non ? Je lui donnais son bain et lui peignais les cheveux ; je la portais dans mes bras à travers la maison ; je lui nettoyais le cul après chaque accident, juste comme elle m'avait un jour nettoyé le mien.

Ses funérailles furent grandioses. J'y veillai, et je ne regardai pas à la dépense. Tout m'appartenait désormais — la maison, les voitures, l'argent qu'elle avait gagné, l'argent que j'avais gagné pour elle — et puisqu'il y avait assez dans le bas de laine pour me durer encore soixante-quinze ou cent ans, je décidai de lui organiser des adieux mémorables, la plus gigantesque bombe que Wichita eût jamais vue. Cent cinquante voitures l'escortèrent au cimetière. Il y eut des embouteillages sur des miles à la ronde, et après l'enterrement, les foules piétinèrent dans la maison jusqu'à trois heures du matin en s'enfilant des alcools et en se bourrant la panse de cuisses de dinde et de gâteaux. Je ne prétendrai pas que j'étais devenu un membre respecté de la communauté, mais au fil des ans j'avais obtenu un certain respect et les gens de la ville savaient qui j'étais. Quand je leur demandai de venir pour Marion, ils arrivèrent en masse.

Il y a un an et demi de cela. Pendant les premiers mois, je me suis traîné tout languissant dans la maison, ne sachant trop que faire de moi. Je n'avais jamais aimé le jardinage, le golf m'avait assommé les deux ou trois fois que j'y avais joué, et à soixante-seize ans je n'avais plus le goût de me relancer dans les affaires. Les affaires avaient été un plaisir à cause de Marion, mais sans elle pour les animer, ça n'aurait eu aucun intérêt. J'ai envisagé de partir du Kansas pendant quelques mois pour voir le monde, mais avant que j'aie pu préciser mes projets, j'ai été sauvé par l'idée d'écrire ce livre. Je ne sais pas très bien comment ça s'est passé. L'idée m'est venue un matin au saut du lit, et moins d'une heure plus tard j'étais assis à une table dans le salon de l'étage, un stylo à la main, et je griffonnais la première phrase. Je ne doutais pas d'être en train de faire une chose qui devait être faite, et ma conviction était si forte que je me rends compte à présent que le livre avait dû m'apparaître en rêve — un de ces rêves dont on ne se souvient pas, qui s'échappent à l'instant où on se réveille et où on rouvre les yeux sur le monde.

J'y ai travaillé tous les jours depuis le mois d'août de l'année dernière, alignant mot après mot de mon écriture maladroite de vieux. J'ai commencé dans un cahier d'écolier acheté au bazar local, un de ces cahiers cartonnés avec une couverture marbrée noir et blanc et des pages lignées de bleu, et j'en ai presque rempli treize, à peu près un par mois pour tous les mois que j'y ai consacrés. Je n'en ai pas montré un mot à quiconque, et maintenant que j'arrive à la fin, je pense que ça devrait rester ainsi — en tout cas tant que je suis encore là. Chaque mot de ces treize cahiers est véridique, et pourtant je vous fiche mon billet qu'il n'y a pas des masses de gens qui goberaient ça. Ce n'est pas que j'aie peur qu'on me traite de menteur, mais je suis trop vieux pour perdre mon temps à me défendre contre des idiots. J'ai rencontré assez d'incrédules quand maître Yehudi et moi courions les routes, et j'ai d'autres chats à fouetter désormais, d'autres choses qui m'occuperont quand j'aurai fini ce livre. A la première heure, demain matin, j'irai en ville déposer les treize volumes dans mon coffre. Après quoi j'irai au coin de la rue voir mon homme de loi, John Fusco, pour lui demander d'ajouter à mon testament une clause indiquant que le contenu de ce coffre doit revenir à mon neveu, Daniel Quinn. Dan saura que faire du livre que j'ai écrit. Il corrigera les fautes d'orthographe et chargera quelqu'un de taper une copie propre, et lorsque *Mr Vertigo* sera publié je n'aurai plus besoin d'être là pour voir les gros bonnets et les imbéciles essayer de me descendre. Je serai déjà mort, et vous pouvez être certains que je leur rirai au nez — d'en haut ou d'en bas, c'est selon.

Depuis quatre ans, une femme de ménage vient plusieurs fois par semaine à la maison. Elle s'appelle Yolanda Abraham et est originaire d'une de ces îles au climat chaud — la Jamaïque ou la Trinité, je ne sais plus laquelle. Je ne la qualifierais pas de communicative, mais nous nous connaissons depuis assez longtemps pour avoir des relations agréables, et elle m'a été d'une grande aide durant les derniers mois de Marion. Elle doit avoir entre trente et trente-cinq ans, c'est une femme ronde et noire à la démarche lente et gracieuse, à la voix profonde. Pour autant que je sache, Yolanda n'a pas de mari ; elle a un enfant, cependant, un garçon de huit ans nommé Yusef. Tous les samedis, depuis quatre ans, son rejeton reste avec moi dans la maison pendant qu'elle fait son travail, et d'avoir vu ce môme en action pendant plus de la moitié de sa vie, je peux affirmer en toute objectivité que c'est un emmerdeur monumental, un voyou avant la lettre, un petit pétroleur dont la seule mission sur terre consiste à semer la pagaille et la mauvaise volonté. Pour comble, Yusef est l'un des gosses les plus laids que j'ai jamais vus. Il a un petit visage asymétrique, anguleux et maigrichon, et le corps qui va avec est un fagot pathétique d'os minces comme des baguettes — même si, à poids égal, il se révélerait peut-être plus fort et plus souple que la plupart des gros bras de la Ligue nationale de football. Je hais ce gosse pour ce qu'il m'a fait aux tibias, aux pouces et aux orteils, mais en même temps, je me revois en lui tel que j'étais à son âge, et parce que son visage ressemble à celui d'Esope à un degré presque effrayant — au point que Marion et moi sommes tous deux restés bouche bée la première fois qu'il est entré dans la maison — je continue à tout lui pardonner. Je n'y peux rien. Ce gosse a le diable au corps. Il est effronté, grossier et incorrigible, mais il brûle du feu de la vie et ça me fait du bien de le regarder se lancer tête la première dans une tornade d'ennuis. Quand j'observe Yusef, je comprends ce que le maître voyait en moi, et je comprends ce qu'il voulait dire lorsqu'il m'affirmait que j'avais le don. Ce gamin a le don, lui aussi. Si j'arrivais à trouver le courage d'en parler à sa mère, je le prendrais aussitôt sous mon aile. En trois ans, je ferais de lui le prochain jeune Prodige. Il débuterait là où j'ai cessé, et en peu de temps il franchirait des limites que personne n'a jamais atteintes. Seigneur, quelle raison de vivre ce serait ! Il y aurait de quoi refaire chanter tout cet univers de merde.

Le problème, c'est les trente-trois degrés. Dire à Yolanda que je peux apprendre à son fils à voler, c'est une chose, mais une fois cet obstacle négocié, comment aborder le reste ? Même moi, cette idée me rend malade. Moi qui ai subi toute cette cruauté et toutes ces tortures, comment pourrais-je supporter de les infliger à autrui ? On ne fait plus d'hommes comme maître Yehudi, et on ne fait plus non plus de gamins comme moi : stupides, susceptibles, cabochards. Nous vivions autrefois dans un monde différent, et ce que le maître et moi avons fait ensemble ne serait plus possible de nos jours. Les gens ne le toléreraient pas. Ils appelleraient les flics, ils écriraient à leur député, ils consulteraient leur médecin de famille. Nous ne sommes plus aussi coriaces que nous l'étions, et peut-être le monde en est-il devenu plus habitable, je ne sais pas. Mais je sais qu'on n'a rien pour rien, et que plus ce qu'on désire est grand, plus il faut payer pour l'avoir.

Cependant, quand je me remémore ma terrible initiation à Cibola, je ne peux m'empêcher de me demander si les méthodes de maître Yehudi n'étaient pas trop dures. La première fois que j'ai enfin réussi à me détacher du sol, ce n'était dû à rien de ce qu'il m'avait appris. J'avais fait ça tout seul sur le plancher glacé de la cuisine, et ça s'était produit à la suite d'une longue crise de sanglots et de désespoir, quand mon âme avait commencé à s'échapper de mon corps et que j'avais perdu conscience de moi-même. Peut-être le désespoir était-il la seule chose qui comptait vraiment. Dans ce cas, les épreuves matérielles que le maître m'avait imposées n'étaient qu'un leurre, une diversion destinée à me faire imaginer que j'arrivais à quelque chose — alors qu'en réalité je n'étais arrivé nulle part avant de me retrouver couché à plat ventre sur le sol de la cuisine. Et si le processus ne comportait aucun degré ? Si tout se réduisait à un instant — un saut — l'éclair d'une métamorphose ? Maître Yehudi avait été formé à la vieille école, et c'était un magicien pour ce qui concerne sa capacité à me faire avaler ses tours de passe-passe et ses grands discours. Mais... si sa voie n'était pas la seule voie ? S'il existait une méthode plus simple, plus directe, un cheminement qui naîtrait à l'intérieur et dépasserait le corps de très loin ?

En mon for intérieur, je ne crois pas qu'un talent particulier soit nécessaire pour décoller du sol et flotter en l'air. Nous avons tous ça en nous — hommes, femmes et enfants — et moyennant assez d'efforts et de concentration, tout être humain est capable de répéter les exploits que j'ai accomplis quand j'étais Walt le Prodige. Il faut apprendre à ne plus être soi-même. C'est là que tout commence, et le reste en découle. Il faut se laisser évaporer. Laisser ses muscles devenir inertes, respirer jusqu'à ce qu'on sente son âme s'écouler hors de soi, et puis fermer les yeux. C'est comme ça qu'on fait. Le vide à l'intérieur du corps devient plus léger que l'air alentour. Petit à petit, on finit par peser moins que rien. On ferme les yeux ; on écarte les bras ; on se laisse évaporer. Et alors, petit à petit, on s'élève.

Comme ça.

(1992-1993)

Composition réalisée par JOUVE

IMPRIMÉ EN FRANCE PAR BRODARD ET TAUPIN
Usine de La Flèche (Sarthe).
Librairie Générale Française - 43, quai de Grenelle - 75015 Paris.
ISBN : 2 - 253 - 14075 - 9